Ulf Kvensler

Het hoge noorden

Vier vrienden trekken de wildernis in.
Slechts één van hen zal terugkeren.

Vertaald uit het Zweeds door Yvonne van de Straat

BOEKERIJ

ISBN 978-90-225-9824-5
ISBN 978-94-023-2053-4 (e-book)
ISBN 978-90-528-6586-7 (audio)
NUR 330

Oorspronkelijke titel: *Sarek*
Vertaling: Yvonne van de Straat
Omslagontwerp: Buro Blikgoed
Omslagbeeld: © Plainpicture / Janice Mersiovsky / William Perugini
Zetwerk: Elgraphic

Deze vertaling is tot stand gekomen in samenwerking met Salomonsson Agency.

Voor Adam en Olivia

Radiocommunicatie tussen de traumahelikopter en het Gällivareziekenhuis, 15 september 2019, 14.16 uur.

'We hebben de vrouw bij Aktse opgehaald.'

'Ja?'

'Ze is onderkoeld en is er behoorlijk slecht aan toe. Aanspreekbaar, maar meer ook niet.'

'Oké.'

'Ze heeft geen identiteitsbewijs bij zich, maar ze zegt dat ze Anna heet.'

'Aha.'

'Schaafwonden en blauwe plekken over haar hele lichaam... Haar rechterarm is gebroken. We geven haar een paar liter kristalloïden.'

'Is ze gevallen?'

'Daar leek het in eerste instantie wel op.'

'Ja.'

'Maar ze heeft ook vlekken rond haar hals. Zien eruit als wurgplekken.'

'Oké.'

'Maar moeilijk te zeggen.'

'We gaan ons voorbereiden.'

'Bedankt. Over en uit.'

STOCKHOLM, JULI 2019

IK HOU VAN Stockholm rond half juli. De inwoners van het centrum vluchten naar Gotland, Båstad en Zuid-Europa, de stad gaat in zomerslaap. Je hebt hem dan even een beetje voor jezelf.

Het was deze zaterdag de hele dag bloedheet geweest. Hoewel het al avond was en de zon niet meer helemaal tot op de straatstenen reikte, was het maar nauwelijks afgekoeld. Ik was sinds zeven uur 's ochtends op kantoor in de stad geweest en wandelde naar huis om wat frisse lucht te krijgen. Hoe verder ik liep, hoe minder toeristen er te zien en te horen waren. De straten van Vasastan waren bijna uitgestorven. Over een paar uur, als de nacht zou vallen, zou het uitgaansvolk dronken en luidruchtig naar Odenplan zwermen. Maar dan zou ik al lang in bed liggen.

Ik bleef staan en legde mijn handpalm tegen de okerkleurige gevel van een huis. Zo warm als een kachel.

Ik was van plan onderweg eten af te halen en belde Henrik om te vragen of hij ook iets wilde. Dat was zo, dus ik bestelde een pokébowl met zalm voor hem en een menu van elf stuks sushi voor mezelf bij de sushibar in onze wijk. Toen ik de bestelling op kwam halen knikte de man achter de toonbank vrolijk naar me, en terecht, want we kwamen er minstens twee keer in de week.

Ik liep verder naar de ingang van ons appartementengebouw, ging naar binnen en nam de kleine lift naar de vijfde verdieping. In de hal riep ik naar Henrik.

'Hallo?'

'Hé,' kwam er gedempt vanuit de woonkamer. Het geluid van de tv was te horen.

Ik liep door naar de keuken, zag de stapels afwas in de gootsteen en de niet afgeruimde eettafel. De gebruikte koffiekop die nog bij Henriks plek stond, een prop keukenpapier, broodkruimels.

En ik begon bijna te huilen.

Het was zaterdag en ik had ruim twaalf uur gewerkt, wat ik zo ongeveer de hele zomer elke dag had gedaan, ik had Henrik gebeld en gevraagd wat hij wilde eten, ik had het eten besteld en opgehaald, en hij had nog niet eens de moeite genomen zich van de bank te hijsen om de keuken achter zich op te ruimen. Laat staan alvast glazen te pakken en wat drinken in te schenken.

Hij had vakantie en bracht hele dagen binnen door.

Die stomme gigantische keuken waar wel tien mensen kunnen zitten. Wat moeten we daar eigenlijk mee? Wat zijn we toch sneu.

Ik hoorde dat de tv werd uitgezet, en al snel kwam hij de keuken in gesloft.

'Hé, ik word er echt zo gek van dat...' zei ik met een stem trillend van irritatie. 'Ik heb het eten geregeld, kun jij dan niet op zijn minst even de keuken opruimen? Je eigen zooi? Of moet ik dat ook nog doen?'

Henrik zei niets, maar zette zijn koffiekopje in de gootsteen, gooide het keukenpapier weg, pakte de vaatdoek en begon de tafel af te nemen. Aan zijn lichaamstaal te zien was het een bijna bovenmenselijke inspanning voor hem.

Ik zuchtte, haalde een fles bruiswater uit de koelkast en schonk een groot glas in.

'Ik denk dat we onze wandeltocht moeten uitstellen.'

Henrik keek op maar zei niets, ging gewoon verder met de eettafel afnemen.

'Ik kan nu niet een week weg zijn,' ging ik verder.

'Nee.'

'Ik kan anders begin september wel vakantie nemen.'

'We moeten alleen wel even kijken of dat ook voor Milena uitkomt.'

'Ja, dat snap ik. Ik ga haar ook nog bellen.'

Ik was te boos en opgefokt om te gaan zitten en aan dezelfde tafel te eten als hij, dus ik besloot een lange douche te nemen. De hete stralen spoelden een deel van mijn frustratie weg. Al snel had ik spijt dat ik zo tegen Henrik was uitgevallen. Ik was moe en had overdreven gereageerd.

We maakten het later die avond weer goed. Henrik glimlachte bleekjes naar me toen ik sorry zei en hem een knuffel gaf. We dronken een glas wijn en keken een stukje van een serie op HBO, dicht tegen elkaar aan op de bank. Ik viel halverwege de aflevering in slaap, werd tijdens de aftiteling wakker, kuste Henrik en ging naar bed. Hij bleef op de bank zitten en staarde met een lusteloze blik naar de tv.

Hoe zijn we hier terechtgekomen? Weet ik nog wel wie Henrik is?

Uit het getuigenverhoor met Anna Samuelsson, persoonsnummer 880216-3382, 16 september 2019, Gällivareziekenhuis, afgenomen door rechercheur Anders Suhonen.

'Zo... Ik heb op opnemen gedrukt. Hoi, Anna, ik heet Anders.'

'Hoi.'

'En ik ben heel blij dat je met me wilt praten. Ik begrijp dat je moe bent en pijn hebt, maar het is goed om dit soort dingen zo snel mogelijk op te pakken.'

'Ja.'

'Als je merkt dat je te moe wordt of als je pijn krijgt nemen we een pauze of stoppen we voor vandaag en gaan we morgen verder. Is dat goed?'

'Ja.'

'Beloof je het aan te geven?'

'Ja.'

'Je hebt nu geen pijn?'

'Het gaat wel.'

'Oké. Ik wil eerst graag wat gegevens weten, zodat we die hebben... Hoe heet je?'

'Anna Signe Samuelsson.'

'Persoonsnummer?'

'880216-3382.'

'Woonplaats?'

'Stockholm.'

'Wat doe je voor werk?'
'Ik ben jurist.'
'Burgerlijke staat?'
Stilte.
'Anna? Ben je gehuwd, ongehuwd, of...?'
'Verloofd.'
'Hm... Met?'
'Henrik Ljungman.'
'Was hij mee op deze reis?'
Stilte.
'Was Henrik met je meegegaan naar Sarek?'
'Ja.'
'Henrik Ljungman, zei je? Weet je zijn persoonsnummer?'
'820302-7141.'
'Mooi. Dan hebben we...'
'Hebben jullie Milena gevonden?'
'Nee? Milena?'
'Tankovic. Ze ligt... Wanneer... Wat voor dag is het vandaag?'
'Maandag. 16 september.'
'Gister... Geloof ik... We gingen uit elkaar...'
Stilte.
'Milena Tankovic? Leefde ze nog toen jullie uit elkaar gingen?'
Stilte. Gesnik.
'Anna? Weet je of ze nog leefde toen jullie uit elkaar gingen?'
Gesnik.
'Nee... maar jullie moeten haar vinden...'
'Ze leefde niet meer?'
'Nee...'
Gesnik.
'Milena Tankovic, zei je?'
'Ja.'
'Was ze vanaf het begin bij deze wandeltocht?'
'Ja.'
'Weet je haar persoonsnummer?'

'Nee.'

'Waar zijn jullie uit elkaar gegaan?'

Stilte. Gesnik.

'Ik kan niet...'

'Maar gingen jullie... Jij bent dicht bij Aktse gevonden. Je was alleen. Weet je hoelang je alleen hebt gelopen?'

Stilte. Gesnik.

'Of denk je dat we Milena ook in de buurt van Aktse kunnen vinden?'

'Ik weet het niet...'

'Hm... Ik ga even een kaart halen. Dan gaan we kijken of je me een indicatie kan geven waar Milena kan zijn. En Henrik. Is dat goed?'

Stilte.

'Maar jullie waren met zijn drieën? Jij, Henrik en Milena?'

Onverstaanbaar.

'Wat zei je?'

'Er was nog iemand bij.'

IK WEET NOG precies waar en wanneer ik voor het eerst over hem hoorde.

Het was vrijdag 30 augustus, Milena en ik zaten bij Miss Clara aan Sveavägen te lunchen. Het was zonnig en warm, maar de lucht was frisser dan eerder. Het zonlicht was op een of andere manier iets witter, je kon merken dat de herfst onderweg was. We hadden om twaalf uur bij Naturkompaniet afgesproken om onze wandeluitrusting te updaten. Nieuw gas voor de gasbrander, nieuwe dunne wollen sokken, muggenspray en vriesdroogmaaltijden.

Ik had een tafel gereserveerd om kwart voor een en om half twee waren we klaar met eten en hadden we allebei een espresso voor ons. De rekening was betaald en ik moest eigenlijk snel terug naar kantoor, want een lange lunch als deze betekende dat ik 's avonds door zou moeten werken, ondanks dat het vrijdag was. Maar Milena en ik hadden elkaar al een tijd niet gezien en ze had het goed gevonden om zo kort van tevoren onze reis naar september te verplaatsen. Ik wilde niet al te gestrest overkomen.

Ze nipte van haar espresso en maakte aanstalten om iets te zeggen.

'Trouwens... Ik wilde je nog iets vragen.'

'O?'

Ik zag aan haar dat wat ze wilde zeggen haar zenuwachtig maakte. Milena bloosde altijd al snel en ook nu kleurden haar bleke wangen rood. Ze had een nieuw kapsel: haar donkerblonde haar hing nog steeds op schouderlengte, maar ze had haar pony laten groeien waardoor haar gezicht werd omlijst door zachte lokken. Ze zag er vrouwelijker uit. Maar nog altijd even lief. Zoals zo vaak door de jaren heen had ik de neiging haar een knuffel te geven.

'Ik heb namelijk...' Ze glimlachte onwillekeurig. 'Ik heb iemand ontmoet.'

'Echt? Wat leuk!'

'Ja, het is... Het is leuk.' Ze glimlachte weer en haalde diep adem.

'Wie is het dan?'

'Hij heet Jacob. Internetdate.'

'Oké. Wat leuk, Milena!' Ik reikte naar voren en kneep even in haar hand. 'Hoelang zijn jullie al samen?'

'Iets van een maand, ruim. Dus het is nog best nieuw.'

'Vertel, wie is hij? Wat doet hij?'

'Hij is geen jurist in ieder geval. Gelukkig.'

'Klinkt als een *catch.*'

'Hij is iets ouder dan ik...'

'Wat betekent dat?'

'Achtendertig.'

'Bijna even oud,' zei ik. Dat was natuurlijk niet waar, Milena was tweeëndertig, een jaar ouder dan ikzelf. Maar ik heb collega's die maar net iets ouder zijn dan ik die haast beginnen te krijgen, of zich realiseren dat ze over een paar jaar haast zullen krijgen, en iets zijn begonnen met mannen in de vijftig die net zijn gescheiden en al vrij grote kinderen hebben. Een betrouwbaar recept voor een gecompliceerd leven. Jacob was dus even oud als Henrik.

'Hij doet veel aan klimmen en kitesurfen en andere soorten extreme sporten,' ging Milena verder. 'Jullie hebben dus wel wat gemeen.'

Ik begon me af te vragen of het iemand was die ik kende.

'Wat is zijn achternaam?'

'Tessin.'

'Jacob Tessin...'

'En hij is ook veel in de bergen geweest. Zowel om te wandelen als om te klimmen. Dus toen hij te horen kreeg dat we naar Abisko zouden gaan, toen... vroeg hij zich af of hij mee mocht.'

De vraag overrompelde me. Ik wist niet wat ik moest antwoorden.

'O,' zei ik uiteindelijk.

'Ik weet dat ik hier heel laat mee kom,' zei Milena. 'Dus ik begrijp het als je het niet ziet zitten.'

'Ja, nou... Het is vooral dat je natuurlijk nogal intensief samen bent als je wandelt, en we hebben hem natuurlijk nog nooit ontmoet...'

'Nee, nee, ik begrijp het.'

'Maar wil jij dat hij meegaat?'

'Ja. Natuurlijk. Hij is tenslotte mijn vriend.' Milena glimlachte, ik glimlachte terug.

'Ik moet het Henrik even vragen,' zei ik.

'Ja, natuurlijk.'

'We gaan al over iets meer dan een week. Kan hij gewoon mee als hij daar zin in heeft? Moet hij geen verlof opnemen en zo?'

'Nee, hij zegt dat het wel kan.'

'Waar werkt hij?'

'Hij is consultant. BCG heet het.'

'Ja, ja, dat ken ik wel... Sorry, maar nu ben ik toch wel heel benieuwd, heb je een foto?'

'Nee,' zei Milena, terwijl ze met een halfhartige beweging haar mobiel uit haar zak haalde, 'echt bizar, maar eigenlijk niet, nee.' Ze prutste wat met haar telefoon alsof er toch een foto van Jacob op zou staan die ze was vergeten.

'Geeft niks. Ik dacht alleen dat als hij aan klimmen en zo doet, dat het misschien iemand was die ik kende.'

'Hm, nee, helaas, ik heb geen foto...'

Het was even stil. Ik glimlachte weer.

'Ik zal het er met Henrik over hebben en dan spreken we elkaar snel weer,' zei ik. 'Ik vind het superleuk dat je iemand hebt ontmoet, Milena, echt.'

'Dank je.'

'En ik wil hem natuurlijk supergraag ontmoeten. Het is alleen... We moeten er alleen even over nadenken.'

'Ja, dat begrijp ik heel goed, hoor. En ik bedoel, als jullie het niet zien zitten, moeten jullie het gewoon zeggen. Geen probleem.'

'Oké. Is goed.'

We stonden op, verlieten het restaurant en namen buiten op de stoep afscheid van elkaar met een knuffel en de belofte dat we elkaar dat weekend zouden bellen.

Onderweg terug naar werk kreeg mijn nieuwsgierigheid de overhand. Ik zocht op de website van BCG naar 'Jacob Tessin'. BCG, Boston Consulting Group, was een van de grootste en meest vooraanstaande adviesbureaus van de wereld. Weliswaar met een ietwat aangetaste reputatie in Zweden na de betrokkenheid bij het Nya Karolinska-project, maar toch. Veel mensen wilden er werken, maar je werd er niet zomaar aangenomen. Het aantal werkuren en de salarissen waren vergelijkbaar met die van ons, bedrijfsjuristen. Tachtigurige werkweken waren niet ongebruikelijk. Jaarlonen als die van een CEO van een beursgenoteerde onderneming ook niet.

Maar ik kon geen Jacob Tessin vinden. En ook geen Jakob Tessin, of iets met een stuk of drie andere spellingsvariaties die ik kon bedenken. Dat vond ik niet per se vreemd – er zijn zo veel websites met gebrekkige zoekfuncties. Hoewel je van een bedrijf als BCG toch wel mag verwachten dat ze een goed werkende website hebben. Misschien was Jacob niet werkzaam op het kantoor van Stockholm. Ik wist dat consultants van dat niveau vaak uitgeleend werden voor projecten in andere landen.

Toen opende ik Facebook, en daar was hij wel te vinden.

Jacob Tessin. Hij was lang en slank, zag er atletisch uit en had een spieropbouw die ik herkende van andere bergbeklimmers en duursporters. Functionele spieren, niet getraind voor de spiegel van een sportschool. Ik zag warme kleuren: kortgeknipt donkerbruin haar en een diep zongebruinde huid. Hij leek zo'n geluksvogel die nooit verbrandt.

Op bijna elke foto stond hij er sportief op: in de bergen, in een wildwaterkajak, met kitesurfspullen op een strand. Drie gasten in mountainbikekleding met hun armen om elkaars schouders in het bos, Jacob in het midden, alle drie onder de modder en blij als een kind.

Het enige wat ik niet kon zien waren zijn ogen. Op elke foto had hij een strakzittende sportzonnebril op waarin de wereld in alle kleuren van de regenboog werd weerspiegeld.

Maar toen vond ik een paar foto's die anders waren dan de rest: Jacob en twee vrienden op vakantie in een land aan de Middellandse Zee. Het zag eruit als Spanje of Portugal. Het waren surffoto's, strandfoto's, maar er zaten er ook een paar tussen van een eeuwenoude stadskern met verweerde gebouwen, smalle steegjes en winkeltjes die duidelijk rondkwamen van toeristen. En bovendien foto's van een avond bij een eetcafé. Jacob en zijn vrienden zaten op een terras, op de achtergrond liepen een hoop mensen op straat en er waren kleurrijke lantaarns en warme lichtjes van andere terrassen te zien. Ik kon de warme avondbries bijna op mijn huid voelen, het aangeschoten gevoel na een paar wijntjes, de levensvreugde. Ik wou dat ik daar was.

En Jacob had zijn zonnebril omhooggeschoven. Hij glimlachte in de camera. Zijn bruine ogen glinsterden.

Uit het getuigenverhoor met Anna Samuelsson, persoonsnummer 880216-3382, 16 september 2019, Gällivareziekenhuis, afgenomen door rechercheur Anders Suhonen.

'Eens kijken... Als jij op de kaart zou kunnen proberen aan te wijzen waar je denkt dat wij Henrik en Milena ongeveer moeten zoeken. En Jacob.'

'Ik weet het niet...'

'We gaan het gewoon proberen, Anna. Het hoeft niet heel precies. Sarek is groot, dus als we het zoekgebied ook maar iets kunnen verkleinen zou dat fijn zijn. Hier hebben we jou gevonden.'

Stilte.

'En ik vermoed dat je vanuit het park kwam gelopen? Dus dat je in oostelijke richting liep, zo?'

'Ja.'

'Liep je hier langs de rivier? Weet je dat nog? Had je de rivier aan je rechterkant?'

Stilte.

'Ik denk het wel.'

'En toen liep je alleen? Of was een van de anderen bij je?'

'Milena... Zij was er een tijdje bij.'

'Dus Milena en jij hebben een stuk samen gelopen?'

'Ja.'

'En toen... Waar kwamen jullie vandaan, weet je dat nog? Kwamen jullie langs Rovdjurstorget?'

Stilte.

'Anna? Weet je nog iets over hoe jullie liepen?'

Stilte. Gesnik.

'Weet je, we zijn het een en ander te weten gekomen wat Milena betreft, dat is mooi. Daar laten we het even bij voor vandaag. Het is tijd om uit te rusten. En dan gaan we morgen verder, als je dat ziet zitten.'

Stilte.

'En dan mag je zelf weten in welke volgorde en in welk tempo je vertelt. Ik luister.'

'DAAR KOMT ZE wel een beetje laat mee,' zei Henrik terwijl hij een limoen uitperste boven de schaal waarin hij een dressing aan het maken was. 'We gaan over een week weg.'

Het was later op dezelfde vrijdag waarop ik met Milena had geluncht. Henrik en ik stonden in de keuken het diner van die avond voor te bereiden. We kregen bezoek. Na de lange lunch was ik pas laat thuisgekomen, maar Henrik was alvast begonnen. Hij hield van koken, en het aankomende diner leek hem een beetje energie te geven. Dat was ook wel nodig. Sinds een paar weken was hij weer aan het werk in Uppsala, maar de lusteloosheid, de altijd even doffe uitstraling, bleef hardnekkig hangen.

Er lag zalmfilet met zoutkorst in de oven, er stond een gietijzeren pan met aardappeltjes en dille op het fornuis, in de koelkast stonden schaaltjes met panna cotta en een afgedekte schaal met bosbessen in muscovadosuiker en limoensap. Ik was koriander aan het snijden voor de ceviche van kabeljauw die we als voorgerecht zouden opdienen. Er stonden twee ontkurkte flessen sancerre op tafel. In de wijnkoelkast lagen nog meer flessen klaar.

Ik had Henrik verteld over mijn lunch met Milena, dat ze iemand had ontmoet en had gevraagd of hij mee mocht met de wandeltocht. Ik had er die middag veel over nagedacht, en ik neigde ernaar om Jacob mee te laten gaan.

'Zeker,' zei ik, 'maar ze hebben elkaar ook nog maar net ontmoet, ze had het niet echt eerder kunnen vragen.'

Ik plukte korianderblaadjes, knipte ze in kleine stukjes en deed ze in een glas.

Henrik gaf geen antwoord en leek weer in zichzelf gekeerd. Hij vulde de elektrische kruidenmolen met roze peper en hield hem boven de schaal met dressing.

Toen we onze eigen appartementen verkochten om samen te gaan wonen, hebben we dit vierkamerappartement van honderdtwintig vierkante meter gevonden dat bijzonder was omdat het al vijfentwintig jaar niet gerenoveerd was. Dus we hebben alles eruit getrokken. Ik was projectleider, behalve voor de keuken, dat was Henriks domein. We hebben zo veel mogelijk van de oorspronkelijke charme van de woning behouden: de houten wandpanelen, het decoratieve stucwerk op het plafond, de oude houten vloeren. En vervolgens hebben we het ingericht met modern Scandinavisch design. Niet erg origineel, maar wel mooi en praktisch en niet overdreven persoonlijk voor het geval we het appartement op een gegeven moment zouden willen inruilen voor een vrijstaand huis.

We hebben een muur uitgebroken om de keuken groter te maken zodat er ruimte was voor een royale eethoek. De oven, de koelkast, de vriezer, de magnetron, het espressoapparaat, de keukenmachine, allemaal waren ze strak, stijlvol en hightech. Het gebruik van de gadgets was een van de dingen die Henrik zo leuk vond aan koken. Hij gebruikte een thermometer om ervoor te zorgen dat de eieren precies drieënzestig graden waren als hij ze kookte. Hij hield ervan om crème brûlée te maken, omdat hij dan zijn veel te grote brander tevoorschijn kon halen, een professioneel apparaat dat hij de koks in een populair conceptrestaurant eens had zien gebruiken. Via zijn mobiel kon hij het aantal graden van de oven aanpassen, ongeacht in welke ruimte van het appartement hij zich bevond. En op dezelfde manier regelde hij de muziek die uit verborgen luidsprekers kwam. Ik heb het een keer geteld: alleen al in de keuken kon je op vier verschillende displays de exacte tijd aflezen.

Het is niet dat ik me niet thuis voel in onze woning, maar soms heb ik me afgevraagd of mijn verlangen naar de natuur niet te maken heeft met de behoefte om weg te zijn van alle digitale cijfers en knoppen en menuselecties en piepjes en efficiënte, discreet zoemende motortjes. Om in aanraking te komen met iets oorspronkelijks, iets wat altijd heeft bestaan en altijd zal blijven bestaan. Op een of andere vreemde manier word ik er rustig van om me klein en onbeduidend te voelen.

De bergen geven niets om jou. En ze verwachten ook niets van je.

Het was duidelijk dat Henrik niet van plan was nog iets te zeggen, dus ik ging verder.

'Ik zou het in ieder geval wel lastig vinden om nee te zeggen.'

'Hoezo?'

'Milena heeft het altijd goed gevonden dat jij meeging.'

'Dat is nogal een verschil.'

'Omdat?'

'Zij kent mij. Ze kende me zelfs eerder dan jij. Maar nu gaat het om iemand die wij totaal niet kennen.'

Ik begreep Henriks punt uiteraard. Milena, Henrik en ik hadden dit inmiddels al vaak gedaan. Alles ging volgens een vaste routine, we hadden allemaal onze eigen rol. Het was een van de weinige keren per jaar dat ik me volledig kon ontspannen. Even niet hoefde te presteren. En om dan iemand mee te nemen die we niet kenden, ook al was hij misschien superaardig, zou betekenen dat geen van ons zich op dezelfde manier zou kunnen ontspannen. En als hij raar was, of zelfs onaardig, zou de wandeltocht wel eens flink vervelend kunnen worden.

'Toen wij het van juli naar september wilden verplaatsen vond zij het ook goed,' zei ik.

'Toen *jíj* het wilde verplaatsen.'

'Ja, ja, oké, toen *ík* het wilde verplaatsen. Whatever. Maar het voelt in ieder geval wel een beetje lullig als wij hier dan nee tegen gaan zeggen. En ze heeft nooit eerder gevraagd om iemand mee te nemen. Denk je dat zij daar dan niet over heeft nagedacht, of hij erbij zou passen met een tocht als deze? En ook al is hij misschien niet de alleraardigste, dan nog zouden we het vast wel een weekje vol kunnen houden. Voor Milena.'

Opnieuw was Henrik stil. Hij roerde met een lepel door de dressing. Ik sneed de verse kabeljauw in keurige kleine stukjes. Uiteindelijk keek ik hem aan.

'Toch? Henrik?'

'Jawel,' zei hij uiteindelijk. Hij klonk vermoeid.

Ik wierp een blik op de klok van de magnetron. De gasten zouden zo komen. Er klonk gepiep vanaf het fornuis: de aardappeltjes waren klaar. Henrik haalde de pan van de keramische kookplaat die oranje nagloeide.

We zeiden allebei niets meer tot een paar minuten later de eerste gasten aanbelden. Het voelde alsof zij ons van elkaar verlosten.

Uit het getuigenverhoor met Anna Samuelsson, persoonsnummer 880216-3382, 17 september 2019, Gällivareziekenhuis, afgenomen door rechercheur Anders Suhonen.

'Hoe gaat het vandaag met je?'

'Wel oké.'

'Heb je wat kunnen slapen?'

'Niet echt.'

'Had je pijn?'

'Mhm.'

'Maar nu heb je geen pijn?'

'Nee. Maar ik ben moe.'

'Dat begrijp ik. We gaan proberen te beginnen, Anna, en zodra je merkt dat het niet lukt moet je het aangeven. Is dat goed?'

'Mhm.'

'Ik ga even controleren of ik het goed heb begrepen. Jij en Henrik Ljungman zijn verloofd?'

'Ja.'

'En Milena Tankovic en Jacob Tessin, zijn zij ook een stel?'

'Ja.'

'En hoe kennen jullie elkaar?'

'We zijn vrienden van toen we in Uppsala studeerden. Rechten.'

'Ik snap het.'

'En Milena kent Henrik ook van Uppsala, hij was docent op de opleiding.'

'Ja ja. Dus jullie drie kennen elkaar al vrij lang?'

'Ja. En we gaan al jaren elk jaar een week wandelen op de hoogvlakte.'

'Waar zijn jullie allemaal geweest?'

'De gebruikelijke plekken. De Jämtlandstriangel. Kungsleden vanaf Abisko de Kebnekaise op. Ook een keer in Noorwegen. Borgafjäll.'

'En dan sliepen jullie in hutjes?'

'Ja, meestal wel. Maar we hebben normaal gesproken ook een tent mee zodat we een paar nachten op de hoogvlakte kunnen slapen.'

'Ik begrijp het. Waarom ik dat vraag, is omdat Sarek natuurlijk nogal wat zwaarder is. Zoals je weet. En in september is het ook... Je kunt nogal slecht weer hebben.'

'Meestal gaan we in juli. Maar ik moest de hele zomer werken, dus toen hebben we er september van gemaakt.'

'Oké.'

'En we waren ook niet van plan om naar Sarek te gaan. We zouden Kungsleden weer pakken, van Abisko naar de Kebnekaise.'

'Maar jullie waren van gedachten veranderd?'

'Het was Jacobs idee.'

SIMON LEUNDE ACHTEROVER in zijn stoel en strekte zijn lange benen onder tafel terwijl hij het laatste beetje wijn uit zijn glas dronk.

'Dus, wanneer is het zover?' vroeg hij met een plagende klank in zijn stem, zonder mij of Henrik aan te kijken. Er werd gelachen. We hadden het over gemeenschappelijke kennissen gehad die later die herfst zouden trouwen. We waren allemaal uitgenodigd voor de bruiloft.

Henrik glimlachte en trok een gezicht alsof het een ongemakkelijke vraag was.

'Hé, wat hebben we toch prachtig weer gehad vandaag, hè?' zei hij terwijl hij de fles die op tafel stond naar zich toe trok. 'Iemand nog wat wijn?'

Opnieuw werd er gelachen. De overduidelijke poging tot afleiding had gewerkt. Niemand kon meer denken dat de vraag echt gevoelig lag als Henrik er zo luchtig over grapte.

'Geduld is een schone zaak, hè,' lachte ik.

'Bla, bla,' zei Simon, en ik merkte dat hij meer aangeschoten was dan gewoonlijk. Hij was partner van het bureau waar ik werkte en we hadden een aantal keer samen aan de eiland-naar-eiland-race van Sandhamn naar Utö meegedaan. Zijn vrouw Jennifer, die pr-manager was bij een beursgenoteerde onderneming, wierp hem een onderzoekende blik toe. Ze had hetzelfde geconstateerd als ik.

'Henrik?' ging Simon verder. 'Ben jij degene die twijfelt? Denk je dat je iemand beter kunt vinden dan Anna?'

'Simon,' zei Jennifer.

'Wat?'

'Rustig aan.'

'Natuurlijk, ik zal rustig aan doen. Soms moet je het rustig aan doen, maar aan de andere kant moet je er soms misschien juist een beetje vaart achter zetten. Als je bijvoorbeeld, ik neem even een heel hypothetisch voorbeeld, echt heel hypothetisch, al een behoorlijk aantal jaar verloofd bent en...'

Een stroom van protesten van mij, Jennifer, Erika en Olof overstemde Simon. Henrik staarde naar de tafel, hij glimlachte nog steeds, maar het zag er stijfjes uit.

Erika keek hem lichtelijk bezorgd aan. Zij was zijn oude wapendrager van de rechtenfaculteit in Uppsala, en inmiddels docent op de hogeschool van Södertörn. Erika en Olof waren de enigen van het gezelschap die al kinderen hadden.

'Simon,' zei Jennifer weer, iets scherper dit keer.

'Ja, ja, sorry dat ik probeer uit te vinden wat we ons allemaal afvragen,' zei Simon.

Ik keek naar Henrik.

'Mooi, nu weet ik in ieder geval wie we van de gastenlijst kunnen strepen,' zei ik. Henrik glimlachte bleekjes.

'Wie? Welke gastenlijst?' vroeg Mark zich af. Hij en Valle kwamen net van het balkon af waar ze van hun sigaretten hadden genoten. Mark was fondsbeheerder bij een bank die we met een aantal grote acquisities hadden geholpen. Valle was zijn man, een choreograaf.

'Simon mag niet op onze bruiloft komen,' zei ik.

'Hebben jullie een datum? Wanneer dan?' wilde Mark weten.

Ik schudde mijn hoofd.

'Gaan jullie weer naar de hoogvlakte dit jaar?' vroeg Erika aan Henrik, vastbesloten om ons te helpen van onderwerp te veranderen.

'Ja, we gaan over een week weg,' zei Henrik.

'Met... Hoe heet ze?'

'Milena. Ja, klopt.'

'Je kunt trouwen op de hoogvlakte, wist je dat?' onderbrak Simon hen, maar nu lachte er niemand. Hij was de grens overgegaan tussen grappig en vervelend. Ik keek naar Henrik.

'En misschien nog iemand,' zei ik. Het kwam er spontaan uit om het gesprek af te leiden van ons tot nu toe uitgestelde huwelijk. Maar ik vermoedde ook dat het het gezelschap zou interesseren. Henrik wierp me een donkere blik toe.

'O ja? Wie dan?' vroeg Erika.

'Milena heeft tegenwoordig een vriend.'

Mark fronste zijn wenkbrauwen.

'Wacht even, wie is Milena?'

'Zij is hier ook een paar keer bij geweest,' zei ik. 'Een oude vriendin van ons van Uppsala. Lichtbruin haar, wat korter dan ik.'

'O ja,' zei Mark. 'Zij, ja. Die stille, mysterieuze vrouw.'

'Was zij het nou aan wie je Truls Kofoed probeerde te koppelen?' vroeg Simon zich af.

'Nee, maar ik heb ze wel een keer naast elkaar gezet bij een diner.'

'Dat is die ene die altijd single is geweest, toch?' vroeg Mark.

Henrik zag er geïrriteerd uit. 'Nee, ze is niet altijd single geweest.'

'Niet?' vroeg ik.

'Nee,' zei Henrik weer, 'echt niet. Ze heeft relaties gehad.'

'In ieder geval,' ging ik verder, 'ze heeft iemand ontmoet die Jacob heet en bij BCG werkt en blijkbaar ook veel in de bergen is geweest. Dus ze vroeg of hij mee mocht.'

'Maar jullie hebben hem nog niet ontmoet?' vroeg Mark verbaasd.

'Nee,' zei Henrik. Erika richtte zich tot Olof.

'BCG, daar werkt Jossan toch?'

'Ja, klopt. Hoe heet hij verder?'

'Tessin,' zei ik. 'Jacob Tessin.'

Olof keek nadenkend. 'Hm... Ik ben een paar keer met Jossan mee geweest naar een vrijdagmiddagborrel. Jacob klinkt wel bekend. Weten jullie hoe hij eruitziet?'

'Lang en donker,' zei ik. 'Wie is Jossan?'

'Een nicht van me.'

'Een lange, donkere vreemdeling,' zei Simon op geheimzinnige toon, alsof hij uit een bouquetroman voorlas. Niemand vond het grappig en Henrik, die een grote slok wijn nam, al helemaal niet. Ik had Henrik nog niet verteld dat ik Jacob op Facebook had gevonden en een foto van hem had gezien.

'Ik denk echt dat ik hem wel eens ontmoet heb,' zei Olof. 'Er gaat een belletje rinkelen.'

'Vraag je nicht maar wat voor soort type het is,' zei ik.

'Is goed. Jacob Tessin?'

'Ja.'

'Dus... Wat gaan jullie zeggen? Mag hij mee?' wilde Erika weten.

Ik had er alweer spijt van dat ik erover was begonnen. Henrik en ik waren nog niet uitgediscussieerd, en nu zou de kwestie van alle kanten bekeken worden door onze halfdronken, in Simons geval volledig dronken, vrienden. Ik realiseerde me dat Henrik misschien kinderachtig over zou kunnen komen.

'We zijn er nog niet over uit,' zei ik. 'Aan de ene kant heeft Milena nog nooit eerder gevraagd of ze iemand mee mag nemen. En ik heb de reis dit jaar uitgesteld omdat ik zo veel moest werken van de zomer, en zij vond dat ook goed. Dus het voelt een beetje lullig om nee te zeggen. Aan de andere kant... Je zit wel vol boven op elkaars lip daar op de hoogvlakte. Wij drieën kennen elkaar zo ontzettend goed. We moeten er wel even over nadenken als het gaat om iemand die we nog nooit hebben ontmoet. Het zal niet hetzelfde zijn.'

Erika knikte.

'Beetje gek van Milena om dat überhaupt te vragen, vind ik.'

Natúúrlijk ben je het met Henrik eens, ging het geïrriteerd door mijn hoofd, *zoals gewoonlijk.* Maar dat was niet eerlijk, ik had niet aangegeven wie van ons wat vond.

'Tja, maar als ze toch iemand heeft gevonden die ook van de bergen houdt... Ik kan me niet voorstellen dat Milena iemand mee zou nemen waar het niet mee zou werken.'

'Het is in ieder geval niet iets wat we nu vanavond zullen oplossen,' snauwde Henrik. Het was voor iedereen duidelijk dat hij geïrriteerd was.

'Nee, we zien wel,' zei ik sussend terwijl ik opstond. 'Wil er iemand koffie? Thee?'

Er klonk opgelucht gemompel. Iedereen vond het prima om het onderwerp te laten rusten. Behalve Simon. Hij leegde zijn wijnglas in één lange teug.

'Jacob Tessin... Klinkt als een echte klootzak.'

Ook nu moest niemand lachen.

DE ZATERDAG WAAROP we zouden vertrekken stonden we vroeg op om in te pakken. Alles was ingekocht en stond klaar, dus we hoefden het alleen maar in onze backpacks zien te krijgen.

Ik vind inpakken eigenlijk niet zo erg, in elk geval niet als we naar de bergen gaan. Als ik al mijn tijd daaraan had kunnen besteden die dag, zou ik het zelfs leuk hebben gevonden. Alle wandeltochtbenodigdheden doen me denken aan bepaalde momenten tijdens eerdere reizen. Terwijl ik het kleine plastic flesje inpak dat ik voor vloeibare zeep gebruik, vloeit de geur van een oude, houten sauna door mijn neus. Ik zie een berghelling door een klein raampje.

Maar ik kon deze zaterdag helaas niet alleen maar aan inpakken besteden. Ik moest ook nog werken, wat de hele dag chaotisch en stressvol maakte. Ik zou een week weg zijn en er moest nog veel geregeld en afgerond worden voor ik ervandoor ging. De dagen op de hoogvlakte zijn de enige in het hele jaar dat ik niet bereikbaar ben, anders weten zowel cliënten als collega's dat ze me altijd kunnen bellen.

Onder in onze backpacks stopten we schone kleren, ondergoed en sokken, die koste wat kost drooggehouden moeten worden. Toen spande Henrik de tent onder zijn backpack vast, en in ruil daarvoor stopte ik alles wat met het eten te maken had in die van mij. Het grootste deel van de week zouden we in hutjes overnachten die meestal een kleine keuken hebben, of in ieder geval een kookplaat. Maar we waren ook van plan een paar nachten in de tent te slapen en de lunch zouden we ook elke dag buiten eten, als we tenminste geen last zouden krijgen van harde regenbuien of sneeuw. Bovendien wil je wel een pauze kunnen nemen als je een mooie plek op de hoogvlakte tegenkomt. Dus ik pakte het gas en het Trangia-kookstel in met alles wat daarbij hoorde, en de etenswaren: havermout om pap van te maken voor het ontbijt, soeppoeder, instantmacaroni voor in de soep om het gevoel van verzadiging te verhogen, wat vriesdroogmaaltijden. Een bakje met vier soorten kruiden. Oploskoffie, pinda's en rozijnen. Chocola en wat zakjes snoep.

Toen ik met het eten klaar was, ging ik verder met al het andere wat nodig was gebleken tijdens onze eerdere wandeltochten. Een ophangbare toilettas, regenpak, bodywarmer, muts en wanten. De multitool. Tot slot stopte ik een kaart van Abisko en de Kebnekaise in een waterdicht hoesje in het bovenvakje. Toen waren we klaar met inpakken.

Ik tilde mijn backpack naar de badkamer en zette hem op de weegschaal. 12,3 kilo. Een prima gewicht. De eerste jaren had de backpack tot wel twintig kilo gewogen, en ik had er bijna een sport van gemaakt om hem elk jaar een stukje lichter te maken. Weinig gewicht gaf meer comfort tijdens het wandelen zelf, maar wat minder tijdens de stops. Henrik had liever wat extra kilo's voor meer comfort als we eenmaal in de berghut waren.

Hij had een keer een fles wijn meegenomen, ondanks mijn aanhoudende pogingen dat uit zijn hoofd te praten. Toen hij hem had ontkurkt in het hutje in Singi weigerde ik er uit principe van te drinken. Henrik en Milena namen wel allebei een glas, en dronken de avond daarna de rest op. Ik probeerde niet te laten merken hoeveel zin ik erin had, en Henrik probeerde niet te laten merken dat die extra kilo toch best wat moeite had gekost. Maar hij had daarna nooit meer wijn meegenomen naar de bergen.

Ik voelde een beetje vakantiestress opkomen. Die avond zouden we de nachttrein naar Abisko nemen. Van daaruit zouden we Kungsleden volgen naar de Kebnekaise, en bij Singi afslaan naar het pad van Durling. Daar zouden we de tent opzetten voor een of meerdere nachten, een bergtop beklimmen en vervolgens onze weg vervolgen over

Vierranvarri naar het bergstation Kebnekaise. Daar zouden we dan een paar dagen uitrusten voor we weer terug naar huis zouden gaan. Ik zou zelf nog dagtochtjes in Tarfaladalen kunnen maken, of de Kebnekaise beklimmen via de wat uitdagendere oostelijke route. Ik wist dat ik Henrik en Milena niet mee zou krijgen, maar ik had er ook niets tegen om een dagje alleen te lopen. Dan kon het in mijn eigen tempo, wat hoger was dan dat van Henrik en Milena.

Rond vijven hadden zowel Henrik als ik onze wandelkleding aangetrokken. Ik deed mijn blonde haar in een strakke paardenstaart en trok mijn gympen aan. Mijn wandelschoenen hing ik over mijn backpack met aan elkaar geknoopte veters. Ik tilde de backpack van de grond, zwaaide hem over mijn schouder en maakte een sprongetje om mijn andere arm er ook doorheen te krijgen. Henrik deed hetzelfde.

We verlieten onze woning en deden de deur op slot.

We gingen lopend naar Stockholm Centraal. Het was nog steeds mooi weer, de lucht was helder en warm. De stad ademde rustig. Een paar andere wandelaars keken ons vreemd aan terwijl we met onze grote rugzakken voorbij kwamen lopen. Het gewicht voelde vertrouwd en aangenaam, nieuwe spieren werden belast in mijn buik en benen terwijl mijn lichaam zich aanpaste om het gewicht te kunnen dragen en balans te houden. Ik voelde me sterk en soepel en vol energie. We namen allebei een dubbele espresso bij een café aan Tegnérlunden, de laatste echt goede koffie die we deze week zouden drinken. Het smaakte heerlijk en in de bomen rond het standbeeld van Strindberg kwetterden de vogeltjes.

Ik keek ernaar uit om Jacob Tessin te ontmoeten.

De vrijdagavond een week daarvoor, toen de gasten naar huis waren, waren Henrik en ik boos op elkaar geweest en hadden we erg weinig tegen elkaar gezegd voor we naar bed gingen. Die zaterdag sneed Henrik het onderwerp na het ontbijt weer aan en zei dat hij het ermee eens was dat we Milena niet echt konden verbieden om Jacob mee te nemen. Ik was opgelucht dat we er niet verder over in discussie hoefden te gaan. Ik zei dat ik precies begreep hoe hij zich voelde, dat ik ook het liefst gewoon alleen met hem en Milena zou gaan.

'Als het niet goed blijkt te gaan, gaan we in het vervolg wel gewoon met zijn tweeën,' zei ik.

Op zondag belde ik Milena op.

'We hebben het erover gehad en we zouden het heel leuk vinden als Jacob mee zou willen met de wandeltocht,' zei ik.

'O, wat fijn,' zei Milena, maar ze klonk minder enthousiast dan ik had verwacht. Nu was ze sowieso geen overdreven enthousiast persoon met overdreven uitingen van emoties, maar ik had toch wel op íéts meer enthousiasme gehoopt. Ik vermoedde dat ze andere dingen aan haar hoofd had en dacht er verder niet over na.

Aangezien het vertrek steeds dichterbij kwam en de voorbereiding meer concreet werd, was de hele Jacob-kwestie een beetje op de achtergrond geraakt. Milena en Jacob waren tenslotte maar een klein deel van de ervaring. Ook al zou hij arrogant blijken te zijn of lastig om mee te praten of ongemakkelijke grapjes maken of ronduit onaardig zijn, er zou zo veel zijn wat hij me niet af kon nemen. De natuurbeleving, het gevoel in mijn lichaam na vele uren wandelen, hoe fantastisch het eten smaakte, de heerlijke nachtrust. Ja, hij zou een irritatiefactor kunnen zijn. Nee, hij zou mijn wandelvakantie niet kunnen verpesten.

Het was natuurlijk wel fijn geweest als we elkaar van tevoren een keer hadden ontmoet, om elkaar een beetje te leren kennen, maar daar was geen tijd voor geweest. Nu zouden we hem over een paar minuten ontmoeten, en ik was vooral benieuwd. Wie was Jacob Tessin, de eerste in tien jaar die mijn vriendin haar vriend had genoemd?

We liepen verder door Upplandsgatan, de helling af, voorbij Norra Bantorget en Vasagatan in. Er was hier een stuk meer verkeersherrie, de voetgangers kwamen van alle kanten aanstromen. Ik verlangde al naar de hoogvlakte, waar je nooit voor een ander aan de kant hoefde.

Algauw stapten we de grote hal van Stockholm Centraal binnen.

Voetstappen en stemmen weergalmden tegen het gewelfde plafond hoog boven onze hoofden, een geluid dat ik associeerde met koffers en kaartjes en onderweg zijn.

En daar, bij de cirkel in het midden van de stationshal, zag ik ze. Milena en Jacob.

Mijn eerste gedachte was: wat is hij groot. Die indruk had ik ook al toen ik de foto's van hem op Facebook zag, maar in het echt was het nog opvallender. Milena is van gemiddelde lengte, maar ze zag er klein uit naast Jacob. Mijn volgende gedachte, die ook overeenkwam met mijn indruk van Facebook: hij ziet er goedgetraind uit. Jacobs backpack stond op de stenen vloer, hij had een mouwloos shirt aan en zijn handen in zijn zakken. Zijn armen waren gespierd, pezig en gebruind. Ook zijn houding was atletisch: rechte rug, borst vooruit.

Hij had Milena's hand vast. Dat was wel schattig.

Mijn volgende gedachte: hij moet toch wel ouder zijn dan achtendertig. Zijn gebruinde gezicht werd omlijst door dik, donkerbruin haar. Zijn haarlijn was nog recht, hij had geen diepe inhammen. Maar de rimpels in zijn gezicht, tussen zijn wenkbrauwen, op zijn voorhoofd, in de huid op zijn hals... Ik had hem zelf eerder richting de vijfenveertig geschat.

Heb ik dit echt allemaal kunnen denken in die paar seconden die het duurde om naar hen toe te lopen? Of heb ik het aangevuld met dingen die ik later heb opgemerkt? Ik weet het niet.

Ik glimlachte en zwaaide naar ze. Milena begon te stralen en zwaaide terug. Jacob lachte ook naar me, een verwachtingsvolle, ietwat gespannen glimlach. Hij liet Milena's hand los en bewoog onrustig heen en weer.

'Hé, wat leuk om jullie te zien,' zei ik met een brede glimlach toen ik bijna bij ze was.

'Anna,' ging ik verder terwijl ik mijn hand naar Jacob uitstak.

'Hoi, hoi. Jacob.'

Hij nam mijn hand in de zijne, zijn grote handpalm was warm en droog. Hij had een stevige handdruk. Hij lachte naar me en zijn ogen glinsterden. Ik wendde me tot Milena.

‘Hééé... Wat leuk!’

Milena lachte ook breed, ik opende mijn armen en we gaven elkaar een dikke knuffel.

‘Jaaa, eindelijk is het zover,’ zei ze. Achter me hoorde ik Jacob Henrik begroeten.

‘En dan ben jij Henrik, neem ik aan?’

‘Klopt.’

‘Hoi. Jacob. Aangenaam.’

Er was één ding wat ik toen al dacht.

Ik ken hem ergens van.

WE LIEPEN NAAR buiten in de richting van de trein. Ik was met Milena aan het kletsen, maar ik kon het niet laten om met een half oor te luisteren naar wat er achter ons tussen Henrik en Jacob werd gezegd.

'Sorry als ik me een beetje heb opgedrongen,' zei Jacob. 'Ik begrijp dat het misschien niet zo leuk is met iemand die... Nou ja, jullie doen dit al jaren, heb ik gehoord.'

'Geen probleem,' zei Henrik. 'Je bent al veel op de hoogvlakte geweest?'

'Het is zo'n beetje mijn tweede thuis.'

'Ben je er geboren?'

'Nee, maar ik ben er sinds mijn vijftiende wel bijna elk jaar geweest. Skiën in de winter, rotsklimmen in de zomer.'

'Aha... Wij zijn een paar keer bij Sälen gaan skiën. Maar meestal in de Alpen.'

'Ja... Nee, ik ga meestal naar Riksgränsen. Dat is denk ik mijn favoriete plek in het hooggebergtegebied. Goede plek om te paragliden ook.'

'O, ja... Doe jij daaraan?'

'Ik doe mijn best in elk geval, haha. Maar Abisko is natuurlijk prachtig om te wandelen. En de Kebnekaise. Jullie zijn daar eerder geweest?'

'Ja. Dat is nu... Tja, wat zal het zijn? Drie jaar geleden, denk ik. Vier.'

'De hoogvlakte is als een soort meditatie voor mij. Ik werk eigenlijk veel te veel. Veel in het weekend ook en zo. Dus het is heerlijk om er even tussenuit te zijn en even aan heel andere dingen te denken. Batterijen opladen, zeg maar.'

'Ja.'

We kwamen bij het perron aan. De lucht stond er stil, het rook naar diesel en metaal. Ik had het warm gekregen van de wandeling vanaf Vasastan en was al een beetje gaan zweten.

We vonden onze wagon en stapten in. Het was krap in het smalle gangpad waar de reizigers, de meesten met rugzakken, vanaf beide kanten naar hun plek zochten. Maar Henrik en ik waren al snel bij onze coupé, een eersteklas slaapcoupé met eigen wc en douche. We deden de schuifdeuren open en zetten onze backpacks op de grond.

'Hier slapen wij,' zei ik. 'En jullie?'

'Ik denk een stukje verder,' zei Milena. 'Wij slapen niet in dezelfde, Jacob heeft natuurlijk laatst pas geboekt.'

'Gelukkig dat er nog plaats was dan,' zei ik.

Jacob glimlachte naar me.

'Ja, dat was nog niet makkelijk. Anders had ik nog moeten liften.'

Mijn blik dwaalde af naar Milena, die ook glimlachte, maar me tegelijkertijd een beetje onderzoekend aankeek. Ze probeerde erachter te komen wat ik van Jacob vond, realiseerde ik me. Ik zei: 'Zullen we over een half uur in het restaurantgedeelte afspreken?'

'Ja, dat is goed,' zei Milena en ze liep verder door het gangpad. Jacob lachte en knikte naar mij en Henrik, maar vooral naar mij, geloof ik. Toen liep hij achter Milena aan. Nu merkte ik pas op dat hij klimmateriaal aan zijn tas had hangen. Haken, touwen en een ijsbijl. Wat was hij van plan? De bergkam van Nordtoppen beklimmen? Of een wandeltocht rond de krater op de Tuolpagorni?

Ik deed de schuifdeuren dicht en zakte neer op een klapstoeltje. Henrik zat al op de bank tegenover mij. We keken elkaar aan. Uiteindelijk zei ik: 'Dus... Wat vind je ervan?'

'Volgens mij is hij wel oké.'

'Jawel, toch?'

'Mhm.'

'Ik moet toegeven dat ik wel een beetje opgelucht ben, eigenlijk.'

'Ja.'

'Stel je voor dat we na vijf minuten al zoiets hadden van: "O nee, zitten we nu een week met deze idioot opgescheept."'

Henrik reageerde niet. Hij zag er vooral moe uit.

'Komt hij je bekend voor?' vroeg ik.

'Wat? Nee.'

'Er is iets... Zodra ik hem zag had ik het gevoel dat hij iets bekends had.'

'Je had eerder toch al een foto van hem gezien?'

'Ja. Maar toen dacht ik daar niet aan.'

'Nee. Hij komt mij niet bekend voor.'

Het gevoel dat ik Jacob eerder had gezien was ongrijpbaar. Zodra ik erbij stil bleef staan, er probeerde achter te komen wat het precies was dat ik herkende, loste het op als condens op een raam.

Ik zuchtte en keek om me heen. Daar zaten we dan in onze eersteklascoupé met twee heerlijke bedden en een eigen wc, op weg naar de hoogvlakte om een week te wandelen. Het was een moment vol 'verwachtingsenergie', zoals ik het voor mezelf noemde. Als je iets leuks te wachten staat, maar het nog niet is begonnen. Vaak waren die momenten nog fijner dan dat waar je zo naar uitkeek.

Ik leunde naar voren, legde mijn hand op die van Henrik en lachte naar hem.

'Wil je boven of onder slapen?'

'Maakt niet uit. Kies jij maar.'

'Oké. Dan neem ik de bovenste wel.'

'Maar eigenlijk wil je beneden liggen.'

'Nee.'

'Ik ga wel boven liggen.'

'Echt niet. Ik had hem eerst.'

Henrik lachte terug, leunde ook naar voren, en we kusten elkaar.

Het wordt vast leuk.

Toen klonk er gezoem uit Henriks broekzak. Hij haalde zijn mobiel tevoorschijn en opende het berichtje dat hij had ontvangen.

Hij las het, en ik zag een bijna onmerkbare frons tussen zijn wenkbrauwen verschijnen.

'Hm,' zei hij.

'Wat is er?'

Henrik gaf niet meteen antwoord. Hij haalde diep adem en ging rechter op de bank zitten.

'Eh... Het is van Erika.'

'Wat zegt ze dan?'

'Ze schrijft: Hey, bedankt voor laatst nog, was echt leuk elkaar weer eens te zien... Olof heeft het zijn nicht gevraagd en er werkt geen Jacob Tessin bij BCG. *For what it's worth.* Veel plezier op vakantie.'

Uit het getuigenverhoor met Anna Samuelsson, persoonsnummer 880216-3382, 17 september 2019, Gällivareziekenhuis, afgenomen door rechercheur Anders Suhonen.

'En wat was je reactie toen je dat te horen kreeg?'

Stilte.

'Anna?'

'Ik raakte geïrriteerd door Henrik.'

'Is dat zo?'

'Hij maakte er zo'n ding van.'

'Ik begrijp het.'

'Ik kon natuurlijk ook geen Jacob bij BCG vinden toen ik daarop googelde, maar ik vond dat niet zo vreemd.'

'Nee?'

'Ik had het misschien wel verkeerd verstaan toen Milena zei waar hij werkte. Of misschien werkte hij wel bij een ander bedrijf dat ook BCG heette.'

'Tja.'

'Er waren zo veel verklaringen te bedenken.'

'Mhm.'

'We hadden hem nu toch ontmoet en hij kwam fatsoenlijk over. Vond ik tenminste.'

'Wat vond Henrik ervan?'

Stilte.

'Het leek wel alsof hij de reis wilde afbreken en terug naar huis wilde gaan.'

'O ja?'

Stilte.

'We hadden natuurlijk wel... Eerst was Henrik al boos dat ik de reis wilde uitstellen. Maar dat hadden we uitgepraat. Toen dat gedoe met Jacob. Of hij mee zou mogen of niet. Toen zijn we daar ook uit gekomen.'

Stilte.

'Wil je een beetje water?'

'Ja. Graag.'

Stilte.

'Kijk. Alsjeblieft.'

'Bedankt.'

Stilte.

'En toen... Toen ontmoetten we Jacob en hij was aardig en daar was ik blij mee. Maar toen kwam dat berichtje en toen leken we weer van voren af aan te beginnen.'

'Hm. Ik begrijp het.'

'We werden boos op elkaar.'

Stilte. Gesnik.

'Van die kleine rotdingetjes... Mijn god...'

'Wil je even pauzeren?'

'Mhm...'

Gesnik.

TOEN WE BIJ de restauratie aankwamen, waren Jacob en Milena al aan een tafeltje gaan zitten. Jacob had een flesje bier voor zich en Milena een glas wijn.

'Wat leuk, het feest is begonnen, zo te zien,' zei ik.

'Gaan jullie maar wat bestellen, dan houden wij het tafeltje bezet,' zei Milena.

Henrik en ik gingen in de rij staan. De restauratie was oud en versleten, misschien uit de jaren negentig, maar het retrodesign deed denken aan de luxe van de jaren dertig. De lak op de houtdetails was gehavend en hier en daar zat er een gat in de vulling van de stoelen.

De wagon zat bijna helemaal vol. Het was een mix van mensen: een groot deel zag eruit als hoogvlaktetoeristen zoals wij, maar er waren ook gezinnen met kinderen die misschien op weg waren naar familie in Norrland, en een paar mannetjes van in de vijftig die, aan het volume te horen, al flink wat biertjes achterover hadden geslagen. Degenen die al hadden besteld liepen met hun overvolle dienbladen een tafeltje te zoeken, hun knieën half gebogen om overeind te blijven bij eventueel gewiebel van de trein. De meesten moesten aanschuiven bij mensen die ze niet kenden. Ik zag hoe Jacob en Milena vriendelijk aan twee oudere dames probeerden uit te leggen dat de plaatsen aan hun tafel al bezet waren, dat degenen voor wie ze bedoeld waren in de rij stonden.

De rij werd steeds langer en vulde bijna het hele gangpad van de restauratiewagon. Ik ging terug naar Jacob en Milena en stelde voor ook alvast voor hen te bestellen, omdat het anders wel heel lang zou duren voor we samen konden gaan eten. Ze gaven me hun bestelling door.

Achter het raam flitste een vlak landschap voorbij in de lage herfstzon. Velden met boomstronken, stukjes bos, een sloot met jonge berkenboompjes langs de randen. Op een landweggetje dat parallel liep met het spoor reed een auto een stukje naast de trein mee, maar hij kon niet hetzelfde tempo houden en verdween weer uit het zicht. Een klein dorpje met een spoorwegovergang en een in onbruik geraakt treinstation. Jongeren die zich bij een snackbarretje hadden verzameld. Zoef, zoef, zoef.

We kwamen terug bij het tafeltje met twee volgeladen dienbladen: twee keer rendiervlees met aardappelpuree, een broodje garnaal, een wrap met kip, drie kleine flesjes wijn, een biertje en een paar zakjes noten en chips als honger stillend voorgerecht. Jacob haalde zijn portemonnee tevoorschijn om contant voor zijn eten en drinken te betalen, een briefje van tweehonderd kronen, maar ik zei dat ik geen wisselgeld had en dat dat die week wel goed zou komen.

We deelden het eten uit. Ik wist zeker dat Milena de stilte tussen Henrik en mij opmerkte. Ze begreep natuurlijk dat er iets was.

Jacob opende zijn biertje en zei: 'Dus... Hoe hebben jullie elkaar ontmoet?' Hij lachte vrolijk naar Henrik en mij. Had hij ook de gespannen sfeer tussen ons opgemerkt? Was dit een poging om ons met elkaar te laten praten?

We keken elkaar aan.

'Jij of ik?' vroeg ik.

'Vertel jij maar,' zei Henrik mat.

UPPSALA, NOVEMBER 2009

HET IS DONDERDAGAVOND bij studentenvereniging Stockholms Nation, in het studentenleven van Uppsala de belangrijkste feestavond van de week. Maar voordat het feest losbarst in het nieuwgebouwde deel van de sociëteit, zal er in het oorspronkelijke deel uit 1800 een lezing worden gegeven. Zoals zo veel andere dingen is de 'donderdagspreker' een oude traditie bij Stockholms Nation. Een uitgenodigde gast houdt een lezing van ongeveer een uur, waarna de spreker samen met een select groepje erwtensoep en punch krijgt opgediend.

En daarom ben ik op een lange tafel naamkaartjes aan het neerleggen in 'de kleine kamer', die aan de feestzaal grenst waar de lezing zal worden gehouden. Ik ben namelijk degene die de avond heeft georganiseerd. Het is een ongebruikelijke opdracht voor iemand die nieuw is in Uppsala en nieuw bij de vereniging. Maar toen er een aantal weken van het semester voorbij waren, had nog niemand aangegeven interesse te hebben voor de opdracht, en toen kreeg ik de vraag van Carl, de voorzitter van Stockholms Nation. En ik had bij de inschrijving al aangegeven dat ik graag zou willen meehelpen om dingen te organiseren. Dus natuurlijk heb ik ja gezegd.

Ik heb dit nu al een aantal maanden gedaan, maar alsnog ben ik zenuwachtig en gespannen voor vanavond. De sprekers die een knallend succes zijn, zijn natuurlijk degenen die bekend zijn van buiten de universiteit, buiten Uppsala. Met de hulp van contacten van mijn vader heb ik al een spraakmakende vrouwelijke advocaat weten te regelen die actief is in het publieke debat, en een prominente bedrijfsleider. Daarnaast een aantal cabaretiers die bekend zijn van tv en hun carrière op Stockholms Nation zijn begonnen. Maar deze week is het me niet even goed gelukt. De donderdagspreker van de avond is Henrik Ljungman, een docent op de rechtenfaculteit. Ik heb begrepen dat hij een soort rijzende ster is aan de universiteit: hij heeft een of andere prijs gewonnen voor beste docent en hij heeft een studieboek geschreven dat gebruikt wordt bij rechten, terwijl hij nog niet eens dertig is. Hij heeft ook een paar van de eerste hoorcolleges gegeven aan ons, de nieuwe studenten van de rechtenstudie. En ja, hij is wel goed, beter dan de meesten. Maar ik kan nou niet zeggen dat hij me echt heeft betoverd.

Dus het is een beetje een mindere week. Over twee weken komt Kajsa Bergqvist, een atleet die goud heeft gewonnen bij de Olympische Spelen voor hoogspringen. Dat zal wat beter aanslaan.

Ik heb Henrik een keer na een hoorcollege gevraagd of hij onze donderdagspreker wilde zijn. Hij knipperde met zijn ogen en deed er even over om te antwoorden, dus ik stelde voor om een keer samen te gaan lunchen zodat ik er meer over kon vertellen. Ik vermoed dat hij zo ter plekke geen goed excuus kon bedenken om eronderuit te komen. We hebben geluncht (mijn nieuwe vriendin Milena was er ook bij) en ik heb het hele principe van donderdagspreker zijn verkocht als een van de mooiste opdrachten die je maar kon krijgen in Uppsala, absoluut vergelijkbaar met zomerspreker zijn op de radio. Hij had zonder al te veel enthousiasme ja gezegd.

Tijdens de lunch vond ik Henrik een beetje gesloten en afstandelijk overkomen. Formeel en correct. Het was lastig oogcontact met hem te krijgen. Is hij knap? Ik weet het niet. Hij heeft een symmetrisch gezicht, egale huid, geen sporen van jeugdpuistjes. Zijn huidskleur neigt naar het bleke van iemand die veel pigment heeft en snel bruin wordt in de zon, maar altijd in de schaduw blijft. Zijn gladgeschoren wangen en kin hebben nauwelijks zichtbare stoppels en zijn donkere, dikke haar zit in een perfecte scheiding. Hij gebruikt waarschijnlijk wax. Henrik is niet lang, hoogstens iets onder de gemiddelde lengte, en een tikkeltje gezet. Hij draagt een chinobroek, overhemd en colbert, aan zijn voeten Docksides met een grove zool. Goedgekleed, maar traditioneel en, ja, een beetje saai. Hij ziet er ouder uit dan hij is.

Ook al was ik niet echt in trance tijdens zijn hoorcolleges, het is overduidelijk dat hij daar wel het best tot zijn recht komt. Zijn stem heeft een mannelijke diepte, sterk genoeg om in een hele collegezaal hoorbaar te zijn. Zowel zijn lichaam als gezicht lijken daar tot leven te komen. Zijn enthousiasme en interesse voor zijn onderwerp zijn aanstekelijk, dat moet ik toegeven. Dus het komt vast wel goed allemaal.

Precies wanneer ik de laatste naamkaartjes aan het neerleggen ben, komt voorzitter Carl voorbij.

'Hé, Anna, wat zie jij er stralend uit,' zegt hij terwijl hij zijn hand op mijn blote arm legt. We zoenen elkaar op de wang, smak-smak-smak, zoals ze in Frankrijk doen. En ik weet dat hij gelijk heeft. Ik heb een mouwloze, strakke, zwarte jurk aan die net tot mijn knieën komt. Een zwarte panty en zwarte pumps met hoge hak. Mijn blonde haar draag ik in een lange paardenstaart die op mijn rug valt en ik heb echte parels in mijn oren. Ik voel me exclusief, vrouwelijk en sexy. De jongens zullen naar me kijken vanavond, dat weet ik zeker.

Zoals Carl nu doet. Hij is lang, blond en gespierd, een soort jongere versie van Dolph Lundgren. Hij heeft een mooi donker pak aan met een wit overhemd dat nonchalant openstaat bij zijn hals. Als voorzitter heeft Carl een eigen kantoor in de sociëteit. Hij houdt bij elk feest grappige speeches. Hij wil later het bedrijfsleven in. Ik ken veel meiden die met hem naar bed willen.

'Hoe gaat het met de tafelindeling?' vraagt hij.

'Goed, volgens mij. Jij zit hier. Tegenover mij. Met Laila naast je.'

Laila is de inspecteur van de vereniging, een vrouw van in de zestig en hoogleraar politieke wetenschappen.

'Ideaal,' zegt Carl, 'dan kunnen wij voetjevrijen onder tafel.'

'Precies, dat was het idee,' zeg ik lachend, al was die gedachte natuurlijk überhaupt niet bij me opgekomen.

'Ik weet nog een keer toen er tijdens een cadettenbal op Karlberg twee dames tegelijk met me aan het voetjevrijen waren tijdens het eten.'

Carl kijkt me lachend aan en verwacht duidelijk een geïmponeerde reactie.

'Wauw, *busy night.*'

'Echt, hè. Ik kreeg zowat kramp in mijn kuit!'

'Haha,' zeg ik terwijl ik de allerlaatste kaartjes neerleg. Ik had Henrik naast Laila kunnen zetten en mezelf naast Carl, maar ik deed het niet. Ik heb Henrik naast me, en daar ben ik nu wel blij mee.

Hij komt een half uur voor het begin van de lezing aan, terwijl ik samen met een van de clubmedewerkers de computer, projector en het scherm aan het installeren ben. De eerste toehoorders hebben al plaatsgenomen op de rijen stoelen. De interesse lijkt groter te zijn dan ik had verwacht.

'Goedenavond,' zegt Henrik achter me, en ik draai me om.

'Hé, welkom!' zeg ik hartelijk. Hij steekt wat onhandig zijn hand uit, maar ik geef hem een snelle knuffel. Hij draagt een donker pak, of het grijs of blauw is kan ik niet onderscheiden in het gedimde licht. Hij heeft een zijden zakdoek in zijn borstzakje en hij ruikt lekker. Ik had verwacht dat hij in zijn gebruikelijke outfit aan zou komen zetten, chino en tweed, maar ik ben blij dat hij zijn best heeft gedaan.

'Zenuwachtig?'

'Nee, hoor.'

'Zullen we de presentatie testen?'

'Is goed.' Hij vist een USB-stick uit zijn binnenzak en geeft hem aan de clubmedewerker die hem in de laptop steekt. Al snel verschijnt Henriks presentatie op het scherm. Hij krijgt een kleine afstandsbediening om door de slides te navigeren.

'Zo, wat hightech dit. Luxe hoor.'

'Jazeker, mijnheer,' zeg ik terwijl ik een kleine buiging maak, 'alleen het beste voor de besten.'

Henrik lacht.

Als we klaar zijn met testen vraag ik of hij in de tussentijd wat wil drinken. Hij zegt dat hij graag een biertje wil, een Hof als dat er is. Ik leid hem naar de bar, en onderweg komen we langs de ruimte waar we later die avond gaan eten. In een opwelling blijf ik staan.

'Ehh... we gaan straks dus erwtensoep eten.'

'Lekker.'

'En ik heb je nu naast mij gezet, maar als je wilt kan ik je nog naast onze inspecteur, Laila Westerberg, zetten.'

'Nee, nee, het is prima zo. Uiteraard.'

'Zeker?'

'Ja. Tenzij jij wilt ruilen?'

'Nee, ik wil naast jou zitten.'

'Mooi. Dan is dat geregeld.' Henrik lacht naar me, en zijn gezicht is levendiger en warmer geworden, meer dan hij een aantal weken geleden tijdens de lunch heeft laten zien. We lopen verder naar de bar.

Waarom bleef ik nou weer staan om hem dat te vragen? Het was niet alsof hij had kunnen zeggen van 'Ja graag, ik wil wel ruilen' zonder onaardig over te komen. En ik wilde ook helemaal niet naast Carl zitten. Soms ben ik een raadsel voor mezelf.

Twintig minuten later is de feestzaal tot op de laatste plaats bezet en het lawaai is bijna oorverdovend. Het galmt tussen de spiegels en portretten aan de muur, de kroonluchters versplinteren het geluid tot scherven van hoge tonen. Henrik en ik zitten naast elkaar op de eerste rij, het dichtst bij het podium. Het is precies zeven uur. Ik heb kriebels in mijn buik van verwachting en zenuwen, ook al ben ik niet degene die de lezing moet gaan geven. Ik leg mijn hand op Henriks arm, kijk hem aan en zeg: 'Zullen we?'

'Als jij er ook klaar voor bent?'

Ik loop het podium op, klap in mijn handen en vraag om stilte.

'Hoi... Welkom allemaal...'

Het geroezemoes neemt snel af. Er hoest iemand, er klinkt geschraap van een stoel die naar achteren wordt geschoven.

'Welkom bij deze donderdagavond op Stockholms Nation. Vanavond heb ik de zeer grote eer om de meest gewilde spreker van de universiteit van Uppsala te presenteren,' hierbij kijk ik lachend Henrik aan, 'de jongste docent ooit aan de rechtenfaculteit... Dames en heren, Henrik Ljungman!'

Een oorverdovend gejuich barst los. Henrik betreedt het podium met een energieke tred, terwijl ik het podium verlaat. Hij wendt zich lachend tot het publiek en doet zijn handen omhoog alsof hij zich overgeeft.

'Wauw, wat een introductie. Ik voel me uiteraard ontzettend vereerd dat ik hier mag zijn. Het is altijd al een droom van me geweest om ooit donderdagspreker te mogen zijn bij Stockholms Nation.'

Er barst weer gejuich, applaus en gefluit los. De loftuiting kwam aan, ook al was het vermengd met een vleugje ironie.

'Het was geloof ik dát,' zegt Henrik terwijl hij op zijn vingers telt, 'brandweerman worden en die megareep Kex-chocola winnen in Gröna Lund. Eén van de drie, dat is nog best goed.'

Gelach en gejoel vanuit het publiek. Er zijn net dertig seconden voorbij en hij heeft ze al voor zich gewonnen alsof hij een cabaretier is.

Henrik overtreft zichzelf vanavond. Hij praat over de oorsprong van de wet op de persvrijheid in Zweden, met veel grappige voorbeelden tussendoor, onder andere van satire uit de achttiende eeuw. De schrijvers van die tijd hielden zich niet in als het ging om de spot drijven met Gustav III, krijgen we te weten. Hij spreekt ongeveer drie kwartier, wat korter is dan gebruikelijk – tot teleurstelling van het publiek. Ze willen meer horen. Er volgt een lang vragenmoment waarin hij met het publiek in gesprek gaat. Henrik is intelligent en gevat, met geniale associaties en formuleringen. Een volmaakte verbinding tussen woorden en gedachten. En tegelijkertijd lijkt hij heel goed te kunnen luisteren. Hij wil precies begrijpen wat de vragenstellers uit het publiek graag willen weten.

Henrik is veruit de beste donderdagspreker die we tot nu toe hebben gehad. Al mijn zenuwen zijn verdwenen, het is een succes. En ik verbeeld me stiekem, zonder de gedachte duidelijk voor mezelf te verwoorden, dat het ook een beetje met mij te maken heeft. Dat ik hem in een goede stemming heb gebracht, hem op zijn gemak heb gesteld. Dat hij mij wil laten zien van: kijk eens wat ik kan!

Om kwart over acht sluit hij af. Ik haast me het podium op, overhandig hem een chique bos bloemen, we geven elkaar een vluchtige knuffel en dan neem ik applaus in ontvangst. Oorverdovend gejuich wat opmerkelijk snel wegsterft en overstemd wordt door het geschraap van honderd stoelen. Iedereen haast zich naar de bar die zojuist is geopend.

Een half uur later zitten we aan tafel in de kleine kamer. We drinken koud bier en eten warme erwtensoep en er heerst een extreem uitbundige sfeer. Henriks lezing was een perfecte start van de avond, die straks vervolgd wordt met drankjes, dansen, feesten en wie weet wat nog meer. Maar ik zorg er bewust voor dat ik mijn benen niet uitstrek onder tafel.

Ook hier weergalmen de stemmen tussen de houten muren en het wordt steeds luidruchtiger. Ik zit dicht tegen Henrik aan, want als we tegen elkaar praten moeten we ons helemaal naar elkaar toe buigen om elkaar te kunnen verstaan.

'Heb je wel eens stand-up geprobeerd?' vraag ik.

'Nee, eigenlijk niet,' zegt Henrik.

'Maar... Heb je er dan een boek over gelezen of zo, over hoe standupcomedians dat doen?'

'Nee. Moet dat dan?'

'Haha, nee, blijkbaar niet, aangezien je het al lijkt te kunnen.'

'Bedankt. Dat vat ik op als een compliment.'

'Mooi, anders zou ik vet beledigd zijn. Proost.'

'Haha... Proost, Anna.'

Ik hef mijn bierflesje naar hem op, hij tilt het zijne op en we klinken ze tegen elkaar aan.

'Je was keigoed.'

'Bedankt. Fijn dat je tevreden bent.'

Henrik kijkt me aan met een nieuwe glans in zijn ogen en ik krijg een gevoel van saamhorigheid, alsof we dit samen hebben gedaan. Dat was natuurlijk niet zo, maar dat gevoel kreeg ik door hem.

Misschien ben ik al een beetje dronken. Een heel, heel klein beetje dronken. Henrik misschien ook.

Ineens reikt Carl zijn bierfles over tafel, hij wil ook proosten met de hoofdpersoon van de avond.

'Proost, Henrik! Briljante lezing!'

Ook onze inspecteur Laila sluit zich aan. Ze heft haar bierglas.

'Ja, het was echt heel goed. Je overweegt niet toevallig over te stappen naar politieke wetenschappen?'

Iedereen moet lachen en we proosten nog een keer.

'Hoe je ook begon,' gaat Carl verder, 'dat je je drie grootste toekomstwensen van vroeger opnoemde, ontzettend grappig. Toen we hier verkiezingen hadden en ik me kandidaat had gesteld voor de functie van voorzitter, hield ik een toespraak waarin ik ook mijn jeugddromen noemde en vertelde hoe ik met mijn broertje en buurjongens altijd regerinkje speelden. Ik wilde altijd minister-president zijn, haha. Het was misschien geen retorisch meesterwerk, maar ik werd in ieder geval wel gekozen.'

Carl haalt lichtjes zijn schouders op en lacht bescheiden terwijl hij van Henrik naar mij kijkt, klaar om onze bewondering in ontvangst te nemen.

'Er was nou ook niet echt moordende concurrentie,' zegt Laila, en ze neemt een slok van haar bier. Henrik en ik moeten lachen om het commentaar en Carl lijkt te merken dat hij het best maar gewoon kan meelachen.

'Haha! Nee, precies, Stockholms Nation had het maar te doen met wat er op kwam dagen,' zegt hij.

Laila wrijft hem verontschuldigend over zijn arm. 'Sorry. Je doet het hartstikke goed, hoor, Carl.'

Carl wendt zich weer tot Henrik. 'Lijkt het je niet iets om advocaat te worden?'

'Goh, zeg,' zegt Henrik, 'wat een carrièreswitch-voorstellen allemaal... Heeft er iemand pen en papier?' Hij doet alsof hij in zijn zakken naar zijn aantekeningenboekje aan het zoeken is. Ik moet lachen en leg mijn hand op zijn arm.

‘Ik vroeg hem net al of hij wel eens aan stand-up heeft gedaan,’ leg ik aan Carl en Laila uit.

Carl gaat verder: ‘Nou, met jouw retorische vermogen zou je het erg goed doen in de rechtbank. En het betaalt goed. Mijn tante is partner van Mannheimer Swartling. Ze verdient ontzettend goed. En zij en haar man hebben een vakantiehuisje bij Juan-les-Pins, aan de Franse Rivièra. Dus daar ben ik in de zomer ook regelmatig te vinden.’

Opnieuw een pauze voor geïmponeerde reacties.

‘Goh, ik zal erover nadenken,’ zegt Henrik lachend.

‘Als hoogleraar verdien je ook best goed, hoor,’ zegt Laila. ‘En over een paar jaar is Henrik hoogleraar, dus ik denk niet dat je je druk hoeft te maken over zijn financiën, Carl.’

Er klinkt geschraap van een stoel aan het uiteinde van de tafel. Henning, de koorleider, is gaan staan. Henning is ruim twintig en knap op een bijna sprookjesachtige manier, een schattig soort knap. Donker, golvend haar dat naar achter is gekamd, zachte gelaatstrekken, rode wangen ondanks zijn zongebruinde huid. Grote, blauwe ogen. En hij zingt als een god, zowel in het studentenkoor als in een rockbandje dat vaak bij studentenfeesten speelt. Hij schraapt zijn keel en zegt, terwijl hij licht vooroverbuigt naar elke persoon die hij noemt: ‘Mevrouw de inspecteur, spreker van de avond Henrik Ljungman, voorzitter, al het andere tuig aan tafel...’ De plotselinge overgang van het formele naar het informele ontlokt een lachsalvo. Dan kijkt Henning mij aan met zijn engelachtige glimlach voordat hij verdergaat. ‘We hebben een hele hoop punchliedjes af te werken vanavond, dus we moesten maar eens aan de slag voor ik te gestrest raak. We gaan beginnen met “Er was eens een tijd dat ik wilde stoppen met punch drinken”. Zijn jullie er klaar voor?’

Hij zet het lied in en iedereen valt in. Hennings prachtige stem klinkt boven de rest uit, maar we brallen zo goed mogelijk mee.

Tijdens de rest van het diner praten Henrik en ik bijna alleen maar met elkaar. Het gesprek loopt vloeiend en moeiteloos. We hebben het over rechten, over Uppsala, over onze hobby's. Ik vertel dat ik van de hoogvlakte hou, zowel om 's winters te gaan skiën als om 's zomers te wandelen. Henrik vertelt dat hij best wat heeft geskied, maar nog nooit echt is gaan hiken. Ik vertel dat ik het er al een beetje over heb gehad met mijn vriendin Milena, die Henrik ook heeft ontmoet, om volgende zomer een weekje naar Abisko te gaan, misschien dat hij mee wil? Ik zeg het half voor de grap, en Henrik geeft al even speels antwoord. Dat zou hij echt moeten doen, zegt hij, het hoort zo'n beetje bij je algemene ontwikkeling om een keer op de hoogvlakte te hebben gewandeld.

Ik ben me er de hele tijd aangenaam van bewust dat wij het middelpunt van de belangstelling zijn. Ieders blik is op ons gericht. Wanneer Henrik een tijdje met Laila aan het praten is, aan de overkant van de tafel, zoeken zowel Carl als Henning mijn blik. Ik word overspoeld met aandacht.

Ineens leunt Henrik achterover en kijkt onder de tafel. Tegenover hem gaat Carl met een rood hoofd rechter op zijn stoel zitten.

'O, sorry,' mompelt hij.

Ik bijt op mijn onderlip om mijn lachen in te houden.

Dan praten Henrik en ik weer verder, over onze achtergrond, over onze ouders en broers en zussen. Ik vertel hem over mijn geliefde broers Erik en Gustaf, ouder en jonger, die ik vroeger graag op de kast joeg en manipuleerde. Henrik moet lachen en zegt dat het zwaar moet zijn geweest om mij als zus te hebben.

Ik zou willen zeggen dat hij zo anders is dan mijn vader. En dat dat iets goeds is. Maar ik doe het niet, dat zou net iets te intiem zijn.

We zijn klaar met eten en de meesten zijn al van tafel gegaan. Er klinkt een kabaal dat de hele sociëteit op zijn grondvesten lijkt te doen schudden. Het feest is losgebarsten in het nieuwe deel van het gebouw. Carl komt naar ons toe en richt zich tot Henrik: 'Zou je het goed vinden als ik Anna even leen?'

'Ik vind het prima, maar misschien kun je het haar beter zelf even vragen.'

‘Anna? Mag ik?’ Carl steekt zijn hand naar me uit en ik knik.

‘Zo terug,’ zeg ik tegen Henrik terwijl ik opsta.

‘Ik ga even naar de bar,’ zegt hij, ‘wil jij iets?’

‘Een G&T, graag,’ weet ik nog te antwoorden voor Carl me met zich meetrekt, weg uit de kleine ruimte, een trappetje af, en de nu al propvolle dansvloer op. De betonconstructie in het nieuwe gebouw is net één grote klankkast. Het is alsof de loodzware bas de muren uit zijn voegen doet barsten. En ik vind het geweldig.

Carl kijkt me met een onnozele glimlach aan, hij heeft nul gevoel voor ritme en lijkt meer op zijn plek te marcheren dan te dansen. Maar schijt aan hem, ik ben een beetje dronken en voel de vibraties van de bas door mijn hele lichaam, als een soort tweede hartslag. Ik wieg mijn heupen van links naar rechts met mijn armen boven mijn hoofd en sluit mijn ogen.

Mijn god, wat voelt dit goed.

Na een paar liedjes schreeuw ik in Carls oor dat ik mijn rol als gastvrouw moet vervullen, dus ik laat hem op de dansvloer achter om Henrik te zoeken. Ik vind hem bij de bar, waar hij zich net omdraait met in elke hand een gin-tonic. Hij glimlacht breed als hij me ziet aankomen. We proosten, drinken wat en banen ons een weg naar een bartafel waar een paar jongens die zijn lezing hebben bijgewoond hem meteen willen overspoelen met complimentjes. Hij praat beleefd met ze, maar zorgt er ook voor dat ik bij het gesprek word betrokken.

Het is druk en lawaaierig bij de bar, dus Henrik en ik gaan er weer weg, terug naar de kleine kamer waar het geluidsniveau wat verdraaglijker is. Precies wanneer we aan een tafel willen gaan zitten komt Henning eraan die Henrik nederig wil bedanken voor een fantastische lezing, en of hij Anna heel even mag lenen? Henning laat er geen gras over groeien, zijn hand ligt al zacht tussen mijn schouderbladen. Ik neem een paar flinke slokken van mijn gin-tonic, geef hem aan Henrik en zeg: ‘Hou vast. En ga nergens heen.’

‘Begrepen.’ Henrik glimlacht, maar ik lach niet terug, ik kijk hem streng aan om te laten zien dat ik het meen. Hij mag echt nergens heen gaan. Dat is toch ook wel een soort compliment?

Het is iets rustiger op de dansvloer op het moment en Henning grijpt zijn kans om met me te swingdansen. Het past totaal niet bij de zware EDM-beat, maar hij heeft genoeg zelfvertrouwen om zich daar niets van aan te trekken. Ik weet maar half hoe de jitterbug gaat, heb het alleen een keer tijdens gym gedaan op de middelbare school, maar ik volg Henning en hij weet hoe het moet. Hij trekt me naar zich toe, duwt me van zich af, laat me draaien, trekt me weer naar zich toe, op een andere manier dit keer, met zijn armen om me heen geslagen. Hij zegt in mijn oor, zo dichtbij dat ik zijn lippen voel: 'Je volgt als een schaduw.'

We hebben het naar ons zin. Henning is verleidelijk, hij is elegant en hij ruikt geweldig. Geen wonder dat hij de grootste casanova van Stockholms Nation is. Ik heb op zich niks tegen een onenightstand, maar met Henning? Alsjeblieft, zeg. Er zou al geroddeld worden voor hij zijn manchetknopen af heeft kunnen doen. Ik wil weer terug naar Henrik.

Hij zit aan een tafel in de kleine kamer, in het gezelschap van twee meiden. Ze lijken diep in gesprek verwikkeld te zijn. Mijn drankje staat voor hem op tafel. Henrik begint te stralen wanneer hij mij in het oog krijgt. Hij staat op om een stoel te halen, maar ik gebaar naar hem dat hij weer moet gaan zitten, dat doe ik zelf wel. Ik sleep een stoel naar de tafel en ga aan de andere kant naast hem zitten ten opzichte van zijn twee nieuwe bewonderaars. Ik begroet de meiden vrolijk, pak mijn gin-tonic en neem een flinke slok.

'We hadden het net over de lezing, dat die zo ontzettend goed was,' zegt het meisje dat het dichtst bij Henrik zit. Haar schattige poppengezicht wordt omlijst door een pagekapsel van rode krullen. Haar rokje is omhoog gegleden over haar pantydijen.

Vertel eens iets wat ik niet al duizend keer heb gehoord vanavond. En trek alsjeblieft je rokje goed, zeg, heel Stockholms Nation kan je onderbroek zien.

'Ja, echt, hè,' zeg ik. 'Studeren jullie ook rechten? Want volgens mij herken ik jullie.'

Ja, ze studeren ook rechten. Zo laagbegaafd kunnen ze dus niet zijn, maar toch lijken ze niet te begrijpen dat ze storen en Henrik en mij met rust moeten laten. Vooral de roodharige lijkt er moeite mee te hebben. Ze blijft doorkletsen alsof ze hem al jaren kent. Dus uiteindelijk pak ik Henriks hand en sta ik op.

'Kom. We gaan dansen.'

Ik trek hem van zijn stoel en in de richting van de dansvloer voor hij kan protesteren. Ik laat zijn hand geen seconde los tot we midden in de oorverdovende zee van geluid staan. Henrik beweegt zich voorzichtig en wat stijfjes op de maat van de muziek. De dansvloer is niet zijn natuurlijke habitat, maar nu heb ik hem in ieder geval weer voor mezelf.

Ik zie zijn gezicht van geel veranderen in blauw, rood en groen voor de lichtspotjes opnieuw beginnen. Henriks blik is strak op mij gericht, warm en vol dronken affectie. Nu vind ik hem wel knap. En omdat het niet zijn gezicht is dat ik mooi vind, maar de uitdrukking op zijn gezicht, besef ik dat het eigenlijk zijn ziel is die ik mooi vind.

Na een tijdje legt hij zijn warme hand op mijn blote schouder en buigt zich naar mijn oor.

'Weet je, ik denk dat ik maar eens richting huis ga.'

'Ik ook.' Ik zeg het zonder erbij na te denken.

We verlaten de dansvloer, lopen voorbij de kleine ruimte en de feestzaal en nemen de trap naar de entree waar de garderobe is. Hier beneden is het rustiger en koeler. Mijn oren suizen van de muziek. Er staat een kleine rij naar de garderobe en we wachten zonder iets te zeggen.

'Zo, ik ben half doof,' zegt Henrik na een tijdje met een scheve glimlach terwijl hij zijn vinger in zijn oor steekt.

'Echt, hè,' zeg ik terwijl ik teruglach.

Dan is het weer stil.

Ik heb er alweer spijt van dat ik zei dat ik ook naar huis ging. Misschien vindt hij me wel aanhankelijk? Draaide hij nou een beetje met zijn ogen toen ik het zei? Zo sneu. Maar nu kan ik niet meer van gedachten veranderen, dat zou vet raar zijn.

Ik hoor een bekende stem achter me, het is een van de koffiegastvrouwen die in de rij is gaan staan met een vriendin. Zij staat bekend als de grootste roddeltante van de hele vereniging, een fucking spionagecentrale op twee benen. Met het enige verschil dat ze meer informatie loslaat dan binnenhaalt.

En voor haar in de rij staan Henrik en ik muisstil en naar de muren starend te doen alsof we er niet zijn. Als twee honden die betrapt zijn op kattenkwaad. Mijn hoofdhuid jeukt als een gek, maar ik durf me niet te bewegen.

Sowieso dat ze nu over ons gaan roddelen. Kut kut kut.

Na wat wel een eeuwigheid lijkt, krijgen we eindelijk onze jassen en kunnen we de nacht in vluchten. De stad is in een ijskoude herfstmist gehuld. De gelige lantaarnpalen zijn vage vlekken in het donker. Boven ons, op de top van Drottninggatan prijkt Carolina Rediviva, de universiteitsbibliotheek, een machtig en gigantisch gebouw uit de negentiende eeuw. Het is net alsof we recht in een oud schilderij zijn gestapt.

'Waar moet jij naartoe?' vraagt Henrik.

'Studentvägen.'

'Ik loop met je mee.'

'Waar moet jij heen dan?'

'Eriksberg.'

'Het hoeft niet, hoor.'

'Geen probleem, het is nauwelijks een omweg.'

We beginnen Carolinabacken op te lopen. De frisse nachtlucht is fijn op mijn gezicht. Het voelt al beter. Ik weet niet waarom ik zo stond te stressen in de rij van de garderobe.

'Heb je haar nummer nog gekregen?' vraag ik.

'Wat? Van wie?'

'Die roodharige. Die je lezing zo ontzettend goed vond.'

'Haha, nee.'

'Jammer, joh.'

'Het...' Henrik twijfelt even voor hij verdergaat, lijkt na te denken over hoe hij het zal formuleren. 'Het hebben van relaties met studenten wordt niet zo gewaardeerd. Als je docent bent.'

'Nee...'

We lopen een tijdje in stilte. Dan neemt hij het woord weer: 'Maar het was ook niet alsof jij niet genoeg aandacht kreeg.'

'Hm.'

'Carl zat met me te voetjevrijen. Ik denk zomaar dat hij de verkeerde te pakken had.'

We moeten er allebei om lachen.

'Carl is... Tja, hoe zal ik het zeggen? Zijn eigen grootste fan.'

'De koorleider lijkt ook wel geïnteresseerd, zacht uitgedrukt.'

'Henning?'

'Ja. Die ene die eruitziet alsof hij bij de Backstreet Boys zit.'

'De Backstreet Boys,' zeg ik, 'mijn god, is dat de enige boyband die je kunt bedenken?'

'Sorry.'

'Zijn opa zat misschien bij de Backstreet Boys,' zeg ik terwijl ik Henriks arm pak om de grap te verzachten, maar ook omdat ik hem aan wil raken. We lopen arm in arm verder.

Hij loopt mee tot aan de ingang van mijn gebouw aan Studentvägen. We blijven staan.

'Dus... Hier woon ik,' zeg ik.

Hij slaat zijn armen om me heen. Ik sla mijn armen om hem.

'Ik heb een fantastisch fijne avond gehad,' zegt hij.

'Ik ook.'

We blijven lang zo staan, met onze armen om elkaar heen. Wiegen wat heen en weer. Gaat er nog meer gebeuren, en wie zal het initiatief nemen?

'Wil je een kop thee?' vraag ik uiteindelijk. Henrik zucht en doet er even over om te antwoorden.

'Dat zou geweldig zijn... maar mag ik passen?'

'Ja.'

Hij maakt zich een beetje los uit onze omhelzing, leunt achterover en kijkt me diep in mijn ogen.

‘Tot snel. Je bent fantastisch.’

Hij strijkt me over mijn wang en lacht. Dan laat hij los en wandelt de nacht in.

'DUS JE KREEG verkering met de meester,' zei Jacob terwijl hij naar me lachte.

'Zoiets, ja,' zei ik. 'We hebben het best een tijdje geheim moeten houden.' Ik keek uitnodigend naar Henrik om het te bevestigen of erop te reageren, maar hij bleef zwijgen en beantwoordde mijn blik niet. Hij nam een paar nootjes en staarde naar een punt op tafel. Milena nam een chipje en zat daar een eeuwigheid luidruchtig op te knauwen. Ook zij had haar blik op de tafel gericht, behalve toen ze kort naar Henrik keek. Ze zag er gekwetst uit. De gespannen sfeer tussen Henrik en mij was haar pijnlijk duidelijk.

'Maar hoe is het op werk?' vroeg ik aan Milena. 'Was het goed dat je er in september een weekje tussenuit ging?'

We waren allemaal opgelucht dat het onderwerp werd veranderd. Milena was jurist bij een gemeentelijk bedrijf in Stockholm. Haar baas had het vast niet erg gevonden dat ze haar verlofweek van juli naar september wilde verplaatsen. Naast ons begonnen Henrik en Jacob ervaringen uit te wisselen van hun wandelingen op de hoogvlakte. We aten en dronken en toen verdween de gespannen sfeer aan tafel.

Jacob vouwde zijn servet op en legde zijn bestek in het lege papieren bakje waar het rendiervlees in had gezeten. Hij vulde zijn bierglas bij, ook de tweede grote bierfles was nu grotendeels leeg. Hij keek Milena aan.

'Er is iets wat we jullie willen vragen,' zei hij. Milena zei niets, maar zag er een beetje gespannen uit. 'Vraag jij het of ik?'

'Doe jij maar,' zei Milena. Ze nam een slok wijn.

'Het zit zo... We vroegen ons af of jullie misschien ook naar Sarek zouden willen?'

Zowel Henrik als ik staarden hem zwijgend aan. Wat bedoelde hij?

'Naar Sarek? Bedoel je nu?' vroeg ik uiteindelijk.

'Ja. Ik ben al heel vaak in Sarek geweest, en wat mij betreft: als je nooit in Sarek bent geweest, ben je nooit echt op de hoogvlakte geweest.'

'Maar dat gaat niet. We hebben hutten geboekt en alles, we kunnen niet zomaar... Nee,' beet ik van me af.

We waren net twee uur met Jacob samen en hij stelde nu al voor om onze wandelplannen aan te passen. Plannen waar Milena en ik het keer op keer tot in de details over hadden gehad. Wie dacht hij verdomme dat hij was?

'Een hutje kan natuurlijk geannuleerd worden,' zei Jacob. 'Mag ik het even uitleggen? Als jullie het niet zien zitten doen we het niet. Uiteraard.'

Hij stond op en begon de tafel af te ruimen, hij verzamelde al onze eetverpakkingen en lege flessen en liep ermee naar de prullenbakken. Ik zuchtte. Henrik zei niets, maar ik zag dat Milena naar hem keek, zijn reactie probeerde te peilen. Twee hikers, een man en een vrouw die iets ouder waren dan wij, stonden hoopvol met hun dienbladen in het gangpad.

'Zijn jullie klaar?' vroeg de man aan Milena, precies toen Jacob terugkwam met meer servetjes.

'Nee, we blijven nog even,' zei hij zonder de man aan te kijken terwijl hij de tafel begon af te nemen. De vrouw zag er geïrriteerd uit.

'Nou, veel plezier, hoor, neem vooral je tijd,' zei ze.

Jacob keek op en wierp haar een scherpe blik toe, maar de vrouw had zich al omgedraaid, op zoek naar een zitplaats aan een andere tafel. Hij liep weg om de servetten weg te gooien.

'Als jullie niet willen, pakken we uiteraard gewoon Kungsleden zoals gepland,' zei Milena. 'Dat is ook helemaal prima.'

Het irriteerde me ook dat ze duidelijk bereid was te doen wat Jacob wilde. Ik had al meerdere keren voorgesteld om eens naar Sarek te gaan, maar Henrik en Milena wilden nooit. En elke keer had ik het gevoel gehad dat het vooral Milena was. Niet dat ik dacht dat ze het er dan samen al over hadden gehad, maar eerder als een soort stille overeenkomst waarin Henrik eerst probeerde aan te voelen hoe Milena ertegenover stond, om vervolgens haar te steunen in plaats van mij. Maar nu was Jacob in haar leven verschenen. En als hij Sarek zei, dan wilde ze ineens wel.

Jacob kwam terug, haalde een kaart uit een broekzak tevoorschijn en spreidde hem uit over de tafel voor ons. Het was een kaart van Padjelanta, het nationale park ten westen van Sarek. We hadden het er een paar keer over gehad om daar te gaan wandelen, maar steeds besloten dat het te lastig was om er te komen, het zou een extra dag kosten aan vervoer vergeleken met andere parken met vergelijkbare wandeltochten.

'Oké, ik had het volgende bedacht. Morgenochtend stappen we uit bij Gällivare,' begon Jacob uit te leggen. 'Van daaruit nemen we de bus naar Ritsem, hierboven. Dan vliegen we met een helikopter naar Staloluokta.' Hij trok met zijn vinger een streep over de kaart. 'Vanuit Staloluokta gaan we dan het park in, en dan zetten we hier ergens de tenten op, bij Alajavrre. In het oostelijke puntje. Dat is natuurlijk de beste manier om Sarek in te komen. Als je er bijvoorbeeld via Kvikkjokk in zou gaan, heb je best een saaie eerste dag om alleen nog maar bij het park te komen. Maar dit is een hele mooie wandeling. Het is niet zo vlak als je zou denken als je dit hier ziet, maar ook weer niet zo bergachtig dat het zwaar wordt. Bovendien heb je de hele tijd Sarek als uitzicht, je ziet de bergen dan voor je uit zeg maar. Je denkt vast dat ik jullie in de maling neem.'

Hij lachte naar me, maar ik lachte niet terug, en zei ook niets. Ik was me er extreem van bewust dat Milena me onderzoekend aankeek.

'Daarna...' ging Jacob verder, en nu draaide hij de kaart zodat Sarek zichtbaar werd. 'Gaan we verder in de richting van Alggajavrre, dus dan zouden we overmorgen in Sarek zijn.' Hij wees naar een meer waarvan de ene oever precies langs de grens tussen Padjelanta en Sarek liep.

Met een enkele blik op de kaart kon je al zien dat Sarek een heel stuk heftiger was dan Padjelanta. Bijna het hele middendeel van de kaart was bedekt met afwisselend bruine en witte stukken met blauwe vlekken en strepen ertussen. De bruine stukken waren de plekken waar de hoogtecurven zo dicht tegen elkaar aan lagen dat je ze niet van elkaar kon onderscheiden. De witte waren gletsjers: ik wist dat veel van de Zweedse gletsjers in Sarek te vinden waren. En de blauwe waren meren en riviertjes, voornamelijk Rahpaädno, de grootse rivier die door het Rapadal liep en uitmondde in een delta in het noordwestelijke uiteinde van Lajtavrre. De namen van het bergmassief spraken tot de verbeelding: Ruohtes, Tsähkok, Ålkatj, Ähpar, Skårki.

Dit was nou de wildernis, duizenden vierkante kilometers zonder paden of hutten, meedogenloos en moeilijk toegankelijk. Hier kon je zo dagenlang wandelen zonder ook maar iemand tegen te komen, vooral nu in september. Midden in het park stond een noodtelefoon aangegeven. Als je je in een van de afgelegen hoekjes van het park bevond, kon het dagen duren om daar überhaupt te komen, realiseerde ik me.

'Vervolgens lopen we dan langs de noordkant van het meer het dal Alggavagge in,' zei Jacob. 'Het uitzicht over het meer is echt magisch. En dan via deze weg naar Sarvesvagge. Hier zetten we de tent op. Bruut uitzicht over het hele dal. En dan gaan we verder naar Rovdjurstorget. Hier kunnen we een dagje blijven staan. Een bergtop beklimmen, als het weer goed is.' Hij keek mij aan. 'Je hebt geen hoogtevrees, heb ik begrepen.'

'We hebben niet de uitrusting om bergtoppen te beklimmen,' zei ik.

'Ik heb spullen zodat we als touwteam kunnen lopen. Als je de tent een stukje ten noorden van Rovdjurstorget opzet, kun je een dagtrip de Stortopp op doen. Hoger kom je niet in Sarek.'

Ik wilde het eigenlijk niet aan mezelf toegeven, maar de mogelijkheid om wat klimmen aan de wandeltocht toe te voegen klonk... verleidelijk.

'Maar dit is geen klimreis, hè,' zei Henrik koeltjes, 'het is een wandeltocht.'

'Maar er is wel... Tenminste...' Jacob keek naar de kaart. Henriks toon leek hem een beetje uit balans te hebben gebracht. 'Er zijn ook eenvoudigere klimmen, waarbij je geen speciale uitrusting nodig hebt. Je kan ook via Bierikjavrre en dan omhoog op de Vuojnestjåhkkå.' Zijn vinger bewoog weer over de kaart.

'We zouden ons natuurlijk ook een dag kunnen opsplitsen,' zei Milena terwijl ze Henrik aankeek. 'Ik blijf bij de tent als jullie twee een bergtop willen beklimmen. Dat hebben we eerder ook wel gedaan.'

Henrik wierp haar een blik toe, maar zei niets. Jacob kreeg weer nieuwe moed.

'Rovdjurstorget is echt een gave plek. Je kunt er beren zien en wolven en veelvraten en lynxen... Dus daar kun je een dagje met je verrekijker naar op zoek als je niet mee zou willen naar de top.'

'Je vertelde dat je een keer achterna bent gezeten door een eland,' zei Milena terwijl ze hem lachend aankeek.

'Ja, dat was verdomme het ergste wat ik ooit heb meegemaakt. Ik was écht bang, toen.'

'Was dat hier bij Rovdjurstorget?' ging Milena erop door.

'Nee, dat was wat verder het Rapadal in, ik weet niet meer precies... De grootste elanden van Europa zijn in Sarek te vinden, wisten jullie dat?' vroeg Jacob terwijl hij mij aankeek.

'Nee, dat wist ik niet.'

'Ja, echt. We pauzeerden hier beneden bij de rivier voor de lunch, gingen even languit liggen voor een dutje, het was fantastisch weer in juni, dus het was best warm. Maar in ieder geval, toen moest ik plassen, dus liep ik naar de rand van de rivier om, ja, in de rivier te plassen, en toen zag ik ineens dat er een fucking grote eland aan de andere kant in het water stond, met zo'n gigantisch gewei.' Jacob liet met zijn handen in de lucht de afmetingen zien. 'En die staat me recht aan te kijken, met zijn kop zo een beetje naar beneden. Dus ik dacht zo van: Shit, die is groot! Maar ik was niet bang of zo, want ik had natuurlijk een complete rivier tussen mij en die eland.' Zijn ogen glommen bij het ophalen van de herinnering. En ondanks alles werd ik toch meegenomen in zijn enthousiasme tijdens het vertellen.

'En toen begon hij het water in te lopen en was ik nog steeds niet bang, omdat er een behoorlijk sterke stroming staat half juni, kan ik je vertellen, omdat dan het smelten van de sneeuw goed op gang is gekomen. Maar dan begint dat elandenbeest ineens te zwemmen! En hij zwom nog hard ook. En toen realiseerde ik me dat hij binnen een paar seconden aan mijn kant zou zijn, en zodra hij met zijn hoeven bij de grond zou kunnen, kon hij gaan rennen en dan was het gedaan. Dus ik draai me om en ga er als een gek vandoor. Het ding was alleen dat ik me zo rot schrok toen die eland ineens begon te zwemmen dat ik mijn broek was vergeten dicht te knopen. Na een paar seconden lag ik al voorover op de stenen met mijn broek op mijn knieën. En toen hoorde ik me toch gebrul achter me... Komt dat monster er dus aan gesprint! Dus ik vlieg overeind en begin te rennen terwijl ik tegelijkertijd mijn broek probeer vast te knopen. Ik weet bij het struikgewas te komen wat zo hoog is dat het boven mijn hoofd uitsteekt en er zijn een heleboel paadjes, het lijkt wel een labyrint, en die eland komt eraan terwijl hij loopt te brullen. Dus ik ren zo'n paadje in en die eland komt achter me aan, een beetje zoals in *The Shining*, als hij achter zijn zoon aan gaat... Behalve dan dat de eland geen bijl had.'

Milena grijnsde, zelf probeerde ik mijn lach in te houden.

'Lukte het je om weg te komen?' vroeg ik.

'Ja, hij gaf op. Gelukkig. Hij wilde me misschien alleen even een beetje vernederen.' Jacob keek me aan. 'Dat zou wel wat zijn, toch, Anna? Achternagezeten worden door een eland?'

Ik glimlachte scheef. 'Ja joh, lijkt me geweldig. Hé, maar... We hebben het al eens eerder over Sarek gehad, hè?'

Milena knikte, Henrik staarde nog steeds alleen maar voor zich op tafel.

'Ja, Milena zei het,' zei Jacob.

'Dus ik hou het hierop: heel graag een ander jaar. Maar praktisch gezien snap ik gewoon niet hoe we het nu zomaar ineens zouden kunnen aanpassen.'

'Waarom niet?' vroeg Jacob.

'Ten eerste hebben we niet genoeg eten bij ons voor de hele week. We hebben erop gerekend om bij het bergstation van Kebnekaise meer boodschappen te kunnen doen.'

'Er is een kiosk in Stalo,' zei Jacob. 'Parfas-kiosk. Die hebben alles wat je nodig hebt. Vriesdroogmaaltijden, soep, brood, alles.'

'En die zijn nu open? In september?'

'Ik heb al gecheckt. Ze zijn open.'

'We hebben ook niet genoeg gas, trouwens.'

'Ook in Stalo te vinden. Op internet staat een lijst met alles wat ze hebben.'

'En dat met die helikopter dan?'

'Ik heb een voorlopige reservering staan voor morgen.'

'Dus je bent er gewoon van uitgegaan dat wij hierin mee zouden gaan?'

'Zoals ik al zei is het een voorlopige reservering,' zei Jacob geduldig. 'Daar kwamen wat kosten bij kijken die ik uiteraard zelf betaal als we besluiten niet te gaan.'

'Een satelliettelefoon? Moet je toch ook bij je hebben in Sarek?'

Jacob stak zijn hand in een van de zijvakken van zijn outdoorbroek en haalde er een telefoon uit die eruitzag als zo'n mobiele telefoon uit de jaren negentig. Hij hield hem omhoog zodat iedereen hem kon zien.

'Noodzender. Mocht er iets gebeuren, dan kunnen we dat melden.'

'Dat was mijn voorwaarde,' onderbrak Milena hem.

'Ik wil nog één ding kwijt,' zei Jacob. 'Ik heb de weersvoorspellingen bekeken en het wordt komende week voornamelijk zonnig in Sarek. En dat is niet gebruikelijk in deze tijd van het jaar. Dus we zouden echt van de gelegenheid gebruik moeten maken.'

Ik keek naar de kaart voor ons op tafel. Dat blauwe, dat bruine, dat witte, het avontuur schreeuwde me tegemoet. Om iets te zien wat ik nog nooit eerder heb gezien, iets waar ik altijd naar heb verlangd.

Natuurlijk wilde ik eigenlijk wel.

Ik keek Henrik aan en zei: 'Eh... Ja, ik denk dat wij even teruggaan naar onze coupé om het hier even rustig over te hebben, dan kunnen we...'

Ik kon mijn zin niet afmaken. Henrik onderbrak me.

'Maar ik wil niet.' Zijn stem klonk beslist en een beetje onvast, een teken van ingehouden woede. Hij had zich blijkbaar al een tijdje kwaad zitten maken zonder dat wij daar iets van hadden gemerkt. Het werd stil aan tafel.

'Ik zit in deze trein om naar Abisko te gaan en over Kungsleden te wandelen. Ik ben niet van plan daar iets aan te veranderen. Als jullie naar Sarek willen, prima, maar ik ben niet geïnteresseerd.'

'Nee, laat maar dan,' zei Milena snel. 'Dan gaan we wel naar Abisko.'

Jacob krabde aan zijn baard terwijl hij naar de kaart keek, hij leek moeite te hebben om zijn teleurstelling onder controle te houden.

'Mag ik alleen even...' begon hij, maar Milena onderbrak hem.

'Jacob, laat nou maar.'

'Maar mag ik even uitpraten?' Zijn stem klonk geïrriteerd, hij keek Milena scherp aan. Ze hield meteen haar mond. Jacob haalde diep adem, herpakte zich. Hij was nog niet van plan op te geven. Henrik vouwde zijn armen over elkaar voor zijn borst en leunde achterover op de bank.

'Luister,' probeerde Jacob opnieuw.

'Ik wil het niet,' zei Henrik meteen. Hij klonk als een koppig kind, maar Jacob was niet onder de indruk.

'Jullie zijn al eens op de Kebnekaise geweest. Niets in Sarek is heftiger dan dat als je dat niet wil. Het lastige en tijdrovende aan Sarek is om de juiste weg te vinden, want er staan geen routes aangegeven. Is het beter om in het dal te lopen of juist hoger op de berg, dat soort afwegingen. Maar dat weet ik allemaal, want ik heb deze route al meerdere keren gelopen. Dus eigenlijk is het helemaal niet lastiger dan Abisko.'

'Maar: ik wil het niet. En ik weet niet hoeveel duidelijker ik erover kan zijn.'

Jacob en Henrik keken elkaar zwijgend en dreigend aan. Er hing een gespannen sfeer. Milena was er van slag van, maar leek niet in staat om in te grijpen. Ze durfde waarschijnlijk niets meer te zeggen na die eerdere uithaal. Ik besefte dat het op mij neerkwam om de gemoederen tot bedaren te brengen.

'Waarom niet?' vroeg Jacob.

'Waarom niet?' herhaalde Henrik.

'Ja. Geef me een reden.'

'Hij zegt toch dat hij niet wil, Jacob,' kwam ik tussenbeide, 'dan moet je het daar maar mee doen...' Verder kwam ik niet voor Henrik me onderbrak. Ik had hem nog nooit zo overstuur gezien. Hij keek Jacob met een wilde blik aan.

'Wij doen dit nu al tien jaar lang en dan duik jij ineens een week van tevoren uit het niets op, wringt je ertussen, en dan wil je ook nog eens de hele reis veranderen terwijl we amper Stockholm uit zijn gereden? Wat is er mis met jou? Wie ben jij eigenlijk?'

Hij was zo hard gaan praten dat het gezelschap aan de andere kant van het gangpad onze kant op keek. Jacob hield zijn handen omhoog alsof hij zich overgaf, maar hij zei niets. Henrik bleef hem strak aankijken.

'Henrik,' probeerde ik, maar Henrik ging door: 'Ik meen het. Wie ben jij? Anna zegt dat je bij BCG werkt, maar een kennis van me werkt daar en er is helemaal geen Jacob Tessin bij BCG. Dus wie ben jij?'

Henrik, waar ben je mee bezig?

Milena keek hem verward aan. Jacob fronste zijn wenkbrauwen.

'Nu houden we erover op,' zei ik. 'Het is genoeg zo. Zullen we gaan?' Ik wilde al opstaan.

'BCG? Waar heb je het over?' zei Jacob, en zijn stem was donkerder geworden, klonk een beetje hees. Hij wendde zich tot Milena. 'Wat bedoelt hij?'

Milena antwoordde niet, zag er bijna bang uit.

'Misschien had ik het wel verkeerd verstaan,' zei ik. 'Maar ik dacht dat je zei dat Jacob bij BCG werkte. Toen we aan het lunchen waren. Maar misschien hoorde ik het verkeerd.'

Milena had helemaal rode vlekken in haar nek. Met langzame, afgemeten bewegingen haalde Jacob zijn portemonnee tevoorschijn en trok er een visitekaartje uit. Zonder een woord te zeggen legde hij het kaartje tussen ons in.

Op het kaartje stond een logo met de letters 'BCV'. Daaronder stond 'Jacob Tessin', en nog een paar regels lager, in een wat kleiner lettertype, 'senior consultant'.

Henrik en ik staarden allebei naar het kaartje.

'Ja, zie je,' zei ik. 'Ik verstond het gewoon verkeerd. Sorry. *My bad.*'

Toen werd het stil. Het duurde maar een paar seconden, maar het voelde wel als een eeuwigheid. Jacob keek Milena strak aan.

'Waarom loop jij tegen mensen te verkondigen dat ik bij BCG werk?'

Milena antwoordde niet, maar keek naar Jacob met een blik die ik nog nooit eerder had gezien. Ze zag er gekwetst uit, maar ook boos, en bang.

'Maar hallo, Jacob, ík had het gewoon verkeerd verstaan,' zei ik. 'Milena is onschuldig. Nogmaals, het spijt me.'

Henrik schraapte zijn keel, ging weer rechtop zitten. Zijn woede was alweer gezakt. Zijn stem klonk schor, bijna gebroken.

'Ik moet ook mijn excuses aanbieden. Ik weet niet waar ik last van had.' Hij schaamde zich vast ook wel voor zijn ongegronde beschuldigingen richting Jacob, maar vooral voor het feit dat hij in het openbaar zijn geduld was verloren. Dat was zo niets voor hem.

'Ik ben IT-consultant,' zei Jacob met ingehouden woede. Milena legde haar hand op de zijne, maar Jacob was het nog niet van plan goed te maken, hij trok zijn hand weg en maakte er een vuist van.

Ik begreep best dat hij boos was op Henrik en mij, maar waarom ook op Milena? Wat hij zij verkeerd gedaan?

'Sorry, Jacob,' zei ik weer. 'Echt. Het spijt me.'

'Weet je... Ik ga even wat drinken halen,' zei Henrik terwijl hij opstond. 'Ik denk dat we dat wel kunnen gebruiken. Ik in ieder geval wel. Wat wil jij, Jacob? Ik zag dat ze whisky en cognac en zo hebben in kleine flesjes.'

Jacob gaf geen antwoord, keek Henrik niet eens aan.

‘Ik lust nog wel een wijntje,’ zei Milena.

‘Ik ook,’ zei ik snel.

‘Oké, ik koop wel een beetje van alles wat... Het spijt me, Jacob. Ik was... Ik ging te ver.’

Henrik liep weg. De drukte bij de kassa was een stuk minder en er stond bijna geen rij meer. Jacob keek Milena aan en zei: ‘Er was dus toch iemand die me er niet bij wilde hebben.’ Hij zei het hard genoeg zodat ik het sowieso ook zou kunnen horen.

‘Dat is niet zo, hoor,’ zei ik en ik denk dat ik bijna geloofwaardig klonk. ‘Maar hij... Hij kan soms nogal blijven hangen in details.’

Milena wreef Jacob over zijn rug. ‘Hij bedoelt het niet verkeerd.’

Jacob lachte sarcastisch naar haar, maar zei niets meer. Al snel kwam Henrik terug met een dienblad vol bier, wijn en een paar kleine flesjes drank. Er lagen ook een paar zakjes chips en snoep. Hij zette het dienblad op tafel en ging naast me zitten.

‘Oké, zand erover nu. En ik ben van gedachten veranderd. Laten we naar Sarek gaan.’

EEN PAAR UUR later lagen we in Henriks smalle bed, we lagen lepeltje-lepeltje en ik voelde zijn regelmatige, slapende ademhaling in mijn nek. Het licht was uit in de coupé, maar mijn ogen waren aan het donker gewend geraakt. Er piepte licht door een spleet naast het rolgordijn en door een ventilatierooster onder aan de deur naar de gang. De wagon schudde en schommelde een beetje. Het geluid van de rails klonk als een ritmisch, slaperig gebonk. Ik zou moeten kunnen slapen. Maar er was een gevoel van onbehagen blijven hangen na de scène in de restauratiewagon.

We hadden alles van Henriks dienblad opgedronken en zowel de chips als het snoep opgegeten. We lieten Jacob vertellen over zijn wandelingen in Sarek, slaakten geïmponeerde zuchten toen hij beschreef hoe hij met een paar vrienden de legendarische Sarek-traverse had voltooid. Al snel werd zijn humeur beter. Een uurtje later voelde hij zich zelfs zo vrijgevig dat hij zelf de volgende ronde ging halen. We dronken meer en raakten allemaal een beetje aangeschoten. Jacob maakte een vrij ongepaste grap die aan mij gericht was, terwijl Milena en Henrik ook gewoon aan tafel zaten. Ik moest lachen, zijn bruine ogen glinsterden.

Wij waren de laatste gasten in de restauratiewagon en gingen uit elkaar als vier vrienden op weg naar het avontuur in Sarek.

Van ons allemaal was Henrik waarschijnlijk degene die het verzetje het hardst nodig had gehad. Het was echt niets voor hem om zijn zelfbeheersing te verliezen zoals die avond was gebeurd. In nuchtere toestand zou hij waarschijnlijk kapot zijn gegaan van schaamte. Nu was het alsof hij het bij terugkomst bij onze coupé al met een zekere afstand en humor kon bekijken. En het leek wel of hij er helemaal oké mee was dat we nu naar Sarek zouden gaan. Bijna alsof hij er zelfs naar uitkeek.

Eigenlijk was alles zo goed mogelijk opgelost, beter had bijna niet gekund. Toch bleef dat gevoel van onbehagen hangen, iets waar lastig de vinger op te leggen was. Waar lag dat nu eigenlijk aan?

Deels denk ik dat de dynamiek aan tafel me erg bekend voorkwam, van mijn eigen familie. Veel te bekend. Eén persoon wordt boos en alle anderen doen hun uiterste best om hem weer op te vrolijken. Want je weet dat als je dat niet doet, alles alleen maar honderd keer erger wordt. Die persoon heeft geen rem, hij zal zijn inzet verdubbelen. Je zou het vooral jezelf alleen maar moeilijker maken.

En dan nog dat met Jacobs werk.

Ik wist bijna honderd procent zeker dat Milena BCG tegen me had gezegd, die dag tijdens onze lunch. Bijna honderd procent. Als het nou ging om B of P, oké. Maar K of V?

En dat Milena het expres verkeerd zou hebben gezegd om ermee op te scheppen dat haar nieuwe vriend bij een fancy adviesbureau werkte – daar geloofde ik niets van. Dat was totaal ondenkbaar. Zo was Milena gewoonweg niet.

Dan bleef alleen de mogelijkheid over dat ze het verkeerd had gehoord toen Jacob tegen haar zei waar hij werkte. Dat zou natuurlijk kunnen.

Of.

Misschien had hij wél BCG gezegd en hoopte hij dat niemand door zou hebben dat hij blufte. En een visitekaartje laten maken waar BCV op stond, *just in case.*

Hm.

In dat geval was hij niet helemaal goed snik. En er was op dit moment eigenlijk niets anders wat daarop zou wijzen.

De trein begon af te remmen. Het regelmatige gebonk nam af en op een gegeven moment hield het abrupt op. Alles werd stil afgezien van het getik in de verwarming van de coupé. Henrik sliep verder.

Voorzichtig, om hem niet wakker te maken, gleed ik uit zijn armen. Ik pakte mijn mobiel en ging op het klapstoeltje zitten.

Ik surfte naar allabolag.se en zocht naar BCV. Er waren meerdere bedrijven te vinden met die naam, onder andere een loodgieter, een elektrotechnische groothandel en een muziekwinkel in Falkenberg. Maar in de lijst stond ook BCV – adviesbureau. Ik klikte op de link.

Het was een eenmanszaak. De jaaromzet was volgens de laatste berekeningen 116.000 kronen. De winst 2750 kronen. De eigenaar heette Stefan Jakob Johansson.

Mijn mond raakte droog van opwinding. Hoewel ik eerder nog wat slaperig was, was ik ineens klaarwakker. Een duidelijk gevoel dat ik iets op het spoor was.

Wie ben jij eigenlijk, Jacob?

Omzet 116.000, winst 2750. Waarschijnlijk was het verschil het salaris van de eigenaar van het bedrijf. 113.000 kronen aan loonkosten, inclusief socialezekerheidsbijdragen. Dat betekent een brutoloon van ongeveer 7000 kronen in de maand. Vrijwel onmogelijk om rond van te kunnen komen, zeker als je in Stockholm woonde. Oké, Stefan Jakob Johansson zou ook nog andere inkomsten kunnen hebben, maar Jacob had zich voorgesteld als consultant bij BCV, dat was zijn hoofdinkomen.

En had hij niet tegen Henrik gezegd dat hij veel te veel werkte, ook vaak in het weekend? Jawel. Als hij zo veel werkte en 7000 kronen per maand verdiende, was hij ofwel de zwaarst onderbetaalde consultant van Zweden. Ofwel de meest ineffectieve.

Stefan Jakob Johansson. Ben jij dat, Jacob?

Uit het getuigenverhoor met Anna Samuelsson, persoonsnummer 880216-3382, 17 september 2019, Gällivareziekenhuis, afgenomen door rechercheur Anders Suhonen.

'Maar de volgende ochtend stapten jullie toch uit in Gällivare.'

'Ja.'

'Ondanks dat je je begon af te vragen wat voor iemand Jacob eigenlijk was.'

Stilte.

'Wat had ik moeten zeggen? "Je verdient maar zevenduizend kronen in de maand, ik wil niet met jou naar Sarek"? Dat kan echt niet.'

'Nee... Heb je het hier nog met Henrik over gehad?'

Stilte.

'Nee.'

'Waarom niet?'

Stilte.

'Ik dacht... Als ik dit vertel verandert hij misschien van gedachten.'

'Je bedoelt dat hij dan niet meer naar Sarek zou willen? Bedoel je het zo?'

'Ja.'

Stilte.

'En het voelde een beetje overdreven. Hoe ik die nacht bezig was.'

'Bedoel je dat je zo aan het googelen was en...'

'Ja. Ik probeerde foto's te vinden van Stefan Jakob Johansson. Te kijken of het Jacob was. Ik was uren bezig.'

'En de volgende ochtend vond je het overdreven overkomen?'

'Ja.'

Stilte.

'Dus we stapten uit in Gällivare. Maar... er was nog iets wat niet goed voelde.'

'Oké.'

'En toen realiseerde ik me waar ik hem eerder had gezien.'

DE TREIN REMDE af en stopte, Jacob deed de treindeur open en we stapten uit in Gällivare. Het was rond acht uur in de ochtend, het lichtgrijze wolkendek was ondoordringbaar, de lucht vochtig en ijzig. Ik rilde. Er waren niet veel mensen op het perron. De meeste wandelaars aan boord gingen verder in de richting van Abisko, vermoedde ik.

We hesen onze backpacks op onze rug en wandelden het korte stukje naar het oude houten stationsgebouw, of 'Resecentrum Gällivare', zoals het tegenwoordig heette. De bus naar de hoogvlakte zou over een half uur bij de ingang vertrekken. We konden ons nog even opwarmen binnen. Er werd niet veel gezegd. Jacob had zijn zonnebril op ondanks het bewolkte weer.

Het was lekker warm in het bijna lege stationsgebouw en er waren houten bankjes om op te zitten. Er was een hoek ingericht als winkeltje waar je lokale handgemaakte spullen, kleding, kaarten en gidsen kon kopen. Er stond een jongen bij de kassa, ondanks het vroege tijdstip, en ik kocht een kaart van Sarek van hem. Op een tafel stonden een pompthermoskan, een pak melk, plastic mokken en een pak suikerklontjes. Een bordje maakte duidelijk dat er zelfbediening gold voor de koffie, een mok kostte tien kronen, contant of via Swish. Ik had tijdens het ontbijt in de trein wel koffie gedronken, maar op deze sombere ochtend kon ik alles gebruiken om een beetje wakker te worden. Ik maakte twintig kronen over via Swish en zei tegen Henrik dat hij ook kon pakken. Met een dampende kop in mijn handen liep ik naar het bankje waar ik mijn backpack op had gezet, ging zitten en vouwde de kaart van Sarek open op mijn schoot.

'Welke heb je genomen?' vroeg Henrik.

'1 op 50.000,' zei ik terwijl ik naar hem opkeek toen hij ook met een kop koffie in zijn handen terug kwam lopen van het winkeltje. Een stukje achter hem zag ik Jacob bij een stellage met gekleurde zakdoeken staan, en ineens herinnerde ik me waar ik hem eerder had gezien.

Mijn hart sloeg op hol. Ik voelde het kloppen bij mijn slapen. Ik schoot compleet in de stress.

Ik zag hem schuin van achteren, en er was iets met die hoek waardoor ik me hem herinnerde. Gek genoeg. Je zou zeggen dat je iemand juist zou moeten herkennen aan zijn gezicht. Maar nu kwam het terug. Ja, volgens mij was hij het echt.

Ik werkte een tijdje bij een rechtbank in Nacka na mijn studie. Als griffier bereid je onder andere rechtszaken voor en schrijf je notulen voor de rechter. Na zes maanden mag je vervolgens zelf als rechter oordelen in wat eenvoudigere rechtszaken, maar dit was toen ik nog maar net was begonnen en bovendien ging het om zo'n ernstig misdrijf dat het nooit aan een griffier zou worden toevertrouwd. Het ging om vrouwenmishandeling, en veel van de details klonken maar al te bekend: het stel had elkaar via internet ontmoet, ze waren ongeveer een jaar samen, de vrouw beschreef hoe verliefd ze was in het begin, ze was er zeker van dat ze de man van haar dromen had ontmoet. De liefde maakte haar blind voor het feit dat hij geleidelijk aan haar zelfvertrouwen kapotmaakte, eerst met kleine onschuldige opmerkingen over het een of het ander, maar vervolgens met steeds duidelijkere meningen en eisen over hoe ze zich moest kleden, hoe ze zich in het openbaar moest gedragen, wat ze in het huishouden moest doen. Hij had een enorme behoefte aan controle en was extreem jaloers. Hij nam haar mobiele telefoon in beslag, eiste toegang tot haar bankrekening. Grenzen werden opgerekt, de verbale mishandeling werd iets dagelijks, het zieke werd genormaliseerd.

Toch was ze de eerste keer dat hij haar sloeg gechoqueerd, ze ging bij hem weg en deed aangifte bij de politie. Hij vroeg haar om vergeving, smeekte haar, zei dat ze het enige positieve in zijn leven was, hij was zo bang om haar te verliezen, hij wist dat hij problemen had en hij zou daaraan gaan werken. Zij was nog altijd verliefd op hem. Ze hadden nog steeds momenten, soms zelfs hele dagen, waarop alles was zoals in het begin. Hij kreeg nog een kans. Ze trok haar aangifte in. Er gingen een paar weken voorbij, maar toen waren ze weer terug in hun oude patroon, een destructieve en steeds gewelddadigere spiraal.

Het medische rapport waar de vervolging op was gebaseerd was akelig om te lezen. Bloedende hoofdwonden. Kaakfractuur. Wurgplekken rond haar hals. Scheur in haar elleboog, gebroken pols. Grote blauwe plekken op haar armen, rug en dijen.

Ik heb de rechter geholpen de rechtszaak voor te bereiden en geloof niet dat ik toen foto's van de man had gezien. Maar ik zag hem op de eerste dag van het proces in de rechtszaal. Hij werd binnengebracht en hij droeg een jas met de capuchon over zijn hoofd getrokken om zijn identiteit te verbergen. Ik kon zien dat hij groot was. De advocaat leidde hem naar zijn plaats in de rechtszaal, en voordat hij ging zitten deed hij zijn jas uit en hing hem aan zijn stoel. Hij had een wit overhemd aan en een netjes gestreken chino. Golvend bruin haar, zongebruinde huid, goed verzorgde stoppelbaard.

Het was toch Jacob in die rechtszaal? Ja, ik wist het zeker. Hij had nu korter haar en was heel anders gekleed, daarom had ik hem niet meteen herkend. Maar ik had dus wel meteen het gevoel, al toen ik hem op Stockholm Centraal zag, dat ik hem ergens van kende.

De man werd veroordeeld tot drie jaar gevangenisstraf wegens zware mishandeling, als ik het me goed herinner. Hij heette natuurlijk niet Jacob Tessin, dat zou ik hebben onthouden. Zou hij Stefan Johansson kunnen hebben geheten? Ik wist het niet meer. Maar het zou niet vreemd zijn als hij zijn naam had veranderd toen hij in de gevangenis zat. Als hij met een schone lei wilde beginnen nadat hij was vrijgelaten, wilde hij misschien geen naam die aangetast was.

Ik staarde naar Jacob, helemaal in gedachten verzonken. Ik had een droge mond gekregen en forceerde mezelf normaal te ademen. Maar Henrik zag dat er iets aan de hand was.

'Wat is er?' vroeg hij.

Milena kwam net naar ons toe. Ik kon nu niets zeggen, ik had tijd nodig om na te denken.

'We hebben het er nog wel over,' mompelde ik.

'Kunnen jullie Staloluokta vinden?' vroeg Milena terwijl ze aan de andere kant van Henrik ging zitten.

'Nee, maar kijk eens,' zei ik terwijl ik de kaart verschoof naar Henriks schoot. Hij keek me lang aan, maar richtte vervolgens zijn aandacht op de kaart. Die was tweezijdig en Henrik en Milena bleven hem maar draaien om het deel te vinden waar we het park zouden binnengaan.

Jacob liep rond in het winkeltje, pakte af en toe iets op om te bekijken, niet doorhebbende dat ik hem met mijn blik volgde. Ik vroeg me af of hij onlangs uit de gevangenis kon zijn vrijgelaten, of dat de reden was dat de inkomsten van zijn adviesbureau zo laag waren. Ik maakte een snelle tijdsberekening: ik begon als griffier in het voorjaar van 2015, die rechtszaak zou in april moeten zijn geweest, of uiterlijk mei dat jaar. Het vonnis werd na drie weken definitief, dus Jacob zou zijn gevangenisstraf voor de zomer kunnen zijn begonnen. Drie jaar in de gevangenis, dat betekende dat dat twee jaar kon worden als hij zich normaal had gedragen en geen nieuwe misdrijven had gepleegd in de gevangenis. Dan zou hij in de zomer van 2017 zijn vrijgekomen. Twee jaar geleden. Het is natuurlijk mogelijk dat hij nog heeft gevochten, of geprobeerd te ontsnappen of iets dergelijks waardoor hij strafvermeerdering heeft gekregen, maar voor zover ik wist was dat vrij ongebruikelijk. En de veroordeelde man was niet overgekomen als een beroepscrimineel, maar als een relatief goed aangepast individu met een zieke kijk op vrouwen, relaties en geweld.

Ineens keek hij onze kant op. Hij had nog steeds zijn zonnebril op, dus ik was er niet zeker van of hij mij aankeek, maar er ging toch een schok door me heen. Ik voelde me betrapt en mijn blik schoot onwillekeurig alle kanten op.

Jacob kwam naar ons toe lopen. Hij lachte en duwde zijn zonnebril omhoog in zijn haar. Jazeker. Hij keek naar mij. Ik lachte halfhartig terug.

De bus zou over een kwartier vertrekken.

Uit het getuigenverhoor met Anna Samuelsson, persoonsnummer 880216-3382, 17 september 2019, Gällivareziekenhuis, afgenomen door rechercheur Anders Suhonen.

'Het ging nu niet meer alleen om mij.'

'Nee.'

'Het ging ook om Milena.'

'Mhm.'

'Henrik en ik konden de reis gewoon afbreken. Maar als Jacob was wie ik dacht... Dat zou levensgevaarlijk voor haar kunnen worden.'

'Ja.'

Stilte.

'Maar...'

'Heb je pijn, Anna?'

'Ja... Ik geloof dat de medicijnen uitgewerkt beginnen te raken.'

'Dan stoppen we nu.'

Stilte.

'Anna? Het is genoeg geweest voor vandaag.'

'Ik wil alleen zeggen...'

Stilte.

'Ik wist het niet honderd procent zeker. Als dat wel zo was geweest, had ik het Milena kunnen vertellen... Hoe het zat. Maar... Ik moet...'

Stilte.

'Anna? We stoppen voor vandaag.'

'Ja.'

DE BUS WAS een moderne dubbeldekker met licht geblindeerde ramen en grote zijspiegels die uitstaken als de voelsprieten van een hommel. Hij stond met openstaande bagagedeuren naar ons toe. We laadden onze backpacks erin. Naast ons waren er nog vijf andere wandelaars die mee zouden gaan, een Zweeds stel en drie jongens van wie ik vermoedde dat ze Italiaans waren. Verder nog een paar ouderen met wandelstokken, maar zonder grote rugzakken; misschien dat ze een dagtochtje gingen maken naar Stora Sjöfallet of Ritsem. In totaal waren we misschien met vijftien personen. Er zou meer dan genoeg plaats zijn in de bus.

Ik nam bewust mijn tijd. Als Henrik en ik als eerste in de bus zouden stappen, zouden Milena en Jacob naast ons kunnen gaan zitten en ik wilde echt even ongestoord met Henrik kunnen praten. We stapten als laatste in.

'Twee keer naar Ritsem,' zei Jacob terwijl hij een pinpas uit zijn portemonnee haalde. Toen hij hem opende, ving ik een glimp op van zijn rijbewijs, ik voelde mijn maag zich samentrekken. Als ik zijn persoonsnummer wist, had ik een kans om erachter te komen of hij een strafblad had. Maar hij klapte zijn portemonnee al snel weer dicht en het lukte me niet om de details te zien.

De chauffeur, een pezige man van ogenschijnlijk rond de pensioenleeftijd, tikte het in op zijn elektronische kassa. Hij sprak met een zwaar Norrlands accent.

'Dat is dan 860 kronen.'

430 kronen per persoon. Het was niet bepaald gratis om met de bus

naar de hoogvlakte te gaan. Jacob stak de kaart in de lezer en tikte zijn code in. Er gingen een paar seconden voorbij, toen werd er een bonnetje uitgeprint. Jacob keek verward.

'Oké...' zei hij.

'Probeer nog eens,' zei de chauffeur, 'misschien heeft hij het contact met de bank verloren.'

'Er staat geld op mijn rekening,' zei Jacob, zo nadrukkelijk dat het juist twijfelachtig overkwam. Hij trok zijn kaart eruit, stopte hem er weer in, tikte nog een keer zijn code in, en wachtte af.

Zij portemonnee had hij dubbelgevouwen in zijn andere hand.

Er kwam opnieuw een kort bonnetje uit.

'What the fuck,' mompelde Jacob.

Henrik en ik stonden recht achter hem, wat ervoor zorgde dat hij zich opgejaagd voelde, vermoedde ik. Henrik wendde zich deels af, uit medeleven. Zelf had ik mijn ogen strak op de portemonnee in Jacobs hand gericht. Milena haalde haar pinpas tevoorschijn.

'Ik doe het wel,' zei ze.

De chauffeur scheurde het bonnetje eraf en sloeg opnieuw twee kaartjes naar Ritsem aan. Het feit dat Milena Jacob uit de brand probeerde te helpen, maakte zijn humeur er niet beter op.

'Waarom zou jouw pinpas nou weer wél werken terwijl de mijne het niet doet?' vroeg hij nijdig. 'Er staat gewoon geld op mijn rekening, hoor. Dat weet ik zeker.'

'We hebben toch verschillende banken,' zei Milena.

De chauffeur gluurde naar ze terwijl het apparaat er even over deed. Jacob liet het nog niet los.

'Echt niet. Ik heb SEB, jij toch ook?'

'Ja,' zei Milena zachtjes. Zij was zich er ook pijnlijk van bewust dat Henrik en ik alles precies konden volgen. Ze wilde Jacob alleen maar helpen om zo snel mogelijk uit de situatie te komen, maar hij maakte het haar niet makkelijk. Henrik en ik wisselden een snelle blik.

'Ja? Nou, dan gaat dit toch ook niet werken?' Jacob keek haar agressief aan. Hij richtte zijn frustratie daar waar het op de minste weerstand zou botsen. Milena staarde strak naar het betaalapparaat.

Jacob had nog steeds zijn pinpas in zijn hand, op een gegeven moment zou hij die in zijn portemonnee stoppen en dan zou ik opnieuw een kans hebben om zijn rijbewijs te zien.

De chauffeur, Milena en Jacob keken naar het apparaat alsof ze aan het wachten waren tot de woordvoerder van de jury in een Amerikaanse rechtszaak het oordeel zou uitspreken. Toen verscheen er een nieuwe tekst op het display. Ik kon niet zien wat er stond, maar Milena liet haar schouders een stukje zakken en wisselde van voet. Er werd een langere bon uitgeprint. De betaling was gelukt. Ze haalde haar schouders op en trok een gezicht naar Jacob alsof ze wilde zeggen dat ze het ook niet begreep.

'Fucking raar, dit,' zei Jacob.

De chauffeur lachte vrolijk naar ze. 'Het gebeurt wel vaker, hoor, de connectie met de bank is niet zo stabiel,' zei hij terwijl hij het bonnetje afscheurde en aan Milena gaf. Jacob schudde nogmaals zijn hoofd en nam de trap naar de bovenverdieping terwijl hij zijn pasje terug in zijn portemonnee stopte. Hij hield zijn portemonnee voor zich, dus ik kon zijn rijbewijs niet zien. Shit.

Ik kocht een kaartje en liep ook naar boven. Jacob en Milena waren helemaal vooraan gaan zitten waar je panoramisch zicht had. Jacob zwaaide naar me.

'Hier kun je zitten,' zei hij, en hij wees naar de plaatsen naast hem en Milena. Ik lachte verontschuldigend.

'Nee, ik ga hier,' zei ik terwijl ik ongeveer in het midden van de bus plaatsnam. 'Ik ga proberen te slapen.'

Aan de andere kant van het raam gingen de deuren van de bagageruimte dicht en de motor begon stationair te draaien. Henrik kwam ook de trap op en zocht mij met zijn blik. Hij ging op de stoel naast me zitten.

'Ik weet waar ik hem eerder heb gezien.'

Hij keek me verward aan.

'Wat?'

'Ik weet waar ik Jacob eerder heb gezien. Ik zei gister toch dat ik hem herkende?'

Ik legde uit hoe het zat, dat ik Jacob herkende van een vrouwenmishandelingszaak van toen ik in de rechtszaal werkte. Ik vertelde hem ook over mijn nachtelijke zoektocht naar informatie over BCV en Stefan Jakob Johansson. Henrik zag er steeds verbaasder uit. Deze stroom van informatie was meer dan zijn vermoeide katerhoofd kon verwerken.

'Waarom heb je niks gezegd?' vroeg hij uiteindelijk.

'Ik dacht eerst niet dat het iets was om ons druk over te maken. Hij verdient niet zo best, hij gebruikt een valse naam, so what? Maar dit is een heel ander verhaal.'

Henrik zuchtte. 'Wat wil je doen, dan? Breken we de reis af?'

'Ik wil er eerst zeker van zijn dat hij het is. Ik heb zijn persoonsnummer nodig zodat ik in Lexbase kan zoeken.'

'Oké...'

'We hebben nu nog bereik, dus we kunnen tijdens de busreis nog dingen opzoeken. Het is vier uur rijden naar Ritsem.'

Henrik wreef over zijn gezicht. Hij zag er nu nog vermoeider uit dan eerst.

'En als hij het blijkt te zijn?' kwam er uiteindelijk.

'Dan ga ik met Milena praten,' zei ik. 'Als hij een veroordeelde vrouwenmishandelaar is, dan moet zij dat weten.'

'Maar wij gaan hoe dan ook naar huis?'

De bus kwam langzaam in beweging, draaide de weg op en liet het oude treinstation achter zich. Henrik keek me strak aan, verwachtte een antwoord.

'Hè? Anna?'

'Ik weet het niet! Als we Milena meekrijgen wel, absoluut. Maar anders... Ik weet niet, ik moet nadenken.'

We reden langs lelijke, lage huurhuizen van twee verdiepingen. Deze ochtend kwam Gällivare over als een kille en ongastvrije nieuwbouwstad. Een paar provisorische blokkendozen op een stuk grond gesmeten. Het wolkendek lag als een grijze deken over de daken. We reden het plaatsje uit, de bus maakte een bocht van negentig graden en begon snelheid te maken. We reden langs het skistadion van Dundret.

Was er een manier om erachter te komen of Jacob voor een misdrijf veroordeeld was zonder zijn persoonsnummer te hebben? Ik had een paar uur de tijd, ik had mijn smartphone, hopelijk had ik de hele weg naar Ritsem bereik. Ik móést het proberen.

AL SNEL LIETEN we de bewoonde wereld achter ons. De landweg was grotendeels verlaten, een kaarsrechte lijn door het sparrenbos. Het gedempte motorgeluid van de moderne bus en de zachte, schommelende vering zorgde ervoor dat je niet echt kon inschatten hoe hard de chauffeur nu eigenlijk reed.

Ik ging naar de website van Lexbase, een register waarin je rechtszaken uit het Zweedse rechtssysteem op kon zoeken. Ik had het nog niet eerder gebruikt. Zoals zo veel juristen vind ik Lexbase nogal dubieus, het rekt het recht tot inzage behoorlijk uit. Maar op dit moment voelde ik geen gewetenswroeging om het te gebruiken.

Ik hoopte dat het mogelijk zou zijn om te zoeken op rechtszaken van een specifieke rechtbank in een specifieke periode. Maar dat was niet zo. Je kon alleen op persoon of adres zoeken. Zonder al te veel hoop tikte ik 'Jacob Tessin' in met als woonplaats 'Stockholm', en liet het veld voor het persoonsnummer leeg. Geen resultaat. Voor 'Stefan Jakob Johansson' gold hetzelfde. Ik probeerde het ook met een aantal andere woonplaatsen in de buurt van Stockholm, in combinatie met de naam. Nacka. Solna. Gustavsberg. Botkyrka. Salem. Geen resultaat.

'Er bestaat toch zo'n website waar veroordelingen voor zedendelicten en zo op worden gezet?' vroeg ik Henrik.

'Waarom denk jij dat hij veroordeeld is voor een zedendelict?'

'Dat denk ik niet. Maar misschien dat ze daar ook veroordelingen voor mishandeling op zetten.'

Een aantal zoekacties op mijn smartphone later had ik brottsling.se gevonden, precies het soort website waar ik naar op zoek was. Hier werden de namen van pedofielen en andere zedendelinquenten openbaar gemaakt, in sommige gevallen zelfs met foto. De hele website kwam onaangenaam over, om de zoveel regels werd er de nadruk op gelegd dat daders van buitenlandse afkomst sterk oververtegenwoordigd waren bij zedendelicten. Maar daar kon ik op dit moment even geen rekening mee houden. Binnen de categorie zedendelicten kon je op geografisch gebied zoeken. Er werden honderden gevallen weergegeven. Er waren ook enkele andere misdaadcategorieën vertegenwoordigd, onder andere vrouwenmishandelaars. Ik klikte op de link, maar dit keer was er geen geografische indeling. Het ging in totaal om een twintigtal zaken, verdeeld over meerdere jaren, dus maar een paar procent van degenen die in die jaren in Zweden voor vrouwenmishandeling zijn veroordeeld. Ik scrolde door de zaken die stonden beschreven heen, maar Jacob, of iemand die op hem leek, stond er niet bij.

Ook dit was dus weer een doodlopend spoor. Ik keek op de klok: we waren al een uur onderweg. Nog drie uur te gaan voor we in Ritsem aan zouden komen. Met dit tempo begreep ik niet hoe de reis zo lang zou kunnen duren, we waren al ruim halverwege. Maar mij hoorde je niet klagen, ik had elke minuut nodig die ik kon krijgen.

Links van ons doemde een langgerekt meer op tussen de dennenbomen, loodgrijs water onder een loodgrijze hemel.

Ik was gedwongen het op een andere manier aan te pakken. Ik begon erover na te denken wie er toen nog meer bij de rechtbank in Nacka werkte. In ieder geval zou niemand die tegelijkertijd met mij griffier was daar nu nog werken. De rechters zouden er nog kunnen werken, maar die waren lastig om mee in contact te komen, en waarschijnlijk niet bereid om te helpen. Nee, ik zou het bij een van de gerechtssecretarissen moeten proberen. Er waren er meerderen die al geruime tijd werkzaam waren in hun functie. Ik had het beste contact gehad met een aantal van de jongere werknemers, die van mijn eigen leeftijd, en het was te verwachten dat die inmiddels vertrokken waren, maar het personeelsverloop onder de secretarissen was niet hetzelfde als die van de opgeleide advocaten. Er was één persoon in het bijzonder aan wie ik moest denken.

Ik zocht op Google naar het nummer van de rechtbank in Nacka en belde ze op. Na een paar keer overgaan werd er opgenomen.

'Hoi, mijn naam is Anna Samuelsson,' zei ik. 'Ik heb een aantal jaar geleden bij de rechtbank van Nacka gewerkt als griffier.'

'O, ja?' zei de receptioniste aan de andere kant van de lijn vrolijk. 'Wat leuk!' Het leek niet of ze mijn naam herkende. Misschien was de receptiedienst uitbesteed.

'Ik ben op zoek naar Ellen Runström, ze werkt als gerechtssecretaris,' ging ik verder.

'Een momentje, ik zal eens kijken.' Er klonk een klik en toen werd het stil aan de lijn. Na een paar seconden was de stem weer terug.

'Ellen Runström was het, hè?'

'Ja, klopt.'

'Nee, ik kan helaas niemand met die naam vinden. Weet je zeker dat ze hier nog werkt?'

Shit. Ellen had me altijd geholpen.

'Nee, eigenlijk niet... Wacht, even denken of ik iemand anders weet.'

Om wie zou ik dan vragen? Ik kon op geen andere naam komen dan Ellen. Maar er was ook die wat oudere vrouw, hoe heette zij ook alweer?

'Eh, zou je eens op Christina Pettersson willen zoeken? Of misschien was het Persson... Maar ik geloof Pettersson?'

'Ja, we hebben een Christina Pettersson die assessor is, bedoel je haar?'

Christina Pettersson. O, ja, dat was zij, ja. Een onsympathieke en ongenuanceerde jurist die carrière wilde maken. Zij zou nooit iets aan de kant leggen om mij hiermee te helpen. Ik antwoordde: 'Nee, zij was het niet. Ik bedoel een gerechtssecretaris.'

'Oké, dan heb ik hier een Anneli Pettersson, kan dat de juiste persoon zijn?'

'O, ja, Anneli Pettersson.'

'Mooi, dan zal ik je doorverbinden. Een momentje.'

'Bedankt.'

De telefoon ging over, en bleef overgaan. Het wachten leek wel eeuwig te duren. Uiteindelijk was er een klik te horen.

'Nee, helaas, ik krijg geen gehoor. Maar er is geen melding gemaakt dat ze weg zou zijn of zo. Zal ik het nog eens proberen?'

'Ja, graag.'

De receptioniste verbond me nogmaals door naar Anneli's nummer. De telefoon bleef overgaan.

Op dat moment sloeg de bus de weg af en de stem van de chauffeur klonk door de luidsprekers.

'Dan komen we nu aan bij Stora Sjöfallet, en hier stoppen we even een half uurtje. De bus vertrekt weer om tien over half elf. Ik ga jullie niet lopen tellen, dus voor degenen die verder willen naar Ritsem, zorg ervoor dat je op tijd terug bij de bus bent.'

De chauffeur zette de motor uit. Deze stop kwam nogal onverwachts, maar was zeer welkom. Ik had zojuist een half uur extra bereik gekregen. De hoop groeide om op tijd te kunnen bevestigen dat Jacob Tessin, of hoe hij dan ook heette, veroordeeld was voor mishandeling.

Henrik en ik stonden op en liepen naar de trap om de bus te verlaten. Jacob en Milena kwamen van de andere kant.

'We gaan binnen wel even koffie halen, toch?' vroeg Milena.

Ik hield demonstratief mijn telefoon tegen mijn oor geplakt. Ik knikte en wees ernaar.

'Werk.'

We liepen het bergstation binnen. Hier was ook een winkeltje met de belangrijkste dingen voor een wandeling op de hoogvlakte. We hadden waarschijnlijk alles wat we voor Sarek nodig hadden ook hier kunnen vinden, maar Jacob had ons ervan verzekerd dat we in Staloluokta boodschappen konden doen. En waarschijnlijk zouden we Sarek überhaupt niet in gaan.

Als Anneli nou verdomme haar telefoon eens op zou willen nemen.

We liepen voorbij het winkeltje het ruime restaurant in, nieuw gebouwd in rustieke stijl met onbewerkt hout in donkere, gebeitste kleuren en ramen van vloer tot plafond met uitzicht op de natuur. Achter de dennen en sparren was Stora Lulevattnet te zien, het langgerekte meer waar we ongeveer een uur langs hadden gereden en dat nooit op leek te houden. Ik gebaarde naar Henrik om voor mij ook koffie te halen.

'Nog steeds geen gehoor?' De receptioniste was terug aan de telefoon.

'Nee, helaas.'

'Zoals ik al zei heeft ze niet gemeld dat ze weg zou zijn vandaag. Maar zal ik haar anders vragen of ze je even terugbelt?'

Ik wierp een blik op Jacob en Milena die inmiddels aan een tafeltje waren gaan zitten met koffie en kaneelbroodjes. Jacob beantwoordde mijn blik. Zag ik daar enige waakzaamheid? Argwaan? Of beeldde ik me dat in? Ik had geen zin om aan dezelfde tafel als hen te zitten terwijl ik op een telefoontje van Anneli zat te wachten. Ik was rusteloos en vastberaden erachter te komen of hij was wie ik dacht en het zou me niet lukken in de tussentijd een fatsoenlijk gesprek te voeren.

'Bedankt, maar ik probeer het straks nog wel een keer... Zou ik haar directe nummer kunnen krijgen?'

Er gold zelfbediening voor de koffie. Ik vulde een kartonnen beker en drukte er een dekseltje op terwijl ik van de receptioniste Anneli's doorkoppelnummer kreeg en dat memoriseerde. We hingen op, maar ik hield de telefoon aan mijn oor zodat het eruit zou zien alsof ik nog op antwoord aan het wachten was. Ik knikte naar Henrik en zei gedempt: 'Ik ga even naar buiten.'

'Ben je iets te weten gekomen?'

'Nog niet.'

Hij ging bij Jacob en Milena zitten, en ik liep het bergstation uit.

De lucht leek iets minder zwaar, de loodgrijze deken waar we onder hadden gereden was lichter geworden en de wolken waren bijna wit. Het waaide en in het westen kon ik in de verte een stukje blauw zien. Misschien zou het wel openbreken en mooi weer worden. Ik wandelde over een onverhard pad langs pensionnetjes en een parkeerplaats in de richting van het water. Ik vulde mijn longen met lucht, de Norrlandse lucht, heel anders dan in het centrum van Stockholm. Het was alsof mijn longen eraan herinnerd werden dat dit was hoe lucht hoorde te voelen.

Ik nipte aan mijn koffie en typte Anneli's directe nummer in op mijn mobiel. Nu zou ze toch wel terug zijn? Ik maakte een mentale voorstelling dat de telefoon één keer over zou gaan, dat ik een klik zou horen en vervolgens haar stem.

De telefoon ging over. En nog een keer. Drie. Vier. Vijf keer.

Alweer geen gehoor. Ik vroeg me af of ik nog een keer naar het centrale nummer zou bellen en naar een andere gerechtssecretaris zou vragen. Maar wat ik wilde vragen was zo bezwaarlijk, zo veel meer dan je redelijkerwijs van een ander kon verlangen, dat iemand die niet wist wie ik was hoogstwaarschijnlijk meteen nee zou zeggen. Anneli was mijn beste kans.

Voor mij zag ik iets wat ooit de machtige Stora Sjöfallet was geweest, de Niagarawatervallen van Zweden, maar wat sinds de indamming voor de kerncentrale bij Suorva een stukje verderop niets meer was dan een miezerig straaltje. Over deze rotsen en stenen was het water eeuwenlang naar beneden gestort. Nu lagen ze hier droog, open en bloot.

Ik keek op mijn horloge, het was alweer half elf. Mijn hartslag ging omhoog, mijn stressniveau steeg weer. Ik moest terug naar de bus. Ik had goede hoop gehad dat het halve uur in Stora Sjöfallet me de bevestiging zou geven die ik wilde hebben, maar nu raakte de hoop elke minuut verder op.

Toen ik terug bij het bergstation kwam, stond de bus al stationair te draaien. Jacob en Milena zaten weer op hun plek achter het panoramaraam, Milena zwaaide naar me. Ik glimlachte bleekjes en zwaaide terug. Jacob volgde me met een nietszeggende blik. Ik kreeg het onaangename gevoel dat hij doorhad waar ik mee bezig was.

Ik sloeg het laatste beetje koffie achterover, gooide de beker in een prullenbak en stapte in. De bejaarden met de wandelstokken waren er niet, alleen wij en de andere hikers gingen verder in de richting van Ritsem. Ik liep de trap op. Henrik zat ook al op zijn plek. Ik was nog niet gaan zitten of de bus begon al te rijden.

'Hoe gaat het?'

'Slecht,' zei ik zacht. 'Ik probeer iemand te pakken te krijgen, maar ze neemt niet op.'

Ik haalde de telefoonlijst tevoorschijn en klikte op het laatst gedraaide nummer. Weer bleef de telefoon overgaan. Geloofde ik hier zelf eigenlijk nog wel in?

De bus reed de weg naar Ritsem weer op en verhoogde zijn tempo.

'Ik heb eens nagedacht,' zei Henrik gedempt. 'Ik vind dat we de reis moeten afbreken. Je gaat er waarschijnlijk niet achter komen hoe het zit met Jacob, maar je gaat het ook niet kunnen loslaten.'

'En Milena dan?'

'Praat met haar en vertel haar hoe het zit. Dan kan ze zelf beslissen.'

De chauffeur schakelde weer naar een volgende versnelling en de bus kwam op kruissnelheid. De weg liep omhoog en ineens hadden we uitzicht op de bergen aan de andere kant van de stuwdam. Dicht naast het water was een woeste rotswand van een paar honderd meter hoog en meerdere kilometers lang. En in de verte waren besneeuwde bergtoppen te zien die glinsterden in de zon. Het begon inderdaad open te breken.

'Ja, met Anneli?' zei ineens een stem in mijn oor.

Er ging een schok van verbazing door me heen.

God. Zij. Fucking. Dank.

Ik had het eigenlijk al opgegeven, realiseerde ik me nu. Ik haastte me een antwoord te produceren, mijn stem klonk geforceerd en onnatuurlijk, hoger dan gewoonlijk.

'Hoi Anneli, met Anna Samuelsson! Ik weet niet of je nog weet wie ik ben?'

Ik keek Henrik strak aan, hij keek strak terug. Ik stak mijn duim naar hem op. Anneli antwoordde: 'Ja, natuurlijk. Lang geleden.'

Toen ik haar stem hoorde zag ik een duidelijk beeld voor me: een vrouw van in de zestig met een rechte pony en halflang haar. Anneli werkte al heel lang bij de rechtbank van Nacka, ze was kundig en professioneel, nooit onaardig, maar ook niet erg uitnodigend. Anoniem. Ik wist niets over haar privéleven en ik kon me zo voorstellen dat zij ook niets over dat van mij wist. Ik wist niet zeker of ze me zou willen helpen. Maar ze was mijn beste kans. Mijn enige kans.

We wisselden wat beleefdheidsfrasen uit, maar Anneli was aan het werk en ze was er duidelijk niet in geïnteresseerd om over koetjes en kalfjes te praten, en ik natuurlijk ook niet. Ik ademde in.

'Nou... Het zit zo. Ik vroeg me af of je me ergens mee zou kunnen helpen, en ik begrijp heel goed dat het niet iets is wat je normaal gesproken zou doen, maar het is ontzettend belangrijk voor me, en bovendien heeft het haast,' begon ik, om de weg vrij te maken voor mijn ietwat vreemde verzoek.

'O jee,' zei Anneli neutraal.

'Ik moet achter de identiteit zien te komen van een man die voor vrouwenmishandeling is veroordeeld bij een rechtszaak waar ik aan heb gewerkt toen ik nieuw was bij de rechtbank, dat zou in april of mei 2015 moeten zijn geweest.' Ik pauzeerde even om haar te laten reageren, maar het was stil aan de andere kant. Geen goed teken. Toch ging ik door.

'Dus ik vroeg me af of je me daarmee zou kunnen helpen. En het heeft zoals gezegd dus nogal haast. Ik zou dat binnen een uur moeten weten.' Ik pauzeerde opnieuw. Het was nog steeds stil aan de lijn.

'Anneli? Hallo?'

Ik keek op mijn mobiel. Ik zag dat de verbinding was verbroken, de lengte van het gesprek stond in beeld. Toen keek ik bovenaan het scherm, naar het symbool voor het bereik. Nul van de vier streepjes.

'Godver de tyfus, tering, kutzooi...' vloekte ik binnensmonds. Henrik keek op zijn mobiel.

'Ik heb ook geen bereik meer,' constateerde hij.

Ik begroef mijn gezicht in mijn handen.

Godverdomme.

DE WEG SLINGERDE langs het meer boven de stuwdam. Hij was een stuk smaller en slecht begaanbaarder geworden, er zaten scheuren en oneffenheden in het asfalt. De bus was langzamer gaan rijden, als ons hier een auto tegemoet zou komen zou die achteruit terug moeten. Rechts van ons rees de bergwand steil omhoog. Kleine beboste bergtoppen wisselden elkaar af, een landschap dat je eerder aan Zuid-China of Vietnam deed denken dan aan Norrland. Aan de andere kant van het meer, kilometers verderop, doemden de eerste grote bergmassieven van Sarek op. De met sneeuw bedekte toppen verdwenen tussen de wolken.

'Laat het toch zitten,' zei Henrik terwijl hij mijn hand pakte. 'Hé. Ik merk dat het niet goed met je gaat. Laten we gewoon teruggaan.'

Ik trok mijn hand terug. 'Hou op,' siste ik zachtjes. Ik was niet van plan op te geven voor ik alle mogelijkheden, echt álle mogelijkheden, had uitgeput. Ik stond op en liep naar Jacob en Milena toe. Ik haalde diep adem en zei: 'Jacob... Ik heb geen bereik meer en er is een probleem op werk dat ik op moet lossen. Zou ik je satelliettelefoon even mogen lenen?'

Jacob draaide zich om en keek me aan.

'Het is geen satelliettelefoon, het is een tracker.'

'Oké, wat...?'

'Je kunt er niet mee bellen. Alleen berichten sturen. Naar een aantal vaste ontvangers.'

Mijn hart zonk me in de schoenen.

'Ik snap het. En jullie hebben ook geen bereik?'

'Nee,' zei Milena. 'Is het iets dringends?'

'Ja, helaas wel. Ik moet proberen...'

'Ik dacht dat je vakantie had,' zei Jacob. Zijn toon klonk anders, een tikje koeltjes.

'Heb ik ook. Maar soms komt er iets tussendoor waar je wat mee moet.'

Milena zag er bezorgd uit. 'Nee, ja, helaas... Het bereik is hier sowieso niet super.'

Ik knikte. 'Nou ja, dan weet ik dat.' Ik draaide me om om weer terug naar mijn plek te gaan.

'Er is een mast in Ritsem,' zei Jacob. 'Daar heb je bereik.'

'Echt?'

'Maar de helikopter staat op ons te wachten. Dus zo veel tijd heb je niet om te bellen.'

'Nee. Maar goh, wat fijn. Super.'

Ik liep terug naar mijn plek. Mijn hoop was een fragiel vlammetje dat flakkerde in de wind, maar het brandde nog steeds.

'Er is een mast in Ritsem,' zei ik gedempt tegen Henrik. 'Het kan nog goed komen.'

Hij zei niets, zag er slechts terneergeslagen uit.

Ik probeerde uit te rekenen hoeveel tijd ik zou hebben. Helaas was het bereik van de masten hier waarschijnlijk beperkt, een weg die zo langs de steile bergwand slingerde. Dus vermoedelijk zou ik vlak bij Ritsem weer bereik hebben. Ongeveer een kwartier voordat we er zouden zijn. Als het klopte wat Jacob zei, dat de helikopter op ons stond te wachten, zou het misschien vijf minuten duren om de helikopter in te gaan, inclusief bagage. Eenmaal in de lucht zouden we nog eens vijf minuten later het bereik verliezen, gokte ik. Dus vijfentwintig minuten. Als ik geluk had.

Het zag er absoluut niet goed uit.

Maar er zat niets anders op dan te wachten. Eén keer per minuut controleerde ik de streepjes in de menubalk. Elke keer waren het er nul van de vier.

Voor het eerst brak het wolkendek echt open, en een ogenblik baadde de slingerende weg in het zonlicht. Het steeds breder wordende meer onder ons glinsterde tussen de schaduwen van de wolken die zich over het wateroppervlak haastten.

Jacob kwam door het gangpad aangelopen en ging naast me staan, heel dichtbij. Hij boog zich over me heen terwijl hij naar de bergen achter het meer wees, en zei: 'Zien jullie dat? Dat is Ähpar. En daarachter Sarektjåhkkå.'

'Mooi,' mompelde Henrik.

Ook boven Sarek begon het open te breken. Even zagen we een paar scherpe punten zich naar de hemel uitstrekken voordat ze weer achter voorbijtrekkende wolken verdwenen. Jacob leunde tegen de rugleuning voor me, nog steeds over me heen hangend.

'Je kunt er ook via Suorva in, bij de stuwdam. Dan kun je snel bij het midden van Sarek komen, maar die weg begint nogal saai en het is er vrij druk, voor Sarek dan.'

'Hoelang duurt het nog voor we in Ritsem zijn?' vroeg ik.

Jacob lachte. 'Het is blijkbaar nogal belangrijk, dat voor je werk.'

'Is het ook.'

'Hangt iemands leven ervan af?'

Nou, dat zou nog wel eens kunnen ook. Fucking vrouwenmishandelaar.

'Misschien niet.'

'Nee, precies.'

Jacob wees naar de rij bergtoppen aan de andere kant van het water.

'Je hebt hier een van de mooiste uitzichten van de wereld. Geniet er een beetje van.'

Ik zei niets, maar keek uit het raam naar de bergtoppen van Sarek. En ja, het zag er fantastisch uit. Maar wat maakte dat uit? Ik begon me af te vragen of Henrik gelijk had. Misschien moesten we de reis wel afbreken, met of zonder Milena.

'Maar je weet niet hoelang het nog is naar Ritsem?' vroeg ik opnieuw.

'Nee,' antwoordde hij. 'Half uurtje misschien. Daar vooraan kun je Ahkka zien. Dat ligt tegenover Ritsem. Dus het is niet heel lang meer.'

Ik wierp weer een blik op mijn mobiel. Ik had een streepje. Ik had een streepje! Eén van de vier, slecht bereik, maar het was bereik. Het spel was misschien toch nog niet uitgespeeld. Mijn hart ging tekeer, ik belde het laatst gedraaide nummer en bracht de telefoon naar mijn oor.

'Bereik?' vroeg Jacob en ik knikte zwijgend. Ik hoopte dat hij zou begrijpen dat ik wat privacy wilde als ik een belangrijk werktelefoontje had. Maar hij bleef over me heen hangen.

'We rijden niet helemaal door naar het bergstation,' zei hij, 'ik heb de chauffeur gesproken en hij wil ons wel afzetten bij het helikopterplatform.'

Henrik knikte. Ik hield demonstratief mijn hand over mijn andere oor. Jacob keek op me neer en maakte nog geen aanstalten te vertrekken.

Ik haatte hem zo erg op dat moment.

Zout nou toch eens op, joh, stomme klojo. Wegwezen.

'Ja, met Anneli.'

'Hoi, met Anna weer, Anna Samuelsson.' Ik stond driftig op van mijn stoel en wrong me langs Jacob heen die het gangpad blokkeerde. Ik moest hem bijna aan de kant dúwen. Ik liep naar de achterkant van de bus om niet gestoord te worden.

Uiteindelijk leek het tot Jacob door te dringen. Hij slenterde terug naar zijn plek naast Milena. Toch ging ik niet terug naar mijn stoel, ik was te opgefokt om te gaan zitten. Ik ijsbeerde heen en weer door het gangpad.

'Ja, hallo.'

'Ik viel weg, mijn excuses. Ik weet niet hoeveel je nog hoorde, maar ik heb je hulp nodig.' Ik legde opnieuw uit waar het om ging, dat ik achter de identiteit probeerde te komen van een man die vier jaar eerder was veroordeeld voor mishandeling van zijn partner.

Het werd weer stil aan de lijn.

Nee, alsjeblieft. Niet nog een keer.

Toen schraapte Anneli haar keel.

'Hm, ja. Daar zou ik je wel mee kunnen helpen.'

Op dat moment was ik dolgelukkig haar droge, ietwat toonloze stem te horen. Er was nog een kans.

'Bedankt, dat zou fantastisch zijn!' zei ik. 'Het heeft alleen wel echt haast, helaas. Heel erg haast.'

'Oké...' antwoordde Anneli. 'Ja, ik kan proberen om het morgen tegen lunchtijd geregeld te hebben.'

Ik had bij de rechtbank van Nacka gewerkt, ik wist dat dat een spoedbehandeling was in die wereld. Een genereus aanbod. Maar veel te langzaam voor mij.

'Sorry,' ging ik verder terwijl ik me over het ongemak om het onredelijke te vragen heen zette, 'maar ik heb het eigenlijk nog veel sneller nodig. Binnen een half uur.'

Anneli's stem werd nog droger.

'Een half uur? Nee, dat gaat niet.'

'Ik begrijp dat ik totaal het recht niet heb om dit van je te vragen, maar...' Anneli onderbrak me.

'Ik moet er vanmiddag nog een oproep uit sturen, dus dat gaat nu even niet lukken.' Ze klonk vastbesloten. Het had geen zin om in discussie te gaan. Ik baalde dat Ellen er niet was. Zij zou inmiddels al onderweg zijn geweest naar het archief. Maar ik wilde nog niet opgeven. Een stroom van woorden kwam op gedempte toon uit mijn mond.

'Nee, dat begrijp ik, en normaal gesproken zou ik ook nooit zoiets vragen, maar mijn beste vriendin staat op het punt om naar het buitenland te reizen met haar nieuwe vriend die ik herken,' ik hoorde zelf hoe wanhopig ik klonk, 'en ik weet bijna zeker dat hij degene is die tijdens deze rechtszaak is veroordeeld. Dus dit... het zou zomaar een kwestie van leven of dood kunnen zijn.'

Vriendin, reis naar het buitenland, nieuwe vriend. Ik had wat details veranderd om het wat sneller uit te kunnen leggen, maar de hoofdlijn klopte. Anneli zuchtte nogmaals.

'Ja, maar...' Ik hoorde een lichte aarzeling in haar stem, ze klonk wat defensiever. Het was misschien nog niet helemaal verloren. Ze ging verder.

'Zoals je weet vinden er in een paar maanden een heleboel rechtszaken plaats, om ze alleen nog maar allemaal op te zoeken zal al aardig wat tijd kosten.'

'Bengt was de rechter, Bengt Åkerberg. Dus je hoeft alleen zijn rechtszaken maar op te zoeken, en alleen degenen met vrouwenmishandeling en alleen als ze plaatsvonden in april en mei.'

Het werd weer stil aan de lijn.

'Anneli, ik smeek je...'

'Ja, ik ga wel even kijken,' zei ze uiteindelijk kortaf. 'Maar ik ga er niet meer dan twintig minuten aan besteden.'

'Ah, dank je wel! Bedankt Anneli, dat is...'

'Ik pak alleen wat ik zo kan vinden,' onderbrak ze me, 'en dan heb ik al meer gedaan dan ik eigenlijk mag.'

'Dat weet ik, Anneli. Heel, heel erg bedankt. Bel je me dan zo terug?'

'Ja, ik zal je bellen.' En toen hing ze op.

Henrik keek me vragend aan. Ik haalde een keer diep adem.

'Ze heeft beloofd te gaan kijken.'

'En wat betekent dat?'

'Wat dat betekent? Dat betekent dat ze het archief in gaat duiken om te zien wat ze kan vinden. Wat dacht jij dan?'

'Maar wat ga je vervolgens met die informatie doen?'

'Als het Jacob is dan gaan we niet, zo simpel is het.'

'En als het Jacob niet is dan gaan we wel?'

Ik gaf geen antwoord.

'Je moet straks heel snel een besluit nemen, dus je kunt beter maar vast goed bedenken hoe je het gaat doen,' ging Henrik gedempt verder terwijl hij een blik wierp op Jacob en Milena een stukje verderop.

Ik had geen tijd om te antwoorden, want op hetzelfde moment remde de bus af. Aan de andere kant van de weg leidde een onverharde weg in de richting van het water en naar een open grasveld met een kleine barak. Mijn maag trok zich samen.

Nee. Niet nu al!

De luidsprekers kraakten toen de chauffeur de microfoon vastpakte.

'Dan zijn we nu bij het helikopterplatform aangekomen.'

Het was tijd om uit te stappen.

WE LIEPEN DE heuvel af met onze backpacks. Achter ons reed de bus met de overige hikers verder in de richting van het bergstation. Jacob was in een goed humeur, hij ratelde maar door over het machtige Ahkkamassief dat recht voor ons te zien was aan de andere kant van het meer. Vroeger kon je met de boot het meer over en vanuit het noorden Sarek in, vertelde hij, via Ahkka, maar STF had de bootdienst stilgelegd. Toen hij de Sarek-traverse aflegde, had hij ook de bergtoppen van Ahkka beklommen.

Henrik humde en knikte, maar kwam wat afwezig over. Het niet weten hoe het zou gaan, of we wel of niet de helikopter zouden nemen, werkte hem flink op de zenuwen, dat wist ik. Maar daar kon ik nu even geen rekening mee houden.

Zelf zei ik niets. Ik had een knoop in mijn maag. Ik keek over het meer naar de berg. Ahkka zag er statig en waardig en onbedwingbaar uit. Het was de eerste keer dat ik het zag, en helaas zal ik deze aanblik waarschijnlijk altijd associëren met een licht gevoel van misselijkheid. Mijn bloed zat zo vol stresshormonen dat het voelde alsof het stroperig was geworden, het bonsde in mijn slapen. Ik kon niet genieten van Ahkka's majestueuze schoonheid.

En op dat moment hoorde ik de helikopter. Eerst een vaag geluid in de verte dat weer verdween, toen kwam het weer terug, iets harder dit keer. Propellerbladen die door de lucht zwiepten. Ik zocht met mijn blik en vond hem al snel, een zwart puntje, maar goed zichtbaar tegen de steeds blauwer wordende hemel. De knoop in mijn maag werd groter.

Een helemaal in het zwart geklede jonge meid kwam de barak uit. Ze liep kauwgom te knauwen en tuurde verbeten naar ons.

'Zijn jullie degenen die naar Stalo willen?' vroeg ze met een zwaar Norrlands dialect.

'Klopt,' zei Jacob.

'Dan zijn jullie op de goede plek. Hebben jullie je tassen gewogen?' Het meisje wees naar een weegschaal met een haak aan een paal.

'Nee. Hoeveel mogen we hebben?'

'Twintig kilo per persoon. Dus tachtig totaal.'

De helikopter begon met een wijde boog aan de landing. Het geluid was nu oorverdovend, grind en stof wervelden omhoog vanaf het gazon.

Milena wees naar de barak en riep naar het meisje: 'Is er een wc?'

Het meisje knikte en gebaarde dat ze haar moest volgen. Ik ging achter ze aan. We lieten onze backpacks achter bij Jacob en Henrik en liepen de barak in. Het meisje wees naar de wc-deur.

'Ik moet eigenlijk nog wel even een telefoontje afwachten voor we gaan vliegen,' zei ik tegen Milena, 'we verliezen vast snel bereik.'

Milena knikte. 'Is goed, hoor. We hebben toch niet zo'n haast.'

Zij ging eerst naar de wc. Ik bleef naar het display van mijn mobiel staren en haalde de lijst van mijn laatste telefoongesprekken tevoorschijn. Er waren twaalf minuten voorbij sinds ik het gesprek met Anneli had beëindigd. En de helikopter was er al, klaar om ons mee te nemen. Anneli had gezegd dat ze er niet meer dan twintig minuten aan zou besteden. In dat geval zou ze uiterlijk over acht minuten moeten bellen.

Acht minuten. Zo lang zou ik het vertrek wel kunnen uitstellen. En dan zou ik nog wat minuten nodig hebben om iets te doen met de informatie die Anneli me hopelijk zou geven.

Buiten verstomde het geluid van de motor, het toerental zakte, de piloot had de motor blijkbaar uitgezet. Milena was klaar en ik ging de wc in. Ik deed zo snel mogelijk mijn behoefte, maar bleef vervolgens zitten met mijn mobiel in de aanslag. De helikopter was inmiddels helemaal stil. Ik zag voor me hoe ze onze backpacks aan het inladen waren. Er gingen twee minuten voorbij. Vier minuten. Zes minuten. Anneli belde niet.

Kutzooi. Schiet op, Anneli. Schiet alsjeblieft op!

Ik hoorde voetstappen voor de wc-deur, en vlak daarna de stem van het meisje. Ze klopte bruusk op de deur.

'Hallo? Ze zijn klaar om te gaan.'

'Ja, ik kom,' zei ik. Ik stond langzaam op, draaide de kraan open en waste mijn handen rustig en nauwkeurig. Droogde ze af met een papieren handdoekje. Keek op de klok. Zeven minuten, zeven en een half. Het meisje riep weer.

'Gaat het wel goed daar?'

Ik deed de deur open en stapte naar buiten.

'Ja, hoor. Alles oké.'

'Je bent niet de enige die een beetje bibberig wordt van de eerste keer vliegen, hoor.'

Ik glimlachte stijfjes naar haar.

'Het gaat wel.'

Ik liep de barak uit. Ze stonden allemaal op een rij bij de helikopter: Milena, Jacob, Henrik en de piloot, een jonge vrouw in een donkerblauwe overall met haar lange blonde haar in een paardenstaart en een pet op. Ook zij stond kauwgom te knauwen. Er waren geen backpacks te zien, die waren inmiddels blijkbaar allemaal al in de helikopter geladen.

'Zo, zullen we dan maar gaan?' vroeg Jacob toen ik aan kwam lopen. Ik hield mijn mobiel omhoog, zwaaide ermee en zei: 'Ik kan elk moment gebeld worden.'

Ik stak mijn hand uit naar de piloot. 'Hoi. Anna.'

'Hoi, hoi. Jenny.' Ze lachte naar me.

'Het spijt me, maar ik moet even een telefoontje afwachten.'

'We zijn al wat later,' mengde Jacob zich erin, 'Jenny moet vertrekken, ze heeft nog meer vluchten. Dus we moeten gaan.'

'Nou ja, zo veel haast hebben we nou ook weer niet,' zei Jenny sussend. 'We kunnen nog wel vijf minuutjes wachten.'

Ik knikte opgelucht. 'Bedankt. Dat waardeer ik echt.'

Jacob zuchtte diep, hij was duidelijk gefrustreerd. Meer omdat we niet deden wat hij zei dan vanwege de vertraging, vermoedde ik.

'We vertrekken over vijf minuten,' benadrukte hij, 'of je nou klaar bent met bellen of niet.'

Ik knikte. Henrik zei niets, maar ik zag aan hem hoe vervelend hij het vond. Hij wist dat ik bereid was om de rest te laten wachten tot Anneli had gebeld, hoelang dat ook zou duren.

Ik liep een stukje verder weg zodat niemand de details van mijn gesprek zou kunnen horen. Ik kon niet goed stilstaan, ik liep rondjes en wiegde onrustig van mijn ene op mijn andere been.

De minuten vlogen voorbij. De ogen van de groep bij de helikopter waren de hele tijd op mij gericht. Ik keek op de klok, er waren vierentwintig minuten voorbij sinds Anneli en ik hadden opgehangen. Ze zou inmiddels al wel gebeld moeten hebben. Ik realiseerde me dat ze dat met die twintig minuten er net zo goed uit gegooid zou kunnen hebben zonder het letterlijk te menen. Misschien ging de tijd wel ongemerkt voorbij in het archief, misschien zou het wel een uur kunnen duren voor ze terug zou bellen.

Er ging nog een minuut voorbij. Jacob keek op zijn horloge, toen zei hij iets tegen Jenny. Ik kon niet horen wat, aangezien ik een stuk verderop stond, maar Jenny knikte en klom de cockpit in. Ze startte de motor.

'Tijd om te gaan,' riep Jacob naar me terwijl hij met zijn vinger op zijn horloge tikte. Ik antwoordde niet, staarde weer naar mijn telefoon. Zou ik Anneli zelf proberen te bellen? Had dat zin? Waarschijnlijk niet. Ik kon me niet voorstellen dat ze gewoon in haar kantoortje zou zitten wachten als ze eerder terug was uit het archief. Ze zou heus wel meteen bellen. Maar ik moest iets doen, wat dan ook. Zelfs al zou ik weten dat het nutteloos was. Dus ik haalde de telefoonlijst weer tevoorschijn en belde het laatst gedraaide nummer.

De motor van de helikopter begon op te starten. Het geluid werd met de minuut oorverdovender. De propellers begonnen te bewegen, eerst langzaam, maar steeds sneller. Henrik kwam naar me toe gelopen.

'We kunnen niet langer wachten, Anna. We moeten gaan.'

'Ik stap niet in voordat ik met Anneli heb gepraat.'

'Oké, maar dan moeten we ze zonder ons laten gaan, want dit gaat zo niet.'

'Dat is bullshit, zo veel haast kunnen we niet hebben! We zijn maximaal een kwartier later!'

'Ja, maar...'

'Jacob loopt ons gewoon op te jagen!'

De motor draaide nu bijna op volle toeren en de lucht rond de helikopter werd wegeblazen. Het gras rond het helikopterplatform werd plat tegen de grond gedrukt en grind en stof begonnen weer rond te vliegen tot aan waar ik stond. Jacob kwam met vastberaden stappen naar Henrik en mij toe gebeend en vroeg: 'Zeg, wat wordt het nou?'

We schreeuwden naar elkaar om boven de helikopter uit te komen.

'Ik moet dit telefoontje plegen!'

'En wij moeten vertrekken! Gaan jullie mee of blijven jullie hier?'

'Jezus, ga dan!' riep ik kwaad terug. 'Vertrek!'

Jacob en ik keken elkaar boos aan.

Denk je soms dat ik sta te bluffen, Jacob? Echt niet, ik bluf nooit. Het gaat zoals ik het wil of het gaat helemaal niet door. Wat kan mij Sarek nou weer schelen. Sarek is er volgend jaar ook nog, en alle jaren daarop ook.

Jacob keek al even uitdagend terug, maar ik vermoedde dat hij niet had verwacht dat ik ervoor open zou staan om hen zonder mij te laten vertrekken. Nu zouden we erachter komen hoe graag hij wilde dat we mee zouden gaan naar Sarek.

'Het is nogal benzineverspilling om haar zo te laten wachten,' schreeuwde hij, alsof hij mijn aanmoediging niet had gehoord. 'Straks moeten we extra betalen!'

'Dan was het wel heel dom van haar om de motor al aan te zetten,' snauwde ik meteen terug. 'Tenzij iemand haar had gezegd dat te doen.'

Ik zag woede in zijn ogen, en verbazing, maar ook nog iets wat lastiger te definiëren was.

'Gaan jullie maar,' kwam Henrik tussenbeide. 'Dat is het beste! Dit gaat nog wel even duren!'

Jacob leek hem niet te hebben gehoord. Hij bleef staan, onbeweeglijk, mij strak aankijkend terwijl ik strak terugkeek. Ik bedacht nog dat hij toch wel snel zou moeten reageren als hij niet achterlijk over wilde komen. Een stukje verderop klommen Milena en Jenny de helikopter in.

En toen ging mijn telefoon af.

Het was het nummer van Anneli. Ik nam op en liep een paar stappen bij Jacob en Henrik vandaan. Achter me hoorde ik Jacob tegen Henrik zeggen dat ik een paar minuten extra kreeg, maar dat ze dan zouden vertrekken.

'Hoi Anneli, wat fijn dat je terugbelt.'

'Hoi. Ja, ik heb een paar zaken gevonden die bij je beschrijving passen.' Ik hield mijn hand tegen mijn andere oor om het beter te kunnen horen. Ze gebruikte haar gewone rustige, droge en competente stem weer. Mijn hoop en opwinding stegen.

'Wat goed, super!'

'Je bent slecht te verstaan,' zei Anneli.

'Ja, sorry, er staat hier een helikopter op te starten.' Ik liep nog een stukje verder weg en hield mijn hand over de microfoon van mijn mobiel om hem af te schermen van het motorgeluid. Ik wierp een blik op de helikopter. Jacob stond net op het punt in te stappen. Anneli ging verder.

'Er is een zaak die plaatsvond op 8 mei 2015, met Bengt als rechter, mishandeling van echtgenote, het leidde tot een gevangenisstraf van achttien maanden, dader Jimmy Toivonen, 870519-2737.'

'Wat zei je, 870519?'

'Ja. 870519-2737.'

Geboren in 1987, dan was Jimmy nu tweeëndertig jaar oud. Veel te jong om Jacob te kunnen zijn.

'Oké... En de andere?'

'Een zaak die plaatsvond op 23 mei, mishandeling van partner, straf van twee jaar en zes maanden, dader heette Kent Stefan Jernrud, 761010-4139.'

'761010?'

'Ja. Laatste vier cijfers 4139.'

Ik kreeg een vreemd gevoel in mijn mond, een beetje zoals wanneer je honger hebt en moet denken aan iets waar je heel veel zin in hebt. Het smaakte een beetje als bloed.

Geboren in 1976, dan was Kent Stefan Jernrud drieënveertig jaar oud. Jernrud klonk verzonnen. Als hij het was, zou hij niet de eerste misdadiger zijn die meerdere keren van naam is gewisseld. Lars-Inge Andersson. Lars-Inge Svartenbrandt. Lars Ferm. Lars Patrick Carlander. Zelfde misdadiger, vier verschillende namen.

En hij heette Stefan. Net zoals Stefan Jakob Johansson.

Alles klopte. Hij moest het wel zijn.

Ik vroeg Anneli de naam te herhalen met de juiste spelling, en het persoonsnummer, en noteerde het op mijn mobiel.

'Heel, heel erg bedankt,' zei ik toen, 'je hebt me enorm geholpen.'

'Graag gedaan,' zei Anneli neutraal, waarna ze ophing. Henrik was naar me toe gekomen en stond nu dicht naast me. Hij keek me vragend aan.

'Hij is het,' zei ik. 'Ik weet het zeker.'

Henrik knikte ernstig. 'Heette hij toen ook al Jacob Tessin?'

'Nee, Kent Stefan Jernrud.'

Henrik dacht even na en keek me toen weer vragend aan.

'Maar dan... Dan ga ik zeggen dat wij niet meegaan?'

'Is goed,' antwoordde ik, 'ik ga hem nog even googelen.'

'Zal ik wachten?'

'Nee, nee, hij is het. Ga jij maar vast.'

Maar Henrik bleef staan. 'Ik kan net zo goed nog even wachten. Als hij het is, moet jij maar even met Milena gaan praten.'

Op dat moment kwam Milena de helikopter uit en naar ons toe gelopen. Haar haren waaiden wild rond haar hoofd. Jacob voelde zich er vast te goed voor om heen en weer te blijven rennen. Ik typte de naam in het zoekveld en klikte op het vergrootglas. Het scherm werd gevuld met zoekresultaten. Er was een Kent Stefan Jernrud, woonachtig in Flemingsberg, die drieënveertig was, maar er stond geen telefoonnummer of andere interessante informatie bij. De overige zoekresultaten hadden niets met hem te maken. Schijnbaar was hij de enige in Zweden die Jernrud heette. Ik klikte op 'Afbeeldingen' en er verschenen een aantal foto's van ene Kent Jerker Nilsson, en een groot aantal foto's van verschillende Stefan Jerns, maar geen enkele van Kent Stefan Jernrud.

Hier kon je moeilijk een conclusie uit trekken. Als Jacob eerst Kent Stefan Jernrud had geheten, kon het natuurlijk zo zijn dat de oude naam nog ergens geregistreerd stond.

Milena was inmiddels bij ons aangekomen, ze vroeg hoe het ging. Ik keek nauwelijks op, zo erg was ik op het scherm gefocust. Henrik gaf antwoord voor me en zei dat we waarschijnlijk niet mee zouden kunnen.

'Vanwege werk,' legde hij uit. 'Er is helaas iets tussengekomen waardoor ze niet weg kan.'

Milena knikte maar bleef staan, waarschijnlijk wilde ze het ook van mij zelf horen.

Ik voerde een zoekopdracht in op Facebook. En daar was het raak. Kent Stefan Jernrud bestond nog in het echt, of in ieder geval op Facebook. Ik klikte op zijn profielfoto om hem te vergroten. Het was een landschapsfoto van een hoogvlakte.

Milena keek me vragend aan. 'Anna? Dan vertrekken we nu maar?'

Ik klikte op de foto en het scherm werd gevuld met een miniatuurweergave van foto's van dezelfde persoon in verschillende omgevingen en situaties.

Ik herkende hem wel. Maar het was niet Jacob Tessin.

Uit het getuigenverhoor met Anna Samuelsson, persoonsnummer 880216-3382, 18 september 2019, Gällivareziekenhuis, afgenomen door rechercheur Anders Suhonen.

'Wat dacht je op dat moment?'

'Ik was echt verbaasd. Ik was er zo zeker van dat hij het zou zijn.'

'En wat gebeurde er toen?'

'Ik had het er even snel met Henrik over. Liet hem de foto's zien, dat het Jacob niet was.'

'Maar herkende je de persoon op de foto's toen je hem zag?'

'Ja. Ik herinnerde me hoe het ging tijdens die rechtszaak. Maar het was niet de zaak van Jacob.'

'Nee...'

'Dus ik had nog steeds het gevoel dat ik Jacob in de rechtszaal had gezien.'

'Ik snap het.'

'Maar ik was niet meer zo zeker als eerst, natuurlijk. Ik was nogal in de war.'

'Ja.'

'Dus... We gingen met Milena mee naar de helikopter, en toen vertrokken we.'

'Wat zei Henrik?'

'Niks.'

'Want hij leek er behoorlijk op te zijn ingesteld om terug naar huis te gaan?'

'Ja, maar uiteindelijk vond hij het waarschijnlijk toch ook wel vervelend om zo laat nog af te haken. De helikopter stond natuurlijk al met draaiende motor te wachten.'

'Ja...'

'Dus we zeiden geen van beiden iets.'

'Kun je denk je nog even door? Of wil je pauzeren?'

'Ik kan nog wel even door.'

'En je hebt nu geen pijn?'

'Nee.'

'Je ziet er ook wat beter uit vandaag.'

'Ja.'

Stilte.

'In ieder geval... Hoe kijk je er nu tegenaan? Dat je je had vergist wat Jacob betreft?'

'Ik denk niet dat ik me had vergist.'

'Nee?'

'Ik heb hem in de rechtbank van Nacka gezien toen ik daar griffier was. Dat weet ik zeker.'

'Oké.'

'Maar het lijkt me wel vrij eenvoudig om Stefan Jakob Johansson op te zoeken.'

'Jazeker, dat gaan we doen.'

'Maar misschien had ik iets anders mis. Misschien was de rechter niet Bengt Åkerberg. Of misschien was de rechtszaak niet in de lente maar in de herfst. Zoiets bijvoorbeeld.'

'Dat zou kunnen. We zullen er uiteraard eens naar kijken.'

Stilte.

'We hadden nooit die helikopter in moeten gaan.'

HET LAWAAI WAS oorverdovend en het rook sterk naar vliegtuigbrandstof. We hadden allemaal een koptelefoon met microfoon zodat we ondanks de herrie met elkaar konden praten. Jenny liet de helikopter voorzichtig opstijgen. Ze nam ons in een wijde boog mee over het grote meer. De wolken waren nog meer weggetrokken, in het westen was de lucht nu strakblauw. Onder ons glinsterden de golven in de zon. Het water strekte zich ver uit in noordwestelijke richting en splitste zich in een heleboel kleinere meertjes. Het zag er net uit als een gescheurde plastic zak.

Al snel vlogen we weer boven steeds bergachtiger wordend land. De vegetatie had al gele en rode kleuren gekregen. We kwamen nu over nationaal park Padjelanta, dat in zuidelijke richting uitliep in een aantal uitgestrekte meren. Kilometers verderop kon ik Sulitelma zien, het grote bergmassief op de grens tussen Zweden en Noorwegen. Links naast ons hadden we Ahkka, waarvan de gletsjer schitterde in de zon en waar scherpe bergkammen van de ene naar de andere bergtop liepen. Achter Ahkka waren de contouren te zien van de bergtoppen in Sarek zelf, nog steeds deels verborgen achter de wolken. Zilverglanzende riviertjes slingerden zich een weg over de bodem van diepe valleien.

Het uitzicht benam me de adem. Ik had nog nooit van mijn leven zoiets prachtigs gezien.

Maar voor de rest voelde ik me verward, leeg en uitgeput. Het conflict in de treinrestauratie was gisteravond geweest, er waren nog niet eens vierentwintig uur voorbij, maar het voelde als een week. Mijn gedachten werden sindsdien constant in beslag genomen door Jacob en wie hij nu eigenlijk was. Ik had slecht geslapen. 's Ochtends dacht ik te hebben geweten waar ik hem had gezien, en daarna was al mijn denkvermogen en energie erop gericht hoe ik mijn verdenkingen zou kunnen bevestigen. In de bus en bij het helikopterplatform had ik een constante en steeds toenemende stresshartslag. Ik dacht bewijs te hebben gevonden dat hij degene was die ik van de rechtbank herkende, maar ik had het mis gehad.

En nu was het alsof ik uit de gedachtenbubbel was gekropen waar ik sinds gisteravond in had gezeten, ik knipperde tegen het licht en voelde me gedesoriënteerd. De vermoeidheid haalde me in. Ik was als een ballon, de vermoeidheid een naald, maar ik explodeerde niet met een knal, de energie sijpelde er gewoon zacht sissend uit waardoor ik verschrompelde. Ik had geen wilskracht meer over.

En ik vermoed dat dat een van de redenen was dat ik van het fantastische uitzicht vanuit de helikopter kon genieten. Het was een ongebruikelijk gevoel voor mij om geen wilskracht te hebben. Ik ben bijna altijd ergens anders met mijn hoofd dan waar ik fysiek ben. Ik stel doelen voor mezelf en bedenk welke stappen ik moet nemen om die te bereiken. Maar op dat moment was er niets wat ik wilde, en daarom was ik volledig aanwezig in het hier en nu. Waar ik mijn blik ook richtte, overal had ik dat magische uitzicht over de hoogvlaktewereld. Als ik de rest van mijn leven dit uitzicht zou mogen hebben, zou ik tevreden zijn, zo voelde het. Ik denk zelfs dat ik gelukkig was.

Jacob zat voor in de helikopter naast Jenny.

'Waar gaan jullie precies heen?' vroeg ze. Jenny praatte ook Norrlands, maar wel een wat zachtere, zuidelijkere variant dan het meisje bij het helikopterplatform.

'We gaan vanuit Alggavagge naar Skarja en dan door het Rapadal naar het zuiden,' zei Jacob.

'Ah, Alggavagge. Daar zijn veel beren in deze tijd van het jaar.'

We spitsten onze oren achter in de helikopter, Henrik en ik keken elkaar aan.

'Dat heb ik nog nooit gemerkt,' zei Jacob.

'Echt, hoor. Die maken zich daar nu klaar voor de winter. Eten zo'n beetje alles wat ze kunnen vinden. Vooral veel kraaihei en Stockholmers.'

We moesten allemaal lachen, inclusief Jenny.

'Gelukkig maar dat ik uit Huddinge kom dan,' zei Jacob.

'Beren zijn niet zo kieskeurig,' zei Jenny.

Ik keek naar Henrik en lachte naar hem. Hij lachte terug, maar het kwam wat stijfjes over. Jenny wees uit het zijraam.

'Als jullie daar kijken, kunnen jullie een glimp van Alggajavrre opvangen. Dat groenblauwe daar. Daar zullen jullie even je best moeten doen om aan de overkant te komen.'

Jacob draaide zich om in zijn stoel en keek mij aan.

'En? Was het de moeite waard om mee te gaan?'

Ik lachte vermoeid en knikte. Hij lachte terug en stak zijn duim omhoog. Henrik keek uit het raam, hij kon zijn blik niet losscheuren van de met sneeuw bedekte bergtoppen van Sarek. Ik had de behoefte om hem aan te raken, dus ik legde mijn hand over de zijne. Hij wendde zich naar me toe en we keken elkaar aan. Zijn blik was vol liefde en genegenheid. Ik streek hem over zijn wang en glimlachte.

De helikoptertocht naar Staloluokta duurde ongeveer twintig minuten. Staloluokta was een Sami-nederzetting waar ook een bergstation was. Het lag aan de oever van het grote meer Virihaure, met een langgerekte berg langs de ene kant. Jenny stuurde de helikopter in een boog en bracht hem langzaam naar beneden. Ze landde in een kleine omheining aan het water. We stapten uit en bedankten haar voor de fantastische vliegtocht. Zij wenste ons succes op weg naar Sarek. We haalden onze backpacks uit het bagageruim en liepen in de richting van het bergstation. De grond was zacht, bedekt met mos en heide.

Het was half drie 's middags en we hadden niets fatsoenlijks meer gegeten sinds die ochtend, dus we besloten om eerst inkopen te doen bij de Parfas-kiosk en daarna in het bergstation te lunchen.

De kiosk was een minimalistisch houten gebouw, een beetje zoals een ouderwetse hotdogkraam, die een stukje verderop tussen de huisjes van de Samen stond. Het stond er bomvol, maar zodra we bij het raampje stonden kwam er een vriendelijke meneer aangelopen vanuit een ander huis.

Ik had nog nooit zo veel artikelen op zo'n klein oppervlak gepropt zien staan. Elke vierkante centimeter muur en vloer en plafond was ingenomen door van alles wat van pas kon komen tijdens een bergwandeling. Voedsel in blik, poedersoep, vriesdroogmaaltijden, snoep, snacks, wc-papier, afwasmiddel, gas, lokale producten zoals gebreide wanten, gerookte bergforel en vacuümverpakt rendiervlees voor duizend kronen per kilo. We kochten wat we nodig hadden voor de lunch en voor de rest van de week, bedankten en vertrokken weer, meerdere kilo's zwaarder.

De keuken in het bergstation was eenvoudig, met gaspitjes om op te koken. Water moest je uit grote stalen emmers halen. We verwarmden gehaktballetjes in roomsaus en kookten macaroni. We namen plaats in de eetzaal met een grandioos uitzicht op het meer Virihaure.

Toen we hadden gegeten en klaar waren met de afwas, vouwde Jacob zijn kaart uit over de tafel. Hij liet zien hoe we aan de wandeling zouden beginnen: de eerste paar kilometer ging het behoorlijk steil omhoog tot aan de zuidkant van de berg Stuor Dijdder, daarna zouden we het pad verlaten en tussen een paar meren door wandelen om daarna onze weg te vervolgen naar het meer Alajavrre dat we vanuit de helikopter hadden gezien. Het zou een lange eerste dag worden, ongeveer twintig kilometer lopen, maar we wilden toch ook zo snel mogelijk in Sarek zijn?

We waren verzadigd en vrolijk, opgewarmd en aangesterkt en klaar om aan de wandeltocht te beginnen. We vonden het een uitstekend plan.

Ik betaalde omdat we de keuken hadden gebruikt en we maakten allemaal gebruik van de buiten-wc van Staloluokta. Er stond ons een week te wachten met zeer primitieve sanitaire mogelijkheden, en ik vermoedde dat we over een paar dagen terug zouden denken aan dit stinkende houten hok als een hoogtepunt van beschaving.

We tilden onze backpacks op onze rug en begonnen te lopen. Het pad liep langs een kerkhutje en daarna begon het omhoog te lopen. Jacob nam de leiding en wij volgden hem in een rij tussen de struiken door. Na een paar minuten bleef ik staan en keek ik achterom. We waren al een aardig eindje de berg op gekomen. Onder ons lag het bergstation en de huisjes van de Samen, ingeklemd tussen het diepblauwe water van Virihaure en de berg Unna Dijdder met zijn mosterdgele, roestrode en groene kleuren. Achter het grote meer was een gekartelde rand met witte bergtoppen te zien, een beetje zoals Toblerone-chocola. Het was adembenemend mooi.

Het was niet bewust gegaan, maar ik realiseerde me dat we precies tijdens de kleurenexplosie van de Laplandse herfst waren gekomen. Ik haalde mijn mobiel tevoorschijn en maakte een foto. De zon stond nog steeds hoog aan de hemel, het voelde als een zonnige oktoberdag in Stockholm, een aangename temperatuur. Ik haalde mijn backpack van mijn schouders, trok mijn windjack uit en ging verder in alleen een trui. Er waaide een licht briesje in mijn gezicht.

Milena had gemerkt dat ik was gestopt en wachtte op me. Ze lachte toen ik haar weer had ingehaald, en zei: ‘Bizar mooi is het, hè?’

‘Ja,’ zei ik en lachte terug. ‘Ik zou alles wel vast willen leggen.’

‘Is het nog goed gekomen met werk, trouwens?’

‘Ja. Het was gewoon iets waar ik even ja of nee tegen moest zeggen.’

We praatten verder over ons werk, over nieuwe collega’s, over gemeenschappelijke kennissen die waren gestopt of ergens anders waren begonnen. Ons gesprek begon oppervlakkig, maar werd geleidelijk aan persoonlijker. Het was de eerste keer tijdens deze reis dat we tijd hadden om elkaar onder vier ogen te spreken en al snel voelde het weer vertrouwd tussen ons. Die vertrouwdheid was tien jaar geleden in Uppsala ontstaan en vonden we altijd snel weer terug, ook al hadden we elkaar maanden niet gesproken.

Ik lette erop dat ik niets zou vragen wat met Jacob te maken had.

Mocht ze er iets over willen vertellen, kon ze er zelf over beginnen. Maar het was ook niet meer zo belangrijk voor me om meer over hem te weten te komen. Nu ik eraan terugdacht voelde al dat gebel en dat gezoek op Google behoorlijk overdreven. Ik was niet bang meer voor Jacob. Ik was ook niet meer nieuwsgierig naar hem. Op dit moment wandelde ik door een prachtig groots landschap, Milena en ik waren weer goede vrienden, we konden weer met elkaar praten zoals vroeger. Niets anders deed er iets toe.

Het pad leidde ons naar een smal ravijn met wilgentakken aan de zijkanten, waarna het aan de andere kant weer omhoogliep. Het was er ineens heel steil en je moest je aan takken vasthouden om jezelf omhoog te kunnen trekken. Gelukkig regende het niet, want dan zou het modderige pad erg lastig begaanbaar zijn. Maar het was maar een korte passage, en toen we bij de volgende heuvelrug kwamen, hadden we uitzicht over Stuor Dijdder en de kleine meertjes aan de voet van de berg.

Jacob en Henrik liepen een paar honderd meter voor ons. Ik vroeg me af waar ze het over hadden. Misschien liepen ze wel in stilte. Ik herkende het patroon van onze eerdere wandeltochten: de eerste dagen praatten Milena en ik meestal onafgebroken en wandelde Henrik alleen, een stukje voor of achter ons. Daarna praatten we elke dag wat minder. Niet omdat we elkaar zat waren geraakt, maar omdat het belangrijkste al gezegd was, en als je hele dagen samen doorbrengt verdwijnt al snel het gevoel van ongemak bij stiltes.

Milena en ik begonnen over Henrik te praten. Ze leek wel een beetje bezorgd.

'Ik vind dat hij niet echt zichzelf lijkt,' zei ze. 'Hij ziet er zo moe uit.'

Zou ik vertellen dat hij de hele zomer nauwelijks het appartement uit was geweest? Dat Henrik was veranderd in een bankhanger? Nee, ik wilde hem niet afvallen. Ik antwoordde, volledig naar waarheid, dat hij momenteel nogal een werkdip had.

'Het is iets met dat hij maar geen hoogleraar wordt. Dat vreet aan hem. Hij was er denk ik van uitgegaan dat hij dat jaren geleden al zou zijn geworden. Hij vindt dat hij achterloopt.'

‘Maar moet het per se in Uppsala zijn? Hij kan toch ook ergens anders solliciteren?’

‘Jawel... Tenminste, hij heeft het er voor het eerst over gehad om op zoek te gaan naar iets anders.’

‘Ergens anders dan op de universiteit?’ Milena klonk verbaasd.

‘Ik denk niet dat hij het meent,’ ging ik verder, ‘maar hij zit ook al wel heel lang in dat wereldje. Dat is het enige wat hij ooit heeft geprobeerd.’

Milena zag er nogal onthutst uit. Toen vroeg ze: ‘Maar wat zou hij dan willen? Een kantoorbaan of zo?’

‘Of iets bij een overheidsinstantie. Ik weet het niet. Zoals ik al zei denk ik niet dat hij het echt meent.’

Milena leek hier nog wel bezorgder over dan ikzelf. Heel even had ik de neiging om te vragen hoe Jacob het op zijn werk had, maar ik deed het niet.

We hadden al een paar uur gelopen en ons lichaam was ingesteld geraakt op de wandeling. In het begin voelt je backpack altijd zwaar en oncomfortabel, je lichaam krijgt een ander zwaartepunt en je zakt elke stap een beetje door je knieën omdat je bang bent je evenwicht te verliezen. Je bergschoenen zijn misschien nog stug, je voelt een spier trekken in je bovenbeen. Maar op een gegeven moment ben je opgewarmd en verdwijnen de pijntjes. Je hele lichaam is aan het werk en je hebt een aangenaam verhoogde hartslag, endorfine stroomt door je bloed, je voelt een lichte euforie.

Ineens zagen we Jacob en Henrik niet meer. We hadden het pad verlaten en wandelden naar beneden tussen de meren door. De grond was glooiend, kriskras door elkaar liepen kleine richels met daartussen geulen, verzonken delen en dichte takkenbosjes. Je kon er makkelijk het overzicht kwijtraken. Milena en ik bleven staan om te bespreken welke weg we zouden nemen, toen Jacob een stukje verderop ineens uit het niets tevoorschijn leek te komen. Hij wenkte ons en we liepen zijn kant op.

Ze hadden een beschutte plek gevonden om te pauzeren, met

rotsblokken aan drie kanten en dicht bij een van de meren. Henrik was al onderweg terug van de oever met een pannetje water voor de koffie. Jacob stak de gasbrander aan en al snel kookte het water. We schonken oploskoffie direct in de pan en roerden het door het water. Jacob verdeelde de koffie over onze mokken. Ik haalde het kleine plastic flesje melkvervanger uit mijn tas en strooide het witte poeder in mijn koffie. We hadden geen koffiebroodjes of fruit, maar Henrik liet een zakje met pinda's en rozijnen rondgaan. De grond was bedekt met mos en heide en was relatief droog, dus ik ging zitten zonder eerst mijn zitmatje te pakken. Ik leunde met mijn rug tegen een steen en nipte van de hete koffie. Ik voelde me kalm en energiek en genoot van de stilte, van de strakblauwe lucht, van de avondzon.

De anderen bediscussieerden welke koffie nou eigenlijk het lekkerst was: espresso, filterkoffie of oploskoffie. Jacob gaf toe dat hij oploskoffie eigenlijk heerlijk vond. Het nut van espresso had hij nooit begrepen. Milena en Henrik beloofden dat ze het niemand zouden vertellen.

Na ongeveer een half uur droogden we onze mokken met wat mos en gingen we verder. Ik liep met de kaart in mijn handen en kon zien dat we nu op de helling van Unna Liemark liepen. Ernaast was de volgende berg, Stuor Liemark. Unna en Stuor, net zoals Unna en Stuor Dijdder. Zou dat klein en groot betekenen? Stuor Liemark was ongeveer honderd meter hoger, dus het leek te kloppen. Beide bergen waren rond de duizend meter hoog, en ik bedacht dat ze maar pech hadden dat ze precies hier terecht waren gekomen, tegen Sarek aan en in de buurt van Ahkka en Sulitelma. Op bijna elke andere plek in Zweden zouden ze eruit hebben gezien als machtige bergen, maar hier leken het niet veel meer dan heuvels.

We vertrokken als groepje van vier, maar met elke meter raakten Jacob en ik een stukje verder van Henrik en Milena verwijderd. Koppig liep ik met Jacob verder naar boven. Ik was absoluut niet moe, maar ik had wel een verhoogde hartslag. Het terrein zag er helemaal niet uit zoals ik had verwacht op basis van de kaart. Ik had me een breed pad door het dal voorgesteld tot aan het meer Alajavrre, maar in plaats daarvan liep het constant omhoog. We doorkruisten een wat kleinere *jokk*, zoals een bergrivier in Lapland genoemd wordt. Het was de eerste rivieroversteek van onze reis, en we wisten vrijwel droog te blijven. Ik vulde mijn waterfles bij. Misschien was het gerucht van de lastige wateroversteken wel overdreven. Toen we bij een rendieromheining kwamen, bleven we staan om op Henrik en Milena te wachten. Het was duidelijk dat de hoogtemeters hun tol begonnen te eisen, vooral voor Henrik. Hij was bezweet en rood in zijn gezicht en ademde zwaar.

'Hoe gaat het?' vroeg ik. 'Wil je pauzeren?'

'Nee, hoeft niet,' hijgde hij terwijl hij bleef staan. 'Het gaat wel. We gaan binnenkort toch stoppen voor het avondeten?'

'We plakken er nog een uurtje aan vast,' zei Jacob, 'dan kunnen we Alajavrre bereiken. Het is ontzettend mooi daarboven.'

Hij hield de rendieromheining omhoog, wij deden onze backpacks af, schoven ze over de grond naar de andere kant en kropen er toen zelf achteraan. Jacob ging als laatste. Hij haalde een paar energierepen uit zijn tas die we verdeelden voordat we verdergingen.

De zon was inmiddels aan het ondergaan, en het licht viel steeds schuiner over het landschap. Het werd snel frisser en ik trok mijn windjack weer aan.

Uiteindelijk konden we het westelijke deel van Alajavrre zien, en op de volgende heuvelrug zagen we het hele langgerekte meer. Aan het andere uiteinde was een wat kleinere berg die het zicht blokkeerde, maar daarachter torenden de met sneeuw bedekte bergtoppen van Sarek. Alleen al van het kunnen zien van deze woeste bergen kreeg ik kriebels in mijn buik.

'Daar gaan we heen,' zei Jacob. Hij boog zich wat dichter naar me toe en wees. 'Het einde van het meer.'

'Vanavond?'

'Ja, maar het is een makkelijke wandeling vanaf hier. We lopen gewoon over het strand.'

Ik keek achterom. Henrik en Milena waren ver achter geraakt en niet meer te zien. Heel even voelde ik weer een kleine steek van ongerustheid. Ik was alleen met Jacob Tessin. Maar het gevoel verdween weer even snel als het was gekomen.

WE LIEPEN NOG een klein stukje verder, naar een groot weiland met sappig, groen gras langs het meer. Ik ging water halen en Jacob zette het kookstel klaar. Het begon al te schemeren, maar het was nog relatief licht en het wateroppervlak van Alajavrre was net een spiegel. Het toonde de lucht en de berg aan de andere kant van het meer ondersteboven. Ik kreeg het duizelingwekkende gevoel alsof de grond eigenlijk een dunne plaat was en het meer een scheur waar je er dwars doorheen kon kijken, alsof er ook onder onze voeten lucht was.

'Ze zeggen dat je op de top van Alatjåhkkå het mooiste uitzicht van de hele hoogvlakte hebt,' zei Jacob terwijl hij naar de berg boven ons gebaarde. De minestronesoep begon te koken en ik haalde roggebrood en een tube garnalenkaas uit mijn rugzak.

'Welke precies?' vroeg ik me af. 'Zo te zien liggen er meerdere bergtoppen naast elkaar.'

'Die het verste weg, volgens mij,' antwoordde hij. Hij pakte de kaart en bestudeerde hem. 'Dat is ook de hoogste. 1430 meter.'

'Ben jij daar nog nooit geweest?'

'Nee. En ik denk ook niet dat dat vanavond wél gaat lukken, als we nog bij het uiteinde van het meer moeten zien te komen.'

'Hoe vaak ben je in Sarek geweest?'

'Dit wordt de vierde keer. Maar deze route heb ik pas één keer eerder gelopen.'

Jacob vertelde dat de eerste keren dat hij in Sarek was, toen hij tussen de vijfentwintig en de dertig was, de focus vooral lag op het klimmen. Hij en zijn vrienden wilden de hoogste bergtoppen van Sarektjåhkkå overwinnen. Ze hadden zichzelf uitgedaagd. Daarna was hij pas tien jaar later weer eens teruggegaan, en toen had hij Sarek herontdekt: de prachtige smalle valleien waar je geen mens tegenkwam, de stuwdam aan het einde van het Rapadal, de imponerende elanden bij Rovdjurstorget.

'Toen was ik pas echt verkocht,' zei hij.

Een gedachtegang van de avond daarvoor kwam weer bij me op: Jacob was de eerste paar keer dat hij hier was tussen de vijfentwintig

en de dertig, toen ging er tien jaar voorbij en was hij minstens zesendertig. En nu beweerde hij dat hij achtendertig was. Dus als ik hem zou vragen wanneer hij hier de vorige keer was, en hij zou zeggen dat het meer dan twee jaar geleden was, zou er iets niet kloppen.

Maar het was meer een automatische gedachte. Ik had de behoefte niet om erachter te komen en ging er verder niet op in. Jacob lachte naar me.

'Maar vertel eens over jullie tochten. Waar zijn jullie allemaal geweest?'

'Heeft Milena daar niet over verteld?' vroeg ik.

'Jawel, een beetje. Jullie zijn op de Kebnekaise geweest, heb ik begrepen.'

We vertelden over onze wandeltochten en vergeleken verschillende bestemmingen met elkaar. We waren het er volkomen over eens dat Blåhammaren het beste eten van de Zweedse hoogvlaktewereld had.

Uiteindelijk arriveerden Henrik en Milena. Ze zagen er allebei erg moe uit. Ze klikten de bandjes van hun backpacks los en lieten ze van hun rug glijden.

'Ben je moe, meisje?' vroeg Jacob terwijl hij Milena een knuffel gaf. Ze gaf hijgend antwoord: 'Ja, nu ben ik wel moe.'

'De soep is net klaar,' zei ik glimlachend tegen Henrik. Hij ging languit achteroverliggen in het vochtige gras, haalde diep adem en sloot zijn ogen.

'Ik moet heel even bijkomen.'

Ik ging op mijn knieën naast hem zitten en gaf hem een kus.

'Ja, natuurlijk. We hebben geen haast.'

Ik pakte mijn soepkom en Jacob schonk de soep direct uit het pannetje. Terwijl ik op een steen ging zitten en begon te eten, raakte ik er lichtelijk ongerust over dat Henrik blijkbaar nu al, na vier uur wandelen, zo moe was. Oké, we liepen bijna de hele tijd omhoog, maar het was absoluut niet steil. Het weer was perfect geweest. Dat beloofde niet veel goeds voor de ontberingen die ons nog te wachten stonden in Sarek.

En ik voelde nog iets, wat was ontstaan toen ik het met Milena over Henrik had. Iets wat ik niet echt wilde voelen, omdat ik me ervoor schaamde.

Irritatie. Henrik was een stuk minder goedgetraind dan gewoonlijk. Ik vermoedde dat hij had verwacht dat de wandeltocht niet door zou gaan toen we het moesten verzetten vanwege mijn werk, en dat hij toen is gestopt met trainen. Ik had bijna de hele zomer op kantoor gezeten, dus ik kon natuurlijk niet weten wat hij wel en niet deed overdag. Maar hij had lang vakantie gehad, zeven of acht weken, die hij in de stad had doorgebracht zonder iets speciaals te doen, afgezien van die week dat hij met het gezin van zijn broer aan de westkust was.

Als ik de was deed merkte ik dat zijn sportkleren nooit in de wasmand lagen. Op de dagen dat ik thuiswerkte lag hij voornamelijk te slapen, als hij niet aan het lezen was of een sudoku maakte. Zelf was ik doorgegaan met trainen, in een sportschool dicht bij werk, bijna elke dag. We hadden geen tijd gehad om zoals gewoonlijk oefenwandelingen te maken met een zware rugzak, en hij was dat ook niet alleen gaan doen.

Henrik kwam moeizaam overeind, strompelde naar zijn backpack en haalde zijn soepkom eruit.

'Zo, kerel,' zei Jacob vrolijk, 'een bord warme soep zal je goed doen.'

Henrik glimlachte bleekjes en hield zijn kom op.

We aten van de soep zonder dat er veel werd gezegd. Het was half negen 's avonds en het begon behoorlijk donker te worden. En met de duisternis kwam de kou. Op een zonnige septemberdag als deze zou je bijna denken dat het nog zomer was, maar als de avond viel was die illusie snel verdwenen. Het zou wel eens tot het nulpunt kunnen dalen vannacht. Dat was op zich geen probleem, we hadden slaapzakken die daartegen konden, maar voordat je eenmaal in je tent was en in je slaapzak lag, zou het een hoop gebibber en koude vingers rond je tandenborstel betekenen.

Jacob was als eerste klaar en begon water te koken, hij had zin in koffie. Henrik schrokte de soep naar binnen en keek Jacob vragend aan.

'Maar... We gaan hier toch wel ons kamp opslaan voor vanavond?'

Jacob lachte naar hem.

'Nee.'

Er volgde een korte stilte. Milena keek bedenkelijk, Henrik wierp een vluchtige blik op mij.

'Maar het is al bijna donker?'

'Nog niet helemaal, hè?' zei Jacob. 'Je ogen wennen er op een gegeven moment aan. Nee, ik wilde nog een stukje verdergaan langs het meer. Tot aan het andere uiteinde. Dan zijn we morgen rond lunchtijd in Sarek.'

Henrik zei niets, maar keek sceptisch. Jacob ging verder.

'Het is een supermakkelijk stukje. Je loopt gewoon over het strand. Anderhalf, maximaal twee uur.'

'Dan zal het sowieso donker zijn.'

'We hebben toch allemaal een hoofdlampje?' Jacob keek ons om de beurt aan. 'Milena en ik in ieder geval wel.'

Henrik keek me aan, maar ik zei niets. Ik voelde me alert en energiek en had er eerlijk gezegd wel zin in om nog verder te gaan. Toen wendde hij zich tot Milena.

'Waarschijnlijk zijn wij twee het meest moe, dus wat vind jij?'

Milena aarzelde. Jacob staarde haar aan.

'Nee, ik weet niet. Kan allebei, hier de tent opzetten of nog even verdergaan, mij maakt het niet uit,' zei ze inschikkelijk.

'Hm,' deed Henrik somber. Hij had gehoopt ergens steun te krijgen, maar besefte dat dat niet zou gebeuren. Er volgde een korte stilte.

'Het loopt in ieder geval niet meer omhoog,' zei ik uiteindelijk terwijl ik Jacob aankeek. 'Tenminste, ik neem aan dat het vlak is?'

'Jazeker. Helemaal plat,' antwoordde hij. 'En zoals gezegd loop je over het strand en is het een supermakkelijk stuk.'

Ik knikte en ging verder: 'Dan ben ik ervoor om verder te gaan. Maar we doen het rustig aan en blijven bij elkaar. Alle vier.' Ik keek Henrik aan.

'Wat denk je ervan? Gaat dat lukken?'

Uiteindelijk knikte hij.

'Oké, prima.' Zijn stem was toonloos. Ineens voelde ik me schuldig. Ik had er makkelijk voor kunnen zorgen dat we hier ons kamp op zouden slaan. Misschien wilde ik Henrik hiermee straffen omdat hij niet goed had getraind.

'Goed zo,' zei Jacob terwijl hij naar Henrik toe liep en hem een klap op zijn schouder gaf. 'Als we er zijn krijg je een goed glas Lagavulin.'

Jacob had iets militairs over zich, alsof hij een sergeant was die zijn mannen aanspoorde en precies wist wat hen zou motiveren. Zo zag hij zichzelf waarschijnlijk ook graag. Maar Henrik had niet in het leger gezeten, en hij haatte rokerige single malt whisky. De meest overschatte alcoholische drank in de geschiedenis van de mensheid, volgens hem.

'Bedankt,' zei hij kort terwijl hij opstond van de steen. 'Zullen we dan maar gaan?'

Een paar minuten later waren we weer op weg. We hadden allemaal ons hoofdlampje opgezet, maar die wilden we pas aandoen als het echt pikkedonker was, om ons nachtzicht niet onnodig te verstoren. Op dat moment konden we de contouren van de zwarte bergen nog zien tegen de donkerblauwe avondhemel. Achter ons, in het westen, waren nog lichtere strepen zichtbaar.

Het strand was maar iets van een meter breed, maar het was inderdaad aangenaam lopen na de vele hoogtemeters van die dag. Het water kabbelde loom over het zand. Ik bleef bewust zo dicht mogelijk bij Henrik, om niet weer voorop te raken. Jacob wilde er weer vandoor gaan, maar Milena hield zich aan ons tempo en hij bleef staan om op ons te wachten. In het begin zei Henrik vrij weinig, maar toen hij merkte dat de wandeling inderdaad best meeviel en dat ik ervoor zorgde dat hij het tempo mocht bepalen, werd zijn humeur beter.

Op een gegeven moment was het helemaal donker en zetten we onze hoofdlampjes aan. Ik stelde me voor hoe het eruit zou zien als je ons van een paar honderd meter hoogte op de berg zou bekijken: vier smalle lichtkegels die heen en weer schoten en opgeslokt werden door de zwarte nacht. Ik voelde me net een duiker die op de bodem van de oceaan wandelde. Het was een avontuur en tegelijkertijd had het iets gezelligs. Ik zou de hele nacht wel door kunnen lopen. Daar was hij weer, die lichte euforie.

Alles voelde precies zoals het hoorde tijdens een wandeltocht op de hoogvlakte. Er was dan wel een nieuw iemand bij, iemand die Henrik en ik allebei niet kenden, maar zijn aanwezigheid had onze routines totaal niet verstoord. Zodra we waren gaan lopen was alles zoals vanouds. En ik moest erkennen dat Jacob er ook aan bijdroeg dat dat zo was. Sinds we aan de daadwerkelijke wandeltocht waren begonnen kwam hij over het algemeen flexibel en ontspannen over. Hij leek helemaal in zijn element.

Toen we dichter bij het uiteinde van het meer kwamen, werd het terrein slechter. Het zandstrand verdween en we konden de waterlijn niet meer volgen. Grind veranderde langzaam in steenpuin, wat complete stenen werden en plotseling wandelden we door een moeilijk begaanbaar maanlandschap waar het lastig was om de juiste weg te vinden nu we maar een paar meter voor ons konden zien in het licht van onze hoofdlampjes. Jacob was niet helemaal eerlijk geweest over hoe makkelijk de wandeling zou zijn en hoelang het zou duren.

Tenzij hij het was vergeten sinds de vorige keer dat hij er was.

Het was bijna twaalf uur 's nachts toen we eindelijk bij het andere uiteinde van het meer waren gekomen en ons kamp op konden slaan. Er leek vochtige, kille nevel uit Alajavrre op te stijgen, en als je niet langer aan het wandelen was kreeg je het al snel koud. In het pikkedonker en met die rotsige ondergrond duurde het bovendien even om een goede plek te vinden om de tent op te zetten. Henrik en Milena waren te moe om te helpen, dus Jacob en ik namen de taak op ons. Uiteindelijk vonden we iets wat goed genoeg was en waar plaats was voor beide tenten, vrij dicht naast elkaar.

We riepen door de donkere nacht naar Henrik en Milena dat ze moesten komen. Henrik was doodmoe en had het zo koud dat hij aan het klappertanden was. Er werd niet veel gezegd terwijl we de tent opzetten, de lichtgewicht matjes oppompten en onze slaapzakken uitrolden. Henrik poetste zijn tanden recht voor de tent en kroop toen snel zijn slaapzak in. Ik was tegen die tijd ook ontzettend moe, maar om naar bed te gaan met de vieze kleren waarin ik had lopen zweten en die nu koud aan mijn huid plakten was geen optie. Dus ik rommelde in mijn backpack in het licht van mijn hoofdlampje, vond schone, droge kleren, mijn handdoek en toilettas, en liep naar het meer. De hele weg daarnaartoe moest ik over rotsblokken klimmen. Ik trok mijn broek en ondergoed uit en stapte met blote voeten het ijskoude meer in. Ik spoelde mezelf af, verzamelde water in mijn handen en waste mijn gezicht en nek. Ik droogde mezelf af en trok mijn schone kleren aan. Mijn voeten genoten van de droge, schone wollen sokken. Toen ik weer bij de tent kwam was het al donker en stil in de tent van Jacob en Milena. Het geluid van de rits verstoorde de stilte toen ik de tent opendeed. Ik kroop op handen en voeten de tent in, en vervolgens ging ik in mijn slaapzak liggen. Henrik sliep al.

De geluiden en geuren deden me denken aan mijn kindertijd toen ik met mijn broers in de tuin ging kamperen: het gewapper van het tentdoek met elke windvlaag, de geur van het grondzeil. Mijn lichaam deed zeer, maar op een goede manier, en nu kon het uitrusten. Ik was warm en droog. Ik liet mijn gedachten de vrije loop en al snel gleed ik in een diepe slaap.

Dit zou nog wel eens de beste wandeltocht ooit kunnen worden.

Dat dacht ik precies voordat ik echt in slaap viel.

DE WEERGODEN WAREN ons de volgende morgen nog steeds gunstig gezind. De zon scheen en de lucht was fris en helder. De dauw glinsterde nog op het gras en de stenen. Ondanks dat ik als laatste naar bed was gegaan, was ik als eerste op. Ik had de hele nacht goed geslapen. Mijn lichaam was wat stijf op de gebruikelijke plekken, maar verder voelde ik me goed.

Ik haalde water uit het meer, stak de gasbrander aan en maakte havermoutpap met gedroogde bosbessen voor het ontbijt. Terwijl ik roggebroodjes en tubes broodbeleg aan het pakken was, kwam er beweging in de andere tent. Milena kwam door de opening gekropen, rekte zich uit en gaapte.

'Goedemorgen,' zei ik. 'Goed geslapen?'

'Niet echt, eigenlijk. We kregen de tent niet helemaal recht gezet. Ik ben iets van acht keer wakker geworden met mijn gezicht in het tentdoek. Mijn god, wat is mijn rug stijf.'

Even later kwam Jacob naar buiten en ging bij ons zitten. Hij geeuwde uitgebreid en rekte zich uit. Milena gaf hem een knuffel. Jacob zei niet veel, hij was misschien nog niet helemaal wakker, maar leek wel in een goed humeur te zijn. Elke keer als onze blikken elkaar kruisten, lachte hij.

De stemmen rond het kookstel hadden Henrik wakker gemaakt en hij kwam op handen en voeten uit onze tent gekropen. Ik stak mijn armen naar hem uit voor een ochtendknuffel. Hij liep naar me toe en sloeg een van zijn armen om mijn schouders, het kwam een beetje halfslachtig over.

'Hoe heb je geslapen?' vroeg ik.

'Wel goed, hoor,' zei hij toonloos.

Henrik zei ook niet veel tijdens het ontbijt, maar het voelde anders dan bij Jacob: hij straalde geen rust en harmonie uit, het was eerder alsof hij met zijn gedachten ergens anders was, alsof hij ergens over zat te piekeren. Zo kon hij soms zijn. Dan verdween hij in sombere overpeinzingen. Ik wist dat het geen zin had om te vragen waar hij aan zat te denken, hij zou het toch niet vertellen. Als je hem een paar uur met rust liet was hij meestal wel klaar met piekeren en werden zijn gelaatstrekken weer wat lichter, dus ik maakte me er niet zo druk om. Maar het was wel een kant van hem die ik lastig vond om te accepteren. Misschien omdat het mij zo vreemd was. Ik kan ook wel eens uit mijn doen zijn, ik kan extreem boos worden en tegen mensen schreeuwen, maar dat is ook zo weer voorbij. Ik zie er het nut niet van in om te gaan lopen piekeren over dingen die zijn gebeurd. Ergens spijt van hebben... Ja, dat kan. Je kunt een situatie analyseren en denken van: dit had ik anders aan kunnen pakken. Maar daarna laat je het los en ga je weer verder.

Ik had ook het gevoel dat het met de jaren erger was geworden. Was hij echt zo toen we tien jaar geleden wat kregen? Nee. De neiging had hij waarschijnlijk wel vanaf het begin gehad, maar zeker niet zo duidelijk.

Of het had te maken met het besluit van de dag ervoor, om verder te gaan terwijl hij had aangegeven de tent op te willen zetten. Het was een onuitgesproken, maar duidelijk principe van onze eerdere wandeltochten dat degene die het meest vermoeid was mocht beslissen hoe ver we zouden gaan per dag. We waren gisteren tegen dat principe ingegaan. Aan de andere kant leek zijn humeur alweer beter toen we over het strand liepen.

Misschien had hij gewoon slecht geslapen.

We waren inmiddels bijna klaar met het ontbijt.

'Hoe voel je je, Henrik?' vroeg Milena.

Hij haalde zijn schouders op. 'Wel goed, hoor.'

'Je zit er toch niet nu al doorheen?' zei Jacob terwijl hij naar hem lachte.

'Nee.'

'Ik dacht dat jullie zeiden dat jullie al vaak op de hoogvlakte zijn geweest?'

'Dat is ook zo,' zei ik. Ik legde mijn hand op die van Henrik en ging verder: 'Henrik zeurt soms een beetje, maar hij is zo taai als een oude schoenzool.' Ik zei het gekscherend, maar ik zag meteen aan Henrik dat hij het verkeerd opnam. Jacob ving dat soort signalen blijkbaar niet op, of hij koos ervoor om ze te negeren.

'Een schoenzool weet ik niet, maar oud en taai lijkt wel te kloppen,' lachte hij. Hij keek mij aan, hopend op goedkeuring, hopend dat het hij en ik tegen Henrik zou zijn. Ineens voelde ik me opgelaten.

'Jacob...' zei Milena.

'Excuus. Het was maar een grapje, sorry. Oké?' Jacob keek Henrik aan.

'Ja, ja,' zei Henrik met dezelfde toonloze stem als eerder.

Ik stond op en zei: 'Zo, laten we maar gaan inpakken zodat we kunnen vertrekken.'

Jacob ging ook staan. Milena bood aan om de kommetjes en pan uit te spoelen. Henrik en ik liepen naar onze tent, haalden onze slaapzakken en matjes eruit en begonnen ze op te rollen en in zakken te stoppen. Ik pakte zijn arm vast en zei gedempt: 'Sorry, dat was een stomme opmerking. Hé?'

'Hm.'

'Henrik? Sorry?'

'Ja, ja, het is oké.'

We rolden samen de tent op en pakten hem zwijgend in en ik wist dat het helemaal niet oké was, maar ik dacht dat het waarschijnlijk wel beter zou gaan als we eenmaal weer aan het wandelen zouden zijn.

Even later hadden we alles in onze backpacks gekregen en konden we weer verder met de wandeltocht. We bevonden ons aan de voet van de berg Nuortap Rissavarre en pakten via de zuidkant wat hoogtemeters om de ergste rotsblokken te vermijden. Hoe hoger de zon aan de hemel stond, hoe warmer het werd. Geleidelijk aan groeide Sarek voor onze ogen, dichterbij en nog grootser dan eerder. De bergzijde met zijn richels en inkepingen kwam uit in het meer Alggajavrre. Het water was bijna onwerkelijk blauwgroen. Achter het meer strekte Alggavagge zich uit tot in het centrum van Sarek, een smalle U-vormige vallei met steile bergen aan weerszijden van het dal. Aan de zuidkant waren bergtoppen in een rij achter elkaar te zien, ze zagen eruit als gigantische koeien die met hun kop omlaag uit hun waterbak stonden te drinken. Hoe ver zou het naar het meer zijn? Hoelang was het naar de verste berg in het dal? Tientallen kilometers waarschijnlijk, maar het was lastig in te schatten. Bij het zien van deze grootsheid verloor je je gevoel voor proporties.

Aan de andere kant van het meer, een stukje op de berg, zag ik een klein gebouw, en Jacob vertelde dat het een kapelletje was waar één keer per jaar een dienst werd gehouden, midden in de zomer. Ik ben niet religieus aangelegd, maar ik begreep dat het een ontzettend bijzondere ervaring moest zijn om hier een kerkdienst bij te wonen. Zelfs ik voelde me nederig en eerbiedig tegenover de natuur op deze plek.

Jacob en ik volgden een lange, dalende richel naar de zuidkant van het meer, en al snel stuitten we op de eerste echte uitdaging van de wandeltocht: de rivieroversteek door Alep Sarvesjåhkkå. We moesten naar de overkant om de oever van Alggajavrre aan de zuidkant te kunnen volgen. Het was een relatief brede rivier, en de stroming was sterk. Hier en daar staken er stenen uit het water, maar het was lastig beoordelen hoe diep het water in het midden was. Van waar wij stonden zag het er niet doorwaadbaar uit.

We wachtten op Henrik en Milena, die na een tijdje rustig aan kwamen slenteren. Ze waren diep verwikkeld in een gesprek dat verstomde toen ze dichterbij kwamen. Henrik had het behoorlijk warm gekregen, zijn haar lag in natte slierten over zijn voorhoofd. Milena en hij konden even uitrusten terwijl ik een zakje met rozijnen en pinda's tevoorschijn haalde en dat rond liet gaan.

'Het water staat hoger dan ik dacht,' zei Jacob, 'dus we volgen het met de stroom mee. Meestal is het makkelijker om erdoorheen te komen waar hij uitkomt in het meer.'

We liepen gezamenlijk langs de snelstromende rivier, terwijl we van graspol naar graspol stapten. Op sommige plekken was het ontzettend drassig en we ploeterden door iets wat net een rijstveld leek. Maar Jacob had gelijk gehad: waar de jokk uitmondde in Alggajavrre, vertakte hij zich in een kleine delta met meerdere armen en grindbanken. Er waren een heleboel stenen die het oppervlak van het stromende water doorbraken, wat erop wees dat het ondieper was. Maar ook hier stroomde het water hard en er was een stuk waar de diepte nog steeds lastig te beoordelen was. De stroomversnelling maakte een bulderend lawaai en we moesten harder praten om elkaar te kunnen verstaan.

Jacob trok zijn bergschoenen en sokken uit en verwisselde ze voor een paar dunne gympen.

'Ik ga eerst om de weg te verkennen,' instrueerde hij terwijl hij de rugzakbandjes rond zijn middel en borst losmaakte. 'Jullie moeten alle bandjes losmaken, mocht je vallen dan moet je zo snel mogelijk je backpack af kunnen doen, anders kun je onder water vast komen te zitten. Dat is levensgevaarlijk. Probeer niet op de stenen te klimmen, maar loop over de bodem. Ook als het diep is.' Hij haalde twee telescoopstokken uit zijn backpack en keek naar Henrik en mij.

'Hebben jullie wandelstokken bij je?'

We schudden allebei ons hoofd. Jacob ging verder: 'Oké, dan mogen jullie die van ons lenen. Ik ga als eerste naar de overkant en dan gooi ik ze terug. Vergeet niet om altijd drie punten te hebben om op te steunen in het water. Voet, voet, stok, of stok, stok, voet. Til niet tegelijkertijd je voet en een stok op. Oké?'

'Yep,' zei ik. Henrik knikte en slikte verbeten.

'Mooi zo,' zei Jacob. 'Daar gaan we.' Hij knoopte de veters van zijn bergschoenen aan elkaar en hing ze over zijn backpack, toen stapte hij de rivier in.

'O, fucking hell, wat koud... Je went hier echt nooit aan,' klaagde hij. Zijn voeten waren bloot in zijn gympen. Over de eerste paar rivierarmen was hij snel heen, ervaren sprong hij van grindbank naar grindbank, steunend op zijn wandelstokken. Op een gegeven moment stapte hij op een steen. Hij draaide zich om en riep grijnzend naar ons: 'Ik wilde even laten zien wat je vooral níét moet doen!'

Hij ging verder en was inmiddels bij de hoofdstroom. Die was vier of vijf meter breed, en in het midden waren helemaal geen stenen te zien. Dat was geen goed teken.

Kalm en methodisch baande hij zich een weg door het krachtig stromende water. Hij volgde nauwkeurig zijn eigen advies op om altijd minstens drie steunpunten op de bodem te hebben. Het water stroomde over zijn schoenen, toen tot halverwege zijn kuiten, tot zijn knieën... Er ontstonden draaikolken rond zijn benen waar hij het wateroppervlak doorbrak. Langzaam en met elke stap een korte pauze nemend kwam hij bij het midden van de rivierarm terecht. Het water kwam nu ongeveer tot zijn dijbeen. En Jacob was lang, ik realiseerde me dat het water bij ons ongeveer tot ons middel zou komen. Een paar stappen verder was hij voorbij het ergste deel, het begon weer ondieper te worden. Hij draaide zich om en gooide zijn wandelstokken terug naar de grindbank aan onze kant van de breedste rivierarm. Vervolgens liep hij verder het water uit. Er waren nog een paar andere rivierarmen die hem van het vasteland scheidde, maar die zagen er een stuk makkelijker uit en hij was blijkbaar van plan om ons bij de breedste rivierarm op te wachten. Hij zette zijn handen aan zijn mond en riep boven het gebulder van de rivier uit: 'Milena! Go!'

Milena keek angstig, maar ze wist zonder problemen bij de hoofdader te komen. Daar bleef ze staan. Ze staarde naar het water dat voor haar langs stroomde, haalde een paar keer diep adem.

'Kom op, Millan, je kunt het!' riep Jacob. 'Ga nu maar!'

Twijfelachtig ging ze het water in, stap voor stap. Ik kon zien dat de stroming aan haar benen trok. Het water kwam tot haar knieën. En nu zonk de moed haar in de schoenen. Ze keek naar Jacob aan de andere kant van het water en haalde terneergeslagen haar schouders op.

'Het gaat goed, lieverd, ga maar verder!'

'Maar het lukt niet!' Milena klonk opgejaagd. 'De stroming is zo sterk, mijn voeten worden weggeduwd!'

'Nee, het gaat goed,' probeerde Jacob haar gerust te stellen. 'Gebruik het gewicht van je lichaam, duw je voeten door de stroming heen. Voel dat je steun hebt aan je wandelstokken.'

Ze probeerde het een aantal keer, tilde haar ene voet op en probeerde hem verderop weer neer te zetten, maar de kracht van het water leek haar bang te maken.

'Het lukt niet...' klaagde ze. Jacob waadde, zonder wandelstokken, terug door de stroming. De kracht van het water deed hem wankelen, maar hij wist zijn evenwicht te bewaren. Al snel stond hij met zijn armen naar Milena uitgestrekt midden in de rivier terwijl het woeste, ijskoude water rond zijn bovenbenen stroomde. Milena aarzelde nog steeds.

'Godver, schiet op!' riep Jacob uiteindelijk. 'Het is koud hier.'

Milena haalde diep adem, deed toen een stap naar voren en greep zijn hand vast. Het water kwam tot aan haar middel en ze gilde. Zo stonden ze een tijdje midden in het snelstromende water stil, maar toen bewogen ze zich stap voor stap naar de andere kant.

Milena's opluchting toen ze eindelijk uit de rivier kon stappen was enorm. Ze haalde diep adem en keek ons toen stralend aan. Jacob en zij gaven elkaar een knuffel en kus en zeiden iets tegen elkaar, maar door het gebulder van de rivier kon ik niet horen wat.

Ik had ook gympen aangetrokken, en aangezien Henrik nog steeds bezig was zijn veters los te maken, liep ik het water in.

Jezus, wat koud!

Het gletsjerwater stroomde over mijn voeten en het was echt zoals Jacob had gezegd, aan deze verschrikkelijke kou wende je nooit. Als je in de lente een duik in de zee neemt kan het koud zijn, maar als je een paar keer onder bent geweest went je lichaam er toch aan en kun je een paar zwemslagen maken. Het gevoel van de kou stabiliseert op een bepaald niveau. Maar waden in een rivier op de hoogvlakte is een heel ander verhaal. De kou neemt niet af na een paar seconden, maar verandert in pure pijn. Het doet ontzettend veel zeer, tot op het bot.

En vrij snel daarna wordt je lichaam stijf en raakt het verdoofd. Je draagt de kou als een te strak pak dat overal trekt en je verhindert om fatsoenlijk te kunnen bewegen.

Ik was bij de breedste rivierarm aangekomen en pakte Jacobs wandelstokken op van de grindbank. Ik paste de lengte aan en stapte toen het water in. Ik was het gevoel in mijn voeten al kwijt. Ik concentreerde me erop om het zwaartepunt precies goed te hebben voordat ik de volgende stap nam, zodat ik met mijn voet de bodem kon aftasten. Als je op een steen zou stappen en die weg zou glijden was het afgelopen, dan lag je er gegarandeerd in. Het water kolkte steeds hoger rond mijn benen. Ik begreep waarom Milena had geaarzeld. De kracht van de stroming was overweldigend, het duwde en trok aan mijn benen, wilde me omver beuken. Met elke stap die ik zette, werd het snelstromende water dieper. Nu stond ik met beide voeten en wandelstokken op de bodem en ik wist niet of ik ooit nog een voet durfde te verzetten. Jacob en Milena hielden me scherp in de gaten, Jacob deed een paar stappen in de richting van de rivier om mij ook te komen helpen.

O, nee. Zo bont gaan we het niet maken.

Ik haalde diep adem, zakte wat door mijn knieën, spande mijn lichaam aan en ging toen verder. Nog drie vastberaden passen en toen werd het minder diep. Ik had het gehaald! De laatste paar stappen het land op waren kinderspel. Milena en Jacob lachten en applaudisseerden.

'Goed gedaan, meissie!'

Jacob hield zijn hand op voor een high five. Ik kon mijn grijns niet onderdrukken en sloeg mijn hand tegen die van hem. Milena gaf me ook een high five, maar haar aandacht was al op Henrik gevestigd. Hij had net zijn tweede gymp aangetrokken en had in elke hand een bergschoen.

'Je kunt het, Henrik!' riep ze.

'Knoop je bergschoenen aan elkaar en hang ze aan je rugzak!' schreeuwde Jacob.

Maar Henrik luisterde niet naar Jacobs advies, hij keek niet eens op. Volledig gefocust passeerde hij de ondiepere rivierstroompjes, langzaam en voorzichtig.

'Ziet er goed uit, schat!' riep ik.

Toen was hij bij de breedste rivierarm. Jacob pakte zijn wandelstokken op die ik op de grond had gegooid, deed een paar stappen de rivier in en gooide ze naar Henrik toe.

'Gooi je bergschoenen hierheen!' riep Jacob. Nu luisterde Henrik wel en deed wat er gezegd werd. Zijn bergschoenen vlogen door de lucht en kwamen op de grindbank waar wij stonden terecht. Toen ging hij het water in, langzaam en aftastend zoals wij hadden gedaan.

Vlak voor het midden stond hij stil. Henrik zag er besluiteloos uit, keek naar links en naar rechts alsof hij een weg zocht die wij nog niet hadden ontdekt, maar die was er natuurlijk niet.

Ik zag dat hij bang was, zowel aan zijn houding als aan zijn gezichtsuitdrukking. Hij hield zijn wandelstokken zo stevig vast dat zijn knokkels er wit van werden. Milena, die hem bijna net zo goed kende als ik, zag het ook.

'Ik denk dat je hem even moet helpen,' zei ze gedempt tegen Jacob.

Hij riep: 'Wacht even, man! Hulp is onderweg!'

Hij begon het water weer in te lopen. Ik weet zeker dat Henrik het in zijn ooghoek zag, ook al keek hij niet op. En de vernedering om hulp aan te nemen van Jacob om door de rivier heen te komen was te veel voor hem, dus in plaats van op hem te wachten deed Henrik een stap vooruit, en toen nog een, en nog een, en of hij nu op een wankelende steen ging staan of dat de stroming gewoon te sterk werd weet ik niet, maar hij verloor zijn evenwicht en viel.

Milena gilde en ik haastte me de rivier in.

Een ogenblik verdwenen zowel Henrik als zijn backpack onder water. Hij kwam voor de helft boven met zijn mond open van shock vanwege het ijskoude water, maar door de stroming verloor hij opnieuw zijn evenwicht en hij tuimelde achterover tussen de stenen. De stroming trok hem direct mee, binnen enkele seconden was hij tien, vijftien meter verderop. Daar kreeg hij voet aan de grond en probeerde hij weer omhoog te komen, maar hij viel opnieuw om.

Het was daar wel wat minder diep, dus hij werd niet verder meegetrokken.

Ik haastte me naar hem toe en greep met mijn ene hand de kraag van zijn jas vast en zijn backpack met de andere. Ik bleef maar aan hem trekken, zij aan zij vochten we ons een weg de grindbank op. Henrik hield nog steeds krampachtig Jacobs wandelstokken vast. Hij moest even op adem komen, maar toen gingen we verder door de laatste eenvoudig te doorkruisen rivierarmen, en uiteindelijk waren we aan de andere kant van de hele jokk.

Henrik gooide zijn rugzak, die droop van het water, van zich af en zonk in het gras neer. Hij schopte zijn gympen uit, ging op zijn rug liggen en begon zijn broek uit te trekken. Milena hielp hem door aan zijn broekspijpen te trekken. Ik had het te druk met het uittrekken van mijn eigen kleren, ik was zelf ook behoorlijk nat geworden toen ik erin was gesprongen.

Ik was dankbaar dat de zon nog steeds scheen vanuit een wolkvrije hemel. Dan hadden we tenminste een kans om weer warm en droog te worden. Met ander weer waren we misschien gedoemd om de rest van de week bibberend van de kou rond te lopen.

'Je had moeten wachten, ik kwam net naar je toe,' zei Jacob van een paar meter verderop. Henrik antwoordde niet.

'Je mag wel wat kleren van mij lenen,' zei ik, ook Jacob negerend. Henrik knikte.

'Had je de bandjes van je rugzak niet losgemaakt?' ging Jacob verder.

'Jawel,' antwoordde Henrik kort, waarna hij zich weer tot mij richtte. 'We gaan nu waarschijnlijk toch lunchen. Misschien kunnen de kleren in die tijd wel drogen.'

Maar Jacob was nog niet klaar.

'Dit had verdomd slecht af kunnen lopen. Als je je voet had gebroken of je hoofd had gestoten. Dan hadden we de hele wandeltocht af moeten breken. Dat was zo onnodig geweest.'

'Ja, maar dat is niet gebeurd,' mompelde Henrik terwijl hij opstond.

'Misschien kun je hem wat kleren lenen?' vroeg Milena aan Jacob. Jacob antwoordde niet en wendde zich af.

Henrik doorzocht zijn rugzak en constateerde al snel dat de enige kledingstukken die nog droog waren zijn bergschoenen waren die hij naar de overkant had gegooid. Met een modernere backpack zou het waarschijnlijk niet zo erg zijn geweest, maar dit exemplaar had er al aardig wat jaartjes op zitten. Het ergste was dat zijn mobiel zeiknat was en niet meer wilde opstarten. Er was natuurlijk sowieso geen bereik in Sarek, maar hij was wel van plan geweest foto's en filmpjes te maken, en bovendien had hij een digitale kaart van Sarek gekocht en op zijn mobiel gedownload. Nu was die weg.

Weer voelde ik een steek van irritatie. Ik had hem nog zo gezegd dat hij eraan moest denken zijn mobiel in een waterdichte zak te stoppen. Ik had hem er zelfs een gegeven voor dat doeleinde. Maar dat was hij vergeten.

Milena haalde het kookstel tevoorschijn en begon aan de lunch. Het was eerder dan Jacob van plan was geweest, maar na de beproeving die Alep Sarvesjåhkkå bleek te zijn, konden we allemaal wel wat warms te eten gebruiken. Vandaag moesten we het met vriesdroogmaaltijden doen. Jacob protesteerde niet, maar keek wel nors en ontevreden.

Henrik en ik legden onze natte kleren te drogen op stenen en lage struiken. Ik trok droge kleren aan en Henrik paste een van mijn shirts met lange mouwen, maar het was veel te strak en getailleerd en het zag er niet uit. Zelfs de slechtgehumeurde Jacob kon zijn lach niet inhouden. Hij leende een van zijn truien uit aan Henrik. Die was dan weer veel te groot.

We aten onze lunch en de spanning en het slechte humeur trokken langzaam weg. Jacob grapte dat Henrik wel een heel schoon type moest zijn, aangezien hij blijkbaar voor de lunch al in bad wilde. We glimlachten allemaal, zelfs Henrik.

Na het eten gingen we op onze rug in het gras liggen om even uit te rusten. Het was midden op de dag en de zon voelde heerlijk warm. Er zoemden een paar knutjes door de lucht boven me, bewegende zwarte stipjes tegen de blauwe hemel, maar ik stoorde me er niet aan.

'Mag ik jullie ergens op wijzen?' vroeg Jacob. Hij lag ook languit in het gras, maar kwam nu op een elleboog omhoog.

'Wat dan?' antwoordde Milena slaperig. Ze lag op haar buik met haar armen onder haar hoofd, haar ogen waren gesloten.

'We zijn in Sarek, dames en heren.'

Dat lieten we even op ons inwerken. Toen zei ik met een licht teleurgestelde stem: 'Hm, ik weet niet... Misschien hadden we toch beter naar Abisko kunnen gaan.'

Het duurde een paar seconden tot Jacob doorhad dat ik een grapje maakte. Toen ik naar hem lachte zag hij er betrapt uit, beledigd bijna, als een terechtgewezen kind. Milena schoot hem te hulp en zei grijnzend: 'Haha, yeah, right.'

Ik ging overeind zitten en wees naar Alggavagge, het dramatische U-vormige dal waar we naar op weg waren.

'Ik vind het er maar plat en triest uitzien.'

Jacob moest lachen en ontspande weer.

'Sommige mensen zijn nogal veeleisend, heb ik gemerkt.'

Ik stond op en onderweg naar het kookstel liep ik langs hem. Ik gaf hem een klapje op zijn schouder.

'Grapje, hoor. Het ziet er best oké uit.'

Hij keek naar me op. De glinstering was terug in zijn bruine ogen.

'We nemen toch nog wel een koffietje voor we gaan?' vroeg ik terwijl ik de koffiekan pakte.

Onze aankomst in Sarek was niet zonder ontberingen geweest. Maar nu zou alles vast beter worden.

WE LIEPEN VERDER langs de zuidelijke oever van Alggajavrre. Dichte wilgenstruiken strekten zich een aardig eindje van de waterkant de bergwand op. Op veel plaatsen kwamen de takken tot op gezichtshoogte. Er liepen paadjes tussen de struiken door, waarschijnlijk door rendieren gemaakt, maar ze kronkelden alle kanten op en waren overgroeid met wortels en takken. Het voelde een beetje alsof we ons moeizaam een weg probeerden te banen door een honderden meters brede heg, die ook nog eens op een steile bergwand groeide. Hier en daar had een jokk diepe kloven gemaakt, waardoor we een meter of twee heel steil naar beneden moesten klimmen en vervolgens even steil weer aan de andere kant omhoog. Sarek leek zijn geheimen te willen bewaken.

Na een uurtje werd het struikgewas minder dicht en de wandeling gemakkelijker. Alggavagge lag als een gigantische regengoot voor ons. Een aantal kilometer verderop konden we Härrabaktes machtige, bijna loodrechte bergwand zien opdoemen. Negenhonderd meter vanaf de top tot aan het diepste punt van het dal.

Toen we aankwamen bij het begin van Niejdariehpvagge, een smal dal onder aan de bergen rechts van ons, namen we een pauze. We aten energierepen en vulden onze waterflessen in een bergstroompje. We zouden het dal verlaten en nu stond ons het steilste stuk tot dan toe te wachten.

Jacob en ik liepen zoals gewoonlijk voorop. Ik was al snel buiten adem, maar we bleven in een gestaag tempo doorklimmen.

Na een half uur bleef ik staan en keek ik uit over het dal. Ik kon dwars over Alggavagge heen kijken, tot aan de met sneeuw bedekte bergtoppen aan de overkant, kilometers verderop. Henrik en Milena waren ver achteropgeraakt, maar Jacob en ik hadden allebei geen zin om op ze te wachten. We waren goed op gang gekomen en hadden een fijn tempo gevonden. Ze haalden ons later wel weer in.

'Ik hoorde dat jullie elkaar online hebben ontmoet,' zei ik terwijl we verder liepen. 'Milena en jij.'

'Ja,' zei Jacob kort. Hij leek het er niet echt over te willen hebben, maar ik drong aan.

'Ik ben nu al bijna tien jaar met Henrik samen, dus ik heb daar niet echt ervaring mee,' zei ik. 'Of ja, ik heb natuurlijk wel eens zo'n datingapp uitgeprobeerd toen ik twintig was of zo, maar niets serieus.'

'Nou, ja...,' begon Jacob. 'Ik heb wel veel vriendinnetjes gehad, hoor, veel relaties, vaak ontmoet tijdens het uitgaan of via klimmen of zo, je weet wel, via hobby's en interesses.'

'Ja. Maar via internet schijnt tegenwoordig het meest gebruikelijk te zijn.'

'Misschien, ik weet het niet. Maar ik wilde wel eens wat nieuws proberen. Een diepere connectie maken. Dus ik dacht: laat ik dit eens uittesten.'

'En het heeft goed uitgepakt,' zei ik met een glimlach.

'Milena is een leuke meid.'

Er was iets met de manier waarop hij het zei waardoor het wat neerbuigend klonk. 'Een leuke meid', dat is iets wat een jongen over een meisje zegt als hij het met haar heeft uitgemaakt. Iemand die hij mag en respecteert, maar op wie hij niet verliefd is.

'Dat is ze zeker,' zei ik. 'Beter vind je ze niet.'

'We zullen zien waar het schip strandt. Wat sommige dingen betreft zijn we wel heel anders.'

'Dat is juist goed. Het is beter om elkaar aan te vullen dan met elkaar te concurreren.'

'Misschien wel. In sommige opzichten.'

'En heb je... Je bent niet getrouwd geweest en hebt geen kinderen of zo?'

'Nee, joh! Nee, zeker niet.'

'Je hebt niet drie kinders in Helsingborg die je moet onderhouden, zeg maar?'

'Voor zover ik weet niet,' zei Jacob met een grijns. 'Al ben ik trouwens wel een keer betrokken geweest bij een vaderschapszaak. Ik moest een DNA-test doen en alles. Maar het was niet van mij.'

'De dans ontsprongen, dus?'

'Zoiets, ja.' Hij keek weer serieus. 'Maar ik zou niet... Nou ja, als ik de juiste vrouw ontmoet, zou ik best willen settelen. Uiteraard. Met de juiste persoon zou ik wel huisje-boompje-beestje willen. De hele rataplan.'

'Ja?' vroeg ik. Nu hij over zichzelf was begonnen, wilde ik hem verder niet onderbreken.

'Nou ja, ik ben zo iemand die wát hij doet, voor de volle honderd procent doet. Het is alles of niets. Als ik klim, klim ik. Dan ga ik tot de max. Reis ik, dan reis ik naar het einde van de fucking wereld. Snap je?'

'Ik snap het.'

'En als ik een gezin zou stichten, dan sticht ik een gezin. Dan ben ik er voor de rest van mijn leven voor hen. Mijn kinderen zullen een heel andere opvoeding krijgen dan ik zelf heb gehad.'

Jacob praatte een beetje alsof hij aan een of ander reality-tv-programma meedeed. Ineens wenste ik dat Henrik erbij was om dit te horen, ik wist dat we stiekem een blik van verstandhouding zouden wisselen en hetzelfde zouden denken.

Daar heb ik je, Jacob.

'En wat is een goede vader?' vroeg ik me af.

Hij was even stil. Een paar seconden lang waren alleen onze ademhalingen te horen, het gekraak van onze backpacks, onze bergschoenen op de grond. Twijfelde hij of hij meer zou vertellen? Werd ik te persoonlijk?

'Ik weet het eigenlijk niet,' zei hij uiteindelijk. 'Mijn vader ging ervandoor voor ik ook maar geboren was.'

'Oei.'

'Mijn moeder had een hoop verschillende kerels. Sommigen waren best aardig, maar het duurde nooit lang. Ze hielden het niet vol met mijn moeder, dus ze gingen ervandoor.'

'Oké...'

'En dan had ze alleen mij nog om zich op af te kunnen reageren.'

'Dat klinkt heftig,' zei ik zo meelevend als ik kon.

'Ze had psychische problemen. Dat had ik al door toen ik nog vrij jong was. Dat ze niet was zoals het hoorde. En ik weet nog dat ik een tijdje bij een pleeggezin heb gewoond toen ik iets van zeven of acht was. Ik denk dat school alarm had geslagen.'

'Maar toen kreeg ze de voogdij weer?'

'Ja. Het ging zeg maar een beetje op en neer, soms deed ze haar best. Maar ze had dus... Ze had onder andere een verzamelstoornis. Dus bij ons thuis lag de hele vloer vol met oude kranten en allemaal andere troep... Er liepen serieus gangetjes van de ene naar de andere kamer. Ik nam nooit vriendjes mee naar huis. Nooit. Geen enkele keer in die negen jaar op school. Mijn grootste nachtmerrie was dat mijn moeder erachter zou komen als het ouderavond was en dat ze daar dan heen ging. Eén keer had ze er een brief over gekregen, maar toen zei ik dat het niet doorging omdat de leraar ziek was. Daar trapte ze in, gelukkig.'

Terwijl Jacob vertelde was zijn zelfverzekerdheid als sneeuw voor de zon verdwenen. Hij klonk bedroefd. Ik kon niet anders dan medelijden hebben met het jongetje dat zich schaamde voor zijn geesteszieke moeder.

'Oef, dat klinkt verschrikkelijk.'

'Ik heb het wel zwaar gehad, ja.'

'Maar... Was er geen volwassene bij wie je terechtkon?'

'Ik had een goede docent in de bovenbouw, Tony. Hij had het wel een beetje door, maar wist niet alles. Dus soms mocht ik een weekend met hem en zijn gezin doorbrengen. Dan gingen we erop uit om te vissen en zo. Dat vond ik fantastisch. En hij zorgde ervoor dat er een nieuw onderzoek werd gestart door de kinderbescherming. Tenminste, achteraf gezien denk ik dat hij dat moet zijn geweest. Maar... Mijn moeder ging weer meer haar best doen. Ruimde af en toe eens op in huis en zo. Ze vonden het waarschijnlijk niet ernstig genoeg.'

'Mijn god, Jacob...'

'Ik weet nog een keer toen ik een jaar of zes was. Ik werd ergens superboos over en toen zei ik "kut". Toen trok mijn moeder me de wc in en spoot van die wc-eend in mijn mond. En ze wilde zelfs gaan schrobben met de wc-borstel, maar dat paste natuurlijk niet in mijn mond, dus toen begon ze me ermee te slaan.'

'Dat klinkt echt gestoord.'

'Ja, het ging er soms nogal heftig aan toe,' zei Jacob met een scheve grijns.

Even was het weer stil. Toen vroeg ik: 'Heb je nog wel eens contact met haar?'

'Ze is dood. Maar het is niet dat ik bloemen bij haar graf leg of zo. Als ik een beetje down ben, dan...' Hij maakte zijn zin niet af.

'Dan?'

'Nou ja, het klinkt vast stom. Maar dan bedenk ik dat ik het, ondanks mijn jeugd, toch nog best goed heb gedaan in het leven. En dat ik niemand iets verschuldigd ben.'

'Nee... Ik snap je.'

'Jezus, wat praat ik veel...' Hij lachte een beetje verontschuldigend. 'Nu weet je een stuk meer over mij dan Milena.'

'Is dat zo? Ik wilde niet opdringerig zijn.'

'Nee, het voelde wel goed om te vertellen. Je bent makkelijk om mee te praten. Vind ik.' Hij wierp me een lange, intense blik toe en ik knikte glimlachend, maar ik voelde me lichtelijk ongemakkelijk. Hij kwam iets te dichtbij. Ik wilde meer over hem te weten komen, maar had niet verwacht dat hij zo persoonlijk zou worden.

'Dus. Hoe was jouw kindertijd? Geboren met zilveren lepel in de mond, zeker?'

Ik begon te vertellen over mijn eigen jeugd in Stocksund. Het voelde goed om van onderwerp te veranderen, om de aandacht af te leiden van de plotselinge intimiteit die tussen ons was ontstaan. En ik voelde me een beetje verplicht om zelf ook wat vervelende herinneringen te delen, zo na Jacobs beschrijving van zijn zware jeugd.

'Oppervlakkig gezien hadden we het heel goed, financieel en zo. Mijn vader had een eigen bedrijf opgericht, verkocht en was steenrijk geworden, dus tijdens mijn jeugd was hij vooral bestuursadviseur. Bevriend met CEO's en ex-politici, je weet wel. En mijn moeder was eigenlijk kunstdocent, maar zorgde thuis voor het huishouden en zo.'

'Oké.'

'En ik vind dat er niks mis is met huisvrouw zijn, je kunt het huishouden verdelen zoals je wilt, als beide partijen het er maar mee eens zijn.'

'Uiteraard.'

'Maar mijn vader is een ontzettend dominant persoon. Dus mijn moeder had denk ik geen keus. Ze durfde niet tegen hem in te gaan. Niemand van ons durfde dat. Het hele gezin was bijna constant bezig zijn humeur te lezen. "Mooi, hij is in een goed humeur, wat fijn, dan kunnen we ontspannen vanavond." Maar als je ook maar iets fout deed, of niet voor alles een hoog cijfer haalde bijvoorbeeld, dan werd hij boos. Of er was iets op werk gebeurd wat hij op ons thuis afreageerde. Soms wist je niet eens waar het door kwam. Het werd ook altijd erger als hij dronk.'

'Lastige vent.'

'Ja, hij kon er echt op uit zijn je te kwetsen als hij in dat humeur was. Dan was hij niet tevreden totdat je compleet instortte. Hij kon mijn moeder aanvallen omdat het eten niet lekker was, of omdat ze was aangekomen, of omdat ze niet streng genoeg was voor de schoonmaakster... Je weet wel, wat dan ook. En dan bleef hij doorgaan tot ze in huilen uitbarstte.'

Mijn oude woede en verdriet borrelde weer omhoog als ik het alleen al over mijn vader had. Jacob zweeg, wachtte tot ik verder zou vertellen.

'En als je protesteerde werd het alleen maar erger. Het was een kwestie van je kop houden en volhouden. Maar als we bijvoorbeeld gasten hadden, dan was hij zo ongelooflijk charmant en genereus, iedereen hield van hem. Jullie zouden eens moeten weten, dacht ik vaak.'

'Sloeg hij jullie ook?'

'Ja. Dat gebeurde wel eens. Je kon wel eens een oorvijg krijgen, zeg maar. Of toen we nog klein waren kon hij ons bij de arm grijpen en door de woonkamer slepen en zo. Maar dat deed hij niet zo vaak bij mij, eerder bij mijn broers.'

Er viel een korte stilte. We werden meedogenloos verder omhoog geleid. Uiteindelijk vroeg Jacob: 'En hoe is jullie contact nu? Vieren jullie nog kerst samen en zo?'

'Eh... nee,' zei ik, en ik aarzelde even.

Hoeveel zal ik vertellen? Zal ik alles vertellen?

STOCKHOLM, JUNI 2010

'WAAR IS MIJN fiets, trouwens?' vraagt mijn vader zonder op te kijken van zijn bord pasta.

We zijn in ons zomerhuis op Värmdö. Daar zijn we al sinds vrijdag, maar nu is het zondag. Het was een koud weekend begin zomer met veel regen en wind. We hebben geen enkele keer buiten kunnen eten, tot mijn moeders grote teleurstelling. Maar afgezien daarvan is alles boven verwachting goed verlopen. Mijn oudere broer Erik is op bezoek vanuit Frankrijk, en daarom had mijn moeder een stuk of twintig mensen uitgenodigd voor een weekendje aan zee. Henrik en mij, mijn jongere broer Gustaf en zijn vriendin Ninne, een paar familieleden en wat vrienden.

Nu zijn alleen mijn ouders, Erik en ik er nog. De familie en vrienden waren gisteren na het ontbijt vertrokken, Gustaf en Ninne die middag, ze moesten nog naar een feest in de stad. Henrik was vanochtend na het ontbijt vertrokken, hij moest werken.

We eten in de woonkamer, die is geïntegreerd met een open keuken. Y-stoelen en eettafel van Carl Hansen, witgeschilderde panelen op de muren. Eikenhouten parketvloer. Mijn moeder mocht haar gang gaan met de inrichting, maar ze wist dat het om vrijheid onder voorwaarden ging. Mijn vader zou nooit beton of andere moderniteiten accepteren, hij wil echt hout onder zijn voeten voelen.

Aan de andere kant van de panoramaramen wiegen de dennen in de wind. Achter het terras en de rotsen is de zee te zien. Witte ganzen laten zich met de loodgrijze golven meevoeren.

Mijn moeder heeft het lievelingsgerecht van mijn vader gemaakt, spaghetti carbonara met echte pancetta en een heleboel geraspte Parmezaanse kaas en zwarte peper, precies zoals hij het graag wil. Met rode wijn in grote, klokvormige wijnglazen.

Toen mijn moeder een paar weken geleden over haar plannen begon, voelde ik een steek van ongerustheid. Erik was al een paar jaar niet meer in Stockholm geweest. En het was nog langer geleden dat hij mijn vader had gezien. En nu zouden ze een heel weekend samen doorbrengen.

Erik is waarschijnlijk degene van het gezin die het meest heeft geleden onder mijn vaders slechtere kanten. Als oudste zoon moest hij aan bepaalde eisen en verwachtingen voldoen. Maar hij had het zwaar op school, hij had zowel dyslexie als concentratieproblemen. Ik weet dat mijn moeder hem wilde laten onderzoeken, maar daar heeft mijn vader ronduit nee op gezegd. Daar doen wij niet aan in ons gezin. Hij stelde zijn eigen diagnose: Erik was lui en verwend. Hij moest stevig aangepakt worden, niet vertroeteld worden.

'Waar is mijn fiets? Erik?' zegt mijn vader met zijn diepe, hese stem die ervoor gemaakt lijkt te zijn om voor honderden mensen toespraken te houden. Als hij op normaal gespreksniveau praat klinkt het maar vreemd.

Mijn vader kocht een Ferrari toen hij tien jaar geleden zijn bedrijf had verkocht en ineens bijna een half miljard kronen op de bank had staan. Stationair knettert de motor als een oude brommer. Pas als je harder dan honderd kilometer per uur rijdt, klinkt hij zoals hij zou moeten: een zacht, aangenaam geluid.

De stem van mijn vader is als die Ferrari-motor.

Dan kijkt hij op van zijn bord en richt hij zijn blik op Erik. Mijn vader is ruim zestig, zijn ogen zijn bloeddoorlopen en een beetje wazig achter zijn brillenglazen. De kleur in zijn gezicht is donkerder geworden, roder. Op zijn neus en wangen neigt de tint bijna naar paars. Hij is aangekomen, dat is te zien aan zijn hals die zichtbaar is onder zijn opgeknoopte witte overhemd, en het is ook rond zijn middel te zien. Zijn donkerblauwe vest met dubbele knopen kan dat niet verbergen.

Mijn vader drinkt te veel. Ja, dat is zo. Maar hij heeft nog steeds een volle bos haar dat in stijlvolle krullen rond zijn hoofd valt, de zilveren stroken vallen nauwelijks op tussen het blond. Hij vergeet nooit zijn zware, exclusieve oudemannenparfum dat als een waas om hem heen hangt, net als zijn succes, zowel financieel als op sociaal gebied. Mijn vader is nog steeds een krachtige persoonlijkheid, zo iemand die in alle gezelschappen het middelpunt vormt. Hij weet mensen te boeien. Hij kan charmant en grappig zijn als hij daarvoor in de stemming is.

Afgelopen weekend was hij ervoor in de stemming. En ik begrijp dat mijn moeder bewust een groot diner heeft georganiseerd, zodat mijn vader en Erik elkaar eerst in gezelschap zouden zien, hier in het zomerhuis waar iedereen verspreid over het terrein in verschillende huisjes logeert. Dat heeft ze beiden de mogelijkheid geboden om elkaar te ontwijken als dat nodig was. Om te voorkomen dat ze elkaar in de haren zouden vliegen. En mijn vader houdt zich ook in als er gasten zijn, zowel wat de hoeveelheid alcohol betreft als hoe lelijk hij tegen zijn gezin kan doen.

Mijn moeder ziet er moe uit. Geen wonder, ze moet het hele weekend op scherp hebben gestaan. Ze is ruim vijftig en weegt evenveel als toen ze twintig was. Haar sluike haar komt nog steeds tot haar schouders. Maar ik vind dat ze er oud uitziet, dat gevoel heb ik nooit eerder gehad. Er is iets met haar gezicht gebeurd, met haar hals, met haar handen. Ze draagt een onopvallende crèmekleurige katoenen trui die waarschijnlijk een stuk duurder is dan hij eruitziet. Een gouden ketting, een paar gouden armbanden. Ze wordt nog eens een oud vrouwtje.

Het was lang geleden dat we drie dagen achter elkaar op deze manier samen zijn geweest, misschien komt het daardoor. Als we constant op elkaars lip zitten kan ze op een gegeven moment niet meer verbergen hoe kapot en versleten ze is.

Mijn vader kijkt Erik aan en wacht op antwoord.

'Waar is mijn fiets?'

Ik wou dat ik kon vluchten, ik wil hier niet zijn, maar ik blijf uiteraard doodstil zitten.

Wat ziet mijn vader als hij naar Erik kijkt?

Zijn oudste zoon, vijfentwintig jaar oud. Roodbruine huid van de vele zoute uren in de zon, een huidskleur die je ook wel ziet bij wegwerkers die de hele zomer met ontbloot bovenlijf werken. Het halflange haar is lang geleden een keer geblondeerd, maar nu is het uitgegroeid en warrig, de lichte punten gaan in de richting van de haarwortels over in zijn natuurlijke donkerbruine kleur. Een klein ringetje in zijn oor. Een hoodie die gemaakt lijkt van een of andere Zuid-Amerikaanse, misschien Peruaanse, stof. Zo een die je bij een kraampje op Mallorca koopt als je twintig bent en weinig geld hebt. Een oranje werkbroek met een heleboel zakken. Zwarte sokken met gaten erin.

Ziet mijn vader de donkere kringen onder Eriks ogen? Hoort hij hoe verdrietig Erik klinkt, zelfs wanneer hij lacht?

Erik heeft nooit opstandig puberaal gedrag vertoond, hij is er gewoon vandoor gegaan zodra de gelegenheid zich voordeed. Hij is als ski- en surfleraar door Europa getrokken toen hij klaar was met de middelbare school. De afgelopen paar jaar heeft hij in Biarritz gewoond en in een bar gewerkt. Dat is tenminste de officiële versie. Maar we hebben dit weekend uren met elkaar gepraat, en hij heeft wel door laten schemeren dat hij ook nog een aantal andere dingen heeft gedaan, sommige wat jofeler dan andere. Hij reist vaak over de grens tussen Frankrijk en Spanje. Soms maakt hij tripjes naar Noord-Afrika. Toen ik Erik vrijdag voor het eerst zag en ontdekte dat hij zich niet had omgekleed en er precies zo uitzag als nu, voelde ik twee dingen tegelijkertijd. Ik maakte me zorgen hoe mijn vader het zou opnemen. En ik was blij dat Erik het blijkbaar totaal niet kon schelen wat mijn vader ervan zou vinden, want dat zou betekenen dat hij zich eindelijk van hem had losgemaakt. Dat is wat Erik het meest van alles nodig heeft in het leven, dat weet ik zeker. Om ermee op te houden zichzelf met mijn vaders ogen te bekijken.

Op dit moment, twee dagen later, weet ik niet meer zeker wat dat betekent. Het kan er ook mee te maken hebben dat hij er simpelweg de energie niet meer voor heeft. Of dat hij überhaupt geen andere kleren heeft.

'Jij hebt die fiets vrijdag geleend,' zegt mijn vader terwijl hij hem boos aankijkt. 'Waar is hij?'

'Als het goed is in de garage,' zei Erik. 'Ik heb hem gewoon teruggezet.'

Mijn vader had zich weten te beheersen, zowel vrijdag toen we zo veel gasten hadden, als gisteren toen alleen Henrik, Gustaf en Ninne er nog waren. Grotendeels. Vrijdag had ik hem half grappend tegen een oude vriend horen zeggen dat het er in een grootse familie bij hoort om in elke generatie een zwart schaap te hebben. Dat had de familie Wallenberg ook gehad. In feite zou de grootsheid ervoor zorgen dat de kleur van de afvallige zichtbaar werd, in een gewoon klein gezin zouden de prestaties van het zwarte schaap niet negatief zijn opgevallen.

Erik stond een stukje verderop, maar deed net alsof hij het niet had gehoord.

Mijn vader kan veel ergere dingen zeggen dan dat. Véél erger. En die kant is het nu ook op aan het gaan, volgens mij merken mijn moeder, Erik en ik dat allemaal. Hij heeft zich het hele weekend ingehouden, zijn woede en frustratie niet geuit. Maar nu zijn we alleen, nu is er niemand anders die het zou kunnen horen of zien. Hij heeft meerdere dagen achter elkaar veel gedronken, hij heeft het gigantische wijnglas al een keer leeggedronken, opnieuw gevuld en alweer bijna leeg. Nu moet het eruit, al dat gif dat in hem zit.

En we zetten ons schrap. Dit scenario kennen we maar al te goed. Het is alsof we hier sinds vrijdag naartoe op weg waren. Erik en ik kwamen naar het zomerhuis als vrije mensen. Als de individuen die we hadden gekozen te worden. Een surfer en een rechtenstudent. Maar twee dagen later vallen we toch weer in onze oude, bekende rollen. Zoon, dochter, broer, zus. Een eigen kleine wereld waarin vader de absolute macht heeft.

'Nee, hij staat niet in de garage,' zegt mijn vader.

'Ik heb hem echt teruggezet, papa,' zegt Erik zacht. 'Echt waar.' Hij klinkt alsof hij weer veertien is.

'Die fiets kost 75.000 kronen.'

De afgelopen jaren is mijn vader meegegaan in de fietstrend. Uiteraard ging hij precies voor een type fiets waar het lastigst aan te komen was, eentje die zo licht was dat hij niet gebruikt mag worden tijdens wedstrijden. Ik heb hem een keer in strakke fietskleding gezien toen hij net een rondje wilde gaan doen. Glanzend elastaan strak over zijn bierbuik gespannen en twee iele beentjes die daaronderuit staken. De metalen gespen van de fietsschoenen klapperden tegen het asfalt. Een helm en een zonnebril met regenboog-spiegellenzen die te strak op zijn hoofd zat.

Ik was bijna in lachen uitgebarsten.

Maar mijn vader houdt van zijn fiets. Die betekent bijna net zoveel voor hem als zijn Ferrari. En nu was hij weg.

'Tja, ik weet niet wat ik verder nog moet zeggen...' mompelde Erik.

'Heb je hem online verkocht?' vraagt mijn vader.

'Jan,' zegt mijn moeder, 'alsjeblieft...'

'Wat?' zegt mijn vader terwijl hij zijn bloeddoorlopen ogen op mijn moeder richt. 'Mag ik niet gewoon een vraag stellen? Hij hoeft alleen ja of nee te zeggen.'

'Jawel, maar ik geloof dat ik hem vrijdag inderdaad de fiets terug in de garage heb zien zetten.'

'Dat gelóóf je?' vraagt mijn vader honend.

Ik heb moeite met ademhalen, mijn hart gaat tekeer. Ik zou mijn grote broer moeten verdedigen, te hulp moeten schieten. Maar ik blijf zwijgend zitten.

Je bent toch geen dertien meer! Je bent verdomme volwassen, kom op!

Mijn vader kijkt Erik weer strak aan.

'Kun je mijn vraag beantwoorden? Heb je mijn fiets online verkocht?'

'Nee, natuurlijk niet.'

'Hoe zou ik dat moeten weten? Hè, Erik? Hoe zou ik dat verdomme moeten weten?' Mijn vader begint zijn stem te verheffen, nu breekt de hel los. 'Je ziet eruit als een junk, je klinkt als een junk. Je hebt eerder geld van ons gestolen. Dus hoe zou ik in godsnaam ook maar iets moeten geloven van wat jij zegt?!'

Mijn vader schreeuwt, en nu komt zijn stem tot zijn recht. Hier is hij voor gemaakt, om te schreeuwen en te brullen. Mijn moeder zegt: 'Jan, alsjeblieft...'

Mijn vader richt zich opnieuw tot haar.

'Denk je dat ik niet doorheb dat jij zijn ticket naar hier hebt betaald?!'

'Papa, rustig,' probeer ik.

'Dit is jouw schuld,' schreeuwt hij naar mijn moeder. 'Het is verdomme jouw schuld! Hij heeft nooit de consequenties hoeven dragen van zijn eigen beslissingen! Hij heeft verdomme sinds hij net kon lopen al geleerd dat hij nergens zijn best voor hoeft te doen, omdat het toch wel goed komt! Waardeloos kutwijf!'

'Papa, hou op!' roept Erik met wanhoop in zijn stem, en op bijna hetzelfde moment zwaait mijn vader zijn arm opzij als bij een backhand met tennis, en treft Erik recht op zijn mond met de achterkant van zijn hand.

'Jaaan!' gilt mijn moeder.

Ik ben in shock, geparalyseerd, kan niet ademen, ik probeer iets te zeggen maar er komen geen woorden over mijn lippen.

Erik voelt aan zijn lip, er komt bloed aan zijn vingers. Hij maakt een beweging alsof hij van tafel wil gaan, maar mijn vader grijpt zijn arm vast en trekt hem bruusk terug op zijn stoel.

'Nee, jij blijft godverdomme zitten!' brult hij. 'Dit is mijn huis en daar gelden mijn regels! We zijn aan het eten, dan blijven we zitten tot iedereen klaar is!'

Erik geeft toe en blijft aan tafel zitten. Hij is vijfentwintig jaar oud, maar hij durft niet van tafel te gaan voor zijn vader dat toestaat. Hij dept zijn lip met een servet. Zijn onderlip begint te trillen, hij probeert het tegen te houden, maar zijn gezicht vertrekt in een grimas en al snel klinkt er een geluid dat een zucht had kunnen zijn, maar we weten allemaal wat het betekent.

Mijn vader had weer een hap eten genomen, maar nu kijkt hij op naar Erik terwijl hij op zijn spaghetti kauwt, hij ziet er bijna verbaasd uit.

‘Zit je nou te huilen...?’

Mijn vader leunt voorover naar Erik en kijkt eens goed, alsof hij zijn ogen niet kan geloven. Dat is gespeeld, natuurlijk, dat hoort bij de vernedering.

‘Jezus christus...’ zegt mijn vader zuchtend. Hij veegt zijn mond af met zijn servet en gaat terug recht zitten. Mijn moeder strekt haar hand uit naar Erik en pakt de zijne vast, ook zij heeft tranen in haar ogen. Mijn vader kijkt mij aan en ziet er bijna geamuseerd uit.

‘Wie zijn deze mensen?’ vraagt hij verwonderd met een gebaar naar mijn moeder en Erik. ‘Zijn wij wel familie van ze? Waar komt dit nou weer vandaan?’

En ik weet wat ik zou moeten zeggen. Ik probeer het echt, maar mijn tong wil niet meewerken. Ik zit als verstijfd en zwijg. Mijn lichaam is vast blijven zitten in een licht ineengedoken positie, klaar voor de verdediging, het voelt alsof ik een bochel heb. Ik open mijn mond, maar er komen geen woorden uit.

Ik ben weer dertien jaar, ik ben papa’s kleine meid, en ik wil niet dat hij zijn woede op mij zal richten.

Ik veracht mezelf verschrikkelijk op dat moment. Maar ik zeg niets.

Een paar uur later zijn Erik en ik alleen in de keuken. We wassen de grote wijnglazen af, ruimen de vaatwasser uit en vullen hem opnieuw. Vanuit de slaapkamer is het gesnurk van mijn vader te horen. Mijn moeder is een lange wandeling aan het maken. Misschien belt ze met een van haar vriendinnen die er altijd voor haar zijn geweest. Misschien lucht ze haar hart. Misschien zeggen ze dat ze haar man moet verlaten, en misschien luistert ze dit keer. Dat hoop ik in ieder geval.

Als we klaar zijn ga ik mijn spullen pakken, maak ik me klaar om terug naar Uppsala te gaan. Ik ben te boos op mijn vader om hem gedag te zeggen, en ik ben ook niet van plan te wachten tot mijn moeder terug is van haar wandeling. Eerlijk gezegd kan ik hier niet snel genoeg wegkomen. Weg van mijn verraad tegenover Erik.

Mijn familie maakt me tot een slechter mens. Ik wil terug naar mijn gewone leven, naar mijn gewone ik.

Erik loopt met me mee naar buiten. De wind suist in de toppen van de dennenbomen, ze zwaaien zo hard heen en weer dat het lijkt of ze elk moment om kunnen vallen. Een koude, zoute miezerregen waait in vlagen vanaf de zee.

Ik zet mijn tas neer, open mijn armen voor Erik en geef hem een dikke knuffel. We houden elkaar lang vast. Ik wil niet loslaten. Alsof een knuffel van mij hem gelukkig zou kunnen maken en hem een goed leven zou kunnen geven.

Hij laat als eerste los.

'Doei, zus,' zegt hij met een glimlach, maar zijn ogen staan moe en verdrietig.

'Doei, Erik. We spreken elkaar snel,' zeg ik. Dan pak ik mijn tas en begin ik de steile weg naar de stad op te lopen. Een paar honderd meter verderop is de bushalte.

Halverwege de helling draai ik me om en zie ik hem over het water uit staren.

Dan loop ik verder naar de bus.

Dat was de laatste keer dat ik Erik zag.

Hoeveel zal ik vertellen? Zal ik alles vertellen?

Het kostte me maar een halve seconde om te besluiten hoe ik op Jacobs vraag zou reageren.

Nee. Natuurlijk doe ik dat niet.

'Ehh... Nee, niet bepaald. Ik praat niet meer met mijn vader.'

Jacob zei niets, maar legde zijn hand even op mijn arm. Het kwam niet berekenend over, meer als een spontaan gebaar van medeleven. En op dat moment voelde dat goed. Maar ik realiseerde me ook dat ik een stuk meer had losgelaten dan ik in eerste instantie van plan was geweest, ondanks dat ik het belangrijkste voor me had gehouden. Jacob dacht vast dat ik de behoefte had om me 'open te stellen', dat er iemand naar me zou luisteren. Dat wat als afleiding was begonnen had de sfeer tussen ons juist nog intiemer gemaakt.

Een tijdje zeiden we allebei niets meer. De afgelopen paar uur waren we constant omhoog aan het lopen geweest, we hadden alleen even kort gepauzeerd om water te drinken. Nu begon het wat vlakker te worden, en het dal vernauwde zich tussen twee hoge bergen. We naderden de bergpas. Ik keek achterom. Net zoals tijdens de klim van gisteren waren Henrik en Milena zo ver achtergeraakt dat ze niet meer te zien waren.

Even later lag er een lang, vlak sneeuwveld voor ons. Jacob vertelde dat dat er de vorige keer dat hij hier was ook al had gelegen, dus dat het waarschijnlijk altijd bleef liggen. Ik trapte mijn bergschoenen een stukje de sneeuw in, bleef stilstaan en voelde langzaam de verkoeling op mijn oververhitte voeten. Dat voelde goed. Jacob lachte naar me.

'Kom,' zei hij met een knikje naar voren. 'We lopen nog even verder tot voorbij deze top, dan kunnen we het volgende dal zien. En het dal daarachter, en het dal dáárachter. Het is echt een ziek mooi uitzicht.'

Ik dronk nog wat water en toen liepen we verder. De zon had de sneeuw zachter gemaakt, waardoor het een stuk zwaarder lopen was dan op de kale rotsgrond. Het wit was erg fel aan mijn ogen, dus ik zette mijn zonnebril op. We liepen in stilte en stukje bij beetje kwam het beloofde panorama in zicht: ik kon het volgende dal al zien, Sarvesvagge, ook dit omgeven door hoge bergen. En ver daarachter waren nog hogere bergen te zien met puntige, spitse bergtoppen. Het zag er eerder uit als de Himalaya dan de Zweedse hoogvlakte. Jacob bleef staan en draaide zich lachend naar me om.

'Best een prima uitzichtje, toch?'

'Ja, heel vet,' antwoordde ik terwijl ik voorbij hem liep zonder mijn tempo te verlagen. Het idee dat we dicht bij elkaar van het uitzicht zouden staan genieten voelde ongemakkelijk.

Dat noem je nou alarmbelletjes. Of instinct.

De route begon naar beneden te lopen en ik zag het einde van het sneeuwveld een stukje verderop. Het uitzicht was echt spectaculair, maar ik was niet van plan te stoppen om ervan te genieten. Ik moest mijn waterfles bijvullen en liep verder tot voorbij de sneeuw. Een sterk stromende bergstroom kwam onder het sneeuwveld vandaan, net als aan de andere kant van de bergpas had hij een kloof in de rotswand gemaakt. Ik volgde de stroom een tijdje tot ik een plek vond waar het relatief makkelijk was om bij het water te komen en de fles te vullen. Ik zat op mijn knieën en liet het ijskoude water over mijn fles en onderarm stromen. Ik stond op en klom uit de kloof. Ik keek uit over het dal terwijl ik dronk, het water was zo koud dat het zeer deed aan mijn tanden en wangen. En toen legde Jacob zijn armen om me heen.

Een stevige omhelzing vanaf achteren.

En ik bevroor.

Ik had niet zo geschokt moeten zijn, ik wist natuurlijk dat hij ergens achter me was. Maar het geraas van het stromende water had ervoor gezorgd dat ik hem niet dichterbij had horen komen.

Ik kon me niet bewegen.

Als ik eraan terugdenk, is mijn eerste gevoel schaamte. Schaamte dat ik bevroor, dat ik hem niet meteen had weggeduwd, of hem in zijn gezicht had geslagen, dat het me niet lukte mijn lichamelijke integriteit te bewaken. Ik weet dat het een gebruikelijke reactie is van zowel vrouwen als mannen die slachtoffer zijn geweest van misbruik, maar ik had niet verwacht dat dat bij mij ook het geval zou zijn.

Mijn tweede gevoel is woede vanwege die schaamte. Jacob was degene die over de grens ging, hij had zich moeten schamen, niet ik.

Toen boog hij zich voorover en probeerde hij mijn nek te kussen, en dat was het moment dat ik weer bij mijn positieven kwam. Ik rukte me los, gaf hem een flinke duw en schreeuwde: ‘Hou op! Wat doe je?!’

Uit het getuigenverhoor met Anna Samuelsson, persoonsnummer 880216-3382, 18 september 2019, Gällivareziekenhuis, afgenomen door rechercheur Anders Suhonen.

'En toen liet hij je los?'

'Ja.'

'Hoe reageerde hij toen?'

'Nou ja, hij... bood zijn excuses aan, maar toen zei hij dat hij sterke gevoelens voor me had. Dat hij het gevoel had dat we bij elkaar hoorden, wat natuurlijk belachelijk was, we kenden elkaar net twee dagen.'

'Ja.'

'En hij was samen met een goede vriendin van me. Dus ik zei dat ik niet wist waar hij het over had, dat hij zich iets had ingebeeld wat er niet was. Maar daar wilde hij niet naar luisteren.'

'Niet?'

'Nee. Hij zei dat... hij aan me merkte dat ik ook iets voor hem voelde, en dat het niet goed zat tussen Henrik en mij... Een hoop vage dingen.'

'Ik begrijp het.'

'Hij hield ook maar niet op. Hij... Nou ja, hij vond dat hij en ik zo veel gemeen hadden. Met dat wandelen en klimmen en... Ja, het is zo stom dat ik het bijna niet durf te zeggen...'

Stilte.

'Ehh... Hij vond ons het knapst. Hij vond dat hij en ik bij elkaar pasten omdat we knapper waren dan Henrik en Milena.'

'Oké.'

'En beter getraind, zeg maar.'

'Ik snap het.'

'Ik had me natuurlijk wel afgevraagd wie hij nou eigenlijk was, maar sociaal gezien was er niets op hem aan te merken. Hij was zelfs aardig.'

'Ja.'

'Maar nu besefte ik hoe geschift hij echt was. En ik probeerde dat eindeloze gebazel te stoppen, maar hij wilde niet luisteren. "Wacht, wacht, laat me uitpraten," zei hij de hele tijd.'

'Hoelang duurde dit allemaal ongeveer?'

'Ik weet het niet. Lang.'

'En waar waren Henrik en Milena?'

'Zij waren zo ver achtergeraakt. Het duurde wel een uur voordat ze ons hadden ingehaald.'

'Voelde je je bedreigd?'

'In het begin niet. Maar... Uiteindelijk drong het denk ik wel tot hem door dat zijn fantasie over ons niet door zou gaan. En toen... Toen sloeg de sfeer om.'

JACOB EN IK, het dal onder ons, het bulderende water. Het sneeuwveld boven ons. Henrik en Milena die maar niet kwamen.

Ik overwoog om terug naar boven te gaan en ze tegemoet te lopen, het was bijna ondraaglijk om alleen met Jacob te zijn. Maar ik besefte dat Henrik en Milena meteen zouden begrijpen dat er iets was gebeurd als ik terug zou komen lopen. Ik zou vragen moeten beantwoorden. En mijn automatische reactie was om te doen alsof er niets aan de hand was. Jacob had zijn armen niet om me heen geslagen, hij had me niet in mijn nek proberen te kussen en hij had me er niet net een half uur van proberen te overtuigen dat wij bij elkaar hoorden.

Uiteindelijk had hij opgegeven en gezwegen. Hij liep een stukje bij me vandaan, ging op een steen zitten en keek uit over het dal. Hij zat met zijn rug naar mij toe, dus ik kon stiekem naar hem kijken. Hij zag eruit als iemand die zojuist een bericht had gekregen dat zijn hele wereld op zijn kop had gezet. Hij had moeite met het feit dat ik niet hetzelfde voor hem voelde als hij voor mij.

Ik was niet bang voor hem, nog niet. Het drong pas later tot me door dat hij me fysiek aan had kunnen vallen. Waarom had ik me dat niet meteen gerealiseerd? Oké, dat zou ontzettend irrationeel zijn geweest, aangezien Henrik en Milena elk moment binnen gezichtsbereik konden zijn, maar inmiddels wist ik natuurlijk dat er iets niet helemaal goed zat in Jacobs hoofd. Hoe kon ik weten of mijn afwijzing er niet voor zou zorgen dat hij zich tegen me zou keren?

Dat kon ik niet, dat zou al snel duidelijk worden.

Er was een vervelend moment, toen hij doorhad dat hij mijn gevoelens voor hem totaal verkeerd had ingeschat, dat dat gekwetste jongetje van wie ik eerder een glimp had opgevangen opnieuw zichtbaar werd. Er was schaamte op zijn gezicht te lezen, een gevoel van nietigheid en zelfhaat. Hij wist dat hij zich belachelijk had gemaakt en zag er compleet van slag uit. En automatisch koppelde ik deze gezichtsuitdrukking aan wat hij over zijn jeugd had verteld. Het was alsof hij weer een weerloze, in de steek gelaten zesjarige was.

Hij had zich omgedraaid, was weggegaan en op een steen gaan zitten. Misschien zat hij daarom met zijn rug naar me toe: hij wilde niet dat ik zijn gezicht zou zien. Hij bleef daar een tijdje zitten, ik keek stiekem naar hem, en vervolgens omhoog naar het sneeuwveld.

Jezus, hoe langzaam lopen ze wel niet? Nu moeten ze zo langzamerhand toch wel komen?

Maar ze kwamen niet.

Op een gegeven moment legde ik me erbij neer dat het wel even kon duren en dat Jacob en ik zo wel een tijdje met elkaar moesten doorbrengen, hij met zijn rug naar me toe op een steen, ik bij het woeste water, turend naar een stukje boven het sneeuwveld of Henrik en Milena er al aankwamen. Ik begon rustiger te worden. Dit was toch wel vol te houden.

Toen stond hij op van de steen, slaakte een diepe zucht, en kwam langzaam naar me toe gelopen. Hij keek naar de grond en wreef met zijn hand over zijn kin. Het gekwetste jongetje was niet meer te zien, hij had zijn gezichtsuitdrukking weer onder controle en zag er nu hard en gesloten uit. Onwillekeurig spande ik mijn lichaam aan en voelde ik mijn hart sneller kloppen. Hij bleef een stukje bij me vandaan staan.

'We hoeven hier niets over te zeggen, hè?' Zijn stem klonk hees.

'Nee,' antwoordde ik. 'Laten we het gewoon vergeten.'

Even zeiden we beiden niets, maar ik zag aan hem dat er meer zou komen. Hij was aan het bedenken hoe hij het zou formuleren. Uiteindelijk kwam het eruit.

'Er is één ding dat ik niet begrijp. Wat je me graag even uit mag leggen.'

'Ik denk niet dat dat zin heeft, Jacob. We schieten er toch niets mee op.'

'Je zat met mij te flirten in de trein. Waarom deed je dat?'

Ik gaf eerst geen antwoord, dacht dat het geen zin had om de discussie aan te gaan. Ik probeerde zijn vragen dood te zwijgen. Maar hij hield uiteraard niet op.

'Waarom zat je met me te flirten?'

'Dat deed ik helemaal niet. Het spijt me als je dat zo interpreteerde, maar dat deed ik echt niet.'

'Wel. Dat deed je wel.'

'Niet.'

Ik keek omhoog naar het sneeuwveld.

Godver, komen jullie nog?

'Je keek me op een bepaalde manier aan.'

'Het heeft echt totaal geen zin om het hier nog over te hebben.'

'En je hebt, zeg maar, steeds... Je hebt alle kansen gegrepen zodat we dingen samen konden doen, zonder Henrik en Milena.'

'Jacob, serieus...' Ik vond het moeilijk te begrijpen hoe vervormd zijn beeld van de werkelijkheid wel niet was.

'We hebben de hele tijd met zijn tweeën gelopen, gister bijna de hele dag en vandaag de hele dag. In principe.'

'Ja, omdat wij sneller lopen! Snap je dat niet?! Denk je dat dat betekent dat ik met jou flirt? Je bent echt...'

'Je wekt die indruk, Anna.'

'Toen Milena, Henrik en ik samen wandelden, liep ik ook altijd voor hen uit. Ik loop gewoon graag wat sneller. Hoe kan je dat niet snappen?'

'En vandaag tijdens het wandelen heb je me allemaal dingen laten vertellen die Milena niet eens weet.'

Ik zuchtte en wilde in de verdediging schieten, maar ik hield me in. Ik besefte dat alles wat ik zou zeggen de discussie alleen maar zou doen oplaaien en zou leiden tot nieuwe bizarre beschuldigingen. Ik zweeg.

'Het leek net alsof je er oprecht in geïnteresseerd was me beter te leren kennen. Maar je wilde gewoon in mijn verleden wroeten uit ordinaire nieuwsgierigheid.'

Ik zweeg nog steeds.

'Vind je dat normaal?' Jacob keek me strak aan, dat zag ik in mijn ooghoek, maar ik was niet van plan antwoord te geven.

Hij kwam een paar stappen dichterbij.

'Hè?'

'Dit heeft geen zin,' zei ik uiteindelijk, zo rustig als ik kon, zonder hem aan te kijken. 'Ik wil het er niet meer over hebben.'

Jacob kwam nog een stap dichterbij.

'Dan neem ik aan dat je het met me eens bent, aangezien je er niet tegen ingaat. Je hebt met me zitten flirten, een spelletje met me lopen spelen.'

Ik zei nog steeds niets. Keek weg.

'Of niet dan?'

Hij deed nog een paar stappen in mijn richting, hij stond nu zo dichtbij dat ik zijn adem kon voelen. Ik stond stokstijf stil, maar niet omdat ik bevroor. Elke spier in mijn lichaam was aangespannen, ik wist precies waar mijn zwaartepunt zat, ik was klaar voor een eventuele tegenaanval, om me los te slaan. Ik had hier cursussen voor gevolgd. Ik moest eerst voor de ogen gaan. Ik wist hoe het ongeveer zou voelen, alsof je je vinger in een overrijp cherrytomaatje stak, het velletje dat eerst indeukt en vervolgens doorscheurt, het sap dat eruit spuit. Mijn hart ging als een razende tekeer en ik had een droge mond.

'Hallo?!' Jacob knipte recht voor mijn gezicht met zijn vingers, en ik ontplofte. Ik sloeg zijn hand weg, staarde hem aan en riep: 'Blijf van me af!'

'Ik heb je toch niet...' protesteerde hij, maar ik onderbrak hem.

'Rot op, of ik loop Henrik en Milena tegemoet en dan zullen ze weten dat er iets is gebeurd en dan zal ik het vertellen! Je krijgt nog één kans! Ga weg! Rot op!'

Jacob deed een stap achteruit en lachte kort. Het klonk onnatuurlijk en zo nep dat hij niet kon verwachten dat ik erin zou trappen. Maar daar ging het ook niet om. Het lachje was denigrerend bedoeld, om te benadrukken dat hij ervan genoot om me van mijn stuk te hebben gebracht.

Hij was ontmaskerd. Jacob liet zien wie hij werkelijk was.

'Haha... Waarom ben je nou zo boos? We praten toch gewoon maar een beetje? Hè? Meissie...'

Ik bleef staan, staarde hem nog steeds aan, en zei met een iets rustigere stem: 'Ik waarschuw je. Als je wilt dat dit tussen ons blijft, moet je uit mijn buurt blijven.'

Ik stond met mijn rug naar het sneeuwveld, en zag dat Jacob mij met zijn blik losliet en over mijn schouder keek. Ik draaide me met een ruk om en eindelijk zag ik ze, twee contouren die over de top heen kwamen en zich aftekenden tegen de blauwe hemel. Henrik en Milena. Ik zwaaide naar ze, maar ze leken me niet te zien. Toch voelde ik een enorme opluchting. Jacob zag er daarentegen ineens een stuk minder zelfverzekerd uit. Ik kon het niet laten om het erin te wrijven.

'Moet jij niet zwaaien, Jacob?' zei ik. 'Anders denken ze straks nog dat er iets aan de hand is.'

'Ik wil jou ook waarschuwen,' zei Jacob. 'Jij hebt jouw versie van wat er is gebeurd, ik heb een andere.'

'Een andere versie?'

'Mijn versie. Mijn waarheid. Je weet niet wie ze gaan geloven.'

'Mijn waarheid? Wat betekent dat nou weer?'

'Precies wat ik zeg.'

'Ga je een verhaal bij elkaar verzinnen of zo? Dat ik degene was die jou besprongen zou hebben?'

'Ik hoef helemaal niet te liegen,' zei Jacob. 'Ik zeg gewoon zoals het is, dat jij met me hebt lopen flirten sinds we elkaar op Stockholm Centraal zagen en dat ik geen idee had waar jij mee bezig was, aangezien ik een vriendin heb, Milena, op wie ik hartstikke gek ben, en jij verloofd bent...'

Henrik en Milena kwamen in een rustig tempo onze kant op, ze waren halverwege het sneeuwveld.

'Echt hoor, Jacob. Milena en Henrik waren daarbij. Ze weten dat het een leugen is.'

‘Precies, zij waren erbij in de trein. Ze hebben precies gehoord en gezien hoe jij bezig was.’

Dit was een wanhopige poging van Jacob om een soort terreurbalans te herstellen, maar ik trapte er niet in. Oké, ik was misschien wel extra aardig tegen hem geweest die avond. Maar dat was om hem te kalmeren, om hem op te vrolijken. Henrik en Milena hadden zich ongeveer hetzelfde gedragen. Dat zou niet opwegen tegen mijn dreigement om Milena te vertellen wat er was gebeurd, en daarom had ik de overhand. En dat wist Jacob.

‘Wie zullen ze geloven, denk je? Mij, iemand die ze allebei al ruim tien jaar kennen, of jou, iemand die Milena net een maand aan het daten is?’

‘Milena zal mij geloven,’ zei Jacob met een overtuiging die niet volledig gespeeld leek. ‘Ik ben haar vriend, ze is verliefd op mij, ik heb iets wat zij nodig heeft.’

‘Nee,’ zei ik, ‘jij hebt niks wat Milena nodig heeft. Echt niet. Je bent het laatste wat ze nodig heeft.’

Toen lachte Jacob en zwaaide hij naar Henrik en Milena achter me. Ik draaide me om en zag dat ze inmiddels dichtbij waren, bij de rand van het sneeuwveld een paar meter verderop. We stonden zij aan zij op hen te wachten.

‘Jij kent haar niet,’ zei Jacob zonder zich naar me toe te draaien. Ik draaide me ook niet naar hem toe, onze blikken waren op Henrik en Milena gevestigd. Zij bleef staan terwijl Henrik een stukje vooruitliep. Misschien ging ze een foto maken.

‘Hoe goed zijn jullie nou eigenlijk bevriend?’

‘Ik ken haar in ieder geval een stuk beter dan jij,’ antwoordde ik.

‘Ze zal mij geloven, en ze zal alles doen wat ik zeg,’ zei Jacob. ‘Let maar eens op.’ Opnieuw klonk hij verontrustend zeker van zijn zaak.

‘Hé, daar zijn jullie eindelijk!’ riep ik lachend naar Henrik.

‘Hoi,’ antwoordde hij mat toen hij voor me stilstond. We sloegen onze armen om elkaar heen en gaven elkaar plichtmatig een kus. Henrik was nat van het zweet in zijn nek.

‘Dat duurde lang,’ zei ik.

‘Ja, het was nogal een zware helling om omhoog te komen,’ zei Henrik. ‘We hebben vrij lang gepauzeerd.’

Jacob liep naar Milena toe, opende lachend zijn armen voor zijn vriendin en gaf haar een dikke knuffel.

‘Lieverd, was het zwaar?’

Ze kusten elkaar, gepassioneerder dan Henrik en ik hadden gedaan.

‘Best wel,’ hijgde Milena.

‘Hebben jullie lang moeten wachten?’ vroeg Henrik aan mij.

‘Ik weet niet, een uurtje of zo,’ zei ik zo neutraal als ik kon. ‘Ik zal koffiezetten.’

Een stukje verderop stond Jacob met zijn armen om Milena heen terwijl hij haar met een warme, verliefde blik aankeek. Jacob, die niet heel lang geleden nog in een eindeloze monoloog verkondigde dat hij en ik soulmates waren die de rest van ons leven samen moesten doorbrengen.

Ik verachtte hem. Ja, ik denk zelfs dat ik hem haatte op dat moment.

Uit het getuigenverhoor met Anna Samuelsson, persoonsnummer 880216-3382, 18 september 2019, Gällivareziekenhuis, afgenomen door rechercheur Anders Suhonen.

'Hoe laat was het toen? Ongeveer? Weet je dat nog?'

'Ik denk iets van vier uur, half vijf.'

'Oké.'

'En we namen een kop koffie voor we verdergingen. Er hing een... nogal slechte sfeer.'

'Ja.'

'Henrik had natuurlijk al snel door dat er iets was gebeurd. Dat merkte hij aan me. En tegelijkertijd was Jacob... Hij deed alsof hij supervrolijk was. Hij lachte en praatte veel. Liep Milena heel de tijd te knuffelen. Maar Milena is natuurlijk niet gek, die merkte ook aan me dat er iets aan de hand was. En ik denk dat ze ook wel doorhad dat Jacob een soort toneelstukje opvoerde.'

'Ik snap het.'

'Dus ze vroeg voor we verdergingen hoe ik me voelde.'

'En wat zei je toen?'

'Nou ja, ik zei dat het wel goed ging, dat ik misschien wat te weinig had gedronken. Zoiets, ik weet het niet meer precies.'

'Nee.'

'En Jacob bleef heel de tijd bij mij in de buurt. Tijdens, zeg maar, zowel... Nou ja, de rest van de middag en avond.'

'O, ja?'

'Hij was als de dood dat ik even alleen zou zijn met Henrik of Milena.'

'Omdat hij dacht dat je het zou vertellen?'

'Ja. En hij deed dat zeg maar best subtiel, dus ik weer niet of Henrik en Milena het doorhadden. Maar voor mij was het echt vervelend.'

'Dat begrijp ik.'

'En toen we weer gingen lopen bleef ik natuurlijk in de buurt van Henrik en Milena. En toen deed Jacob dat ook. Dus we bleven de rest van de dag met zijn vieren bij elkaar. We liepen nog een paar uur door, het volgende dal in.'

'Oké.'

Stilte.

'En ik... Ik vroeg me de hele tijd af wat ik hier nou mee moest. Of ik het zou vertellen en zo ja, aan wie dan, alleen aan Henrik of ook aan Milena. Of ik de wandeltocht zou afbreken, of dat ik zou doen alsof er niets was gebeurd.'

'Ik begrijp het. Lastig.'

'Ja. Dat was het echt. Heel lastig.'

Stilte.

'Maar waar ik al snel achter kwam, was dat ik niet verder kon. Ik voelde me echt niet op mijn gemak met Jacob in de buurt. Deels... Ik raakte er bijna fysiek misselijk van om hem te zien. En ook dat gevoel dat... We liepen nu bijna Sarek in. Wat zo groot is als, ik weet niet, ongeveer zoals Gotland denk ik, en er is maar één noodtelefoon, midden in het park, en je kunt er weken ronddwalen zonder ook maar iemand tegen te komen. Wilde ik echt deze wildernis betreden met iemand die zo gestoord was als hij? Ik besefte dat... Dat het meer dan vervelend zou kunnen worden. Dat het gevaarlijk kon worden.'

'Ja.'

'Dus ik besloot dat ik de volgende ochtend zou zeggen dat ik me niet goed voelde, dat ik verkouden was geworden of zo en dat ik terug moest naar Staloluokta. En dan zou Henrik natuurlijk met me meegaan.'

'Ja.'

'En ik dacht dat Milena dat vast niet vreemd zou vinden, aangezien ze me die middag dus nog had gevraagd hoe het met me ging en dat ik toen zei dat ik waarschijnlijk wat te weinig had gedronken en zo, dan kon zij denken van: dan is dat waar ze gister al last van had. Zeg maar.'

'Ik begrijp het. En toen... Toen had je besloten dat je niets tegen Milena zou zeggen? Over jou en Jacob?'

'Nee. Inderdaad. En misschien was dat laf, maar ik dacht dat ik haar dat ook wel kon vertellen als we weer terug in Stockholm waren. Het ging er toen vooral om zo makkelijk en snel mogelijk de wandeltocht af te breken.'

'Ik begrijp het.'

'En ik was ook niet van plan om het Henrik te vertellen voor we waren opgesplitst. Daar was geen reden voor. Dus toen we ons kamp opsloegen voor de avond was ik best gerust door dat plan.'

'Ja. Maar het ging niet zoals je had gedacht?'

'Nee. Die avond werd... Het werd allemaal wat dringender.'

'Wat gebeurde er?'

Stilte.

'Anna?'

'Ik weet niet of ik...'

'Ben je moe?'

'Ja.'

'Dan stoppen we ermee. Je moet rusten.'

WE LIEPEN NIET helemaal naar het laagste punt van Sarvesvagge, maar vonden iets hogerop de bergwand een plateautje waar we onze tenten op konden zetten voor de nacht. We hadden nog een paar uur gelopen na de koffie en het was vroeg op de avond. De zon scheen nog, maar de stralen bereikten ons niet meer en de milde herfstwarmte van die dag maakte langzaam plaats voor frissere vlagen in de lucht. Maar de met sneeuw bedekte top van Rijddatjåhkkå, de berg die ten oosten het dichtst bij ons stond, baadde nog altijd in zonlicht en blonk als goud. Het hele dal laaide in herfstkleuren.

Ik had al deze natuurlijke pracht om me heen, maar ik kon er niet van genieten. Als ik het beeld bij mezelf oproep, besef ik dat ik het voor altijd zal associëren met de gemoedstoestand waarin ik was toen we daar die avond aankwamen: boos, van streek, onrustig, ongeduldig. Ik had besloten de wandeltocht niet af te breken voor morgenochtend, dat zou het makkelijkst zijn. Maar toen ik dat besluit eenmaal had genomen, wilde ik zo snel mogelijk weg van Jacob.

Iets waar ik steeds maar niet over uit was in de hele situatie, was mijn verantwoordelijkheid naar Milena toe. Als ik het zelf al niet veilig vond om met Jacob Sarek te betreden, zou ik mijn vriendin dan niet ook moeten proberen over te halen om terug te gaan? Maar dan zou ik moeten vertellen wat er was gebeurd. En Jacob zou doorhebben dat ik het had verteld. Dat zou hem provoceren, dat wist ik, en wie weet hoe hij dan zou reageren. Mijn gevoel zei ook dat Milena minder van Jacob te vrezen had dan Henrik en ik. Zij was zo onderdanig naar hem toe, hij mocht de boel bepalen, en juist daarom dacht ik dat het risico dat zijn humeur om zou slaan of dat hij een domme beslissing zou nemen als ze alleen waren klein was.

Ik bedacht ook dat Milena een volwassen vrouw was, ze koos er zelf voor om blind te zijn voor alles wat niet klopte aan Jacob, dat was haar eigen verantwoordelijkheid.

Henrik en ik kozen een plek uit en begonnen onze tent op te zetten. De avond ervoor hadden Jacob en Milena hun tent als eerste opgezet en hadden Henrik en ik die van ons een stukje verderop gezet, zodat we een gedempt gesprek met elkaar konden voeren in de tent zonder dat we afgeluisterd konden worden. Een beetje privacy na een lange dag intensief met elkaar om te zijn gegaan. Maar dit keer had Jacob afgewacht tot wij een plek hadden gevonden en koos toen een plek er recht naast. De scheerlijnen van de tent stonden nauwelijks een meter bij elkaar vandaan. Het was bijna komisch: mijlenver uitzicht, nergens een mens te bekennen, en dan die twee tenten zo superdicht op elkaar op hetzelfde kleine plateautje, als op een camping op Öland rond midzomer.

Henrik constateerde dat alles in zijn rugzak nog steeds vochtig was, of in sommige gevallen zelfs ronduit nat, na zijn val in de rivier eerder die dag. Maar om nu de inhoud op de grond uit te spreiden, terwijl het al avond begon te worden, zou er niet voor zorgen dat het sneller zou drogen. Eerder het tegenovergestelde. Het zou een koude nacht voor hem worden.

Toen we de buitentent op hadden gezet en onze matjes en slaapzakken erin hadden gelegd, kropen we erin en gingen even languit liggen. We hielden elkaar vast. Henrik keek me diep in de ogen en vroeg gedempt: 'Is er iets gebeurd?'

Ik schudde geruststellend mijn hoofd en opende net mijn mond om te antwoorden, toen we voetstappen buiten de tent hoorden en vervolgens Jacobs stem: 'Hé, hallo daar?'

'Hoi, hoi,' zei Henrik terwijl hij half overeind kwam. Er klonk een welbekend geluid van de rits en toen stak Jacob zijn hoofd naar binnen. Hij glimlachte breed.

'Wat gezellig hier.'

'Ja. Ik kan niet klagen,' zei Henrik.

'Wij hadden een beetje gedoe met de haringen,' ging Jacob verder. 'Het is een rotsige ondergrond, dus je krijgt ze er niet zomaar in. Dus als jullie straks iemand horen klooien buiten de tent, dan ben ik het maar.'

'Probeer anders een andere plek,' stelde ik voor. 'Verderop.'

'Nee, het is hier net zo mooi vlak, dus ik laat hem denk ik maar staan,' zei Jacob vrolijk. 'Zullen we over iets van een half uurtje gaan koken?'

'Dat is prima,' zei Henrik gapend.

'Top.' Jacobs gezicht verdween uit de tentopening en hij trok de rits achter zich dicht. We hoorden hem bezig met de haringen. Aan het geluid te oordelen waren er alleen problemen met de haringen aan onze kant van de tent. Het klonk alsof hij recht aan de andere kant van het tentdoek bezig was. Henrik en ik keken elkaar aan. Jacobs gedrag had Henriks argwaan gewekt, dat zag ik aan hem. En dat zou zijn gevoel dat er tijdens de wandeling iets tussen Jacob en mij was gebeurd misschien alleen maar versterken.

'Ik vertel het morgen,' fluisterde ik. 'Het is niks. Leg het naast je neer.' Ik gaf hem een kus, maar hij beantwoordde hem niet. Hij zag er alleen maar ongeruster uit.

Het was de beurt van Milena en Jacob om te koken, en een tijdje later riep Milena bij onze tent dat het eten klaar was. Ze had kippensoep gekookt en die aangevuld met extra macaroni voor meer energie. Het smaakte goed en als toetje trakteerde Jacob ons op een chocoladekoek. De ontspannen sfeer van tijdens de lunch wilde echter maar niet terugkeren. Zowel Henrik als ik waren stilletjes, en Milena werd ook minder spraakzaam omdat ze zich afvroeg wat er met ons was. Alleen Jacob bleef, geforceerd vrolijk, kletsen. Ik bewonderde zijn doorzettingsvermogen. Al voordat Milena en Henrik ons hadden ingehaald had hij besloten een vrolijke façade op te zetten, en hij hield koppig vast aan dat besluit. Maar het kwam steeds vreemder over, aangezien wij allemaal zo somber waren.

Uiteindelijk werd de vreemde, bedrukte stemming Milena te veel. Ze stelde voor om MIG te gaan spelen, een vraagspel dat een beetje op Triviant lijkt, maar dan in de vorm van een kaartspel. Dat was een soort traditie geworden tijdens onze wandeltochten. Waarschijnlijk was het haar bedoeling om Henrik en mij op te vrolijken. Maar ik was moe en had er geen zin in om meer tijd dan nodig in Jacobs gezelschap door te brengen. Bovendien zag ik de kans om nu al mijn verhaal van morgenochtend te kunnen onderbouwen.

'Gaan jullie je gang maar,' zei ik, 'maar ik haak af. Ik ben moe en voel me niet zo lekker.'

Milena keek me ongerust aan.

'Ben je ziek aan het worden?'

'Ik weet het niet,' antwoordde ik. 'Misschien. Ik ben een beetje stijf.'

Jacob keek me onderzoekend aan, maar zei niets. Misschien vermoedde hij waar dit naartoe zou gaan. Ik ging verder: 'Ik ga in ieder geval mijn bed in, dan zien we morgen wel hoe het gaat. Welterusten.'

'Welterusten,' zei Milena.

Ik boog voorover en gaf Henrik een kus voordat ik naar de tent liep.

'Welterusten, en beterschap,' zei Jacob. Ik zei niets terug, liep gewoon door. Achter me hoorde ik Milena's stem: 'Maar jullie willen wel meedoen, toch? Henrik?'

'Ja, dat kunnen we wel even doen.'

'Ik ken het niet,' zei Jacob. 'Is het iets als Uno of zo?'

Ik vermoedde dat Milena het kaartspel er inmiddels bij had gepakt.

'Nee, een quiz,' zei Milena. 'Je begrijpt het straks wel, het is heel makkelijk.'

'Even de whisky halen.'

Het gepraat ging achter me verder. Ik haalde mijn toilettas en handdoek uit de tent en liep naar een stromend watertje dat een stukje verderop naar beneden kabbelde. Het was bij lange na geen snelstromende rivier, het water stroomde bescheiden en het had zich geen weg door de rotsgrond weten te banen. Maar het was wel een paar decimeter diep en helder en ijskoud. Ik trok mijn schoenen en sokken uit en ging met mijn voeten het water in. De onvoorstelbare kou greep weer als een bankschroef om mijn enkels. Ik trok mijn trui ook uit en spetterde water in mijn gezicht en onder mijn armen. Daarna voelde ik me weer wat frisser. Ik keek uit over Sarvesvagge terwijl ik mijn tanden poetste. Zo een stukje bij de tenten en de anderen vandaan kon ik de prachtige natuur wel weer waarderen. Dit fantastisch mooie dal lag hier al duizenden jaren, door weer en wind, door alle seizoenen heen. Af en toe kwam er iemand voorbij die van dit uitzicht mocht genieten. Maar het zou hier nog steeds zijn en er ongeveer hetzelfde uitzien als ik er al lang niet meer ben. Die gedachte maakte me opmerkelijk rustig.

Ik liep terug naar de tent, kroop erin en trok de rits dicht. Toen ik in mijn slaapzak lag, luisterde ik naar de stemmen die door het tentdoek heen kwamen. Ze waren inmiddels begonnen met het spelen van MIG.

'Hoe heette de vrouw die met bananen danste en onderscheiden werd met het Legioen van Eer voor haar inzet in het Franse verzet?'

'Ehh... Josephine Baker.'

'Goed! Het is echt niet gezond hoeveel Henrik weet.'

'Wat heb ik... Vijf nu dan, hè?'

'Yes.'

'En mijn beurt om te lezen. Gooi jij?'

'Wat?'

'Jij moet de dobbelstenen gooien, Jacob.'

'O.'

'Rood of blauw. En een MIG-kans.'

'Dan neem ik wel blauw. Maar ik snap dat andere niet, wat nou MIG-kans?'

'Als je het goed hebt mag je die kleur wegstrepen. Degene die alle kleuren als eerste heeft weggestreept heeft gewonnen.'

'Oké. Go.'

'Hoeveel lengtegraden is de omtrek van de aarde: 24, 180 of 360?'

‘Hoeveel lengtegraden?’

‘Ja. 24, 180 of 360?’

‘Ehh... Ja. Nee, shit, geen idee. Ehh... Dat wordt gokken.’

‘Eén op drie.’

‘Dan zeg ik... Shit, wat lastig... 24.’

‘Sorry, dat is fout. 360.’

‘Driehonderd-fucking-zestig?’

‘Ja.’

‘Dat had ik nooit geraden. Die was echt moeilijk.’

‘Jouw beurt om te gooien.’

Ik hoorde een klokkend geluid dat waarschijnlijk van Jacobs heupflesje met whisky kwam.

‘Ahhh... Wil nog iemand?’

‘Nee, hoor, dank je wel.’

‘Nee, bedankt.’

‘Schat, als mijn vriendin moet je wel een goede, rokerige whisky kunnen waarderen. Neem nou maar gewoon.’

‘Een klein slokje dan...’

De stemmen liepen in elkaar over terwijl ik wegdommelde. Ik was moe en rustig en tevreden dat we de reis morgen af zouden breken. Het laatste wat ik hoorde was Henrik die zei: ‘Warmte. Bikram yoga doe je bij bijna veertig graden warmte.’

Ik werd met een ruk wakker en ging overeind zitten, ik voelde me gestrest en mijn hart ging als een razende tekeer, ik wist even niet waar ik was. Maar algauw kwam het terug: de wandeltocht, de tent en de anderen die buiten MIG zaten te spelen.

Eerst dacht ik dat het maar een droom was geweest, maar toen hoorde ik de stemmen buiten. Vooral die van Jacob. Zijn toon was luid en agressief.

‘Maar heb ik om jouw hulp gevraagd, dan? Hè?’

‘Nee, sorry.’ Milena klonk onderdanig, toegeeflijk.

‘Nee, zeker niet, nee!’

‘Sorry, Jacob. Ik probeerde alleen... Ik vond het niet eerlijk, je kreeg vijf supermoeilijke vragen achter elkaar...' Jacob onderbrak haar.

'Hou godverdomme op! Hou gewoon op!'

'Ja, sorry. Je...'

'Behandel me niet als een fucking kind!'

Ineens was ik klaarwakker. Ik hield mijn adem in en luisterde gespannen. Jacob klonk alsof hij gek aan het worden was. Ook Henrik klonk toegeeflijk, bang bijna. Net als Milena probeerde hij Jacob te kalmeren.

'Hé Jacob, zullen we het dan zo doen: jij gooit nog een keer en dan krijg je een nieuwe vraag. Dan vergeten we deze gewoon.'

'Misschien had ik het wel geweten, maar nu heb je het verpest,' ging Jacob verder tegen Milena. 'Ben je nu blij? Ben je blíj?'

'Nee,' zei Milena zacht. Henrik ging door met zijn poging Jacob af te leiden van zijn woede, hij klonk gestrest, zocht naar woorden.

'Maar je... Oké, we kunnen... Laten we het zo doen: we keuren deze vraag goed. En dan mag jij nu nog een keer.'

'Hoezo, we keuren de vraag goed? Ik heb hem toch niet eens beantwoord?'

'Nee, maar...'

'Waarom zou hij goedgekeurd worden als ik hem niet eens heb beantwoord, Henrik?'

Ik hoorde Henrik diep inademen.

'Ehh... Ik weet het niet, ik...'

'Zullen we anders gewoon doorgaan? Ik kan...' probeerde Milena, maar Jacob onderbrak haar weer.

'Echt hoor, jullie kwaken heel de tijd door elkaar heen, ik kan verdomme niet eens nadenken. Ik stelde Henrik een vraag. Mag ik dan misschien ook zijn antwoord horen zonder dat jij erdoorheen loopt te zaniken? Kun je even drie seconden je kop dichthouden, gaat dat lukken denk je?' Milena antwoordde niet. Jacob mompelde iets wat ik niet goed kon verstaan.

Stom kutwijf? Zei hij dat nou echt?

Ik kon hier niet langer naar luisteren. Ik trok de rits naar beneden en kroop de tent uit. Het was behoorlijk donker geworden sinds ik naar bed was gegaan, maar het was nog niet volledig pikkedonker. Jacob ging door met zijn aanval op Henrik.

'Waarom zou ik punten krijgen als ik de vraag niet eens heb beantwoord?'

'Ehh... Ik weet het niet. Maar laat maar.'

'Je weet het niet? Maar het was toch jouw voorstel?'

Ik bleef voor hen stilstaan. Mijn hart bonsde, maar ik probeerde zo neutraal en ontspannen mogelijk te klinken.

'Jongens, wat gebeurt hier?'

Milena en Henrik keken naar me op, ze zagen er allebei gespannen uit, hun ongemak was overduidelijk. Maar Jacob keek niet op. Hij bleef Henrik met een wilde blik aankijken, hij leek me niet eens te hebben opgemerkt.

'Tja, er zijn hier wat... hoog opgelopen emoties,' zei Milena.

'Zei ik niet net dat jij je kop moest houden?' snauwde Jacob naar haar.

Ik voelde mijn woede de overhand krijgen.

'Jacob, doe eens even normaal. Beheers je.'

Hij leek nu pas door te hebben dat ik er ook was. Hij richtte zijn blik op mij, stak zijn wijsvinger naar me uit.

'En jij bemoeit je hier niet mee. Ga terug naar je tent.'

'Ga terug naar je tent?' herhaalde ik. 'Ga jij mij nou lopen vertellen of ik terugga naar mijn tent of niet? Ben je gek of zo?'

Het was mijn bedoeling geweest om de situatie te de-escaleren, maar nu was ik kwaad geworden en ik kon me niet inhouden. Jacob stond op.

'Bemoei je hier niet mee!' schreeuwde hij bijna.

'Jacob...' probeerde Milena terwijl zij ook opstond.

'Hé, rustig,' zei Henrik, vastberadener dan daarvoor, en toen ging alles heel vlug: Jacob deed een paar snelle stappen in zijn richting op hetzelfde moment dat Henrik probeerde overeind te komen, maar hij had niet genoeg tijd om rechtop te gaan staan en zijn balans te vinden voor Jacob bij hem was en hem zo'n harde duw gaf dat hij achterover op zijn rug viel. Het volgende moment hing Jacob over

Henrik heen en schreeuwde recht in zijn gezicht: 'GEEF ANTWOORD! IK STELDE JE EEN DOODSIMPELE VRAAG, GEEF DAN VERDOMME GEWOON ANTWOORD!'

'Jacob!' riep Milena. Ik greep Jacobs arm vast en trok hem bij Henrik weg, en toen was Milena er ook en zij ging tussen hen in staan. Jacob rukte zich los en liep met snelle passen weg, hij ademde zwaar en maakte vreemde, grommende geluiden. Hij verdween in het donker. Henrik krabbelde overeind en zag er bang en geschokt uit.

'Jeetje, gaat het?' vroeg Milena.

'Het is niks,' mompelde Henrik. Hij was ontzettend geschrokken, maar leek zich geen pijn te hebben gedaan tijdens de val.

'Sorry,' zei Milena met een snik. 'Sorry...' Ze schudde haar hoofd.

'Jij bent niet degene die sorry moet zeggen,' zei ik. 'Hij is echt niet goed, hoor.' Milena haastte zich weg, bij de tenten vandaan, maar niet dezelfde richting op als Jacob.

Henrik en ik zaten nog best een tijdje voor de tent bij te komen. Milena en Jacob waren nergens te bekennen. Henrik begon over zijn hele lichaam te rillen, zo erg dat het leek alsof hij onderkoeld was geraakt. Ik stelde voor om naar bed te gaan en in onze slaapzakken te kruipen om warm te worden, maar hij wilde nog even buiten blijven zitten.

Ik vertelde wat er eerder die dag was gebeurd. Er was geen reden meer om dat voor me te houden. Henrik luisterde en schudde zijn hoofd. Hij herhaalde mompelend mijn woorden van eerder.

'Hij is niet goed, hoor. Hij is echt niet goed.'

Ik legde mijn armen om hem heen en wreef over zijn rug om hem warm te krijgen. Hij zat nog steeds te bibberen en te klappertanden.

'Laten we ermee stoppen,' zei ik. Henrik knikte snel.

'Ja.'

Het besluit was genomen. Er hoefde niets meer gezegd te worden.

We gingen in de tent liggen, kropen in onze slaapzak zonder de rits dicht te doen en schoven allebei naar het midden zodat we elkaar vast konden houden. Ik vond het een naar idee dat we het niet konden zien als er iemand naar de tent zou komen. Wat nou als Jacob ons midden in de nacht ineens aan zou vallen met zijn ijsbijl? Ik herinnerde me dat Thomas Quick veroordeeld was, en vervolgens weer vrijgelaten, voor een moord op twee Nederlandse toeristen in de jaren tachtig, waar het er precies zo aan toe was gegaan.

Ineens waren er voetstappen te horen en ik kwam meteen gespannen op mijn elleboog omhoog. Henrik zag er eerder nieuwsgierig uit dan bang. Het klonk alsof zowel Jacob als Milena dichterbij kwamen.

'Hallo?' Jacobs stem klonk dof en toonloos, zachter dan gewoonlijk. 'Zijn jullie wakker?'

Henrik en ik keken elkaar aan.

'Ja,' zei Henrik uiteindelijk.

Jacob schraapte zijn keel. 'Sorry. Voor daarnet.'

Hij liet een stilte vallen zodat een van ons zijn excuses kon aanvaarden, maar wij bleven muisstil liggen en wachtten af. Uiteindelijk ging hij verder: 'Ik liet me gaan. Ik had ook van de whisky af moeten blijven. Sorry.'

Opnieuw een stilte. Ik zag voor me hoe Jacob en Milena voor de tent in het donker op een reactie stonden te wachten. Ik wist zeker dat zij degene was die Jacob had overgehaald zijn excuses aan te bieden. Zijn gebrek aan woorden, de gedempte stem, alles wees erop dat het niet zijn eigen idee was. Misschien had Milena dan toch enige invloed op hem. Of hij had ingezien dat zijn excuses aanbieden de enige manier was om te proberen te voorkomen dat de Sarek-wandeling morgenochtend zou eindigen.

Het was nog steeds stil. Een windvlaag liet het tentdoek ritselen. Iemand wisselde van voet buiten de tent.

'Het is al goed,' zei ik uiteindelijk, met een toon die het tegendeel bewees.

'Tot morgen,' zei Milena. Ze klonk moe en verdrietig. Ineens had ik medelijden met haar. De lieverd. Ze verdiende zoveel beter dan dit. Ik antwoordde op een wat lichtere toon: 'Ja, tot morgen. Slaap lekker.' Toen hoorden we Milena en Jacob in hun tent kruipen. We keken elkaar aan. Ik schudde zwijgend mijn hoofd en trok de rits van mijn slaapzak dicht. Al snel zonk ik weer in een onrustige slaap.

Ik werd wakker van geluid uit de andere tent. Ik begreep eerst niet wat ik hoorde, maar toen besefte ik dat het Milena was die lag te jammeren. Ik hoorde ook ritmische geluiden, geritsel van stoffen die langs elkaar heen wreven. Gekreun en gegrom.

Ze hadden seks.

Ik kwam op mijn elleboog overeind en luisterde, opnieuw met gespitste oren. Henrik lag naast me te slapen.

Ja, ze hadden seks. Maar het klonk meer als mishandeling. De geluiden van Milena waren gedempt, alsof iemand zijn hand op haar mond gedrukt hield. Maar het klonk niet alsof ze ervan genoot, het klonk alsof ze pijn had. Ze lag te snikken onder Jacobs hand. Jacob begon steeds harder te kreunen.

Fucking beest dat je daar bent.

Ik schudde Henrik wakker, die zich ook in een soort van onderbewuste verdedigingsmodus leek te hebben bevonden: zodra hij uit zijn slaap werd gerukt schoot hij overeind, keek klaarwakker om zich heen en fluisterde hees: 'Wat is er? Wat is er?'

'Luister,' fluisterde ik. 'Hoor je dat?'

We zaten allebei doodstil en hielden onze adem in. Ik hoorde Jacob nog steeds grommen en kreunen, maar Milena's gesnik leek te zijn afgenomen, het klonk meer alsof ze buiten adem was. Henrik keek me vragend aan.

'Wacht,' fluisterde ik.

Er kwam steeds minder geluid uit de andere tent. Uiteindelijk was het stil.

'Eerst,' fluisterde ik, 'klonk het alsof ze huilde en lag te roepen, maar dat hij zijn hand op haar mond hield.'

We bleven nog een tijdje zo stil mogelijk zitten luisteren. Even was het helemaal stil, maar toen klonk er weer geritsel van beweging. De rits werd opengetrokken, iemand ging de tent uit en liep bij ons vandaan. Ik wist het niet zeker, maar het klonk als Jacob.

'Milena?' zei ik zacht. Henrik en ik keken elkaar aan. Geen antwoord.

'Milena?' zei ik weer, iets harder, en dit keer kreeg ik een gedempt antwoord vanuit de andere tent.

'Ja?' klonk Milena's stem. Het leek van heel ver weg te komen en ze klonk afwezig.

'Is alles goed?' vroeg ik.

'Ja. Alles oké.'

'Echt?'

'Ja. Welterusten.'

ER TIKTEN ZACHTJES kleine regendruppels op het tentdoek toen ik wakker werd. Ik was warm en droog in mijn slaapzak, maar de lucht in de tent voelde vochtig en ijskoud op mijn gezicht. Het was al licht. Naast me lag Henrik nog te slapen. Ik vroeg me af hoe zijn nacht was geweest. Vochtige onderkleding in een vochtige slaapzak.

Ik kroop uit de tent. Het was volledig bewolkt, de grijze deken die in Gällivare boven ons hing was terug. De toppen van de bergen om ons heen zaten verstopt achter de wolken. Het was aan het miezeren en de temperatuur was flink gezakt. Ik stond te rillen in mijn onderkleding, haastte me de voortent in om mijn regenkleding tevoorschijn te halen. De rugzakken en bergschoenen stonden beschut tegen de regen, maar er was toch vocht binnengedrongen via de grond. Niets voelde nog droog aan.

Ik was tegelijkertijd wel en niet kalm. De vraag of we met Jacob naar de hoogvlakte zouden gaan had al sinds de allereerste keer dat Milena hem ter sprake had gebracht aan me geknaagd. Nu was het voor eens en altijd besloten. We zouden de wandeltocht afbreken. Dat voelde goed.

Wat me zorgen baarde was Milena. Toen ik die nacht had liggen piekeren, was ik tot de conclusie gekomen dat ik toch een verantwoordelijkheid had om te proberen haar zover te krijgen dat ze met ons mee terug zou gaan, maar ik was er absoluut niet zeker van dat het me zou lukken.

Henrik werd wakker van mijn gerommel in de voortent, hij woelde in zijn slaapzak.

'Goedemorgen,' zei ik gedempt. 'Goed geslapen?'

'Niet echt,' mompelde hij. 'Regent het?'

'Ja. Laten we ontbijt klaarmaken, dan zal ik met Milena praten zodra ze wakker is.'

Henrik knikte.

Ik ging water halen en samen zetten we het kookstel in elkaar en haalden we in gespannen stilte de spullen voor het ontbijt tevoorschijn. Even later brandde de blauwe vuurring van de gasbrander.

Als de zon schijnt is het eenvoudig om te koken op de hoogvlakte, je kunt dan gewoon de inhoud van je backpack op de grond of op je matje uitspreiden, je kunt overal makkelijk bij en snel een maaltijd klaarmaken.

Als het regent moet er zo veel mogelijk onder het afdakje in de voortent blijven. Je zit op je knieën in je tas te wroeten, van de inpakvolgorde die je hebt geprobeerd te behouden is binnen een paar seconden niets meer over. En dan de kou nog: je handen die stijf worden als je je handschoenen hebt uitgedaan omdat je anders de lucifers niet uit het doosje krijgt.

Blijkbaar maakten we terwijl we met het ontbijt bezig waren genoeg lawaai om iemand in de andere tent wakker te maken, want daar kwam nu geluid vandaan.

Laat het alsjeblieft Milena zijn die als eerste wakker is.

Er rommelde iemand in zijn rugzak. Iemand trok zijn schoenen aan. De rits van de voortent werd opengetrokken.

'Brr... koud,' mompelde Milena terwijl ze de tent uit kroop met haar regenpak in haar hand. Ik knikte opgelucht.

'We hebben voor jou ook pap. Hé, maar... ik wil het ergens met je over hebben.'

Milena keek verbaasd, maar kwam wel achter me aan toen ik naar het kleine bergstroompje liep. Gezien Jacobs gedrag van gisteren ging ik ervan uit dat hij ons niet met rust zou laten als hij eenmaal wakker was. Ik zou het snel en duidelijk uit moeten leggen. Ik dacht dat het kabbelende water ons gesprek wel zou overstemmen.

Toen Milena haar regenjas aantrok, zag ik rode vlekken in haar hals.

Het leken wel wurgplekken.

Fucking beest.

'Nou, het zit zo,' begon ik terwijl ik me naar haar omdraaide en bleef staan. Milena bleef ook staan en keek me afwachtend aan. Ze vermoedde waarschijnlijk wel dat wat ik wilde zeggen met de ruzie van gisteravond te maken zou hebben.

'Henrik en ik hebben besloten om te stoppen. We gaan terug naar Staloluokta.'

Milena keek uit over Sarvesvagge, het dal dat zich gisteren mijlenver voor onze ogen uitstrekte. Nu verdween het achter een grijze waas van de miezerregen. Ze zweeg en verwerkte wat ik zojuist had gezegd. Dit had ze niet verwacht, dat zag ik aan haar. Uiteindelijk zei ze alleen maar: 'O.' Haar stem klonk zwak, broos en verdrietig.

'We hebben geen goed gevoel over Jacob. Hoe hij zich gister gedroeg.'

'Oké...' zei Milena op een iets andere toon, een tikje sceptisch.

'Dat hij Henrik zo aanviel. En superlullig deed tegen jou.'

'Tja...' Milena was even stil, zocht naar woorden. 'Dat was natuurlijk echt niet oké. Maar hij heeft wel sorry gezegd.'

'Ja, maar hij viel Henrik fysiek aan.'

'Ehh...' Milena zweeg, staarde naar de grond.

Wat was dit nou?

'Milena?'

'Nou ja, ik wil niet goedpraten wat Jacob gisteren deed, maar... Ik wil alleen...'

'Wat?'

'Voor zover ik heb gezien heeft hij Henrik niet aangeraakt. Oké, hij was wel boos en hij liep op...'

Er schoot een golf van woede door me heen en ik onderbrak haar.

'Hij duwde hem omver. Jacob duwde Henrik.'

'Volgens mij struikelde Henrik achterover, maar dat is misschien niet...'

Ik onderbrak haar weer, kon me niet inhouden.

'Milena, wat er gebeurde was dat Jacob Henrik omverduwde. Hij bedreigde hem fysiek. En dat is echt... Ik ben verbaasd dat je het dan voor Jacob op gaat nemen.'

'Ik neem het niet voor hem op, maar... Nou ja, laat maar.' Milena haalde diep adem.

We waren even stil. We waren koud en nat, hadden honger omdat we nog niet hadden ontbeten, en nu ook nog ruzie. Waarom waren we naar Sarek gegaan? Waarom waren we niet, zoals we oorspronkelijk van plan waren geweest, naar Abisko gegaan? Gewoon Milena, Henrik en ik. Van hutje naar hutje, zoals we al die andere jaren hadden gedaan.

'Henrik en ik zouden graag willen dat jij ook met ons meegaat.'

'Nee, ik ga verder met Jacob.'

Milena's antwoord kwam snel. Haar gedempte stem trilde lichtjes, een beetje alsof ze op het punt stond in huilen uit te barsten. Maar ik hoorde dat ze niet verdrietig was, ze was boos. Het was niet een emotie die ik haar vaak had horen uitdrukken, maar zo klonk het dan wel.

'Oké, maar...'

'En ik vind echt dat je wat er gister gebeurde veel te groot maakt,' onderbrak Milena me. Ze praatte snel en opgewonden, het was alsof de woorden zich een weg tussen haar lippen door vochten. 'Jacob liet zich gaan terwijl we een spelletje aan het doen waren, dat heb jij ook vaak genoeg gedaan. Als we aan het kaarten waren, als we Triviant speelden... Echt heel vaak. En Jacob heeft sorry gezegd. Volgens mij heb jij dat nooit gedaan.'

'Wacht...' was alles wat ik ertussen kreeg voor Milena verderging.

'Hij kan heel slecht tegen zijn verlies, maar hij heeft sorry gezegd. En hij heeft Henrik niet geduwd. Echt niet.'

'Oké,' zei ik terwijl ik mijn gedachten probeerde te verzamelen en tijd probeerde te winnen. 'Ehh...'

Ik kon er echt niet tegen dat Milena beweerde dat Jacob Henrik niet had geduwd. Ze hadden het daar gisteravond vast over gehad. Jacob had het natuurlijk hardnekkig ontkend, Milena eraan laten twijfelen of ze het wel goed had gezien, haar aan zijn kant weten te krijgen. Maar het had geen zin om daar verder nog over te kibbelen.

Ik haalde diep adem, probeerde mijn stem rustig te houden.

Ik moest alle kaarten op tafel leggen.

En nu zag ik Jacob een stukje verderop uit zijn tent komen.

Er ging een schok door me heen en mijn hart begon sneller te kloppen.

'Het gaat niet alleen om wat hij gister deed,' zei ik. Ik keek Milena aan, maar hield Jacob vanuit mijn ooghoek in de gaten.

'Oké?'

'Ik weet niet of je de vreemde stemming opmerkte toen Henrik en jij Jacob en mij hadden ingehaald?'

'Nee. Wat dan?' Milena keek me niet-begrijpend aan.

Verderop bij de tent ging Jacob rechtop staan, waarna hij zijn jas aantrok. Zijn lichaamshouding verraadde dat hij het koud had. Hij registreerde dat Henrik het ontbijt aan het maken was bij het kookstel, en ondanks dat ik zo'n dertig meter verderop stond kon ik precies zien welke gedachte er vervolgens door zijn hoofd schoot. Waar zijn Milena en Anna? Hij verstijfde en keek om zich heen. Het duurde maar een seconde tot hij ons ontdekt had. Zijn houding, zijn blik. Als een Duitse herder, stokstijf stil en met gespitste oren.

Toen kreeg ik haast.

Milena stond met haar rug naar de tent en zag Jacob niet. Ik probeerde zo beheerst mogelijk te klinken toen ik zei: 'Hij zat met me te flirten. Jacob probeerde me te versieren.'

Milena zweeg. Ze staarde naar de grond.

Jacob begon onze kant op te lopen.

'Je weet dat ik zoiets nooit zou verzinnen, Milena. Je kent me al zo lang.'

'Goedemorgen!' riep Jacob hard en vrolijk terwijl hij met snelle passen naar ons toe kwam. Milena draaide zich met een ruk om en keek hem aan, maar zei niets.

'En ik heb het vannacht gehoord,' ging ik met gedempte stem verder. De tijd begon op te raken. Ik ging sneller praten. 'Ik zag de vlekken in je hals. Alsjeblieft, ga met ons mee.'

Milena staarde me aan met een blik die ik niet goed kon lezen. Er was woede, er was verdriet, maar ook nog iets waar ik de vinger niet goed op kon leggen. Was het... minachting?

Op dat moment was Jacob bij ons aangekomen.

'Hé, lieverd,' zei hij terwijl hij zijn arm om Milena's schouders legde. Hij kuste haar, of eigenlijk drukte hij gewoon zijn lippen op die van haar, maar zij beantwoordde zijn uiting van tederheid niet. Toch hield Jacob zijn arm om haar schouders, hij hield haar strak tegen zich aan. Hij wendde zich tot mij en wierp me zijn gemaakte glimlach toe.

'Heb je goed geslapen, Anna?'

'Ja.'

Het was even stil terwijl ook Milena me aanstaarde. Toen zei ze: 'Ze willen de wandeltocht afbreken.'

Ze draaide zich om en liep terug naar de tenten.

Jacob en ik staarden elkaar aan.

Uit het getuigenverhoor met Anna Samuelsson, persoonsnummer 880216-3382, 18 september 2019, Gällivareziekenhuis, afgenomen door rechercheur Anders Suhonen.

'Hoe reageerde Jacob daarop? Dat jullie wilden stoppen?'

'Hij zei niet zo veel. Ik denk dat hij extreem zenuwachtig was voor wat ik Milena zou vertellen, dus wat dat betreft was hij waarschijnlijk opgelucht.'

'Maar... Je had het toch al verteld?'

'Ja, maar dat zei ik niet tegen hem.'

'Nee.'

'Daar had ik geen zin in. Ik wilde gewoon weg, ik wilde hem niet meer zien.'

'Nee, dat begrijp ik.'

'En ik was ook... Ik was best boos op Milena.'

'Ja.'

'Ik had zoiets van: ga je die eikel nou lopen verdedigen? Waar ben je mee bezig? Nou, zoek het dan maar uit ook. Als je Sarek in wilt met een psychopaat, ga je gang dan maar.'

'Je zegt dat ze gehersenspoeld was?'

'Ja...'

'Maar zij en Jacob kenden elkaar toch nog maar iets van een maand?'

'Oké, misschien is gehersenspoeld een beetje sterk uitgedrukt.'

Stilte.

'Maar... Het was wel zo met Milena...'

Stilte.

'Hè, het voelt niet goed om het hier over te hebben.'

'Nee... Waarom niet?'

'Het voelt alsof ik haar in de steek laat.'

'Ik begrijp het.'

'We kennen elkaar al heel lang en ze is altijd een supergoede vriendin geweest. De beste die je je maar kunt wensen. Er valt niks negatiefs over haar te zeggen. Maar Milena was... Ze had nog nooit een vriend gehad.'

'Nee.'

'Of ja, geen lange relaties in ieder geval. En ik denk dat ze dat wel heel graag wilde. Ze wilde iemand vinden. En toen ze Jacob ontmoette... Ik denk dat ze het vreemde en verkeerde aan hem niet wilde zien.'

'Aha.'

'Zo gaat dat denk ik nou eenmaal. Als je iets heel graag op een bepaalde manier wilt, negeer je alles wat daar niet mee overeenkomt zodat je met je... Ja, met je scheve beeld van de werkelijkheid kunt blijven leven.'

'Ja.'

'Zo was het ook met Milena en Jacob. Ze wilde niet zien wie hij eigenlijk was.'

'Nee. Laten we even verdergaan. Henrik en jij pakten jullie spullen in en gingen terug naar Staloluokta?'

'Ja. Henrik probeerde ook nog met Milena te praten, om haar met ons mee te krijgen, maar Jacob liet hen natuurlijk niet met rust. Dus dat werd niks.'

'Nee.'

'Dus wij begonnen aan onze tocht terug naar de bergpas, dezelfde weg als we waren gekomen.'

'En wat deden Milena en Jacob?'

'Die gingen verder Sarek in. Zoals we met zijn allen van plan waren geweest.'

'Ja. Dus hier gingen jullie uit elkaar?'

'Ja. En ik dacht echt dat we Jacob nooit meer zouden zien.'
'Maar dat was niet zo?'
'Nee. Dat was niet zo.'

HENRIK GAF MILENA een snelle knuffel en ze mompelden gedag tegen elkaar. Ik was nog steeds boos op haar en was niet van plan geweest iets te zeggen, maar toen ze zich omdraaide naar waar ik stond, knikte en ook tegen mij gedag zei, kon ik het niet over mijn hart verkrijgen niets terug te zeggen.

'Doei,' antwoordde ik toonloos.

Jacob was bezig zijn tent af te breken, hij liep een rondje om de haringen van de scheerlijnen eruit te trekken zonder ons een blik waardig te keuren. Mooi zo, ik had geen zin om ooit nog een woord met Jacob Tessin te wisselen.

Henrik en ik begonnen aan de klim. De bergpas boven ons lag verborgen achter mist en regenwolken, ik kon niet eens het begin van het sneeuwveld zien. Mijn lichaam was stijf en protesteerde. Mijn backpack, waar ik een donkergroene regenhoes overheen had getrokken, leek zwaarder dan gisteren. Dat was waarschijnlijk niet alleen mijn verbeelding, alles was nat en vochtig en bij elkaar tilde ik misschien wel een kilo extra.

Het was harder gaan regenen, wat toen we wakker werden nog zachte miezerregen was, was overgegaan in dikke druppels die op de capuchon van mijn regenjas spatten. Ik had een regenpak van goede kwaliteit, maar de stof was ademend, waardoor het niet honderd procent waterdicht was. Aanhoudende regen zoals nu zorgde ervoor dat het uiteindelijk vochtig werd aan de binnenkant, het plakte vast aan mijn onderkleding. En de regen maakte me koud. Ik had mijn dunne handschoenen aan, maar dat hielp niet, mijn vingers waren al stijf geworden van de kou.

Ik was nog steeds boos en van slag door het conflict met Milena. Was dit het einde van onze vriendschap? Ik kon me niet herinneren dat we ooit eerder zo'n woordwisseling hadden gehad zoals die over Jacob. We hadden eigenlijk sowieso nog nooit ruzie gehad. Maar Jacob had Milena veranderd, ze was zichzelf niet meer. De toekomst zou uitwijzen of die verandering blijvend was, of dat het uit zou gaan tussen hen en zij weer zichzelf zou worden. Ik zou het heel jammer vinden als we niet meer met elkaar om zouden gaan, maar mijn wereld zou er ook weer niet door instorten.

Wanneer je ermee wordt geconfronteerd dat een relatie op het punt staat te eindigen, wordt het duidelijk hoeveel die werkelijk voor je betekent. Ik realiseerde me dat mijn vriendschap met Milena grotendeels gebaseerd was op oude gewoontes. Misschien ook een stukje nostalgie: elke afspraak kwam tot op zekere hoogte neer op een herbeleving van onze studententijd, we kwamen weer in contact met wie we toen waren, werden herinnerd aan een zorgelozere en eenvoudigere tijd. Maar hoeveel hadden we eigenlijk nog gemeen?

Het was aan haar of we elkaar nog zouden zien of dat het voorbij zou zijn, dacht ik grimmig bij mezelf.

Ik draaide me om en kwam erachter dat ik tijdens mijn overpeinzingen over Milena ver voor Henrik was geraakt. Ik bleef staan en wachtte op hem. Mijn haastige mars de berg op had er in ieder geval voor gezorgd dat ik weer wat warmer was geworden. Beneden in de verte kon ik door de regenmist vaag het plateau zien waar we hadden geslapen. Jacob, Milena en de tent waren verdwenen.

Henrik haalde me in. Hij leek al helemaal uitgeput te zijn en bleef naast me staan om op adem te komen.

'Hoe gaat het?' vroeg ik.

'Moeizaam,' hijgde hij terwijl hij zijn backpack afdeed en op een steen neerzakte. 'Ik word maar niet warm. Terwijl ik wel loop te zweten.'

'Zullen we nog even een stukje verder? Tot we boven bij de rand van het sneeuwveld zijn. Dan zetten we daar even koffie.'

'Ja. Ik moet gewoon heel even zitten.'

We bleven een tijdje waar we waren terwijl we doorweekt raakten van de aanhoudende regen. Ik weet niet of ik het me inbeeldde, maar het leek net alsof het niet alleen harder regende, maar ook kouder was dan die ochtend. Je kon niet veel zien van de bergen of de vallei onder ons, de regen was er als een gordijn voor getrokken.

Wat is dit toch een verschrikkelijk onherbergzame plek.

Nu het doel van de wandeling – Sarek doorkruisen – weg was gevallen, kon ik er niet snel genoeg wegkomen. De betovering was verbroken. Ik wilde terug naar Staloluokta, een dak boven mijn hoofd, de sauna in, in een bed slapen, warm en droog zijn. We zouden het moeten kunnen redden met maar één overnachting, net als we de heenweg hadden gedaan. Als Henrik dat zou lukken. Hij zag er zorgwekkend moe uit.

Ik kon niet wachten om verder te wandelen, de regen had het kleine beetje warmte dat ik op had weten te wekken alweer uit mijn lichaam verdreven, ik begon weer koud en stijf te worden. Het was zeker waar wat Henrik zei: met dit weer werd je nooit echt helemaal warm. Maar het verschil tussen in beweging zijn en stilzitten was wel gigantisch.

Uiteindelijk stond Henrik moeizaam op van de steen, hees zijn backpack weer op zijn rug en toen liepen we verder omhoog. Ik liet hem vooroplopen en volgde zijn tempo. We zeiden niet veel. De regen en de steile helling beïnvloedden ons humeur.

We liepen een half uur, we liepen drie kwartier. We liepen een uur. Grasland ging over in keien die glad waren door de regen, Henrik gleed uit en verloor bijna zijn evenwicht. Nog steeds zagen we het begin van het sneeuwveld niet.

Hij bleef hijgend en puffend staan.

'Ik heb een pauze nodig.'

'Zullen we niet nog even doorlopen tot aan de rand van het sneeuwveld?'

'Ik ben moe, we hebben al een uur gelopen.' Hij klonk vastberaden, op het randje van geïrriteerd. Hij deed zijn backpack af.

'Het kan niet ver meer zijn,' probeerde ik op een positieve toon. 'Waarschijnlijk zien we het alleen nog niet vanwege die bergkam daar.'

'Ik denk dat we ook eens op de kaart moeten kijken,' mompelde Henrik. Hij trok zijn regenhoes van zijn tas af, klikte de bovenklep los en zocht naar het kookstel.

'Dat kunnen we wel doen, maar we volgen die bergstroom daar omhoog. Die hadden we op de heenweg steeds aan onze linkerkant. Dus we kunnen niet verkeerd gaan.'

'Nee, maar toch,' zei hij zonder me aan te kijken terwijl hij de armen van de gasbrander uitklapte en het koffiepannetje tevoorschijn haalde.

Ik had de kaart driedubbel opgevouwen in een borstzak van mijn regenjas gepropt. Ik had er het afgelopen uur een paar keer op gekeken. Ik haalde hem uit mijn zak en stak hem een tikje geïrriteerd naar Henrik uit.

'Bedankt,' zei hij droog. 'Ga jij even water halen?'

'Zullen we niet gewoon een energiereep nemen? We moeten straks toch stoppen voor de lunch.'

'Nee, ik wil iets warms drinken.'

Henrik pakte zelf het koffiepannetje en begon demonstratief naar het beekje te lopen dat een stukje verderop stroomde. Zijn passief-agressieve gedrag had effect, ik haastte me achter hem aan.

'Nee, nee, ik ga wel. Natuurlijk. Geef maar.'

Henrik reikte me zwijgend het koffiepannetje aan en ging toen terug naar het kookstel.

Ik liep naar de beek toe en liet de pan in het ijskoude water zakken. Gisteren was de kou een schok geweest, vandaag was mijn hand al zo koud dat ik er nauwelijks op reageerde. Ik ging terug en zette het koffiepannetje op de gasbrander. Even later strooide Henrik oploskoffie in het kokende water. We vulden onze bekers en gingen allebei op een steen zitten. Ik vouwde mijn handen rond de beker alsof het een klein vogeljong was dat bescherming nodig had. Het verwarmde mijn stijve vingers.

We dronken onze koffie in stilte, maar Henrik had gelijk gehad, we hadden inderdaad iets warms nodig. Ik voelde me alweer iets beter.

'Het lijkt of de regen minder wordt,' zei ik, want dat gevoel had ik echt. Ik dacht te zien dat de lucht boven ons iets lichter grijs was geworden. Henrik gaf geen antwoord, hij zat zwijgend en in gedachten van zijn koffie te nippen terwijl hij met een lege blik naar het koffiepannetje staarde. Uiteindelijk zei hij: 'Waar hadden Milena en jij het vanochtend over?'

'Waar we het over hadden?'

'Ja?'

'Maar dat weet je toch? Ik vroeg of ze met ons mee terug wilde.'

'Het klonk alsof jullie ruzie kregen.'

Hij wierp me een vluchtige blik toe, maar staarde toen weer naar het koffiepannetje.

'Ik weet niet of je het echt ruzie kunt noemen, maar ze bagatelliseerde wat er gisteren was gebeurd. Dus ik raakte wel geïrriteerd, ja.'

'Wat bagatelliseerde ze precies?'

'Nou ja, ze beweerde dat Jacob jou niet had geduwd. Bijvoorbeeld.'

Ik had gehoopt dat Henrik het met me eens zou zijn, dat hij zou zuchten of steunen, of mompelen dat het ongelooflijk was of zo. Wat dan ook. Ik had het zelfs verwacht, eigenlijk. Maar hij zweeg. Hij nam nog een slok koffie en staarde nietsziend voor zich uit. Dus ik ging verder: 'Maar dat was niet het enige, het was haar hele houding. Ze zei ook dat ik heus ook wel eens mijn geduld heb verloren tijdens spelletjes. Alsof dat te vergelijken is. Oké, ik kan misschien ook slecht tegen mijn verlies, maar ik heb nooit iemand een "stom kutwijf" genoemd of fysiek aangevallen.'

Henrik fronste zijn wenkbrauwen en keek me aan.

'"Stom kutwijf"? Wanneer zei hij dat?'

'Hij mompelde zoiets toen ik net de tent uit kwam.'

'Dat heb ik niet gehoord.'

'Maar vind jij dat het te vergelijken valt dan? Vind jij dat ik me ooit zo heb gedragen als hij gisteravond?'

'Nee, natuurlijk niet.'

'Ik dacht dat we het er gister over eens waren dat het ontzettend naar was.'

'Dat was het ook.'

'"Hij is niet goed," zei jij de hele tijd. "Hij is echt niet goed."'

'Ik neem het niet voor Jacob op...'

'Nee, dat was precies wat Milena ook zei, maar toch doen jullie dat op een of andere manier wel.'

Toen werd Henrik nijdig.

'Dus omdat ik zeg dat ik niet hoorde dat Jacob "stom kutwijf" zei, ben ik het voor hem op aan het nemen?' Hij keek me strak aan. 'Is dat wat je zegt?'

Ik zuchtte. 'Ik weet niet waarom we ruzie zitten te maken over die idioot,' zei ik wat rustiger.

'Ja, het is altijd hetzelfde met jou. Jij windt je ergens over op en als iemand het dan niet tot in het kleinste rotdetail met jou eens is, dan is die ineens tegen jou en dan... Dan ga je mensen lopen kleineren. Je gaat overinterpreteren en neemt dingen verkeerd op en wordt zo... fucking agressief.'

Henrik was boos en overstuur, hij verhief zijn stem en had rode wangen gekregen. De hevigheid van zijn reactie overviel me.

'Ja, ja,' zei ik. 'Sorry.'

'Ik haat dat.'

De ijskoude regen bleef op ons neerdalen, we waren nat en koud en hadden nog ruim veertig kilometer te gaan voor we een dak boven ons hoofd zouden hebben. En nu hadden we ook nog eens ruzie gekregen.

Wat is dit toch een verschrikkelijk onherbergzame plek.

Henrik had niet gezegd dat hij mij haatte, maar hij haatte bepaald gedrag van me, en mijn gedrag was een deel van wie ik was, dus eigenlijk haatte hij een deel van mij. Dat waren heftige woorden. Hij had nog nooit eerder zoiets gezegd.

Een tijdje zeiden we niets.

Henrik haalde diep adem, maakte zich klaar om verder te gaan.

'Wat ik probeer te zeggen is...' begon hij. 'Ik ben er honderd procent voor om terug te gaan. Dat wat er gisteren gebeurde was volkomen onacceptabel. Dus eigenlijk vinden we gewoon hetzelfde, maar...' Hij zuchtte en zweeg.

'Maar?' zei ik.

'Nee, verder niks. Alleen dat. Maar hij heeft me inderdaad niet aangeraakt, daar had Milena gelijk in. Maakt verder totaal niet uit, hij kwam op een verdomd bedreigende manier op me af, alsof hij me in elkaar ging slaan. Maar ik struikelde zelf. Als ik niet was gestruikeld was hij misschien recht tegen me aan gelopen. Dus dat... Het is eigenlijk totaal niet relevant.'

Ik knikte langzaam. Het regende in mijn beker, mijn koffie begon slap en koud te worden, maar ik nam toch nog een slok.

Mijn woede was niet brandend heet, hij was ijskoud als de regen.

'Wat bedoel je met "wat er gisteren gebeurde"?' vroeg ik.

'Die ruzie gisteravond.'

'Want wat er gisteren ook gebeurde is dat Jacob aan me zat.'

'Ik weet het. En dat is echt ziek.'

'En daarom denk ik dat ik hem misschien iets anders zie dan jij.'

'Nee, maar Anna, ik begrijp dat Jacob niet goed bij zijn hoofd is. Misschien zelfs wel een psychopaat is. Dat begrijp ik.' Henriks stem was zachter geworden, hij keek me aan tijdens het praten. Spijt begon hem te besluipen.

'Ik kan wel vertellen wat hij gisteren allemaal zei. Toen hij met me liep te flirten.'

'En sorry dat ik me net zo opwond. Ik... Je hebt alle recht om boos te zijn. Sorry.' Hij klonk bijna smekend.

'Hij zei dat hij vond dat hij en ik bij elkaar pasten omdat wij het knapst waren. Van ons vieren. Knap en goedgetraind.'

Het was weer een tijdje stil terwijl dit tot Henrik doordrong. Hij zat een beetje ineengedoken op de steen, zowel voor de regen als voor wat ik hem net had verteld. Uiteindelijk schudde hij zijn hoofd.

'Jezus, hij is echt niet goed,' zei hij zachtjes.

'Begrijp je nu wat ik bedoel?'

'Ja, ja. Ik begrijp het.'

We ruimden samen het kookstel op. De woede was van me afgegleden en ik probeerde iets opbeurends te zeggen. Henrik knikte en humde, maar klonk afwezig. We gingen weer verder.

Deze keer, deze ene keer, had ik gelijk over de bergkam en het sneeuwveld. Na een half uur zagen we het begin van het sneeuwveld al, en een kwartier later waren we er. Het terrein werd ook wat vlakker en minder moeizaam om overheen te lopen. We bleven staan om onze waterflessen te vullen. Ik lachte naar Henrik.

'Ik zei toch dat we bijna bij de sneeuw zouden zijn? Ik zei het toch?'

Hij lachte bleekjes terug.

'Ja, ik geloof wel dat je dat zei, ja.'

Ik liep naar hem toe, gaf hem een knuffel en een kus.

'Je weet dat ik altijd gelijk heb, lieverd.'

'Mhm.'

'Laten we nog een uurtje verder lopen, tot de route weer meer naar beneden loopt. Dan stoppen we daarna voor de lunch.'

Henrik humde en knikte alsof hij het goed vond, maar wilde mijn blik niet echt beantwoorden. Hij was buiten adem en had rode wangen van de inspanning.

'Daarna, als we de bergtop over zijn, kom je best makkelijk weer in Alggavagge. En dan kunnen we Padjelanta zien. En weet je wat er in Padjelanta is?'

'Nee.'

'Staloluokta. En daar hebben ze bedden, en kachels, en een sauna.'

Ik legde mijn handen rond Henriks gezicht en gaf hem opnieuw een kus, recht op zijn mond.

We liepen de sneeuw in, eerst Henrik en daarna ik. Het werd meteen zwaarder om te lopen, met elke stap zakte je een centimeter naar beneden. En het zicht werd snel slechter. Het was bijna helemaal gestopt met regenen, maar in plaats daarvan werden we omhuld door een ijskoude mist, of misschien was het laaghangende bewolking, die de contouren van de wereld om ons heen verder uitwisten.

In stilte klommen we langzaam naar boven. Allebei zeiden we ruim een half uur geen woord. De wereld was stil, afgezien van onze ademhaling en het gekraak van onze voetstappen in de sneeuw. Ik concentreerde me op de dag die voor ons lag, probeerde onze stops te plannen, te voorspellen waar we op welke tijdstippen ongeveer zouden zijn, bedacht strategieën en trucjes om Henrik in een goed humeur te houden. Vanochtend had ik stiekem nog gehoopt dat we vandaag al een stukje Padjelanta in zouden kunnen, maar gezien hoe Henrik eraan toe was, dacht ik dat het beter was als we ons kamp aan het uiteinde van Alggajavrre zouden opslaan, op de grens tussen Sarek en Padjelanta. En zelfs dat stuk zou al een enorme uitdaging voor hem zijn. Ik begon alvast te wennen aan de gedachte dat we het misschien niet zouden redden met maar één overnachting, dat we er misschien twee nodig zouden hebben.

Je bent niet meer zoals vroeger, Henrik. Vijf jaar geleden zou je je training nooit verwaarloosd hebben.

Waar hij over na liep te denken wist ik niet. Henrik liep al sinds de koffiepauze zwijgend te peinzen.

Ik verwachtte dat het sneeuwveld vlakker zou worden naarmate we dichter bij de top kwamen, maar dat leek niet te gebeuren, terwijl we toch al een uur aan het klimmen waren. Als iets...

Nee, dat kan niet.

We liepen in stilte verder.

Maar het voelde echt alsof... Alsof het juist steiler aan het worden was.

Maar dat kon niet.

Het moest mijn verbeelding zijn.

Toch?

Toen ik de andere kant op liep, had ik samen met Jacob gelopen, misschien was ik zo van zijn omhelzing geschrokken dat het me niet was opgevallen dat het terrein veranderde?

Maar nee.

Het incident met Jacob was precies bij het einde van het sneeuwveld. We hadden nu al een uur over de sneeuw gelopen. Iets langer zelfs.

We zouden al bij de top moeten zijn, het zou vlak moeten zijn, of naar beneden moeten lopen.

Jawel. Het was echt steiler aan het worden. Het kon niet slechts mijn verbeelding zijn.

Er ging een schok door me heen en ondanks dat ik het al koud had, voelde het alsof ik een rilling kreeg.

Konden we echt verkeerd zijn gegaan? Hoe was dat nou mogelijk?

Rustig, Anna. Je moet kalm blijven. Niet Henrik onnodig ongerust maken.

Henrik bleef voor me stilstaan. Hij wees naar iets boven ons op de berghelling, schuin naar links, terwijl hij zwaar ademde.

'Wat is dat?'

Een paar honderd meter verderop was een donkerdere omtrek zichtbaar in de sneeuw, als een scheur in de witte zee, half verborgen achter de mist.

'Ik weet het niet,' zei ik, maar ik had een onheilspellend vermoeden wat het kon zijn. Ik liep langs Henrik heen, dichter naar de donkere plek toe en hoorde hoe Henrik achter me aan kwam. We marcheerden verder door de mist, de contouren werden met elke stap die we namen duidelijker.

Nu kon ik zien dat de kleur in feite blauwgroen was.

Het was een gletsjerspleet.

We waren sowieso verkeerd gelopen.

Het sneeuwveld was geen gletsjer geweest. Zoiets als deze scheur kon daar niet zijn.

Henrik haalde me in en bleef naast me staan, nog steeds buiten adem.

'Is dat een scheur?' vroeg hij. Meer dan dat ik het zag vóélde ik dat hij naar me keek.

'Ik denk dat we even op de kaart moeten kijken,' zei ik terwijl ik mijn best deed kalm en beheerst te klinken.

'Is goed,' hijgde hij.

Het was even stil. Henrik wisselde van voet in de sneeuw, pakte zijn waterfles en nam een paar slokken. Hij keek op naar de gletsjerspleet. Alsof hij wachtte tot ik iets zou doen.

'De kaart?' vroeg ik.

Henrik keek me niet-begrijpend aan.

Uit het getuigenverhoor met Anna Samuelsson, persoonsnummer 880216-3382, 18 september 2019, Gällivareziekenhuis, afgenomen door rechercheur Anders Suhonen.

'Dus de kaart was weg?'

'Ja.'

'Hoe kwam dat?'

'Ik had hem aan Henrik gegeven tijdens onze koffiestop. En toen zal hij hem wel ergens weg hebben gelegd. Neem ik aan.'

'Ja.'

'Het was natuurlijk... Zoals ik al zei hadden we ruzie gekregen toen we koffiedronken. Dus daar waren we allebei een beetje van slag van. Ik heb toen ook niet aan de kaart gedacht.'

'Nee, dat begrijp ik.'

'En Henrik wilde niet toegeven dat hij degene was die hem was kwijtgeraakt, hij zei dat hij hem terug aan mij had gegeven. Wat niet zo was.'

'Dus toen... Kregen jullie toen weer ruzie?'

'Nee. Ik vond dat we er beter geen energie aan konden verspillen om daarover te discussiëren. Dus ik zei dat het niets uitmaakte wiens schuld het was, dat het was zoals het was. En ik besloot terug naar beneden te gaan om de kaart te proberen te vinden. We wisten natuurlijk wanneer we hem voor het laatst hadden gehad.'

'En Henrik zou blijven waar hij was?'

'Henrik zou daar blijven, ja. Hij was te moe om ook maar één meter extra te lopen.'

'Ik begrijp het.'

'Het was nog niet zo laat op de dag. Dus ik dacht dat ik de kaart wel zou kunnen vinden, dat we daarna het juiste spoor weer zouden achterhalen, en vervolgens nog een paar uur konden wandelen voor we ons kamp op zouden slaan.'

'Ja.'

'Dat was de verkeerde beslissing. We hadden meteen samen naar beneden moeten gaan. Maar achteraf is het altijd makkelijk praten.'

MET LICHTE WELOVERWOGEN stappen jog ik in een rustig en beheerst tempo door de sneeuw, ik volg mijn eigen voetsporen terug naar beneden. Mijn backpack heb ik bij Henrik achtergelaten, mijn waterfles heb ik in mijn hand. Mijn hartslag is hoog, maar niet te hoog. Ik voel me licht en vrij zonder mijn rugzak, deze manier van bewegen ben ik gewend van het hardlopen.

Hart en ziel. Mijn ziel is teleurgesteld, ongerust en gefrustreerd dat we verkeerd zijn gelopen, dat de kaart weg is, dat Henrik mij de schuld geeft. Nu vertrouw ik op mijn hart om mijn ziel weer in balans te krijgen.

We hebben ongeveer twee uur gelopen sinds het koffiedrinken. Nu ik de andere kant op ga en in mijn eigen tempo kan lopen, zou ik daar in een half uur kunnen zijn. Veertig minuten max. Dan nog een uur terug naar Henrik, als ik niet verkeerd ga. Als ik de kaart kan vinden is dat het zeker waard.

En waarom zou ik de kaart niet vinden? Hij moet daar toch echt ergens liggen.

Maar het gaat niet alleen om die kaart. Ik heb deze tijd ook even voor mezelf nodig. Ik moet even weg van Henrik om de balans weer terug te vinden. Ik weet dat ik nu de sterkere moet zijn, ik moet een planning maken en de leiding nemen, ik moet ons oppeppen en motiveren. Ik was bijna mijn geduld verloren toen hij me ervan beschuldigde de kaart te hebben kwijtgemaakt. Ik hield me rustig, maar het scheelde niet veel.

Geduld is niet mijn sterkste kant. Misschien kan ik hier zelfs nog iets van leren.

Ik volg onze sporen in de sneeuw. De mist en regen lijken minder te worden, terwijl de wind juist aan schijnt te trekken. Misschien worden de wolken wel weggeblazen en schijnt de zon over een uurtje weer vanuit een strakblauwe lucht. Met het weidse uitzicht zouden we ons makkelijk kunnen oriënteren en zo de bergpas kunnen vinden. Vanavond zetten we onze tent op in Alggavagge en zullen we het al hebben over het avontuur dat we hebben beleefd, hoe Sarek zijn roofdiertanden liet zien. We zullen er een mooi verhaal van maken om onze vrienden mee te amuseren als ze op een herfstige avond in ons appartement komen eten. Erika en Olof, Simon en Jennifer, Mark en Valle. Dan eten we wildstoofpot en drinken amarone en lachen erom hoe Henrik de kaart verloor en wij de weg kwijtraakten in Sarek.

Ja. Zo zal het gaan.

Ik zie het einde van het sneeuwveld, en begin over de losse keien te joggen, erop gefocust dat ik mijn voeten niet verzwik. De stenen zijn nat en glad en daarom doe ik mijn best om op de grond te stappen, en niet van steen naar steen te springen.

Hier is het lastiger om de route van Henrik en mij te achterhalen, aangezien ik geen sneeuwafdrukken meer heb om te volgen. Maar hier en daar zie ik modderige bergschoenafdrukken ter bevestiging dat ik op het juiste spoor zit. En ik zie andere herkenningspunten, een groot rotsblok hier, een wilgentak die ver langs een berghelling omhoog is geklommen daar. En links van me hoor ik de hele tijd het beekje stromen.

De wind is verder aangetrokken, de regen ook. Het is alsof hij alleen even op adem moest komen en zich klaarmaakte om zich opnieuw op me te storten, volhardender dan ooit. De regen striemt vanaf de zijkant in mijn gezicht. Ik trek aan de touwtjes van mijn capuchon zodat die strak rond mijn gezicht wordt aangetrokken, er is alleen nog een ovaal van mijn wenkbrauwen tot mijn onderlip te zien.

Dan ben ik ineens aangekomen bij de plek waar we koffie hebben gedronken. Ik zie de stenen waar we op hebben gezeten, en ik zie zelfs de kleine afdruk op de grond waar het kookstel heeft gestaan. Hoopvol kijk ik in het rond, de felle kleuren en oranje rand van de kaart zouden behoorlijk op moeten vallen tussen al deze saaie groene, bruine en grijze tinten.

Ik kan al snel constateren dat hij in ieder geval niet ligt waar we hebben gezeten. Ik kijk rond alle stenen, in kleine holtes in de grond gevormd door stenen bedekt met een laag aarde, mos en gras. Als Henrik hem weg had gelegd toen hij bezig was met het kookstel zou hij hier moeten liggen. Maar hij zou natuurlijk kunnen zijn weggewaaid, of misschien was Henrik hem kwijtgeraakt toen hij zijn beker uitspoelde in het bergstroompje voor we verdergingen.

Ik vergroot het zoekgebied, ga bij de beek kijken, volg hem eerst omhoog en dan omlaag, twintig meter beide kanten op. Mijn hersenen zijn erop ingesteld om iets met oranje, lichtblauw en wit te ontdekken, zoals je naar een puzzelstukje met een bepaalde vorm zoekt tussen honderden andere stukjes. Ik loop in steeds grotere cirkels rond onze pauzeplek, scan het terrein met mijn blik, maar ik zie de kaart nergens.

En de regen striemt op mijn gezicht en capuchon, de waterafstotende stof zit strak over mijn oren waardoor elke neerkomende druppel recht door mijn hoofd heen lijkt te knallen.

Ik ben constant in beweging, kijk naar links en rechts, maar probeer mijn zoektocht systematisch te houden. Steeds wijdere cirkels. Tien meter van de plek, twintig meter, dertig meter, veertig meter.

Ik ben inmiddels al een tijd aan het zoeken. Minstens een kwartier, misschien wel twintig minuten of nog iets langer zelfs.

Ik kwam vol hoop aan op deze plek, en ik ben nog lang niet van plan op te geven, maar er is wel twijfel ontstaan. Misschien ga ik de kaart helemaal niet kunnen vinden. Hier niet in ieder geval. Henrik heeft hem misschien wel in een zak gestopt en vergeten de rits dicht te doen. In dat geval zou hij er ergens uit kunnen zijn gevallen onderweg naar boven. Ik baal ervan dat ik onderweg naar hier niet beter heb opgelet.

Je gaat hem nooit vinden.

Heel even slaan mijn hersenen op hol, laat ik mijn vertwijfeling de vrije loop en word ik overweldigd door angst.

De kaart is kwijt. Verdwaald in Sarek. Worstcasescenario.

Ik herwin mijn zelfbeheersing en dwing mezelf te focussen. Ik overweeg mijn minder waarschijnlijke hypotheses die toch moeten worden onderzocht. De kaart zou bijvoorbeeld in de beek kunnen zijn gewaaid, met de stroom mee zijn gevoerd, en zo een flink eind bij onze plek vandaan terecht zijn gekomen. De kans is klein, maar ik ga toch terug naar de bergstroom om hem te volgen, ver voorbij het punt waar ik eerder was gestopt. Ik loop honderd meter naar beneden, tweehonderd meter.

Je gaat de kaart nooit vinden, dat weet je best. Hoeveel tijd ga je hieraan besteden? Verspillen? Oké, het klinkt verstandig om alle mogelijkheden te onderzoeken om ze uit te kunnen sluiten, maar je houdt jezelf voor de gek. Je wilt gewoon niet toegeven dat hij weg is.

Ik wil me net omdraaien als ik, terwijl ik mijn blik een laatste keer opricht, een stukje verderop bij een steen aan de rand van de beek een oranje streep zie oplichten naast iets wits en lichtblauws.

Het is de kaart. Holy shit, het is de kaart.

Godzijdank.

Mijn hart slaat een slag over en vervolgens een dubbele slag als de opluchting als een warme golf door me heen spoelt. Ik realiseer me nu pas hoezeer ik de hoop al had opgegeven. Ik ga harder lopen, haal diep adem, voel hoe ik mijn schouders onbewust een paar centimeter heb laten zakken.

Yes. Yes yes yes.

Ik hol het laatste stukje langs de beek om de kaart te kunnen pakken voordat hij nog verder weg waait. Het is nog harder gaan waaien, en de regen voelt anders, bijna als...

Maar echt. Het is natte sneeuw geworden.

Af en toe moet ik de kaart heel even met mijn blik loslaten om te zien waar ik mijn voeten neer moet zetten, het zou zonde zijn als ik onvoorzichtig zou worden en mijn voet zou verzwikken.

Want het is de kaart toch?

Ik ga langzamer lopen. Blijf hijgend stilstaan en staar er van vijf meter afstand naar.

Naar de kaart die geen kaart is.

Het oranje is een bepaald korstmos dat ik op veel andere plekken op de hoogvlakte heb gezien. Het witte is een ander soort mos. En het lichtblauwe is helemaal niet lichtblauw, het is een lichter deel op de grijze steen waar het mos op groeit.

De teleurstelling spoelt door me heen, zoals eerder de opluchting deed. De kaart is weg, daar kan ik niet meer omheen. Het ergste scenario is niet langer een scenario, het is werkelijkheid geworden.

Kut. Kut kut kut kut.

En om me heen zijn de druppels natte sneeuw overgegaan in vlokken natte sneeuw die koud in mijn gezicht dwarrelen.

Een sneeuwstorm in september? Wat is er mis met deze plek?

Want het is nu geen nátte sneeuw meer, maar gewoon ronduit sneeuw wat naar beneden stort. Grote vlokken wervelen om me heen, sommige lijken juist omhoog te vliegen, terug de lucht in. Andere zijn al op de grond terechtgekomen, als een witte sluier. Nu nog doorzichtig, maar niet voor lang.

De voetsporen in de sneeuw. Onze voetsporen. Mijn enige kans om terug bij Henrik te komen.

Ik begin omhoog te rennen. Niet joggen dit keer, maar rennen. Ineens is de kaart irrelevant, de teleurstelling dat ik verkeerd was gelopen al vergeten. Want dit keer ben ik op een andere manier bang, ik ben doodsbang. Als ik Henrik niet terugvind...

Maar ik moet Henrik terugvinden.

Ik ren volledig geconcentreerd, erop gefocust dat ik niet verkeerd neerkom en om de bergschoenafdrukken en herkenningspunten te volgen die me terug naar Henrik zullen leiden. Ik besef algauw dat ik de meeste van de herkenningspunten kan vergeten, want de sneeuwval is zo hevig dat ik niet meer dan tien meter voor me uit kan kijken. Op een gegeven moment ben ik de weg kwijt en moet ik terug om vanaf een eerdere schoenafdruk weer verder te kunnen. Ik hou dit keer wat meer naar rechts aan en weet het spoor weer terug te vinden.

Ik ren naar boven, maar niet al te hard. Hoe goedgetraind je ook bent, je kunt alsnog last krijgen van verzuring als je omhoog rent. En ik wil niet al uitgeput zijn als ik bij de rand van het sneeuwveld ben, want vanaf daar wordt het alleen maar lastiger.

Ik probeer te berekenen hoeveel tijd ik nodig zal hebben om in dit tempo bij Henrik te komen. Tot de rand van het sneeuwveld zal misschien vijf of tien minuten duren. Vanaf daar kostte het ons ruim een uur toen we samenliepen, misschien een uur en een kwartier. Dus nog minstens een half uur vanaf daar.

Zou ik het vol kunnen houden om nog veertig minuten in dit tempo door te blijven rennen? Waarschijnlijk niet. Ik adem zwaar, zuig de ijskoude natte lucht diep mijn longen in. Ik zweet van binnenuit en koel af door de buitenlucht, warm en koud vocht komen elkaar ergens halverwege mijn huid en kledinglagen tegen. Ik zou waarschijnlijk wat langzamer moeten gaan om de man met de hamer niet tegen te komen.

Aan de andere kant... De sneeuw blijft nu liggen. De doorschijnende sluier op de grond begint meer te lijken op dikke, strak geweven wol. Zullen de sporen over veertig minuten nog te zien zijn?

Sowieso niet.

Zal ik de sporen over vijf minuten nog wel kunnen zien? Zal ik de voetsporen in de sneeuw überhaupt nog op tijd terug kunnen vinden?

Ik besef dat ik niet langzamer kan gaan. Ik zou juist sneller moeten gaan, ik moet rennen zoals ik nooit eerder heb gedaan. En mocht ik de man met de hamer tegenkomen, moet ik hem maar gewoon zien te ontwijken. Ergens moet ik die kracht vandaan zien te halen.

Ik verhoog het tempo en sprint het laatste stukje naar het sneeuwveld. En ja, ik ben op tijd om te zien waar onze voetsporen de berg op lopen. Toen we naar boven liepen stapte ik in Henriks voetsporen, dus die zijn best diep. Op sommige plekken ben ik er zelfs op de terugweg nog een keer in gestapt. Nu kan ik ze nog duidelijk zien, maar de nieuwe sneeuw is inmiddels al een centimeter dik en wordt constant aangevuld.

En zodra ik door de sneeuw loop, wordt het rennen een stuk zwaarder. Ik ren nog steeds geconcentreerd, met goede technische controle, ik werk doelgericht met benen en bovenlichaam synchroon. Maar het tempo en de ondergrond beginnen hun tol te eisen. Ik voel de eerste tekenen van verzuring in mijn bovenbeenspieren. Een aanhoudende pijn. Mijn longen doen zeer van de ijskoude lucht.

Terwijl ik de sporen net nog tien meter voor me kon zien, zie ik ze nu niet verder dan vijf meter verderop. Sommige voetafdrukken, de ondiepste waar alleen ik mijn voet had neergezet, beginnen te verdwijnen. Het noodweer veegt onverbiddelijk onze sporen uit.

Ik maak de touwtjes van mijn capuchon wat losser, hij zit te strak rond mijn hoofd, het voelt alsof ik geen adem kan krijgen. Mijn klapperende capuchon vangt wind en wordt van mijn hoofd geblazen. Ik ren met ontbloot hoofd recht de sneeuwstorm in. Ik weet dat ik mijn capuchon weer op zou moeten doen, maar de koude, natte sneeuwvlokken voelen heerlijk op mijn bezwete nek.

Hoelang ben ik al aan het rennen? Nog maar een paar minuten. Ik heb in ieder geval nog wel een half uur te gaan voor ik bij Henrik ben.

Dit gaat nooit lukken. Ik ga het nooit redden.

De sneeuwstorm raast over de berg als een wisser over een whiteboard, onze sporen als klodders stift, uitgewist met een enkele veeg.

Mijn benen doen zeer van de verzuring. Mijn longen schreeuwen het uit. De voetafdrukken zijn geen onafgebroken spoor meer, ze verdwijnen een paar meter, waarna er af en toe weer een paar opduiken. Alleen de diepste afdrukken zijn nog te zien, en dat zal waarschijnlijk niet zo heel lang meer het geval zijn.

Daarboven op de berg zit Henrik alleen in de sneeuwstorm en straks kan ik mijn weg niet meer naar hem terugvinden. We zouden hier allebei dood kunnen gaan.

Blijkbaar is dit een ideaal moment om in paniek te raken.

Een wild en totaal onbeheersbaar gevoel maakt zich van me meester, alsof een beest me op de hielen zit en ik zo snel mogelijk weg moet rennen, mijn leven hangt ervan af en ik vergeet alles wat ik weet over een efficiënte en energiebesparende hardloopstijl en ik sprint gewoon op volle snelheid vooruit. De verzuring voel ik niet meer, de pijn in mijn longen ook niet.

Misschien is dit de extra krachtreserve die ik nodig heb? Om de man met de hamer te kunnen ontwijken?

Beter dan alle energiedrankjes in de wereld: doodsangst.

'Henrik!' roep ik, recht de sneeuwstorm in. 'Henrik!'

Het aantal zichtbare voetsporen begint af te nemen, en eigenlijk zou ik wat langzamer moeten gaan om ze niet te missen, maar ik kan het niet. Ik krijg mezelf niet onder controle, ik haast me blindelings vooruit. Ik zie een onduidelijk voetspoor, een paar meter verderop zie ik er nog een, denk ik tenminste, maar ik weet het niet zeker. Ik ren verder en leg meter na meter af en seconde na seconde zonder nog een enkel spoor te zien, tot ik uiteindelijk een nieuwe afdruk denk te kunnen onderscheiden. Ik vertraag en blijf staan. Jawel, er is vaag een afdruk van een bergschoen in de sneeuw zichtbaar. Ik kan het nog net zien... Denk ik... De sneeuwvlokken wervelen voor mijn ogen, ín mijn ogen, ik staar geconcentreerd naar de grond alsof ik naar een driedimensionaal beeld kijk en erop wacht tot de diepte zichtbaar zal worden.

Mijn hersenen zoeken naar een patroon, maar kunnen het niet vinden.

De voetsporen zijn weg.

Ik kijk op en alles wat ik kan zien is een egale, dikke laag nieuwe sneeuw. De berg kan zich ons niet meer herinneren.

'HENRIK!' schreeuw ik zo hard als ik kan. 'HENRIK! HEEENRIIIIK!'

Ik bevind me in een compleet geluiddichte wereld. Er is geen enkele nagalm. Het is alsof mijn geschreeuw alleen in mijn hoofd zit, de wereld smoort het direct.

'HEEEENRIIIK!'

Ik krijg uiteraard geen antwoord.

De wereld is stil, koud en wit, zoals de vergetelheid. Zoals de dood.

'HEEENRIIIIK!'

Ik weet niet hoe vaak ik schreeuwde, maar het begon zeer te doen aan mijn keel. En er kwam geen antwoord. Ik was eenzaam en verlaten in de sneeuwstorm.

De golf van paniek had me omver gespoeld, had me mijn evenwicht doen verliezen. Maar op een gegeven moment zakte de paniek weg. Ik kon weer op mijn wankele benen staan.

Het was het inzicht dat dit mijn dood zou kunnen worden wat me zo van mijn stuk had gebracht. Toen ik een beetje aan dat idee gewend was geraakt, dat het een realistische mogelijkheid was, besefte ik ook dat het geen onvermijdelijke mogelijkheid was.

Ik stond een tijdje stil, liet mijn hartslag iets rustiger worden. Ik veegde wat sneeuwvlokken weg die op mijn hoofd terecht waren gekomen, deed toen mijn capuchon weer op en trok hem aan met de touwtjes. Opnieuw was alleen mijn gezicht blootgesteld aan het slechte weer.

Ik had mijn ademhaling weer onder controle. Mijn hersenen werkten weer.

Het was nog steeds aan mij om te beslissen hoe erg dit zou worden.

De eerste beslissing was de meest cruciale: zou ik Henrik in de steek laten om mezelf te redden? Of hem proberen te vinden?

Terwijl ik de vraag voor mezelf formuleerde wist ik het antwoord al. Het zou absurd zijn om Henrik alleen op de berg achter te laten.

Daarmee liet ik wel de mogelijkheid schieten om mezelf gemakkelijk in veiligheid te brengen. Want ik twijfelde er geen seconde aan dat ik de weg terug naar Staloluokta zou vinden als ik vanaf hier alleen verderging. Als de storm zou gaan liggen, wat vermoedelijk zo zou gebeuren, zou me dat vrij gemakkelijk lukken. Mocht de storm echter aanhouden, zou ik Sarvesvagge verder in kunnen gaan, Milena en Jacob in kunnen halen en met hen mee het park uit volgens het oorspronkelijke plan. Geen aantrekkelijke optie, maar wel een veilige.

Als ik daarentegen verder naar boven zou gaan, verhoogde ik het risico voor mezelf enorm. De kans om Henrik te vinden was niet bepaald groot onder de huidige weersomstandigheden. En hij was degene die de tent had. In een sneeuwstorm onder de blote hemel overnachten moest ik koste wat kost vermijden.

Tegelijkertijd was ik er niet zeker van of ik nog scherp genoeg was en nog genoeg kracht had om in mijn eentje een overnachting in een sneeuwstorm door te komen. Alleen een tent opzetten als het zo hard waait als nu was al een uitdaging.

Dus dit was mijn besluit: ik zou nog een paar uur naar Henrik blijven zoeken, tot ik zou merken dat het begon te schemeren. Als ik hem dan nog niet had gevonden, zou ik het dal in gaan, waar het een aantal graden warmer was en hopelijk niet sneeuwde. Ik zou daar wel een beschutte plek moeten kunnen vinden onder een uitstekende rots of zoiets. Het zou niet de meest comfortabele nacht ooit worden, maar waarschijnlijk ook niet levensgevaarlijk.

Maar waar zou ik heen gaan om Henrik te zoeken? Welke kant op?

Ik keek achter me, het dal in. Mijn meest verse schoenafdrukken waren nog te zien, ondanks dat de storm onvermoeibaar doorging ze uit te wissen. Ze vormden een duidelijk te onderscheiden lijn.

Ik zou natuurlijk in het verlengde van die lijn verder de berg op moeten klimmen.

Hoe zou ik dat het makkelijkst kunnen doen? Hoe zou ik kunnen voorkomen dat ik uit koers zou raken?

Ik zou achteruit moeten lopen. Ervoor zorgen dat mijn voetsporen de hele tijd een rechte streep zouden blijven.

Ik besefte dat het ook goed zou zijn als er een spoor over zou blijven om later te kunnen volgen, terug het dal in, hopelijk voor Henrik en mij samen nadat ik hem gevonden had, maar anders voor mezelf.

Misschien moest ik regelmatig wat hoopjes sneeuw maken? Sneeuwballen rollen en op elkaar stapelen als voor een sneeuwpop. Mijn eigen sneeuwspoor maken. Maar ik bedacht dat dat te veel tijd en energie zou kosten. Het zou makkelijker en sneller zijn om af en toe een paar stappen terug in mijn eigen voetsporen te zetten, me dan om te draaien en weer omhoog te lopen in dezelfde voetsporen. Op die manier zouden ze dieper en duidelijker zichtbaar worden. Dat zou me natuurlijk niet helemaal tot het uiteinde van het sneeuwveld lukken, maar wel ver genoeg om een richting te hebben om van uit te kunnen gaan als ik weer terug naar beneden ging.

Ik begon achterstevoren de berg op te lopen. Het nadenken over wat het slimst, meest rationele was om te doen in de huidige situatie, had een kalmerend effect op me. Nu had ik een plan. Daarmee hield ik mijn stressniveau onder controle.

Na een paar honderd meter bleef ik staan en riep ik Henrik. Nog steeds geen antwoord. Toen liep ik weer een stukje terug naar beneden, nauwkeurig in mijn eigen voetsporen stampend, draaide me om en ging weer terug naar boven. Toen ik bij het einde van mijn spoor kwam draaide ik me om en liep ik weer achterstevoren omhoog.

Ik deed mijn best om achterstevoren ongeveer hetzelfde tempo aan te houden als Henrik en ik hadden gedaan toen we samenliepen. Mijn paniektsprint over het sneeuwveld had niet lang geduurd, maximaal vijf minuten. Dat zou overeenkomen met iets van vijftien tot twintig minuten lopen in mijn huidige tempo, wat zou betekenen dat het nog drie kwartier tot een uur zou duren tot ik bij Henrik zou zijn.

Niet vreemd dat hij me dan nog niet kon horen.

Ik bleef staan en riep nog een keer, hoewel ik wist dat ik waarschijnlijk geen antwoord zou krijgen. Het was belangrijk me aan mijn plan te houden. Het plan was mijn houvast, mijn vaccin tegen het panievirus. Ik wilde niet dat de angst me weer bij de keel zou grijpen.

Ik dronk wat water, draaide me om en liep achterstevoren verder de berg op. Gestage, doelgerichte stappen en mijn blik constant op de lijn terug naar het dal gericht, er nauwkeurig voor zorgend dat die recht zou blijven.

Was er niet zo'n oud tv-programma dat *Linus op de lijn* heette? Een boos mannetje dat grommend liep te gebaren naar degene die hem tekende. Ik had er geloof ik wat filmpjes van gezien op YouTube.

Ik was 'Anna op de lijn'. Met als verschil dat ik mijn eigen lijn door de sneeuw trok. En dat ik rustig en geconcentreerd was. *Anna op de lijn* zou niet erg goede tv zijn geweest. Een vrouw die achterstevoren door de sneeuw loopt in een rustig tempo, soms even blijft staan om 'Henrik!' te roepen, een stukje terugloopt, zich omdraait en vooruitloopt, zich nog een keer omdraait en weer achterstevoren verdergaat.

Repeat.

Misschien was het mijn verbeelding, maar het leek net alsof de sneeuwstorm een beetje in intensiteit afnam. Ik was er natuurlijk wel van op de hoogte dat het in Sarek kon sneeuwen in september, maar voor zover ik wist sneeuwde het dan niet dagen achter elkaar zoals midden in de winter.

Ik ging koppig verder volgens plan, mijn stem werd steeds heser van het geroep, en ik begon het een beetje in mijn kuiten te voelen dat ik achterstevoren naar boven liep. Ik keek op mijn horloge. Ik had nu een half uur gelopen.

Ja, het leek echt nét iets minder te sneeuwen. Ik dacht mijn voetsporen tot nét iets verder weg te kunnen zien.

Ik bleef achterstevoren naar boven lopen. Er ging nog een kwartier voorbij, er gingen twintig minuten voorbij.

Dit gaat nooit lukken. Je gaat Henrik nooit vinden.

Na een uur bleef ik staan, bevochtigde mijn mond met wat water, schraapte kort mijn keel, en riep toen zo hard als ik kon.

'HEEENRIIIIK! HEEEENRIIIIK!'

Ik schreeuwde naar de sneeuwvlokken die op de grond dwarrelden.

'HEEENRIIIK!'

Weer geen enkele vorm van nagalm, weer het gevoel alsof ik me in de grootste isoleercel van de wereld bevond. Geen echo, geen antwoord.

'HEEENRIIIK!'

Als hij nog was waar ik hem had achtergelaten en ik de goede richting op was gelopen, wat het geval zou moeten zijn aangezien ik HET PLAN nauwkeurig had gevolgd, zou hij toch echt mijn geroep inmiddels wel moeten horen.

Maar misschien werkte HET PLAN wel niet. Misschien was het wel een ROTPLAN.

Dit gaat nooit lukken. Je gaat Henrik nooit vinden.

De twijfel begon toe te slaan, zoals een eerste kriebel in je keel voordat je verkouden wordt. De kalmte was, net als de paniek, een golf die brak en weer wegebde.

Ik realiseerde me dat er onzekere factoren waren. Ik liep misschien wel helemaal niet even snel als toen ik met Henrik samenliep. Misschien had ik nog wel een half uur te gaan voor ik in de buurt kwam van waar hij zat. Ik haalde diep adem, focuste.

Er is niets mis met het plan. Het is een goed plan. Het stomste wat je kunt doen als je een goed plan hebt is om het te snel op te geven.

Dus ik ging koppig verder omhoog, achteruit stappend. Ik liep tien minuten verder, starend naar de voetstappen die ik achterliet in de sneeuw, er zo intens op gefocust dat ik de lijn recht hield, dat ik eerst de smalle donkere streep niet opmerkte die parallel met mijn voetsporen liep, een aantal meter naar rechts. Hij was zes of zeven meter lang, een paar decimeter breed op het breedste punt, spits aan de uiteinden als de punt van een mes. Er lag verse sneeuw overheen, maar ik kon toch zien dat het lager lag dan de sneeuw eromheen.

Ik ging ernaartoe om het van dichterbij te bekijken.

Ja, hoor. Alweer een gletsjerspleet. Er was sneeuw in gedwarreld, dus ik kon de bodem niet zien, maar het leek erg diep.

Ik draaide me om, keek omhoog en mijn mond viel open.

Ongeveer vijftien meter verderop liep een metersbrede spleet door het terrein, diagonaal over mijn route. Het was een lange scheur, minstens vijftig meter breed.

Ik liep voorzichtig naar de rand en keek naar beneden, mijn zwaartepunt nauwkeurig op mijn achterste been houdend. De turquoise gloed van het ijs werd gedeeltelijk verborgen door de verse sneeuw en ging op in de duisternis. De spleet was iets gebogen waardoor ik de bodem niet kon zien. Misschien dat ik het zou kunnen zien als ik verder naar voren zou buigen, maar dat deed ik toch maar niet.

Ik had genoeg gezien.

Het was minstens dertig meter diep. Als ik achterstevoren over de rand was gelopen, had ik waarschijnlijk niet beseft wat er gebeurde totdat mijn lichaam in de diepte aan een gekartelde rand van ijs werd opengereten. Als ik de val, tegen de verwachting in, zou hebben overleefd, was ik met geen mogelijkheid op eigen kracht uit de spleet gekomen.

Mijn hart ging tekeer van het besef hoe dicht ik bij de dood was geweest.

Wat is dit toch een verschrikkelijk onherbergzame plek.

Ik moet hoger op de berg zijn gekomen dan ik dacht. Misschien had ik juist wel sneller achteruitgelopen dan Henrik en ik vooruit hadden gedaan. Of misschien was mijn geweldige PLAN om de juiste weg de berg op te vinden, mijn geniaal bedachte METHODE, op een of andere manier mislukt.

Misschien had ik niet zo recht gelopen als ik dacht.

Ik was een paar meter bij de gletsjerspleet vandaan gelopen, maar het was alsof zijn turquoise duisternis over de rand vloeide en de wereld verduisterde.

Ik keek op mijn horloge en besefte dat het echt nog niet kon schemeren, daar was het nog veel te vroeg voor. De bewolking moest dichter zijn geworden en een donkerdere grijstint hebben gekregen.

Maar het voelde wel als schemering.

Ik kon natuurlijk om de gletsjerspleet heen lopen en verder naar boven gaan, maar ik had heel sterk het gevoel dat ik al te hoog op de berg was gekomen. Het werd tijd om terug om te keren en naar beneden te gaan. Ik zou horizontaal omwegen kunnen maken om Henrik te zoeken, maar dit was verraderlijk terrein. Hoe kon ik er zeker van zijn dat er niet nog een gletsjerspleet onder het verse pak sneeuw verborgen lag, klaar om me op te slokken?

Ik hoorde een vreemd geluid, een beetje als een klagende stem. Dat moest het ijs zijn dat bewoog. Ik had geen idee hoe gletsjerspleten ontstonden, misschien dat plotselinge temperatuurdalingen in de herfst spanningen in het ijs veroorzaakten waardoor het barstte?

Daar was dat geluid weer.

Aaa.

Een vlam van geluid die flakkerde en weer doofde, door de wind en de sneeuw.

Aaann...

Ik bleef doodstil staan, hield mijn adem in. Het doffe getik van de sneeuwvlokken op mijn capuchon stoorde me, met heftige bewegingen maakte ik de touwtjes los en trok ik hem af. Ik opende mijn mond, alsof ik dan beter kon luisteren. Onwillekeurig draaide ik één oor iets tegen de wind in.

Zo bleef ik lange tijd staan luisteren. Ik hield mijn adem in tot mijn borst zeer begon te doen en de spieren in mijn keel tegen begonnen te stribbelen. Ik ademde kort uit voordat ik mijn longen met nieuwe lucht vulde, in één diepe ademhaling, en toen hoorde ik het geluid weer.

Aaannaaa!

'HEEENRIIIK!' schreeuwde ik.

Aaaannaa!

IK RENDE OP Henriks stem af, terwijl ik zelf constant bleef roepen en mijn blik op de grond gericht hield om niet per ongeluk met mijn voet in een gletsjerspleet terecht te komen. Het duurde maar een minuutje, toen zag ik een donkere schim in de sneeuw opdoemen, en vlak daarna was ik bij hem. We vlogen elkaar in de armen, een koude en natte omhelzing, wang tegen wang. Henrik rilde van de kou.

'O, Henrik,' zei ik, 'godzijdank...' Ik kreeg tranen in mijn ogen van opluchting. Ik was echt gaan denken dat we elkaar nooit meer zouden vinden. Nu was in ieder geval een deel van de nachtmerrie voorbij. Welke beproevingen ons ook nog te wachten stonden, we zouden ze in ieder geval samen doorstaan.

Henrik stond te klappertanden en had moeite met praten.

'Je bent teruggekomen,' zei hij buiten adem. 'Je bent terug.'

Ik bleef hem omhelzen, wilde hem nooit meer loslaten. Ik wreef met mijn handen over zijn rug, snelle op-en-neerbewegingen om zowel hem als mezelf warm te krijgen. Ik merkte nu pas hoe koud ik het zelf had. Ik had behoorlijk gezweet toen ik in paniek de berg op rende, maar daarna had ik me ruim een uur in een rustig tempo bewogen, dus nu leek het net of ik een vlies van ijskoud vocht op mijn huid had zitten. Bovendien was de zware, natte sneeuw door mijn bovenste laag kleding heen komen zetten.

Maar ik was tenminste nog in beweging geweest. Henrik was ruim twee uur op dezelfde plek blijven wachten, midden in de sneeuwstorm. Hij rilde van top tot teen. Hij bleef maar zeggen: 'Je bent teruggekomen...'

'Natuurlijk ben ik teruggekomen. En nu moeten we maken dat we hier wegkomen. We moeten naar beneden.'

'Ik heb geprobeerd... de tent op te zetten... maar...'

Nu pas zag ik wat beter wat er om ons heen allemaal op de grond lag. Mijn eigen backpack was half ondergesneeuwd, maar de regenhoes zat er nog omheen, dus de inhoud zou waarschijnlijk nog wel redelijk droog zijn. Henriks backpack stond daarentegen met de bovenklep open, als een kind dat met open mond sneeuwvlokken op zijn tong probeert te vangen. Zijn spullen en kleren lagen chaotisch verspreid over de sneeuw en de tent lag op de grond uitgespreid. Overal lagen zakjes en tentstokken. Henrik had een paar tentstokken in de tent weten te krijgen, maar was niet verder gekomen dan dat.

Dit was niet goed. Al zijn spullen waren nu weer zeiknat. Bovendien konden er spullen verdwijnen in de sneeuw. Het waaide niet meer zoals een paar uur geleden, maar Joost mocht weten wat er allemaal al weg was gewaaid. Ik liet Henrik los en zei: 'We moeten dit opruimen en zo snel mogelijk het dal in gaan.'

Hij knikte. 'Het spijt me, ik had bedacht dat ik beschutting moest zoeken...'

'Ja, geeft niks, laten we het snel opruimen en weggaan.'

'Het was dom van me... Het spijt me...'

We werkten snel en efficiënt, schudden en borstelden sneeuw van de spullen af die in de openlucht terecht waren gekomen en propten ze in het wilde weg in Henriks backpack. Ik vroeg me af hoe hij in vredesnaam zijn tas open had kunnen laten staan midden in een sneeuwstorm, hij moest compleet zijn verstand zijn verloren.

Look who's talking. Je had zelf net ook een dikke paniekaanval.

De regenhoes van Henriks backpack was weg, maar dat maakte niet zoveel meer uit nu toch alles al nat was. We haalden de lichtgewicht tentstokken uit de tent en zochten een tijdje in de sneeuw naar de nylon zak waar ze in hoorden, maar ook die konden we niet vinden. Dat was niet zo erg. We konden ze, als we ze uit elkaar hadden getrokken, ook meerollen in het tentdoek. Maar Henrik wilde maar niet stoppen met zoeken.

'Ik moet hem hier ergens gelegd hebben...'

'Laat nou maar, we kunnen ook wel zonder.'

'Maar misschien is hij weggewaaid... Het waaide nogal hard toen ik begon...'

'Kom, nu pakken we de tent in.'

Ik pakte het ene uiteinde van de tent vast en knikte naar hem dat hij het andere uiteinde moest vastpakken. We tilden hem op en schudden hem uit om er zo veel mogelijk sneeuw af te krijgen. Henrik rilde nog steeds van top tot teen en bleef klappertandend doorratelen.

'Heb je de kaart gevonden?'

'Nee.'

'Maar je had gelijk, ik ben hem zelf kwijtgeraakt...'

'Dat is verder niet belangrijk.'

'Jawel, ik weet het weer. Ik kreeg hem van jou en toen legde ik hem weg toen ik het gasstel aan ging steken...'

'Laten we hem hier bovenaan even vasthouden zodat hij recht naar beneden hangt, en dan schudden we nog een paar keer.'

'Of misschien... Hij zou ook onderweg uit mijn zak kunnen zijn gevallen.'

We legden de tent op de grond neer, Henrik strekte het uiteinde dat hij vast had uit en zette zijn knieën op de zijkanten om hem tegen te houden. Ik rolde de tent op en veegde steeds de sneeuw eraf, zodat er zo min mogelijk mee zou rollen.

'Anders had je hem namelijk wel gevonden waar we koffie hadden gedronken... Want je had wel de goede plek gevonden, toch?'

'Mhm.'

'Tenzij hij ook weg is gewaaid...'

Toen ik klaar was ging ik de tentzak halen die we hadden gevonden toen we op zoek waren naar de zak van de tentstokken. Henrik hield de opgerolde tent op en ik trok de zak eromheen. We spanden hem vast onder mijn backpack, en toen konden we eindelijk gaan.

Samen. Onderkoeld, moe en hongerig, maar wel samen.

Ik was schuin naar rechts gelopen om bij Henrik te komen, dus ik hield nu iets naar links aan, in de hoop de weg terug naar onze voetsporen te vinden. Het was ook geen ramp als ons dat niet zou lukken, als we maar in het dal terechtkwamen. Zolang we naar beneden liepen, gingen we de goede kant op.

De sneeuwval nam steeds meer af, waardoor het zicht beter werd. De contouren van de bergen om ons heen begonnen weer zichtbaar te worden.

Ik besefte dat mijn methode om Henrik terug te vinden ondanks alles nog vrij goed had gewerkt. Oké, ik was misschien niet recht op hem afgelopen, maar ik zat er maar een paar honderd meter naast. En ongeveer waar ik dacht dat hij mijn stem zou moeten kunnen horen, had hij me ook gehoord – en ik hem.

Henrik vertelde dat de sneeuwstorm hem compleet had overvallen, en dat zijn eerste gedachte toen het begon te sneeuwen ongeveer dezelfde was als die van mij: hoe gaat ze me terugvinden als de voetsporen weg zijn? Hij was begonnen naar beneden te lopen, maar raakte al snel uitgeput omdat hij twee backpacks met zich mee moest zeulen. Hij moest elke twintig meter even pauzeren. De sneeuw stortte zich op hem en hij raakte steeds kouder en natter. Hij besloot de tent op te zetten, maar er verdween van alles in de sneeuw en het waaide te hard om hem goed in de grond vast te kunnen zetten... En hij had het koud, hij had het zo ongelooflijk koud...

De manier waarop hij aan het vertellen was klonk een beetje koortsachtig, hij was niet erg lang achter elkaar stil.

‘En toen hoorde ik jou ineens roepen, en ik riep terug, maar het duurde heel lang totdat je antwoordde... Ik hoorde jou wel, maar jij hoorde mij niet...’

‘Nee.’

‘En toen je weer riep, klonk het ineens alsof je dichterbij was, en dacht ik dat het misschien toch nog wel goed zou kunnen komen... Misschien ga ik het toch overleven...’

‘Natuurlijk gaan we het overleven.’

Ik hoorde zelf dat ik een beetje kortaf klonk. Ik hoopte dat hij niet doorhad dat dat kwam omdat ik dezelfde angst had gekoesterd als hij, maar dacht dat ik het niet zou kunnen verdragen om ook maar een seconde aan die angst toe te geven, of überhaupt toe te geven dat ik die angst had, omdat twijfel ons zou verzwakken. Maar Henrik gunde het zichzelf wel om die angst toe te geven en erover te praten.

'Ik dacht echt dat ik dood zou gaan daar. Ik had zoiets van: straks vries ik nog dood.'

'Mhm,' deed ik lichtelijk geïrriteerd.

En hij ratelde maar door over wat hij dacht en voelde toen hij alleen in de sneeuwstorm op de berg zat, terwijl ik zelf vrij weinig zei. Die overdreven spraakzaamheid was niets voor hem. Waarschijnlijk kwam het door de opluchting: de nachtmerrie was voorbij, we hadden elkaar weer gevonden en konden ons in veiligheid brengen.

In dat geval was hij optimistischer dan ik. Ik was er namelijk niet zo zeker van dat het ergste al voorbij zou zijn.

Ondanks dat we nu een kwartier lang stevig door hadden gelopen, had Henrik het nog steeds zo koud dat hij moeite had met praten als er weer een rilling door hem heen schoot. Hij was zo hard aan het klappertanden dat je het van een afstandje kon horen. Hij was duidelijk onderkoeld geraakt. Maar hoe ernstig was het?

Waarschijnlijk viel het wel mee. Dat hij rilde en klappertandde was in principe een goed teken. Ik wist dat je bij hypothermie het vermogen om te rillen verliest, wat de manier van het lichaam is om warmte te produceren. Maar ik zou hem goed in de gaten houden.

Henrik had een theorie bedacht over hoe het kon dat we uit koers waren geraakt: 'We hadden gisteren toch best laat nog een beekje gepasseerd? Ja, volgens mij wel. En daarna waren we nog wat verder schuin over de berghelling geklommen, tot we het plateau vonden waar we de tenten hadden opgezet. Maar vanochtend toen we weggingen bij Milena en Jacob, waren we recht omhoog de berg op gegaan en hebben toen een andere bergstroom gevolgd.'

'Dat zou kunnen,' zei ik mat. Ik begon behoorlijk geïrriteerd te raken dat hij zo bleef hangen in alles wat we tot nu toe allemaal niet goed hadden gedaan in plaats van zich te focussen op wat we vanaf nu wél zouden moeten doen. Maar ik moest toegeven dat hij waarschijnlijk wel gelijk had.

'Niet zo gek ook, we waren natuurlijk allebei nogal van slag vanmorgen,' ging Henrik verder.

We vonden ons oude spoor niet meer terug, maar wisten wel snel van de gletsjer af te komen. De ondergrond was niet te zien, alles was bedekt met een vers pak sneeuw, maar ik besloot toch even een pauze te nemen.

Terwijl ik water kookte om warme chocomel te maken, leende Henrik droge onderkleding van mij. Hij diepte een fleecetrui op die ergens onder in zijn eigen rugzak had gezeten en eerder vochtig was dan nat. Zelf trok ik alle extra lagen die ik mee had aan, een merinowollen trui, bodywarmer en dunne gebreide muts, om de verkregen lichaamswarmte te behouden nu we een tijdje stil zouden zitten.

De wind was bijna helemaal gaan liggen, maar er dwarrelden nog steeds sneeuwvlokken naar beneden.

We dronken gulzig van de chocomel met onze handen rond de warme, dampende bekers. Het deed bijna zeer aan onze bevroren vingers, maar we konden elk beetje extra warmte gebruiken.

Henrik zei: 'Je zou altijd een extra kaart bij je moeten hebben op de hoogvlakte.'

'Mhm.'

'In ieder geval als je met mij bent.'

Ik antwoordde niet.

'Toch is het vreemd... Want ik had zeg maar bedacht dat deze borstzak, aan de linkerkant, mijn kaartzak zou zijn. Daar zou ik de kaart altijd in doen als ik hem had. Een beetje zoals als ik ga vliegen, dat ik mijn vliegtickets dan altijd in het voorvakje van mijn koffer stop. En de paspoorten. En dan nog... Als ik twee dingen tegelijk moet doen, dan gooi ik hem blijkbaar maar gewoon ergens op de grond... Slaat nergens op...'

'Wil je nog wat chocomel?'

Ik liep naar het kookstel om de pan te halen, kreeg geen antwoord, maar vulde zijn beker toch bij.

'Vind je dat we nog extra naar de kaart moeten zoeken? Want we komen daar toch weer langs?'

‘Nee.’

‘Als we de tent in de buurt zetten, kan ik er nog even naar gaan zoeken.’

Hou nou toch eens op over die stomme kaart.

‘Ik denk dat we beter nog wat verder naar beneden kunnen gaan. En proberen een plek in de luwte te vinden.’

‘Ja.’

‘Als het hard gaat waaien terwijl alles zo vochtig is... Dan kan het een verdomd koude nacht worden.’

‘Dan doen we dat.’

Henrik lachte bleek en onderdanig naar me, en bracht zijn beker naar zijn mond. Hij zat nog steeds te bibberen.

Een paar uur later waren we op de bodem van het dal en hadden we een plek gevonden met aan beide kanten grote rotsblokken die enige bescherming tegen de wind zouden kunnen bieden. De ondergrond was ongelijk en liep af, maar we moesten er iets voor overhebben. Het was gestopt met sneeuwen, maar er hing nog steeds een vochtige, ijzige kou in de lucht en de hemel was helemaal grijs. Het zag er niet naar uit dat we binnen afzienbare tijd droog en warm zouden worden.

We zetten onze tent op, die niet echt vochtig was, maar aan zowel de binnen- als buitenkant gewoon ronduit nat. De matjes ook. Mijn slaapzak was droog gebleven, en ik besloot hem ingepakt te laten tot het tijd was om te gaan slapen, zodat het vocht zo weinig mogelijk tijd had om erin te dringen.

We kookten water op het kookstel en aten allebei een vriesdroogmaaltijd, een Indiase saus met rijst en kip. Het was geen culinair hoogstandje, maar het warme maal deed ons goed. Na het eten dronken we weer warme chocomel. De duisternis begon neer te dalen over Sarvesvagge.

In de loop van de dag was Henrik steeds stiller geworden, en tijdens het avondeten zei hij bijna helemaal niets meer. Hij was waarschijnlijk doodop. Na zijn vele gepraat tijdens de eerste uren sinds onze hereniging was het bijna een opluchting toen hij weer terugkeerde in zijn vertrouwde, peinzende stilte. Maar ik vroeg me af of hij het aan zou kunnen om de volgende dag al meteen een nieuwe poging te doen om de bergpas te vinden. Misschien was hij niet alleen uitgeput, maar ook getraumatiseerd van die uren alleen op de berg in de sneeuwstorm terwijl hij dacht dat hij dood zou gaan. Zelf verdrong ik de gedachte van dat moment van paniek toen ik als een gek de berg op sprintte, maar mijn lichaam was het niet vergeten. Ik hoefde er maar een seconde aan te denken, of er schoot al een koude rilling door mijn lichaam. Mijn hart sloeg op hol.

Als het morgen weer zo hard zou sneeuwen, of als het ernaar uitzag dat dat eraan zat te komen... Nee. Dan moesten we maar een dagje blijven staan om weer op kracht te komen.

Terwijl ik mijn tanden stond te poetsen was de duisternis gevallen. Een ijzige regen begon op me neer te dalen. De wereld was donker en stil, afgezien van het getik van de druppels op mijn regenjas. Het rook nergens naar, het smaakte nergens naar. Het was alsof Sarek had besloten alle zintuiglijke waarnemingen uit te schakelen, behalve de tastzin en het voelen van temperatuur en pijn, om zijn punt voor eens en altijd duidelijk te maken.

Welkom. Maar reken er maar op dat je het koud krijgt als nooit tevoren.

Als ik mijn gebruikelijke avondroutine zou volgen, zou ik me nu moeten wassen en nieuwe, droge kleren aantrekken om beter te kunnen slapen. Het probleem was alleen dat ik Henrik mijn laatste droge set had gegeven. Om me nou in deze koude regen uit te gaan kleden en me af te spoelen in het nog koudere water en vervolgens weer dezelfde vochtige, koude onderkleding aan te trekken, dat zou zinloos zijn. Dus deze avond week ik af van mijn gebruikelijke avondroutine.

Wat is dit toch een verschrikkelijk onherbergzame plek.

Ik kroop de tent in en trok de rits achter me dicht. Zittend op mijn knieën haalde ik de slaapzak uit zijn zak en spreidde hem uit op mijn matje. Hij was nog droog, maar dat was een schrale troost aangezien ik zelf vies en tot op het bot koud was.

Henrik lag al in zijn slaapzak. Hij staarde met een lege blik naar het tentdoek boven hem. Ik kroop er ook in en trok mijn slaapzak goed rond mijn benen. De ondergrond liep af en ik rolde naar zijn kant. Ik leunde over hem heen en kuste hem zacht op zijn mond.

'Welterusten.'

'Welterusten,' mompelde hij terug.

Een automatische reactie, ontdaan van alle emotionele lading. Geen genegenheid, geen behoefte aan lichamelijk contact. Maar zelfs een automatische reactie betekent iets. Als die er niet is, is dat een teken dat er iets mis is.

Ik ging goed liggen op mijn matje en luisterde naar het gedruppel van de regen op het tentdoek. Ik had het nog steeds koud en wist dat dat ook nog wel een paar dagen zo zou blijven, elk uur en elke minuut, tot we in Staloluokta een dak boven ons hoofd zouden hebben.

Henrik trok ineens de rits van zijn slaapzak open en ging half rechtop zitten. Hij haalde zijn hoofdlampje uit een tentvakje, krabbelde op handen en voeten overeind, deed de rits naar de voortent open en kroop door de opening. De lamp ging aan, de lichtstraal schoot heen en weer, bewoog speels over de tent, soms over mijn gezicht. Ik hoorde hoe hij tussen zijn spullen zat te rommelen. En het hield maar niet op.

'Wat doe je? Wat ben je aan het zoeken?'

'Ik geloof dat ik...' Hij maakte zijn zin niet af.

'Wat?'

'Misschien had ik de kaart in een van de zakken van mijn regenbroek gestopt...'

Ik zuchtte. Henrik ging door met zoeken.

'Hé, laat dat nou toch gewoon los.'

Hij gaf geen antwoord, ging gewoon verder met rommelen tussen zijn spullen. Ritsen werden open en dicht getrokken. Drukknoopjes werden opengetrokken en weer dichtgedrukt. Grabbelende handen in de rugzak.

'Serieus, Henrik? Kun je je regenbroek nou niet vinden?'

'Jawel.'

'En je hebt in je zakken gekeken? Zat hij daar?'

'Nee.'

'Nou, kom dan weer terug naar bed.'

'Ik ga alleen nog even mijn jaszakken checken...'

'Heb je dat niet al een stuk of vijf keer gedaan?'

Geen antwoord. Hij ging verder met zoeken. Het kwam een beetje manisch over. Hoelang kon het duren? Ik vermoedde ineens iets, kwam op mijn elleboog omhoog en keek door de tentopening.

'Je zit toch niet mijn kleren te doorzoeken?'

Henrik keek me niet-begrijpend en licht beledigd aan.

'Nee. Natuurlijk niet.'

'Kom dan alsjeblieft gewoon weer liggen, ik word hier gek van.'

Uiteindelijk gaf hij het op, kroop weer terug de tent in en ging in zijn slaapzak liggen. Hij deed het hoofdlampje uit en stopte het terug in het vakje. De stilte en rust waren wedergekeerd. Heel even. Maar toen hoorde ik Henriks stem in het duister: 'Misschien had Jacob gelijk. Misschien passen we wel niet bij elkaar.' Zijn stem was toonloos en verdrietig, hij klonk berustend.

En ik werd kwaad.

'Dat wil ik dus echt niet horen,' zei ik met mijn stem trillend van ingehouden woede. 'Nu moet je niet met die onzin aankomen.'

Hij antwoordde niet, dus ik ging verder.

'We zijn nog steeds aan het vechten om te overleven, snap je dat niet? We zitten in the middle of nowhere zonder kaart. Dit is verdomme levensgevaarlijk!'

Ik had me te lang ingehouden. De frustratie over het kwijtmaken van de kaart, dat hij eindeloos bleef terugkomen op onze fouten in plaats van zich te focussen op wat ons nog te wachten stond, dat hij me dwong ons allebei mentaal te dragen. Het werd me even te veel, ik kookte van woede.

'Als we hier levend uit komen kunnen we het overal uitgebreid over hebben.'

'Dus jij denkt dat we doodgaan?'

'Nee, niet als we ons blijven focussen en ons hoofd koel houden. Maar het heeft totaal geen zin om... constant over dezelfde dingen te blijven doorzeuren... Hoe kun je dat niet snappen?'

'Iedereen vraagt zich af waarom we nog steeds niet getrouwd zijn,' ging Henrik verder met zijn toonloze, afwezige stem.

'Hou op. Hou gewoon op.'

'Waarom wil je het nooit over kinderen hebben?'

'HOU OP!' schreeuwde ik uit terwijl ik hem, vrij hard, op zijn arm stompte. Ik wilde gewoon dat hij op zou houden. Het kan geen pijn hebben gedaan, zijn bovenarm zat bedekt onder zijn slaapzak en meerdere lagen kleren. Maar ik had het niet moeten doen. Dit was nog nooit eerder gebeurd in onze relatie. Geen van ons was ooit eerder fysiek geworden tijdens een ruzie.

Hij hield zijn mond, misschien vooral uit verbazing, en ik schaamde me. Ik bood direct mijn excuses aan. We knuffelden en kusten elkaar, lagen met onze gezichten dicht tegen elkaar aan, allebei in onze eigen slaapzak gewikkeld. Al snel begon Henrik zwaarder te ademen, hij was in slaap gevallen.

Maar ik lag nog lang wakker.

Waarom wil je het nooit over kinderen hebben?

En ik moest denken aan dat voorjaar, zeven jaar geleden, toen we naar Florence gingen. Hoe warm het was, terwijl het nog maar april was. Overdag tenminste. Zoals in juli in Zweden. Hoe kort de schemering duurde, de avondduisternis viel als een gordijn, en vervolgens kwam de verrassende kou.

Het was bijna twee jaar na die verschrikkelijke midzomer en alles wat er daarna gebeurde, wat mijn familie kapot heeft gemaakt. Ik sprak mijn vader niet meer. Henrik was mijn nieuwe vastigheid geworden, mijn veilige haven in het leven.

Hij had net een vast contract gekregen als docent aan de universiteit. Om dat te vieren gingen we er even tussenuit. Na twee en een half jaar hadden we eindelijk het gevoel dat we niet meer stiekem hoefden te doen over onze relatie. Niet dat ik er last van heb gehad: dat geheimhouden had het juist extra spannend gemaakt. Om af te spreken in een shabby pizzeria in een afgelegen deel van Uppsala waar niemand van de universiteit ooit kwam. Om de stoptrein naar Knivsta te nemen, honderd meter bij het station vandaan te lopen en snel door Henrik opgehaald te worden in een huurauto, om een weekendje door te brengen op een luxe landgoed in Sörmland.

Misschien was het een spel dat we voor de lol deden. Henrik merkte een keer op dat hij dacht dat zijn collega's doorhadden hoe het zat.

Maar nu waren we in Florence. Henrik was er al een paar keer eerder geweest en kende de stad dus redelijk goed. Overdag bezochten we kunstmusea en kerken. Henrik was een vermakelijke gids, maar ik bezat niet zijn vermogen om te verzinken in een schilderij of een beeldhouwwerk, schijnbaar onbewust van het verstrijken van de tijd. Ik verliet het museum of de kerk vaak eerder dan hij en dan ging ik op het dichtstbijzijnde terras zitten. Dan nam ik een latte in de lentezon en keek naar de stroom mensen die voorbijkwam. Chinezen, Japanners, Amerikanen. De superelegante Italianen, waarschijnlijk uit de hogere klasse van Florence, met blinkend zwart haar, gepommadeerd en perfect achterovergekamd, olijfkleurige huid, zonnebril, roze overhemd met nonchalant opgerolde mouwen, blote voeten in mokkakleurige loafers.

Na een tijdje kwam Henrik dan naar buiten, en dan zwaaide ik naar hem. Hij lachte en kwam naar me toe, bestelde ook een latte en ging zitten. We zaten altijd dicht tegen elkaar aan, over elkaar heen.

's Avonds aten we heerlijk in de eetcafétjes buiten het toeristische deel van de stad, tussen de luidruchtige Italianen, grote gezelschappen, soms gezinnen met jonge kinderen hoewel het al laat was. Als we terug in het hotel kwamen bedreven we de liefde. Of, als we te veel wijn hadden gedronken en te moe waren, deden we dat de volgende ochtend als we wakker werden.

We huurden een auto en boekten een paar nachten in een *agriturismo*, een boerderij omgebouwd tot hotel, een paar kilometer van Florence. De boerderij stond op een heuvel. Een laan van cipressen leidde naar de oude gebouwen. Van een afstandje zag het er een beetje vervallen uit, maar vanbinnen was het prachtig gerenoveerd. Het uitzicht over het glooiende Toscaanse landschap was magisch. Op een avond toen de zon laag over de heuvel scheen, leende Henrik een Vespa van de gastvrouw en reden we naar een mooi uitzichtpunt aan de andere kant van het dal. Hij aan het stuur, ik achterop met mijn armen stevig om hem heen. De wind warm en zacht op mijn gezicht. We parkeerden en wandelden een stukje tot aan een groepje pijnbomen. Het landschap glansde goud in het avondlicht.

Henrik ging op één knie en vroeg me ten huwelijk.

En ik bedacht dat het leven ook zo kon zijn. Rustig, aangenaam, veilig, alsof je kalm op een vlot op een mooie, brede rivier drijft. Omgeven door welwillendheid, door liefde.

Ik zei ja.

Hij zag er gelukkig uit. Misschien ook een tikkeltje opgelucht. We moesten allebei een beetje huilen.

En daarna?

Maanden gaan voorbij, maanden worden jaren, het leven met Henrik begint routine te worden, iets wat je als vanzelfsprekend beschouwt, een achtergrond waartegen al het andere in het leven zich afspeelt. Ik focus me op het halen van hoge cijfers. Ik focus me op het krijgen van een goede baan als notaris. Ik focus me erop om aangenomen te worden bij een topbureau. Ik focus me erop om zo snel mogelijk advocaat te worden.

Zo veel focus. Misschien ook om niet te hoeven luisteren naar dat stemmetje vanbinnen.

Dit is niet genoeg, Anna.

Dit is niet waar je altijd van gedroomd hebt.

Het gevoel van veiligheid, rust en liefde is niet genoeg. Het leven moet toch meer zijn dan dat.

Maar sommige dagen ís het ook genoeg. Dan voelt alles goed. Ik baal er ontzettend van dat ik altijd maar meer wil, dat ik nooit tevreden kan zijn.

Henrik heeft me opgevangen toen ik viel. Hij houdt van mij. Waarom kan dat niet gewoon genoeg zijn?

Waarom wil je het nooit over kinderen hebben?

Ik lag lang wakker.

En ik hoopte dat Henrik zich morgen beter zou voelen, en dat het weer beter zou zijn, zodat we de bergpas konden oversteken en naar Staloluokta konden gaan. Ik had het nare gevoel opgesloten te zitten, alsof Sarek zijn poorten had gesloten en wij tevergeefs op de deur stonden te bonzen om eruit gelaten te worden.

Uit het getuigenverhoor met Anna Samuelsson, persoonsnummer 880216-3382, 18 september 2019, Gällivareziekenhuis, afgenomen door rechercheur Anders Suhonen.

'Dus het idee was om de volgende dag een nieuwe poging te doen om de weg terug naar Staloluokta te vinden?'

'Ja.'

'Waarom hadden jullie je bedacht?'

'Henrik kreeg een paniekaanval. Toen we onderweg naar boven waren.'

'O?'

'Ik merkte 's ochtends al wel dat hij nog steeds van slag was, maar ik dacht toch dat dat de beste optie zou zijn.'

'Ja.'

'Het regende nog steeds... Maar het zicht was beter dan de dag ervoor.'

'Oké.'

'Dus na het ontbijt gingen we op pad... Ik was van plan vaak te pauzeren en veel warms te drinken onderweg. We zouden het rustig aan doen. We liepen schuin de berg op om bij de juiste bergstroom uit te komen. En dat deden we na een tijdje ook. Dus we vonden de juiste weg over de berg.'

'Dat wisten jullie zeker?'

'Ja. Dat wist ik zeker. Ik herkende... Ik zag de plek waar Jacob me had proberen te versieren, bijvoorbeeld. Daar kwamen we langs.'

'Ik begrijp het.'

'Dus voordat we de sneeuw op gingen, dronken we even koffie en namen we allebei een energiereep. Alles leek in orde.'

'Ja.'

'Toen gingen we verder over het sneeuwveld. Maar na een tijdje bleef Henrik staan, en hij... Hij hield zijn hand tegen zijn hart gedrukt, alsof hij... Ja, alsof hij dacht dat hij een hartaanval kreeg of zoiets. Hij zakte zeg maar in elkaar... Eerst viel hij op zijn knieën en toen opzij. Met een vertrokken gezicht.'

'Had je door wat er aan de hand was?'

'Eerst dacht ik dat het iets lichamelijks was. Dat hij geen lucht kon krijgen. Dus ik wierp mezelf naast hem op de grond en knoopte zijn jas los en trok de rits van zijn trui naar beneden en zo, maar hij... Hij kreeg nog steeds geen lucht...'

'Nee.'

'Hij kon niet praten... dus ik gaf hem mond-op-mondbeademing. Uiteindelijk ging het weer beter.'

'Ik begrijp het.'

'En toen bedacht ik dat het misschien wel een paniekaanval was.'

'Ja.'

'Maar dat had Henrik nog nooit eerder gehad. Dus...'

Stilte.

'Nee... Denk je dat het te maken kon hebben met wat er de dag ervoor was gebeurd?'

'Ja. Uiteraard. Hij dacht dat hij dood zou gaan in die sneeuwstorm. Dus toen we daar weer in de buurt waren, kwam dat allemaal terug.'

'Mhm... En toen kwamen jullie terug op het idee om door de bergpas te gaan?'

'Nog niet helemaal.'

'Nee.'

Stilte.

'Ik haalde het kookstel tevoorschijn en verwarmde wat fruitsoep. Ik dacht dat hij even bij moest komen en dat we dan wel weer verder naar boven zouden kunnen lopen. Maar het ging echt niet meer.'

'Oké.'

'Hij kon niet eens de berg op kijken zonder weer misselijk te worden.'

'Oei.'

'Het was een beetje mistig tussen de bergtoppen, dus je zag niet echt... Het zicht was niet zo goed. Misschien kwam dat gevoel van verdwaald zijn terug.'

'Ja, dat is begrijpelijk.'

'Dus we bleven een tijdje zitten... En toen gingen we weer terug naar beneden. Hij moest op mij leunen. Toen we van het sneeuwveld af kwamen werd het natuurlijk ook wat vlakker en toen ging het beter. Dus tijdens de lunch... besloten we voor plan B te gaan.'

'En dat was?'

'Om dieper Sarek in te gaan. Zoals Milena en Jacob hadden gedaan.'

'Dacht je dat jullie hen nog in zouden kunnen halen?'

'Nee. Ze hadden natuurlijk een voorsprong van een dag.'

'Het was geen optie om een dagje daar te blijven en vervolgens een nieuwe poging te doen?'

'Jawel... Ik heb alle opties uitvoerig overwogen.'

'Ja.'

'Maar Henrik was er zeker van dat hij het niet aan zou kunnen om via de bergpas te gaan. "Dat gaat gewoon niet," zei hij steeds. "Ik kan het niet, dat gaat niet."'

'Nee.'

'En ik wilde hem ook niet te hard pushen.'

'Nee.'

'De andere optie...'

Stilte.

'Hoe gaat het, Anna? Ben je moe? Wil je stoppen?'

Stilte.

'Nee, het gaat wel.'

'Weet je het zeker?'

'Ja.'

‘We gaan sowieso zo stoppen, maar kun je het nog even volhouden?’

‘Ja... De andere optie was om in Sarvesvagge de andere kant op te gaan. Ergens uit te komen in Padjelanta. Ik wist dat daar wandelpaden en hutjes en zo waren.’

‘Ja.’

‘Maar... Er kan wel een flink aantal kilometer tussen die hutjes zitten. En ik wist niet hoe de wandelpaden liepen. Het risico was dus groot dat we dagenlang in Padjelanta zouden ronddwalen.’

‘Ik begrijp het.’

‘Ik had natuurlijk vaak op de kaart van Sarek gekeken. Dus ik had wel enig idee hoe Sarvesvagge in de richting van Rovdjurstorget loopt en vervolgens overgaat in het Rapadal, enzovoorts. Ik dacht dat de kans om elkaar in het midden van Sarek tegen te komen toch wel best groot was. Dan konden we een foto maken van hun kaart met mijn mobiel. Dus we kozen toch voor Sarek. Maar... Ik had er een slecht gevoel bij.’

‘Mhm.’

‘Om recht die enorme wildernis in te lopen zonder kaart, dat... En ik wist natuurlijk hoe gemakkelijk je verdwaald kunt raken zonder kaart aangezien we bij de bergpas verkeerd waren gegaan. Dus... Ik had er echt geen goed gevoel bij. Ik werd er bijna duizelig van.’

‘Ja... Weet je, Anna, laten we het hierbij houden voor vandaag. Tijd om te rusten.’

Daar gaat iemand die kou en honger leed, maar alsnog overwon.

Ik had dat lied, een parademars, gezongen op studentenfeesten in Uppsala en kon me die strofe nog goed herinneren. Ik moest er ineens aan denken toen Henrik en ik verder liepen naar het laagste punt van Sarvesvagge. Voor ons gingen het dal en de omliggende bergen verloren in ijskoude regennevel.

Iemand die kou en honger leed.

Ik had er eigenlijk nooit over nagedacht wat dat precies inhield. Kou en honger lijden zijn niet langer reële bedreigingen in ons deel van de wereld. Maar niet al te lang geleden nog wel. Het gevecht tegen kou en honger was honderdduizenden jaren lang een gevecht op leven en dood geweest. Tot voor kort. Tot ongeveer een halve seconde geleden. En dan zijn er vervolgens van die gekken die deze geborgenheid vrijwillig verlaten en zich opnieuw overgeven aan de krachten van de natuur.

Mensen van vroeger zouden ons niet goed snik hebben gevonden.

De eerste paar uur was de wandeling vrij eenvoudig. We kuierden over zachte grasheide. Henrik had misschien voorop moeten lopen, aangezien hij een stuk meer uitgeput was dan ik, en ik me toch aan moest passen aan zijn tempo. Maar zelfs makkelijke stukken als deze vereisten constante beslissingen over de route omdat we geen pad volgden. We moesten langs wat kleinere jokken en ineens werd het drassig waardoor we van graspol naar graspol moesten springen tot we weer wat vastere grond onder onze voeten hadden. Henrik had er de energie niet voor om op te kijken en de beste route over het terrein voor hem te bepalen. Dus liep ik voorop, in een zeer rustig tempo, en hij kwam achter me aan, verzonken in zijn eigen wereld.

De bergen links en rechts van ons werden steeds hoger, dat was vaag door de regenbuien heen te zien. Ik probeerde mezelf voor te stellen dat de kaart helemaal niet weg was, dat we precies wisten waar we heen gingen, dat Jacob zijn armen niet om me heen had geslagen, dat Milena en ik geen ruzie hadden gehad, en vroeg me af hoe ik de wandeling dan zou hebben ervaren. Als geweldig. Het landschap was groots en prachtig, de regensluiers maakten het alleen maar mysterieuzer en fantasievoller. De gele en rode herfstkleuren vlamden niet op dezelfde manier als in de zon, maar sommige struiken leken bijna lichtgevend van dichtbij.

Sarvesjåhkkå, het riviertje in het midden van het dal, had zich een weg door de rotsen heen gebaand, waardoor wij nu langs een kloof van een meter of vijf diep wandelden. Het was ongeveer een meter breed, misschien iets meer, en ik besefte dat dit een plek was waar je vrij makkelijk aan de andere kant van het water kon komen. Als je de sprong waagde. De grond was bedekt met dwergstruiken in plaats van gras en we volgden kleine kronkelende rendierpaadjes door de bosjes. Er lag geen sneeuw meer, alles was opgelost door de aanhoudende regen. De grond was veranderd in een modderpoel. Ik speurde naar schoenafdrukken, maar ik zag er geen. Milena en Jacob waren hier gisteren vast langsgekomen, maar er waren natuurlijk duizend dezelfde soort paden tussen de struiken door. De modder zoog aan onze bergschoenen en vertraagde het tempo, en het was verleidelijk om op stenen te stappen of op wortels die boven de grond uitstaken, maar die waren spekglad van de regen. Achter me hoorde ik Henrik meerdere keren struikelen en bijna vallen.

We liepen verder door de dwergstruiken, ploeterend door de blubber en struikelend over de wortels. Ondanks dat ik al langzamer ging, kwam ik alsnog op voorsprong en moest ik steeds op Henrik wachten. We stopten om water te koken en fruitsoep te drinken, maar bleven beiden klappertanden tot we weer verdergingen. Nu liet ik Henrik vooroplopen. Rechts van ons torende een hoge berg boven ons uit, de top verdween in de regenmist, maar langzaamaan kwamen we steeds dichter bij de massieve bergwand.

Een uurtje later vond ik een grasveld dicht bij de jokk dat groot genoeg was om de tent op te kunnen zetten. Even verderop begon een helling die steeds steiler werd en vervolgens overging in een kille, loodrechte bergwand. Of hij wakend of juist dreigend overkwam was moeilijk te bepalen.

Ik stelde voor om te stoppen voor die dag en Henrik knikte zwijgend, te moe om te antwoorden. We zetten samen de tent op, legden onze matjes en slaapzakken erin, trokken onze vieze bovenste laag kleding uit en kropen in onze slaapzakken in onze wat minder vieze, maar nog altijd koude en vochtige onderkleding. Ik hield ook mijn verwarmende laag merinowol aan, maar had het alsnog zo koud dat ik nog een aardig tijdje lag te rillen in mijn slaapzak. Die was nog lang niet droog, het vocht was overal ingetrokken, de aanhoudende regen had uiteindelijk gewonnen.

Henrik viel bijna meteen in slaap, maar ik was niet erg moe. Ik was niet op zoek naar rust, maar naar warmte. En op een gegeven moment stopte ik met bibberen. Ik had het nog steeds koud, ijzige windvlaagjes kietelden mijn huid als ik me omdraaide in mijn slaapzak. Alleen als ik doodstil lag hield het op. Ik strekte mijn arm uit en trok mijn vochtige sokken uit, legde mijn hand om mijn voet. Als ijs tegen ijs. Ik kneep mezelf in mijn voorvoet onder mijn grote teen en voelde er helemaal niets van. Het was net alsof ik gewoon in een stuk vlees kneep dat uit de vriezer kwam en een paar uur had liggen ontdooien.

Ik werd niet warm, ik kreeg het alleen íéts minder koud. En ik besefte dat alle warmte die we hier in Sarek beschikbaar hadden onze eigen lichaamswarmte was, die we konden opwekken door warm voedsel klaar te maken en op te eten, en dat we onze lichaamstemperatuur moesten koesteren zoals oermensen vroeger het eerste vuur in de grot koesterden. Er mocht niets verloren gaan.

Wat is dit toch een verschrikkelijk onherbergzame plek.

We aten die avond in de tent, half liggend op onze matjes. Na het eten begaven we ons om de beurt even snel in de regen en kou om te plassen en onze tanden te poetsen. Het begon te schemeren en de wereld begon zijn kleuren kwijt te raken, alles zag er even donkergrijs uit als de lucht boven ons, als de regen die maar naar beneden bleef komen. De gigantische, ruwe bergwand stond roerloos een stukje verderop. Niet over ons wakend, maar ook niet dreigend. Het kon hem gewoon niets schelen. Dat was ook wel logisch, maar het bezorgde me toch een onaangenaam gevoel. Of we nu aan zijn voet zouden overleven of overlijden, als een onbeduidend offer, het maakte geen verschil voor de bergwand. Hij zou hier toch nog wel een paar miljoen jaar blijven staan, zwijgend en onverschillig.

Ik werd die nacht meerdere keren wakker, en richting de ochtend steeds vaker. De regen leek af te nemen, en toe te nemen, en weer af te nemen. Henrik lag naast me te snurken, wat goed was, want hij had een ongestoorde nachtrust meer nodig dan ik. Elke keer dat ik wakker werd, had ik het wat kouder. De kou was als een leger dat verloren terrein aan het terugwinnen was.

Het begon licht te worden buiten de tent. Ik keek op de klok: het was kwart over zeven. Ik had het te koud om nog te kunnen slapen, dus ik ging de tent uit, zachtjes zodat ik Henrik niet wakker zou maken. Ik kwam overeind en rekte mijn stijve gewrichten. De ijskoude stortregen van gisteren was vervangen door een zachte miezerregen die in vergelijking bijna vriendelijk voelde. De lucht was iets lichter grijs. De enorme bergwand stond nog altijd bijna loodrecht voor me en voor het eerst kon ik vaag de kegelvormige top zien.

Ik haalde mijn regenjas en het pannetje uit de voortent en wandelde naar de jokk om water te halen. Ik verlangde ernaar om de verzadigdheid en warmte in mijn buik te voelen na een flinke portie havermoutpap. Het kookstel had die nacht ingevouwen in de voortent gestaan, nu klapte ik het open op dezelfde plek waar ik de avond ervoor eten had gekookt, haalde de lucifers uit een plastic zakje en draaide het gas open.

Het bleef stil.
Ik draaide aan de knop.
Waarom siste hij niet?
Ik draaide nog een stukje verder.
Nog steeds niks.
De gasfles was leeg.

IK ZAT OP mijn knieën in de voortent en leegde mijn rugzak. Kleding, etenswaren, diverse spullen, ik haalde alles eruit. Ik stapelde het op Henriks backpack, op mijn bergschoenen, op Henriks bergschoenen, en toen daar geen ruimte meer was legde ik het direct op de vochtige en modderige ondergrond. Ik móést gewoon onmiddellijk vinden waar ik naar op zoek was.

De reservegasfles.

We hadden twee gasflessen meegenomen uit Stockholm. Dat wist ik zeker.

Ik leegde ook de zijvakjes en het onderste vak, waar ik normaal gesproken alleen mijn slaapzak en regenhoes van de backpack in propte. Ik keek zelfs in het bovenvak, terwijl ik natuurlijk wist dat de gasfles daar helemaal niet in paste.

Nope. Dan moet hij in Henriks backpack terecht zijn gekomen.

Ik stopte alles in het wilde weg weer terug in mijn eigen backpack, en viel die van Henrik aan met dezelfde wanhopige energie. Er kwam geluid uit de tent. Mijn gerommel had hem wakker gemaakt.

'Wat zei je?' hoorde ik zijn stem achter het tentdoek vragen.

Toen realiseerde ik me pas dat ik in mezelf had zitten mompelen, een lange reeks van 'kut' en 'hoe kan hij nou zomaar...' en 'alsjeblieft, zeg' en 'waar the fuck is hij gebleven'.

'Ehh... Niks,' zei ik, terwijl ik mijn best deed beheerst te klinken.

'Zoek je iets?'

'Ja.'

Ik had inmiddels het grote vak van Henriks backpack geleegd.

Daar was ook geen gasfles te bekennen.

Ik hoorde hoe de rits van zijn slaapzak open werd gemaakt, en vervolgens hoe hij zich eruit wurmde. Hij mompelde.

'Jezus, wat heb ik het koud...'

We zaten op onze hurken in de tent roggebrood met garnalenkaas te eten en dronken ijskoud water. We schuilden voor de aanhoudende miezerregen, maar hadden het alsnog zo koud dat we zaten te klappertanden.

En zo zou het voortaan blijven gaan, totdat we Sarek uit wisten te komen, of andere hikers tegen zouden komen. Zonder gas geen warm eten, geen warm drinken, niets wat onze lichaamstemperatuur zelfs maar tijdelijk omhoog zou kunnen krijgen, geen enkel verweer tegen de kou en het vocht.

Het enige waarop we konden hopen was een omslag van het weer, dat de zon terug zou komen. Dat zou ons overdag helpen, maar we zouden alsnog kou blijven lijden als zwerfhonden in de nacht, in onze vochtige kleren en slaapzakken.

Ik ging in mijn hoofd langs welke etenswaren we nog hadden. Poedersoep, macaroni en vriesdroogmaaltijden. En qua drinken: oploskoffie, thee en portiezakjes chocomel. Voor alles hadden we kokend water nodig. Wat we verder nog te eten hadden waren boterhammen, snoep en smaakmakers als plakjes salami, Parmezaanse kaas en wat gedroogde paddenstoelen. Hoelang zouden we met deze etenswaren kunnen doen?

Daar gaat iemand die kou en honger leed, maar alsnog overwon.

We zouden kou lijden, we zouden honger lijden, maar we zouden alsnog overwinnen.

Toch?

Daar stak hij zijn lelijke kop weer op, de paniek. Mijn humeur maakte een duikvlucht, als een brandend vliegtuig in een doodsspiraal naar beneden.

Nee, verdomme. Zo mag je niet denken. Je komt hier heus wel levend uit. Je zult alsnog overwinnen. Kom op.

We kauwden op onze boterhammen met garnalenkaas en hadden het over de gasflessen. Of beter gezegd: ik had het over de gasflessen en Henrik luisterde.

'Ik weet zeker dat we er twee hadden,' zei ik. 'Ik voelde aan die ene die we thuis hadden en merkte dat die niet vol was, dus toen kocht ik er nog een bij Naturkompaniet, toen Milena en ik daar waren. Voor de zekerheid.'

Henrik kauwde mechanisch op zijn boterham en staarde mistroostig voor zich uit. Er ging een koude rilling door hem heen. Toen zei hij: 'Weet je zeker dat je ze allebei had ingepakt? Je had niet alleen die nieuwe meegenomen?'

'Nee, ik weet het zeker,' antwoordde ik. 'Maar ik begrijp het niet, misschien dat er een bij Milena en Jacob is beland?'

'Zou kunnen,' zei Henrik zachtjes.

Zo zou het inderdaad wel kunnen zijn gegaan, realiseerde ik me. Jacob en ik hadden de eerste avond samen gekookt, maar wie had de gasfles tevoorschijn gehaald? Ja, dat was ik. Maar ik kon me niet herinneren of ik hem ook weer terug had gekregen van hem.

Henrik bibberde en had moeite om zijn stem stabiel te houden toen hij zei: 'Ik wil weten... hoe ernstig dit is.'

'Ja, het ziet er natuurlijk niet goed uit.'

'Nee, maar hoe ernstig? Gaan we dood?'

Of we doodgaan? Hoe the fuck moet ik dat weten? We zitten in the middle of fucking nowhere, het kan vriezen 's nachts, en we kunnen geen eten meer koken. Ja, we kunnen doodgaan.

Ik keek hem in zijn ogen en zei zo overtuigend als ik kon: 'Nee. We gaan niet dood.'

Hij keek weg, ik zag dat hij me niet geloofde.

'Henrik? Henrik, kijk me aan. We gaan niet dood.'

'Nee, oké.'

'We zullen extreem kou lijden, en honger hebben, maar we gaan niet dood.'

'Het was een domme vraag.'

'Nee.'

'Jawel. Natuurlijk kun jij zoiets niet zeker weten.'

'Ik denk dat we vandaag nog wel bij de Raparivier aan zullen komen. Bij Rovdjurstorget, dat in het midden van Sarek ligt. En het zou me enorm verbazen als we daar geen andere hikers tegen zullen komen.'

'Ja.'

'Bovendien zou daar een noodtelefoon moeten zijn. En die staat vast niet onder de blote hemel, maar in een of ander hokje.'

'Mhm.'

'Dus we hebben een goede kans om dat hokje met die noodtelefoon te vinden. Ik vind dat we... Laten we naar de Raparivier gaan, en als we dan ergens een gebouwtje zien, dan proberen we daar te komen. En onderweg komen we vast wel andere wandelaars tegen. Klinkt dat als een plan?'

'Mhm.'

'En wat het eten betreft... We hebben nog boterhammen en snoep en andere dingen, dus daar kunnen we wel een dag of drie, vier mee doen. En daarna kunnen we nog een week zonder eten. Minstens. Dus we gaan niet dood.'

Henrik zei niets, beantwoordde mijn blik niet. We rolden onze vochtige slaapzakken en matjes op, haalden alles uit de tent en vouwden hem op. Binnen de kortste keren zat alles weer in onze backpacks. Het enige wat op deze plek nog menselijke activiteit verried was een rechthoek van geplet gras waar de tent had gestaan, maar ook dat bewijs zou een dag of wat later verdwenen zijn.

Ik keek om me heen. De massieve bergwand, even stil en wakend als eerder. Het dal, dat zich naar beide kanten tot in de verte uitstrekte en uitliep in nieuwe bergtoppen. En daarachter nog meer toppen.

Sarek was zo angstaanjagend groot, en zo angstaanjagend stil. Echt angstaanjagend, de letterlijke betekenis van het woord. Het jaagt angst aan. En nu moesten we verder die wildernis in. Opnieuw voelde ik me een beetje duizelig, dus ik begon snel te lopen zodat Henrik het niet aan me zou zien.

Het begon weer harder te regenen, de ijskoude stralen van gisteren waren terug. Het terrein ging ook achteruit: er waren steeds meer en dichtere wilgenstruiken op ons pad. Zelfs daar waren rendierpaden tussendoor te volgen, maar er liepen kromme, taaie takken overheen die zich met onze voeten en benen verstrengelden. Ik stelde me voor dat het hout de slanke poten en harde hoeven van de rendieren niet kon vastgrijpen, terwijl onze onhandige bergschoenen een gemakkelijke prooi waren. De natuur had een perfecte manier ontwikkeld om hoogvlaktehikers tegen te houden.

We pauzeerden bij een kleine jokk om onze waterflessen te vullen en rozijnen en nootjes te eten. Het koude bergwater leek net een ijspegel die zich door mijn lichaam boorde, van mijn mond door mijn keel en achter mijn longen langs voordat het in mijn buik belandde. Gisteren dachten we al dat we het koud hadden, terwijl we toen tenminste nog iets warms konden drinken. Maar dat was nog niets. Na een paar minuten rilden we ongecontroleerd van top tot teen, het lukte nauwelijks om je hand in het plastic zakje te krijgen om meer rozijnen en nootjes te pakken.

'Dat we rillen betekent in ieder geval dat we niet ernstig onderkoeld zijn,' zei ik, 'die reflex stopt ermee als het echt ernstig wordt.' Ik deed mijn best mijn tong onder controle te houden, bang dat ik me anders zou bezeren met mijn klapperende tanden.

'Jezus,' mompelde Henrik zachtjes.

'We kunnen het best maar zo min mogelijk pauzeren, we zullen in een rustig tempo blijven lopen. Kom.'

Enkele uren verstreken, en ik wandelde in mijn eigen gedachten verzonken tussen de steeds dichtere wilgenstruiken door. Ineens kwam ik erachter dat Henrik ver achter was geraakt. Ik wachtte op hem en toen pauzeerden we voor de lunch op een lage heuvelrug die omhoogkwam uit de diepte van het dal. Er lag een grasveldje op en ik stelde voor om de tent op te zetten zodat we, beschut tegen de regen en wind, een uurtje uit konden rusten na het eten. Henrik had er de energie niet voor, de heuvelrug opkomen leek zijn allerlaatste krachten te hebben gekost. Hij ging languit op de grond liggen, te uitgeput om zich wat aan te trekken van de kou en het vocht dat via de grond omhoogkwam en de regen die in zijn gezicht viel. Ik zette de tent in mijn eentje op en rolde de matjes uit, maar toen kon ik niet meer, ik had eten nodig.

Ik controleerde onze broodvoorraad. We hadden nog vier dubbele roggebroodjes, dus acht boterhammen totaal, en een half pak Wasa Sport-knäckebröd. Twee halfvolle tubes broodbeleg. Garnalenkaas en kaviaar.

Dit zou vanaf nu hoofdzakelijk ons voedsel zijn. Ontbijt, lunch en avondeten. Als we ons met elke maaltijd vol zouden eten, zou de voorraad morgen rond lunchtijd op zijn. We moesten onmiddellijk beginnen met rantsoeneren. Aangezien we roggebrood als ontbijt hadden gegeten, namen we nu allebei twee stuks knäckebröd met beleg. Ik bedacht dat we er soeppoeder op konden strooien om op die manier wat extra voeding binnen te krijgen. Henrik protesteerde niet toen ik een half zakje minestronesoep over zijn knäckebröd uitstrooide. We werkten ons vezelrijke maal verbeten en zwijgend naar binnen. De soeppoeder zorgde ervoor dat elke hap dikker werd in je mond.

Daarna kropen we de tent in en gingen languit liggen. We hadden de honger gestild, ook al was het maar voor heel even. De kou en het vocht volgden ons mee naar binnen. Henrik staarde met een lege blik naar het tentdoek boven hem. Er schoot regelmatig een koude rilling door hem heen, waarna hij weer stil bleef liggen. Ik ging dicht tegen hem aan liggen, we hielden elkaar vast. Ik rilde ook, maar niet tegelijkertijd met hem. Onze lichamen zongen hetzelfde lied in canon.

En we wandelden verder, achtervolgd door de kou. Die week nooit van onze zijde, maar als we ons bewogen, praatte hij gewoon wat hard. Als we stil bleven staan, schreeuwde hij keihard in onze oren.

Na onze karige lunch duurde het niet lang voor de honger terugkwam. Ik begon me hol en zwak te voelen. Maar ik bleef me een weg banen door de wilgenstruiken. Zette stap na stap.

Langzaam begon het landschap voor ons te veranderen. Het panoramische zicht werd steeds breder, steeds meer bergtoppen verschenen voor onze ogen. Ik begreep dat we in de buurt van het einde van Sarvesvagge kwamen, en dat zou mijn humeur moeten hebben verbeterd, dat betekende namelijk dat we bijna bij het Rapadal zouden zijn. Maar ik had het koud als nooit tevoren en ik had honger en ik was moe.

Daar gaat iemand die kou en honger leed, maar alsnog overwon.

Er ontsprong nog een wild stromend riviertje uit Sarvesjåhkkå en het kostte ons ruim een uur om eroverheen te komen. We pauzeerden aan de overkant. Aten allebei een energiereep en deelden een zakje tuttifrutti. We hadden niet zo veel moeten eten. Dat wist ik eigenlijk wel. Rantsoenering vergde discipline.

We stopten met praten. We strompelden verder naar het Rapadal. Twee zombies in outdoorkleding. Ik hield regelmatig halt om op Henrik te wachten.

Ik had het koud tot op het bot. Mijn spieren en gewrichten waren van ijs. De vorst was diep in mijn lichaam gedrongen. Ik wist dat ik nooit meer warm zou worden.

De wilgenstruiken werden vervangen door dichte berkentakken die tot boven onze hoofden kwamen. Het landschap verdween en ik verloor mijn oriëntatie. Hier waren ook paadjes, maar ze slingerden kriskras door elkaar en konden opeens verdwijnen. Op meerdere plekken moest je je er met je volle gewicht doorheen duwen. Onze kleren bleven aan de berkentakken haken.

Sarek wil niet dat we bij het Rapadal komen. Sarek wil dat we hier doodgaan.

Maar ik wilde niet dood. Ik vocht me een weg tussen de takken door en ergens halverwege kwam ik erachter dat Henrik niet meer bij me was, maar ik bleef niet stilstaan. Ik kon hier niet vast blijven zitten. Ik kon Sarek niet laten winnen.

Wat is dit toch een verschrikkelijk onherbergzame plek.

Ik was verdwaald tussen de berkentakken. Zag niets anders dan de gele en groene bladeren. Wist niet meer wat de juiste kant op was. Krachteloos. Alleen. Bang.

Daar gaat iemand die kou en honger leed, maar alsnog overwon.

Ik worstelde me vooruit en zag vaag een bergzijde tussen de bladeren door. Ik ging verder die kant op en de berkentakken werden minder dicht en ineens was ik erdoorheen. Kwam struikelend uit op een grasstrook aan de rand van de Raparivier. Viel neer op mijn knieën en trok mijn backpack af. Rolde op mijn rug.

Compleet uitgeput. Aangekomen bij het Rapadal. Sareks slagader.

Ik bleef een tijdje met gesloten ogen op mijn rug liggen om op adem te komen. De inspanning om door het dichte struikgewas heen te komen had de kou tijdelijk verjaagd, voor het eerst sinds uren had ik het niet koud. Ik had het warm, was zelfs een beetje bezweet op mijn rug.

Ik ging rechtop zitten en nam het decor aandachtig in me op. Alles wat we tot nu toe van Sarek hadden gezien was groots en ontzagwekkend, maar wat ik nu voor me zag overtrof alle eerdere uitzichten ruim. Er kwamen hier drie machtige dalen samen, omlijst met hoge, besneeuwde bergmassieven. Sarvesjåhkkå kwam uit in de wilde, brede Raparivier, die recht voor mij een lastig te ontwaren delta vormde van rivierarmen en zandbanken. De rivier bulderde oorverdovend. Waar ik ook keek zag ik nog meer hoge bergen, nog meer dalen die uitmondden in het Rapadal, gletsjers en watervallen, loodrechte bergwanden, ondoordringbare bosjes van berkentakken en wilgenstruiken. Als een arctisch regenwoud.

Dit moest Rovdjurstorget zijn. Ik bevond me in het hart van Sarek. En even, héél even, kon ik mijn situatie vergeten en blij zijn dat ik helemaal hier had weten te komen en dit unieke moment mee mocht maken.

Ik was bang geweest om dieper de wildernis in te gaan, het had me duizelig gemaakt, maar nu stond ik midden in Sarek en welke kant ik ook op ging, zou ik dichter bij de rand komen, dichter bij de bewoonde wereld. Het voelde alsof ik weer vaste grond onder mijn voeten had.

Ik keek om me heen, liet mijn blik systematisch langs de Raparivier gaan, eerst dicht bij me, daarna steeds verder weg langs de valleien, alle richtingen op. Ik scande de berghellingen, bergplateaus en gletsjers.

Nee. Ik zag niets wat door mensen was gemaakt. Het hokje met de noodtelefoon waarvan ik dacht dat het hier ergens in de buurt moest zijn, was niet te zien van waar ik stond. Het stond waarschijnlijk verborgen achter een uitstekende rots of tussen de dichte vegetatie bij de rivier. Of misschien had ik het verkeerd onthouden en was de noodtelefoon helemaal niet in de buurt van Rovdjurstorget.

Welke kant zouden we op moeten?

We. Henrik en ik.

Ik moest zo langzamerhand wel terug om hem te gaan zoeken. Terug de berkentakkenchaos in. Een doolhof zo groot als meerdere voetbalvelden bij elkaar.

Ik zag ook geen andere hikers. Rovdjurstorget was leeg vandaag. Net als de omliggende bergen.

Voor mij stroomde de Raparivier naar lagere gebieden, machtig en woest. In het dal stroomopwaarts kon ik zien hoe vele jokken hem voedden. De stroming moest waanzinnig zijn na al die regen en sneeuw van de afgelopen dagen.

Hoe diep zou het zijn? Was het überhaupt mogelijk om hem te doorkruisen?

En welke kant moesten we op om de kortste weg hiervandaan te nemen? We konden het Rapadal wel een of andere richting op volgen, maar dat zou vast niet de snelste route zijn. En met de vegetatie die de rivier volgde, al die wilgen- en berkentakken, zouden we niet ver komen voor het eten op was. We zouden ergens halverwege instorten, bevroren en verhongerd, overgeleverd aan weer en wind. Nachtvorst zou ons de komende nacht al de kop kunnen kosten.

Misschien konden we de weg afsnijden over de bergen voor mij om Sarek uit te komen. Maar om die te beklimmen en de weg proberen te vinden zonder kaart was gekkenwerk. Henrik zou nog niet eens tot halverwege de berg komen.

Wat nou als ik hem niet meer terugvind?

Ik voelde een golf van paniek, eentje die leek op wat ik in de sneeuwstorm had gevoeld, maar dit keer reageerde mijn lichaam niet, ik was net zo krachteloos, stijf bevroren en uitgehongerd als eerder. De paniek probeerde een brommer te kickstarten met natte bougies en een lege tank. Natuurlijk gebeurde er niks. Mijn reserves waren op.

Ik stond moeizaam op om terug het regenwoud in te gaan, maar hield mezelf tegen.

Ik had iets vreemds gezien in mijn ooghoek. Ergens op de berg aan de andere kant van de rivier. Als een bosje dat hevig waaide in de wind, terwijl er nauwelijks wind stond.

Waar was het nou? Ik zocht met mijn blik.

Daar.

Een lentegroen bosje dat afstak tussen alle sombere kleuren.

Toen zwaaide het met zijn armen.

Uit het getuigenverhoor met Anna Samuelsson, persoonsnummer 880216-3382, 19 september 2019, Gällivareziekenhuis, afgenomen door rechercheur Anders Suhonen.

'En dat was Milena?'

'Ja. Ze had blijkbaar al een tijdje staan zwaaien, maar ik had haar niet gezien.'

'En Jacob... Was hij...?'

'Jacob was er ook.'

'Dus toen kwamen jullie weer met elkaar in contact.'

'Ja.'

'En ik kan me voorstellen dat je wel opgelucht was.'

'Ja, het voelde alsof... Ik begon bijna te huilen. Want die dag had ik behoorlijk hard mijn best moeten doen om er niet aan te denken dat we dood konden gaan, kan ik je vertellen. Dat het ons niet zou lukken. Dus toen ik zag dat het Milena was... Volgens mij moest ik echt een beetje huilen.'

'Ja.'

'Dat Milena en ik ruzie hadden gehad, en dat Jacob me had proberen te versieren, daar dacht ik toen helemaal niet meer aan. Ik was gewoon zo ontzettend blij om ze te zien.'

'Dat begrijp ik... En wat gebeurde er toen?'

'Ehh... Jacob kwam naar mijn kant. Van de rivier. En toen gingen we Henrik zoeken.'

'Hoe ging dat?'

'We splitsten ons op zodat er ongeveer honderd meter tussen ons zat, en toen liepen we terug door de bosjes en riepen we hem. En na een tijdje antwoordde hij.'

'En was hij... Wat was er met Henrik gebeurd?'

'Hij was gewoon achteropgeraakt. Hij was natuurlijk supermoe en zo, maar het was niet alsof hij niet meer kon lopen of zo. Dus daarna gingen we samen terug naar de rivier.'

'Ik begrijp het.'

'En dat was dus het volgende probleem. Aan de andere kant van de rivier zien te komen. Er is daar een doorwaadbare plaats die blijkbaar bekend is... Het heeft een naam...'

'Tielmavadet?'

'Ja. Precies. Je gaat dan via een... er is een eilandje midden in de rivier met een stukje bos erop en zo, dus je moet via daar. En verder zijn er natuurlijk zandbanken, dus je kan ook stukjes springen, maar het was alsnog doodeng. Heel diep. Het kwam boven mijn middel. En de stroming was heel sterk.'

'Ja.'

'Het is niet echt iets wat je jezelf normaal gesproken aan zou doen, volgens mij. Als het zo veel heeft geregend als toen. Maar... Henrik en ik... We hadden niet zo veel te zeggen. Op dat moment.'

'Nee.'

'We hadden maar te doen wat Jacob wilde.'

'Hoe ging het Henrik af? Want het klinkt alsof hij behoorlijk zwak was op dat moment.'

'Ja. Maar hij is toch aan de overkant gekomen.'

'Hm.'

'Ik heb het niet gezien... Toen ik aan de andere kant was, gaf ik Milena een knuffel, en zij mij, en daarna vertelde ik wat er allemaal was gebeurd en zo, dus ik heb niet in detail gezien hoe Henrik aan de overkant is gekomen.'

'Nee.'

'Maar... Nu ik eraan terugdenk... In het licht van wat er daarna gebeurde, vermoed ik dat Jacob misschien dacht dat Henrik het niet zou redden. Dat hij dat zelfs hoopte.'

'Waarom denk je dat?'

'Hij moet geweten hebben hoe gevaarlijk het voor ons was. Vooral voor Henrik, aangezien hij zo verzwakt was. Dus het was beter geweest als we aan onze kant van de rivier waren verdergegaan.'

'Dat Milena terug naar jullie kant was gekomen?'

'Ja. Maar daar was geen sprake van. We moesten en zouden die wilde rivier over. En Jacob had natuurlijk de kaart en het kompas en het gasstel, alles wat we nodig hadden om levend Sarek uit te komen. Dus we deden toch maar wat hij zei.'

'Maar... Wat bedoelde je met dat hij hoopte dat Henrik het niet zou redden?'

'Als Henrik omver zou worden gespoeld en zou verdrinken, dan was hij natuurlijk van hem af.'

'En waarom zou hij dat willen?'

'Omdat hij de kans zag om de absolute macht te krijgen. Over Milena en mij. Maar vooral over mij.'

'Oké.'

'Jacob was een soort psychopaat. Tenminste, ik weet niet wat de precieze definitie van een psychopaat is... Maar voor zover ik heb begrepen zijn ze vaak behoorlijk intelligent. Ze beheersen het sociale spel en zijn manipulatief.'

'Mhm.'

'En zeer narcistisch en snel beledigd. En ik had Jacob natuurlijk extreem beledigd, toen ik hem afwees.'

'Ja.'

'Dat was zo ongeveer het ergste wat je hem aan kon doen. Dus dat we nu terugkwamen, en hun hulp nodig hadden... Toen had hij de kans om me terug te pakken.'

'Ik begrijp het.'

'En ik zag het aan hem toen hij de rivier was overgestoken... Het was zo duidelijk te merken dat hij triomf voelde. Omdat we met hangende pootjes terug waren gekomen.'

'Ja, oké, maar dat is misschien ook wel te begrijpen, dat hij een beetje zoiets had van “ik zei het toch”?’

‘Precies.’

‘Maar tussen dat en iemand willen vermoorden zit nogal een verschil, toch?’

‘Voor normale mensen wel, ja.’

‘Hm.’

‘Maar...’

Stilte.

‘Oké. Probeer je in Jacobs situatie in te leven. Hij is best een buitenbeentje, heeft moeite zich te laten gelden in de reguliere samenleving. Niet echt een goede baan en geen familie. Extreem verknipte jeugd, als het klopt wat hij me vertelde. Heeft zich altijd buitengesloten, mislukt en anders gevoeld. En dan komt hij ineens in de wildernis, waar plotseling... De samenleving is weggevallen.’

‘Mhm.’

‘Niemand hoort je om hulp roepen. Alleen wij vieren zijn er, en het gaat om “survival of the fittest”. En hij is het sterkst. Ineens mag hij de regels bepalen. Hij kan mensen verkrachten of vermoorden, hij kan precies doen wat hij wil. Een paar dagen lang.’

‘Tja.’

‘Hij heeft hier vast zijn hele leven al over gefantaseerd.’

‘Hm... Maar ook al zou hij jullie allemaal doden, dan bestond natuurlijk wel het risico dat er achteraf vragen zouden worden gesteld.’

‘Zeker.’

‘Zoals ik nu doe. Dat zou zelfs behoorlijk waarschijnlijk zijn.’

‘Ja, hij zou het op de juiste manier moeten doen. Maar in Sarek zijn de marges kleiner. Je bent aan de natuur overgeleverd. Er zijn een hoop manieren om dood te gaan die er natuurlijk uitzien. Je zou in een rivier kunnen verdrinken, of van een berg af kunnen vallen, of dood kunnen vriezen.’

‘Ja... Even zien of ik je goed begrijp, Anna. Bedoel je dat hij dit van het begin af aan van plan is geweest?’

‘Nee, dat denk ik niet. Maar ik denk dat hij zich, toen wij terug waren gekomen, realiseerde in welke positie hij zich bevond. Welke macht hij over ons had. Dat hij de kans had voor God te spelen. En ik kan me echt voorstellen dat hij hoopte dat Henrik in de rivier zou verdrinken.'

'Oké.'

'Maar Henrik wist, tegen alle verwachtingen in, aan de overkant te komen.'

'Kwam Jacob teleurgesteld over?'

'Nee. Dat zou ik niet kunnen zeggen. Hij wist natuurlijk dat hij nog meer kansen had. Misschien genoot hij er zelfs een beetje van om het uit te stellen.'

'OKÉ,' ZEI JACOB terwijl hij van zijn koffie nipte, 'jullie moeten zo snel mogelijk Sarek uit zien te komen. Dus we passen onze route aan.'

Het was de volgende morgen. Op dat moment was het helemaal gestopt met regenen, maar het was nog altijd dichtbewolkt en er stond een behoorlijk frisse wind. Jacob, Milena en ik zaten allemaal op een eigen steen rond het kookstel ons laatste beetje ontbijt op te eten. Henrik lag nog te slapen in onze tent. Milena had haar droge slaapzak aan hem uitgeleend, ondanks zijn en mijn protesten, en hij had ook droge en veel te grote onderkleding van Jacob geleend. Jacob had het niet zelf gegeven, dat had Milena gedaan. Het was vast niet zijn idee geweest. Hij was zwijgzaam en kwam nors over.

Het uitzicht vanaf onze kampeerplek was fantastisch. We waren al een aardig eindje de berg op gekomen, en konden een kilometer of tien verderop, ver onder ons, Sarvesjåhkkå uit zien lopen in de Raparivier. Ik probeerde in te schatten waar ik de dag ervoor had gestaan toen ik Milena aan de andere kant van de rivier in het oog had gekregen. Alle kanten op waren andere machtige bergmassieven te zien.

Het was ontzettend zwaar geweest om hier gisteren helemaal te komen, maar toen Milena voorzichtig had voorgesteld om ons kamp eerder op te slaan had Jacob koppig zijn hoofd geschud.

'Het is de mooiste kampeerplek van Sarek. Ik ga daar sowieso heen, wat jullie doen moet je zelf weten.'

En toen slenterde hij verder. En wij slenterden erachteraan.

Zelf vond ik het nog best goed gaan. Milena had soep opgewarmd voor Henrik en mij toen we de Raparivier over waren gekomen, en dat had zowel mijn lichaam als mijn humeur goed gedaan. We rilden nog steeds van de kou als we stilstonden, maar de soep ontdooide ons van binnenuit. De opluchting om gered te zijn, want zo voelde het, gaf ook energie.

Milena vertelde dat Jacob en zij een dag op dezelfde plek waren gebleven om Nåite te beklimmen, een berg in Sarvesvagge. Aan de hand van haar beschrijving begreep ik dat wij onze tent aan de voet van die berg hadden opgezet. Jacob was de dag ervoor best een tijd bezig geweest een plek in de Raparivier te vinden om over te kunnen steken.

'Hij was al een beetje geïrriteerd toen ik jou in de gaten kreeg,' zei Milena gedempt toen we weer verder liepen. 'Omdat we achterliepen op schema. Daarom is hij een beetje... Ja, je snapt me wel.'

Jacob liep alleen, een flink stuk voor ons uit.

'Ja, ik snap je, geeft niet,' antwoordde ik even gedempt.

Henrik was op zijn beurt al een stuk achter Milena en mij geraakt, ondanks dat ik me had voorgenomen constant achteraan te lopen. Ik was de focus een beetje verloren toen ik met Milena aan het praten was, en ineens liepen we twintig meter voor hem uit. We bleven staan om op hem te wachten. Henrik staarde met een lege blik naar de grond en sjokte langs ons heen, alsof hij niet eens doorhad dat wij er waren. Milena keek me bezorgd aan. Ik beantwoordde haar blik, maar zei niets. Ik begon weer te lopen en legde zacht mijn hand op Henriks schouder.

'We nemen zo weer even een pauze.'

Hij gaf geen antwoord.

De laatste paar uur voordat we bij de kampeerplek waren, was het gaan schemeren, en precies toen moesten we vanaf de rivier helemaal naar het kleine plateau met het prachtige uitzicht klimmen. Milena en ik hadden al spullen uit Henriks backpack gehaald en in die van ons gestopt om het wat lichter voor hem te maken, maar hij stond alsnog op het punt in te storten van uitputting. We moesten regelmatig pauzeren. Milena riep naar Jacob dat hij moest wachten.

'Hè?' schreeuwde hij terug vanaf honderd meter verder op de berg.

Milena riep opnieuw, harder dit keer zodat hij haar zou horen: 'Zullen we de tenten opzetten?'

'Hier?! Hoe dan?'

Jacob draaide zich om en liep verder de berg op. Op zich had hij gelijk, je kon de tent hier niet opzetten, het was te steil.

Ik stelde voor om een laatste keer te pauzeren en wat fruitsoep op te warmen voordat we aan het laatste stuk zouden beginnen. Zo ver zou het niet meer kunnen zijn en hoe dan ook zouden we niet verder kunnen als het helemaal donker was. Maar op hetzelfde moment dat ik het voorstelde, realiseerde ik me dat Jacob de gasfles had.

'Het zou wel handig zijn als wij ook een gasfles zouden hebben,' zei ik, 'dan kunnen we iets warms maken wanneer het nodig is.'

Milena knikte en mompelde iets onverstaanbaars.

We dronken water en aten wat noten en toen gingen we verder omhoog, over stukken gras, losse stenen en lage struiken. Ik had een tijdje mijn hand op Henriks backpack om hem omhoog te helpen duwen. Hij bleef staan en draaide zich naar me om, zijn ogen als twee diepe putten.

'Hou op,' was alles wat hij met zijn toonloze stem zei. Toen draaide hij zich om en liep hij weer verder.

Vlak daarna hoorden we Jacob vanuit het halfduister boven ons roepen, en terwijl het laatste avondlicht uitdoofde, zetten we onze tenten op en vielen in een droomloze slaap.

Dus daar zaten we nu, de ochtend daarop, rond het kookstel koffie te drinken uit onze opvouwbare bekers. Jacob wilde net uit gaan leggen welke nieuwe route hij had bedacht. Het klopte wat hij zei, we moesten zo snel mogelijk uit Sarek zien te komen. De vraag was alleen wat het snelst was, gezien de vermoeidheid van Henrik.

'We gaan hier de berg over,' zei Jacob terwijl hij over zijn schouder wees.

'Over Skårki heen, Bastavagge in en dan de kant van Suorva uit.'

Ik keek omhoog. Na het plateau werd het algauw weer steiler, er waren steeds minder bosjes en gras en steeds meer steengruis, keien en sneeuwvelden. Vervolgens verdween het terrein uit het zicht door een bergrug, maar verderop was waarschijnlijk Skårki te zien, scherpe, besneeuwde bergtoppen die tussen de wolken verdwenen.

Moesten we daaroverheen? Ik schudde mijn hoofd.

'Henrik kan geen bergtoppen beklimmen.'

De tent stond maar een paar meter verderop en ik praatte gedempt om Henrik niet vroegtijdig wakker te maken. Hij had alle slaap nodig die hij kon krijgen.

Jacob verroerde geen vin, staarde in zijn beker, maar zijn verstijfde gezichtsuitdrukking zei genoeg. Het voelde alsof ik zijn gedachten kon lezen, bijna woord voor woord.

Dit is verdomme jouw schuld. Omdat jij per se alleen wilde lopen. Maar dat helemaal niet kon. En dan nog blijf je moeilijk doen. Waardeloos kutwijf.

Na een lange pauze ging hij verder.

'Het scheelt ons minstens een dag als we zo gaan.'

'Maar dat stuk is rotsklimmen,' zei ik terwijl ik naar de bergtoppen knikte. 'Dat is gewoon niet... Nee.'

'Het is geen rotsklimmen. Ik heb daar vaker gelopen. Het is niet moeilijk.'

'Sorry, maar Henrik is te zwak.' Ik keek Milena aan. 'Jij hebt hem gezien, denk jij dat hij een bergtop over kan?'

Milena leek te aarzelen, nu keek ook Jacob op en hij liet zijn blik op haar rusten.

'Ik...' begon ze, maar ze zweeg, kon haar zin niet afmaken.

'Milena? Serieus?' Ik keek haar ongelovig aan terwijl Jacob tussenbeide kwam.

'We hebben gisteravond vierhonderd hoogtemeters gepakt. Dat is hem ook gelukt, terwijl jullie toen al een behoorlijk eind hadden gelopen.'

Ik richtte mijn blik op Jacob.

'Maar als we over een berg heen moeten... Dat is wel meer dan vierhonderd hoogtemeters, of niet dan?'

'We doen wat ik zeg,' zei Jacob kortaf. Er was woede in zijn ogen te lezen, en verontwaardiging, ik zag weer een glimp van dat gekwetste jongetje. Zijn verlangen naar mij was honderdtachtig graden gedraaid. Het was dezelfde soort energie, maar dan negatief in plaats van positief. Of misschien dat het verlangen er nog wel was, maar dan recht naast de woede en minachting. Hoe dan ook leek hij weer gevaarlijk dicht bij een uitbarsting te komen, net als toen ze MIG aan het spelen waren. Ik zei met een wat rustigere stem: 'Oké... Gewoon uit nieuwsgierigheid, maar welke route was je eerst van plan geweest te nemen?'

'Dat is niet belangrijk.'

'Nee, dat snap ik, maar... Wat was het plan?'

Jacob gaf geen antwoord. Milena wierp hem een blik toe.

'We zouden verdergaan door het Rapadal, naar... Hoe heet het?' vroeg Milena.

'Aktse,' zei Jacob uiteindelijk.

'Mag ik even op de kaart kijken?' vroeg ik voorzichtig. Ik stelde me onderdanig op, voelde me net alsof ik weer zestien was.

'Maar het is dertig kilometer van Aktse naar Salto,' ging Jacob verder. 'Minstens een dag extra.'

'Hm... Maar kun je even op de kaart laten zien hoe je dan dacht te gaan?'

Langzaam en met tegenzin haalde hij de kaart tevoorschijn en spreidde die op de grond uit.

'Hier zijn we nu,' zei hij wijzend. 'Deze jokk is Alep Vassjajågåsj. Dus dan gaan we hier omhoog, over de bergrug... En dan aan de andere kant Bastavagge in. En dan hierheen. Naar Suorva.'

De route die Jacob met zijn vinger volgde leek inderdaad de snelste weg naar Suorva. Hemelsbreed in elk geval. Maar het zou ook betekenen dat we recht door Skårki zouden gaan, een hooggebergtemassief met toppen van meer dan achttienhonderd meter, tussen gletsjers door, en over een scherpe bergrug die zo te zien aan beide kanten ontzettend steil was.

Dit was een beduidend moeilijkere passage dan hij had beschreven toen we in de treinrestauratie zaten. En daar zouden we nu aan moeten beginnen, terwijl Henrik er al zo slecht aan toe was.

En waarom was Jacob ineens zo bereidwillig om voor ons de route aan te passen? Hij was boos omdat wij de wandeltocht hadden willen afbreken en onze eigen weg waren gegaan. Hij was boos dat we waren omgekeerd, terug waren gekomen en Milena en hem nog meer hadden vertraagd. Hij wist dat we volledig van hem en zijn mening afhankelijk waren. En toch was hij bereid om zijn planning aan te passen, *omdat dat het beste voor ons zou zijn.*

Hier klopte iets niet. Er was sowieso iets mis.

Ik staarde naar de kaart, er vlogen allerlei gedachten door mijn hoofd.

Voorzichtig, aftastend, nam ik het woord.

'Dit is wat ik denk... In Aktse is een hutje. En een noodtelefoon volgens de kaart.'

'Dat klopt niet meer, die is weggehaald,' snauwde Jacob terwijl hij me agressief aankeek. Elk weerwoord moest onmiddellijk worden gedoofd, als gloeiendhete koolvlokken in droog gras.

'Er is er nog één over, maar die is bij Skarja.'

'We zouden daar in ieder geval heen kunnen gaan, voor een dak boven ons hoofd. En om de bergreddingsdienst te bellen.'

Jacob keek verbaasd, maar toen verscheen er een brede grijns op zijn gezicht, alsof hij zijn oren niet kon geloven, zo belachelijk zou mijn voorstel zijn. Hij keek Milena aan.

'Wie is deze vrouw? Hoe komt ze hier toch allemaal bij?'

Ik ben niet bepaald geïnteresseerd in voetbal, maar een aantal collega's hadden me na werk een keer meegesleept naar een sportbar. Het was een zaterdagavond eind mei en het was de finale van de Champions League. Ronaldo speelde en telkens als de scheidsrechter iets tégen hem besliste, begon hij breed te grijnzen en schudde hij zijn hoofd, alsof hij wilde zeggen dat het dusdanig nergens op sloeg dat het lachwekkend was.

Dat was precies dezelfde grijns als Jacob nu liet zien. Het zag er theatraal en vals uit. Het was primitieve manipulatie, maar het werkte wel. Hij wendde zich tot mij.

'Lieverd, de reddingsdienst komt je echt niet ophalen omdat je zomaar een beetje moe bent, hoor.'

Rustig blijven nu. Trap hier niet in.

'Henrik is niet zomaar een beetje moe, hij is afgepeigerd.'

'Ze komen ons sowieso niet ophalen als we in een hutje in Aktse zitten.'

'Oké, maar dan kunnen we misschien zelf een helikopter bellen om ons op te halen. Wij betalen wel.'

'Nee.'

'Waarom niet?'

'Omdat ze het druk hebben met rendieren bijeen te drijven.'

'Maar we zaten een paar dagen geleden nog in een helikopter. Naar Staloluokta.'

'Omdat ik die van tevoren had gereserveerd, ja.'

'Dus jij denkt echt dat als ik ze opbel en zeg van: "Jullie krijgen tienduizend kronen als jullie ons op komen halen in Aktse," dat ze dat dan niet zullen doen?'

'Waar dacht je mee te bellen?'

'Waar ik mee dacht te bellen?'

'Ja?'

'Ehh... Jij hebt toch een...'

Jacob onderbrak me, midden in mijn zin.

'Dat is een tracker, zoals ik al duizend keer heb gezegd, geen noodtelefoon! Je kunt daar niet mee bellen.'

'Maar je kunt er toch be...'

Hij onderbrak me weer, verhief zijn stem en keek me wild aan.

'We gaan het niet doen! What the fuck begrijp jij hier niet aan?! Ik bepaal de regels!'

Dat was hem. De grens. Ik had Jacob gepusht tot zijn lege argumenten op waren, hem gedwongen open kaart te spelen. Het ging er helemaal niet om wat het beste voor Henrik en mij zou zijn, het ging om macht.

Het had misschien totaal geen zin om ertegen in te gaan, maar ik had in ieder geval aan Milena laten zien wat Jacobs uitgangspunt was.

Ik had vaag het gevoel dat dat belangrijk kon zijn om Milena aan mijn kant te krijgen.

Mijn hart bonsde, ik voelde Jacobs agressie als hete adem op mijn huid. Het sluimerende geweld was als een krachtige tegenwind die me de andere kant op wilde sturen. Zijn hand zou uit kunnen schieten, een seconde later zou ik met een bloedlip of een gebroken neus kunnen zitten. Het stond me tegen om door te gaan, maar ik was niet van plan me te laten kennen. Ik probeerde mijn stem rustig te houden.

'Mag ik een foto van de kaart maken?'

'Waarom zou je een foto van de kaart willen maken?'

'Omdat ik vind dat het goed is om een back-up te hebben. Dit is de enige kaart die we hebben.'

'Maar dit is mijn kaart,' ging Jacob verder, 'die raakt niet kwijt.'

'Waarom,' vroeg ik terwijl ik rustig zijn wilde blik ontmoette, 'waarom is het een probleem als ik een foto van de kaart maak?'

Ik keek Milena van opzij aan, die op haar beurt afwachtend naar Jacob keek. Ik geloof niet dat ze doorhad in hoeverre deze discussie om haar ging. Het was als een rechtszaak waarin Milena de rechter was die beide partijen probeerden te beïnvloeden. Zolang Jacob haar aan zijn kant had, kon hij zijn macht via haar uitoefenen. Dat was makkelijker voor hem, dan hoefde hij geen gedreig of geweld te gebruiken om zijn zin door te drijven.

Hij staarde me lang aan en zei uiteindelijk: 'Dat is helemaal geen probleem. Heb ik gezegd dat dat een probleem was?'

'Nee, mooi,' zei ik terwijl ik mijn hand uitstak zodat hij me de kaart zou geven.

'Ik zei niet dat je de kaart mocht hebben, ik zei dat je er een foto van mocht maken.'

'Dus ik mag hem niet meenemen naar de tent, drie meter verderop, om een foto te maken?'

'Nee, inderdaad.'

Ik lachte en wierp een blik op Milena, maar zij had haar blik op de kaart gericht.

'Omdat...?'

'Jullie hebben al een kaart kwijtgemaakt.'

'Je kunt er toch net zo goed hier een foto van maken,' zei Milena gedempt, 'ik zal hem wel vasthouden zodat hij stil blijft liggen.' Ze beantwoordde mijn blik niet en bleef eigenwijs naar de kaart kijken.

Stond ze aan mijn kant of aan die van Jacob? Ze steunde in ieder geval Jacob wat betreft het weigeren de kaart ook maar een minuut aan mij uit te lenen. Aan de andere kant leek ze er wel voor te willen zorgen dat ik een goede foto van de kaart zou kunnen maken.

Misschien besefte zij ook, instinctief, dat onze levens ervan af zouden kunnen hangen dat er een kopie van de kaart was.

Dus ik liep naar de voortent om mijn mobiel uit mijn backpack te halen. Ik hoorde geluid uit de binnentent komen. Henrik rekte zich uit en gaapte, de nylonstof van de slaapzak ritselde toen hij zich erin bewoog. Ik trok de rits open en keek naar binnen. Hij tuurde naar me met gezwollen en vermoeide ogen.

'Hé. Lekker geslapen?' vroeg ik.

Hij knikte. 'Ja... Beter,' zei hij, waarna hij nog een keer geeuwde.

'We hebben ontbijt voor je. Warme pap.'

'Wat is er met de kaart? Waar hebben jullie het over?'

'Ik ga er gewoon even een foto van maken,' zei ik terwijl ik mijn mobiel uit het waterdichte nylon zakje haalde. Ik zette hem aan, zag het beeldscherm oplichten.

Jacob hield de kaart met beide handen stevig vast terwijl ik foto's maakte. Milena hielp door de hoeken vast te houden, tegen de windvlagen.

'Bedankt,' zei ik toen ik van beide kanten foto's had gemaakt. Jacob keek me zwijgend aan terwijl hij de kaart dichtvouwde en in een borstzak stopte. Minachting. Achterdocht.

'Komt Henrik ook?' vroeg Milena zich af.

'Ja, zo,' zei ik.

'Misschien moeten we het water een beetje opwarmen,' zei ze terwijl ze het deksel van het koffiepannetje optilde. Er kwamen een paar voorzichtige slingers waterdamp over de rand heen. Jacob keek ernaar en zei: 'Het is wel goed zo. We moeten zuinig zijn met het gas.'

Ik haalde diep adem en zette me schrap. Ik kon er maar beter meteen over beginnen.

'O ja, over gas gesproken... Daar moeten we het even over hebben.'

Jacob en Milena keken me allebei aan, Jacob openlijk vijandig, maar ook Milena zag er afwachtend uit. Ze wachtten tot ik verder zou gaan.

'Nou... Het gaat Henrik niet lukken om die berg over te komen. Dus we gaan waarschijnlijk weer alleen verder.'

'Maar...' begon Milena, en ze zuchtte diep.

'Ja, ik weet het, het klinkt gek en het is eigenlijk ook niet wat ik wil. Maar dit,' zei ik terwijl ik naar de bergtoppen die boven ons uittorenden gebaarde, 'dit is gewoon geen optie. Als je er zo aan toe bent als hij. Sorry, maar dat gaat gewoon niet.'

Jacob had zijn blik op de grond tussen zijn voeten gericht, zijn ellebogen rustten op zijn knieën, hij hield zijn ene hand gebald in de andere en wreef er hard met zijn vingertoppen overheen. De woede gaf hem energie die er ergens uit moest. Zijn hele lichaam leek gespannen, alsof hij zich klaarmaakte voor actie.

'En wat het gas betreft,' ging ik verder.

Ik ademde een beetje onregelmatig, zoals je doet wanneer je weet dat wat je gaat zeggen niet goed aan zal komen, maar je alleen niet weet hoe erg het zal zijn. De druk op je borst, de woorden die er niet uit willen komen.

Kom op, verdomme. Je bent toch geen dertien meer.

'We hadden twee gasflessen mee. Maar ik kon er nog maar een vinden. Toen we alleen liepen. En die is nu op. Dus waarschijnlijk hebben jullie per ongeluk die andere fles.'

Jacob staarde me aan.

'Ben je helemaal gek geworden?' zei hij uiteindelijk.

'Jacob...' vermaande Milena hem.

Blijf rustig. Blijf ademen. Hou je stem stabiel.

'Ik denk dat het zo is gegaan. De eerste avond hebben we met mijn fles gekookt, en ik denk dat je toen per ongeluk...' Ik kon mijn zin niet afmaken. Jacob schoot overeind, hij smeet zijn beker op de grond, zijn hele lichaam leek mee te gaan in de beweging, als bij een pitcher bij baseball. De beker kwam met volle kracht op een steen terecht, kaatste terug en belandde vijf meter verderop.

'Serieus! Ben je HELEMAAL GEK GEWORDEN!' bulderde hij de longen uit zijn lijf. Hij deed een paar stappen mijn kant op, torende boven me uit als de bergtoppen achter hem, bijna twee meter vol adrenaline, spieren en agressie.

Ik was doodsbang.

Ik reageerde volledig instinctief. Ik zweeg en dook in elkaar uit angst voor de klap, trillend als een konijntje.

Op hetzelfde moment was Milena ook opgestaan, ze deed een paar stappen naar Jacob toe en greep zijn arm vast.

'Jacob,' zei Milena, ze klonk smekend, 'Jacob, rustig...'

'What the fuck, zij zegt dat ik haar fucking gasfles heb gestolen!'

'Nee,' probeerde ik ertussen te komen, 'ik bedoel niet dat...' Maar hij onderbrak me weer.

'Wat een fucking bullshit! Ik had drie flessen mee, en die heb ik nog steeds!'

'Dat is wel waar, Anna,' haastte Milena zich te zeggen terwijl ze haar greep op Jacobs arm liet verslappen. 'We hadden drie gasflessen mee. We hebben er geen van jullie.'

'Wat een fucking bullshit,' herhaalde Jacob, zo verontwaardigd dat hij niet stil kon blijven staan. Hij stampte op de grond en wendde zich af. 'Echt fucking bullshit.'

Ineens werd er een rits opengetrokken. Henrik kwam op handen en voeten de tent uit gekropen. Hij keek ongerust van Jacob, naar mij, naar Milena en vroeg: 'Wat is er hier aan de hand?'

'Vraag dat maar aan die fucking vriendin van je,' zei Jacob met zijn stem hees en trillend van woede.

'We hebben het over de gasflessen,' zei ik.

'Maar wat zeiden jullie daarvoor? Iets met over een berg heen gaan?'

'Ja... Jacob wil de route aanpassen.'

'Ja, voor jullie!' brieste Jacob. 'Voor jullie, verdomme!'

Milena streek over zijn arm, probeerde hem te kalmeren, maar zei niets.

'Ik kan wel via een andere route als dat nodig is,' zei Henrik. 'Ik vind dat we bij elkaar moeten blijven.'

Godver, Henrik. Je weet niet wat je jezelf aandoet. Kun je niet gewoon even je mond houden.

Zijn woorden brachten me van mijn stuk. Ging hij zich nu ook al zo makkelijk aan Jacob onderwerpen? Moest ik dit gevecht helemaal alleen aangaan?

'Henrik...' begon ik, zo beheerst ik kon, 'over de berg heen is geen goede optie.'

'Het is de snelste manier om Sarek uit te komen,' zei Jacob. Hij praatte snel en staccato, zo duidelijk articulerend dat de woorden er als het ware een voor een uitkwamen. 'En jullie moeten hier echt zo snel mogelijk vandaan. Jij ook,' zei hij terwijl hij mij kwaad aankeek, 'want jij bent verdomme echt gek aan het worden.'

'Waarom is het geen goede optie om over de berg te gaan?' vroeg Henrik zacht terwijl hij mij aankeek.

'Omdat het te lastig is. Voor jou.'

Henrik bleef een tijdje zwijgend staan.

'Ik voel me beter vandaag.'

'Henrik, serieus...'

'Echt. Ik heb goed geslapen, en ik...'

Ik onderbrak hem.

'Het is zo'n twaalfhonderd hoogtemeters. Gisteren was je zo moe dat we nauwelijks met je konden praten.'

'We hadden ook niets warms gegeten. Tot die avond.'

'We moeten over een bergrug met afgronden aan beide kanten, we moeten over een gletsjer heen... Weet je nog wat er de vorige keer gebeurde toen we over een sneeuwveld moesten?' Ik staarde hem aan. Uiteindelijk zei hij zacht: 'Dat was een uitzonderlijke situatie.'

Ik draaide me om naar de anderen en legde uit: 'Hij kreeg een paniekaanval toen we over de sneeuw moesten. We moesten omkeren, daarom zijn we hier.'

Henrik keek me aan en zijn blik deed me pijn. Hij zag er moe en neerslachtig uit, maar vooral ook gekwetst dat ik hem er zo duidelijk de schuld van gaf dat we ons in deze situatie bevonden. Gekwetst, niet omdat ik loog, maar omdat het de waarheid was.

Ik voelde me afvallig omdat ik hem had verraden tegenover Jacob en Milena, maar ik moest hem doen inzien waarom we de route over de berg niet konden nemen.

Henrik wendde uiteindelijk zijn blik van me af en zei tegen de anderen: 'Ik vind dat we bij elkaar moeten blijven.'

Is dat je keuze, Henrik? Jacobs kant in plaats van mijn kant? Oké, dan weet ik dat. Doen we het zo.

Jacob nam het woord, en nu klonk hij rustiger. De onverwachte steun van Henrik had hem gekalmeerd en de woede van hem op mij overgedragen; mijn ergernis was zijn herwonnen evenwicht.

'Jullie moeten natuurlijk vooral doen wat jullie zelf willen,' zei hij, en zijn stem klonk bijna aardig, 'maar de gasfles blijft bij mij. En wij vertrekken over een half uur.'

IK LOOP IN gestaag tempo naar boven, erop gefocust dat ik niet te snel ga en de anderen inhaal. Ik laat mijn hele lichaam meewerken, bewuste en weloverwogen armbewegingen. Het is slechts licht inspannend, in dit tempo zou ik eeuwig door kunnen blijven lopen. Mijn lichaam moet aan het werk en dat voelt goed.

De hemel begint open te breken boven onze hoofden. De stapelwolken jagen elkaar achterna, soms laten ze een gat vallen waar de zon tussendoor piept. Het waait en de lucht is fris.

De begroeiing wordt steeds schaarser, het is alweer een tijdje geleden dat ik het laatste stukje gras zag glinsteren van de dauw in de doorbrekende zon. We lopen over steengruis begroeid met groen, roestkleurig en bruin mos. Hier en daar wat oranje. De paar bloemen die op deze hoogte groeien komen niet boven het mos uit.

Jacob loopt voorop, maar hij doet zijn best het tempo laag te houden, zodat we bij elkaar blijven. Milena en Henrik staan momenteel aan zijn kant en hij wil me natuurlijk niet de kans geven om apart met ze te kunnen praten. Ik loop achteraan, zorg ervoor dat ik een beetje afstand van hen blijf houden.

Ja, ik ben boos.

Onze enige kans – die van mij, Henrik en Milena – om Jacob weerstand te bieden, is door onze krachten te bundelen. Maar toen het erop aankwam deden ze niets.

Zo werkt geweld als machtsmiddel. Het hoeft niet eens gebruikt te worden, de dreiging van geweld is genoeg om het gedrag van mensen te beïnvloeden. Jacob wordt agressief en zowel Milena als Henrik proberen direct de situatie te redden door hem zijn zin te geven.

Dat Milena dat doet vind ik jammer, maar verbaast me niet. Al sinds het moment dat we elkaar ontmoetten op Stockholm Centraal besefte ik wat voor macht Jacob over haar heeft. Hoe ze zijn beeld van haar tot haar zelfbeeld maakte.

Henriks zwakte kwetst me dieper.

Hij had vastgezeten in de sneeuwstorm, en ik was hem met gevaar voor eigen leven gaan zoeken. Het lukte hem niet de berg over te gaan in de richting van Staloluokta, en ik ging met hem mee terug, omdat ik wist dat het mijn verantwoordelijkheid was om hem levend uit Sarek te krijgen. Ik liet hem uitrusten en maakte eten voor ons, terwijl ik zelf ook doodmoe was. Ik had ervoor gezorgd dat we Milena en Jacob in hadden gehaald, zodat hij weer warm eten kon krijgen en in droge kleren en slaapzak kon slapen.

Ik heb verdomme Henriks leven gered.

Maar zodra het een beetje onaangenaam wordt, zodra Jacob zijn roofdiertanden laat zien, is niets hiervan nog iets waard, dan is er geen loyaliteit of vertrouwen in mijn oordeel, dan is Jacob rustig houden het enige wat telt.

En dat is zo fucking kortzichtig. Want oké, Jacob was gekalmeerd, hij had niemand omvergeduwd, hij had niemand op zijn bek geslagen. Het had gewerkt. Maar aan de andere kant zijn we nu onderweg naar een omgeving waar het verschil tussen leven en dood nog kleiner was. Eén onvoorzichtige stap op een losliggende steen, één seconde van verloren evenwicht, en alles is voorbij.

En onze gids tijdens deze wandeling is iemand met onmiskenbaar psychopathische trekjes. Die er duidelijk van geniet ons in zijn macht te hebben.

Dus daarom focus ik me nu alleen op mezelf. Ik neem geen verantwoordelijkheid voor iemand anders. Ik loop in gestaag tempo naar boven, laat mijn hele lichaam meehelpen, bewuste en weloverwogen armbewegingen. Mijn lichaam moet aan het werk en dat voelt goed.

Na een paar uur blijft Jacob stilstaan en tilt hij zijn backpack van zijn rug. Het is tijd voor koffie, en hij haalt het kookstel tevoorschijn om water te koken. Wij pakken oploskoffie, brood en broodbeleg en gaan op de grond zitten. Henrik vraagt me hoe het gaat.

'Ja, goed, hoor,' antwoord ik vinnig.

Maak je om mij vooral geen zorgen.

Hij is buiten adem en drinkt een paar slokken water. 'Met mij ook,' zegt hij, 'beter dan gister.'

Net als ik is hij nog steeds boos vanwege het conflict van die ochtend, besef ik. So be it. Ik ben niet van plan de eerste stap te zetten om het goed te maken.

Ik draai me om en kijk uit over het dal. Het terrein is het laatste stuk wat vlakker geworden, en achter de bergkam een paar honderd meter lager zie ik niets van de berg die we op zijn geklommen, alleen het massief aan de andere kant van het Rapadal, kilometers verderop.

Het wolkendek is nog verder opengetrokken, het grootste deel van de lucht is nu blauw. De zon schijnt en verwarmt ons zelfs een beetje, ondanks dat we ons op grote hoogte bevinden.

Er zijn geen planten meer, alleen stenen en gruis zover het oog reikt, afgezien van wat sneeuw hoger op de hellingen, en een gletsjer tussen de bergen als ik naar het noordwesten kijk. Recht voor mij blokkeert een zeer steile en brede bergwand de weg. Ik schat dat het drie- tot vierhonderd meter loodrecht omhoog loopt naar de bergkam. We kunnen daar niet omhoog, dus wat is Jacobs plan nu? Ik pak mijn mobiel en bekijk de foto van de kaart. Als ik het me goed herinner trok hij een vrijwel rechte streep van de plek waar we kampeerden tot aan Suorva in het noorden. De enige mogelijkheid die ik kan zien is om de voet van de berg naar het westen te volgen, en vervolgens naar het noorden te gaan over een bergrug die precies langs deze kant van de gletsjer Alep Vassjajiegna loopt. Het is daar alsnog steil, maar wel iets beter te doen.

Daarna beginnen de echte problemen.

We volgen de rand van de gletsjer en moeten een bergtop over van ruim achttienhonderd meter hoog. Waarschijnlijk hebben we zo'n zevenhonderd hoogtemeters gepakt sinds die ochtend. Gaat Henrik dit wel aankunnen? Of zal hij instorten, niet in staat nog een stap te verzetten?

Daarvandaan loopt er een scherpe bergkam recht naar het noorden, met een loodrechte afgrond aan beide zijden, een vrije val van honderden meters zowel aan de linker- als aan de rechterkant.

Hoe hoog is de Kaknästoren? Honderdvijftig meter ongeveer, toch? Stel je voor dat je twee Kaknästorens op elkaar zet. En dat je van de top van de bovenste valt.

Hoe breed is de bergrug? Wat mij betreft is dat cruciaal. Als hij vijf meter breed is – geen probleem. Dan heb je geen visueel contact met de snedediepte, en is het niet gevaarlijk als je per ongeluk struikelt en je evenwicht verliest.

Als hij een meter is, of minder – hm. Dan zal zelfs ik de diepte voelen, terwijl ik niet bepaald hoogtevrees heb.

Het is niet moeilijk om op een bergpad van een meter breed te lopen. Dat doe je automatisch, zonder na te denken hoe. Maar je stoot ook dagelijks, soms zelfs meerdere keren, wel tegen een uitstekende steen waardoor je struikelt en een paar stappen moet zetten om je balans weer te vinden, of soms zelfs valt en jezelf op moet vangen met je handen.

Twintigduizend stappen op een dag, twee of drie daarvan schat je een beetje verkeerd in waardoor je struikelt. Als je dat op een bergkam doet van een meter breed, heb je een probleem. Als hij een halve meter breed is, wordt het je dood.

Dus dan begin je over elke stap na te denken, en ineens is het niet meer zo eenvoudig. Wat je zo gewend bent om onbewust te doen, is een stuk lastiger om bewust te doen. Hoe til je je voet eigenlijk op? Hoe zet je hem weer neer? Je hart gaat sneller kloppen, je spieren voelen slap en krachteloos, je knieën zijn als spaghetti. Je voelt de aantrekkingskracht van de diepte, zoals wanneer je op het perron staat en de trein eraan komt en je de neiging moet weerstaan om je ervoor te werpen, hetzelfde gevoel maar dan tien keer sterker. De diepte lijkt je te roepen, wil dat je de sprong waagt. En om dat te weerstaan, moet je stokstijf stil blijven staan. Geen vin verroeren.

Ik ken dat gevoel. Hoogtevrees is irrationeel en je kunt je er niet tegen verzetten als het je in zijn macht heeft.

Het belangrijkste is wat je dan doet. Je ademhaling onder controle krijgen. Jezelf van een afstandje bekijken. Jezelf voor ogen houden dat het maar een gevoel is. Denken dat je jezelf voor ogen houdt dat het maar een gevoel is. Laat het door je heen stromen en vervolgens wegtrekken. Daarna loop je weer verder. Stap voor stap.

In mijn geval is de hoogtevrees altijd snel weer over. Henrik, daarentegen... Ik weet nog een keer bij Sylarna, toen hij terug naar het bergstation moest toen we net bij de voet van de steilste passage stonden. Hij werd al duizelig wanneer hij alleen nog maar omhoog keek naar de bergwand voor ons.

Wat ons nu te wachten stond was van hetzelfde niveau. Minstens.

Ik geloof niet dat Henrik zich dat realiseerde. Maar hij zou er snel genoeg achter komen.

WE VOLGEN DE bergwand naar het westen, over iets vlakker terrein. De grond is bezaaid met keien, een deel van de bergwand is een keer gebarsten en kapot gevallen in al deze kleine stukken. Onmogelijk in te schatten wanneer. Een miljoen jaar geleden? Duizend jaar geleden? Afgelopen dinsdag? Sommige stenen zijn merkwaardig symmetrisch, meterslange rechthoeken met gladde zijkanten.

Het is een heel lastig stuk om overheen te komen, met elke stap win en verlies je hoogte, een paar decimeter omhoog en weer een paar decimeter naar beneden. De keien lopen schuin af en je voet komt bijna nooit helemaal recht neer, je enkels buigen alle kanten op. Sommige stenen liggen niet vast en bewegen als je erop gaat staan. Het is een terrein dat uiterste concentratie vergt.

En ik vind het geweldig.

Het voelt alsof we ons op een vreemde planeet bevinden, een steriele en dode wereld. Als er ineens een Mars-wagentje met camera's en rupsbanden over de rotsen aan zou komen rollen zou ik niet eens verbaasd zijn. Er zijn alleen rotsen, bergen en ijs onder de strakblauwe lucht. De klim die ons te wachten staat bezorgt me verwachtingsvolle kriebels in mijn buik. Het is een ideale uitdaging die focus en scherpheid vereist. En het uitzicht vanaf die bergkam moet fantastisch zijn op een dag als deze. We hebben echt geluk met het weer.

Als we bijna bij de gletsjer zijn, wordt de helling aanzienlijk steiler. Henrik loopt een aantal meter voor me en ik zie aan zijn lichaamshouding dat hij het niet fijn vindt. Hij leunt met zijn lichaam naar de berg toe en probeert zich telkens als hij een stap zet zo veel mogelijk met zijn hand te ondersteunen. En hij is gespannen, wat de fysieke belasting verhoogd. We hebben al bijna een uur over dit lastige terrein gelopen en dat is te merken. Wanneer hij met zijn voet op een uitstekende rand blijft staan begint zijn hiel ongecontroleerd op en neer te bewegen, zijn kuitspieren krijgen het niet voor elkaar zijn voet stil te houden. Hij strekt beide armen uit en zakt neer op een steen, ademt diep in en puffend weer uit. Hij zweet en heeft een rood gezicht wanneer hij onhandig zijn backpack van zijn rug haalt.

'Jezus, dit is echt niet leuk,' mompelt hij terwijl hij zijn waterfles pakt en een slok neemt.

'We zijn bijna bij de gletsjer,' zeg ik. 'Dan hoeven we niet meer zo te klimmen. Vanaf daar wordt het makkelijker.'

Ik kijk naar Jacob en Milena die verder over het steenterrein klauteren. Jacob is al bij de rand van de gletsjer, hij strekt zijn rug en drinkt wat water. Milena komt er vlak achteraan.

Ik blijf naast Henrik staan, vind het te veel gedoe om mijn backpack af te doen en te gaan zitten. Hij neemt nog een slok water en kijkt somber uit over Sarek, groots en beangstigend, mooi en ijskoud en keihard.

We zeggen verder niets meer, ik blijf op hem wachten en na tien minuten stopt hij zijn waterfles terug en maakt hij zich klaar om verder te gaan. Ik stel voor om voorop te lopen en een route over de rotsblokken uit te zoeken. Hij knikt dat hij het goed vindt, ziet er bijna dankbaar uit.

Ik weet het. Ik ben niet verantwoordelijk voor Henrik. Maar mijn slechte humeur na het conflict met Jacob is weggetrokken zonder dat ik het zelf echt door heb gehad. Na een paar dagen in Sarek ben ik er al achter dat je humeur hier net zo snel kan veranderen als het weer. Alle emoties zitten constant aan de oppervlakte. Van de meest negatieve gevoelens tot euforie binnen een half uur. Dat komt door de fysieke en psychische inspanning, neem ik aan, die haalt de zelfbeheersing net zo effectief weg als een schuurmachine oud vernis verwijdert.

Al snel zijn we bij Jacob en Milena bij de gletsjer, waar Milena al aan de lunch is begonnen. Ik ga haar meteen helpen. Henrik moet even een paar minuten bijkomen, maar dan helpt hij ook mee. Jacob zit daarentegen bijna demonstratief een stukje verderop met zijn gezicht in de zon. Niemand van ons zou het in zijn hoofd halen om hem te vragen of hij ook komt helpen.

Agressie, zowel fysiek als verbaal, zorgt ervoor dat mensen op hun tenen gaan lopen, ze doen er alles aan om er niet aan blootgesteld te worden. Ik weet dat maar al te goed door mijn eigen familie.

Tijdens de lunch praten Milena en ik over van alles en nog wat. Ze lijkt net als ik in een goede stemming te zijn, terwijl Jacob zich zwijgzaam en nors afzijdig houdt en ook Henrik stil is geworden. Hij ziet er ongemakkelijk uit, lijkt zich nog steeds met zijn hand te willen ondersteunen zodra hij een paar stappen zet, terwijl het helemaal niet meer steil is waar we nu zitten. Hij lijkt behoorlijk ontdaan door de wandeltocht over de rotsblokken.

We vertrekken weer, in dezelfde volgorde als daarvoor. Jacob, Milena, Henrik, ik. Jacob loopt stevig door, terwijl wij regelmatig blijven staan om weer op adem te komen en onze hartslag onder controle te krijgen. De zon schijnt vanuit een wolkvrije hemel en we beginnen te zweten van de inspanning. Elke keer als ik me omdraai en naar beneden kijk ben ik blij verrast dat we al zo hoog zijn gekomen. We zijn waarschijnlijk al wel halverwege de top.

Jacob is een berggeit die ver voor ons uit is gedarteld. Ja, ik zou wel mee willen gaan in zijn tempo.

De klim begint behoorlijk op Milena en Henrik in te hakken. Hun gezicht is rood en ze zijn buiten adem en we moeten elke keer wat langer pauzeren om hun hartslag terug op een normaal niveau te krijgen. Milena neemt een slok water en zegt hijgend: 'Het lijkt wel of deze helling nooit ophoudt.'

Henrik hijgt en knikt instemmend, maar kan niets uitbrengen.

'Balen dat je het einde niet kunt zien,' ging ze verder. 'Je denkt heel de tijd dat je bijna bij de top bent, maar dat is steeds maar niet zo.'

'Vierhonderd hoogtemeters is ook nogal een stuk,' zeg ik. 'Maar ik denk dat we nu wel over de helft zijn.'

'Halleluja,' mompelt Milena.

'Zullen we verder gaan?' vraag ik.

'Ik moet nog iets langer uitrusten,' zegt Henrik. 'Heel even maar.'

Hij houdt zijn blik constant op de bergwand gericht, op ooghoogte. Hij kijkt nooit omhoog naar de top, en nooit naar beneden richting het dal. Milena kijkt naar hem.

'Hoe gaat het? Heb je last van hoogtevrees?'

'Een beetje,' zegt hij.

Ze knijpt hem zacht in zijn arm, een uiting van medeleven. Na een tijdje begint Henrik weer te lopen, Milena volgt hem, en ik kom er zoals gewoonlijk achteraan.

Milena is tussen ons in gekomen, maar dat doet me niets.

Ineens wordt het terrein vlakker terwijl de bergrug smaller wordt, rechts van ons begint het heel steil te worden. En eindelijk zien we de top van de berg. Want dat moet de top toch wel zijn? Ongeveer honderd meter voor ons rijst een plateau omhoog, en daarachter is niets dan blauwe lucht.

Het probleem is alleen dat de bergrug waar we overheen lopen eerst nog smaller wordt, en het laatste stuk moeten we steil omhoogklimmen om op het plateau te komen.

Jacob is al aan de klim begonnen. Hij is als Spiderman, of iemand die de trap van Lustiga Huset, een cakewalk in Gröna Lund, oploopt zonder te weten wat hem te wachten staat. Zijn ene been uitgestrekt, zijn andere opgetrokken tegen zijn borst, handen breed uit elkaar. Stap voor stap hijst hij zich de rotswand op.

We blijven allemaal staan kijken.

Op dat moment verplaatst hij zijn voet een laatste keer, en dan klimt hij op handen en voeten het plateau op, staat meteen op en draait zich naar ons toe. Hij steekt zijn armen in de lucht en juicht.

'WOE-HOOEEE! AAWOOEEEE!'

Hij huilt als een wolf. Er is in ieder geval iemand in een beter humeur.

En iemand anders humeur gaat juist achteruit.

Henrik kijkt op naar het plateau en slikt.

OP DEZE STRALEND mooie herfstdag staan Henrik, Milena en ik zwijgend naast elkaar in het ruige maanlandschap te kijken hoe Jacob daarboven op de top een overwinningsdansje staat te doen. Henrik kijkt bedenkelijk, drinkt een paar slokken water.

'Dus daar moeten we op?' vraagt hij uiteindelijk. Met zijn blik volgt hij de bergrug tot aan het plateau, ziet dat het zo goed als een richel wordt. De ene zijde loopt steil af in de richting van de gletsjer, als je daarvan afkukelt val je misschien niet meteen te pletter, maar dan staat er wel nog een kilometerslange glijbaan op je te wachten. Als je vervolgens op die snelheid in een ijskloof of op een uitstekende rots terechtkomt is het sowieso gebeurd.

Aan de andere zijde loopt het ook heel steil naar beneden. Misschien niet vrije-val-van-honderden-meters-te-pletter-val-steil, maar wel steiler dan wat we tot nu toe hebben gezien.

'Misschien dat het er vanaf hier erger uitziet dan het is,' zegt Milena.

Henrik antwoordt niet, hij staat aan de grond genageld, lijkt zich niet te kunnen bewegen.

'We lopen gewoon verder,' zeg ik. 'Kom op.'

Milena begint te lopen, maar Henrik blijft staan. Ik wacht een tijdje. Er gebeurt niets.

'We gaan gewoon even kijken,' ga ik verder, 'stap voor stap.'

Ik begin achter Milena aan te lopen, maar ik hoor geen voetstappen achter me.

Nu ben ik het zat. Ik blijf staan en draai me om.

'Kom, Henrik. We kunnen hier niet blijven staan.'

De woorden komen er wat harder uit dan bedoeld, wat scherper, maar ze hebben hun beoogde effect. Henrik komt eindelijk in beweging.

'Ga jij maar eerst,' zeg ik.

Hij loopt langs me heen, en ik volg hem.

Jij wilde zo nodig de route nemen die Jacob had bepaald. Terwijl ik je had gewaarschuwd. Ga dan ook!

Het kost ons maar een paar minuten om bij het steile stuk te komen, de bergrug loopt smal af en is een richel geworden, veel te gevaarlijk om overheen te lopen. De beste optie is om vanaf de rand een paar meter naar beneden te lopen en zo veel mogelijk tegen de berg aan te leunen.

Milena wacht op ons. En het is zoals ze hoopte: het is iets minder erg dan het van een afstandje leek. Het is natuurlijk wel steil, en zelfs ik ben me tergend bewust van de diepte rechts van ons, maar het is geen rotsklimmen, wat wel zo leek toen we Jacob zich omhoog zagen werken. Je zal wel de neiging hebben om naar de bergwand te leunen en je met beide handen vast te houden, maar het ziet er eerlijk gezegd niet heel moeilijk uit.

Jacob roept naar ons, geeft wat instructies over wat de makkelijkste route naar het plateau is, en dan gaat Milena van start. Voorzichtig, stap voor stap, ze zorgt er steeds voor dat ze maar één voet of hand tegelijk verplaatst, waardoor ze constant drie contactpunten met de berg heeft.

Henrik zakt neer op een steen, naar het dal gericht met de afgrond recht voor zich. Hij durft niet te kijken en knijpt zijn ogen stijf dicht, houdt zich met beide handen vast hoewel hij zit. Hij lijkt tot in zijn tenen gespannen en ademt in korte, heftige stoten.

De hoogtevrees begint hem te overmeesteren.

'Henrik,' zeg ik terwijl ik mijn hand op zijn schouder leg, ik praat zacht en vriendelijk, ik weet dat het aan mij is of hij het voor elkaar gaat krijgen en we verder zullen komen. 'Luister eens naar me. Om te beginnen moet je door je buik ademen. Hoor je mij?'

Hij knikt, zijn ogen nog altijd stijf dichtgeknepen.

'Haal even diep adem, zorg ervoor dat de lucht helemaal tot in je buik komt.'

Henrik probeert het, hij doet zijn best.

'En nog eens. Sluit je mond en adem door je neus. Een lange, diepe inademing. Tot in je buik. We hebben geen haast, doe rustig aan. We kunnen gerust een uur blijven zitten als dat nodig is.'

Hij haalt diep door zijn neus adem, vult zijn longen, en legt zijn hand op zijn buik.

'Adem uit, rustig en langzaam, en dan nog een keer. Je moet het hier beneden voelen.'

Hij doet wat ik zeg, en dit keer beweegt zijn buik een beetje naar voren tijdens zijn inademing.

'Goed zo. En nog eens.'

Ik sta dicht bij Henrik, over hem heen gebogen, met mijn arm om zijn schouders en mijn hand op zijn buik. Hij ademt weer in.

'Je hoeft je buik niet in te houden. Ik weet dat je een bierbuikje hebt, maar ik hou toch wel van je.'

Er verschijnt een grijns op zijn gezicht en hij legt zijn hand over die van mij op zijn buik. Ik laat mijn andere hand door zijn haar glijden, mijn vingers verdwijnen erin, ik voel de ronding van zijn hoofd.

En uiteindelijk ontspant hij. Ik voel de spanning in zijn nek en schouders wegtrekken. Hij haalt opnieuw diep adem en dit keer is het alsof hij zijn hele lichaam mee laat doen. In plaats van dat zijn spieren gespannen zijn en tegenwerken, nemen ze de zuurstof op die helemaal tot aan zijn tenen lijkt te stromen.

Henrik snift. Ik besef dat hij huilt.

Dat zou me natuurlijk niets moeten verbazen. We zijn in Sarek. Alle emoties zitten constant aan de oppervlakte.

Ik hou hem vast, leun voorover en geef hem zacht een kus op zijn wang.

'Hé, wat is er?'

Hij haalt opnieuw diep adem, snottert even, droogt zijn neus met zijn duim.

'Nee, niks. Ik ben alleen... Ik weet niet.'

'Het komt misschien door de ijle lucht.'

'Het spijt me dat ik de kaart ben kwijtgeraakt.'

'Vergeet dat nou maar.'

Ik geef hem een knuffel, half voorovergebogen, en hij knuffelt terug. Slaat zijn armen om mijn middel en trekt me dicht tegen zich aan. Zo blijven we een tijdje staan en Henrik begint rustiger te ademen.

Ik werp een blik op het plateau. Milena is erop weten te komen en staat naar ons te kijken. Jacob beweegt onrustig heen en weer, het is duidelijk te zien hoe gefrustreerd hij is dat we alweer zijn vastgelopen.

Ik wil Henrik alle tijd geven die hij nodig heeft, maar het lukt me toch niet helemaal. Uiteindelijk zeg ik, zo voorzichtig als ik kan: 'Zullen we het gaan proberen?'

'Mhm.' Henrik haalt nog eens diep adem, recht zijn rug. Hij knikt resoluut. '*Let's do this.*'

'Niet naar beneden kijken,' instrueer ik hem. 'Blijf naar de berg kijken. Focus op één stap tegelijk. Nergens anders aan denken. En steeds één hand of voet tegelijk verplaatsen. Constant drie contactpunten met de berg.'

Henrik knikt weer. Dan staat hij op en draait zich naar de berg toe zodat hij de afgrond niet meer kan zien. Hij houdt zich met beide handen vast en verplaatst zijn rechtervoet. Dan zijn rechterhand. Dan zijn linkerhand. Verplaatst zijn zwaartepunt. Dan zijn linkervoet. Rustig en methodisch.

Ik kan aan hem zien dat het een stuk beter gaat. Zijn lichaam is veel minder krampachtig en gespannen. Hij ondersteunt zichzelf met zijn handen in plaats van zich vast te klampen zoals hij eerst deed.

We gaan omhoog in de richting van het plateau, iets tussen wandelen en klimmen in. De helling is een beetje als een ladder die nogal steil tegen een huis aan is gezet. Ik kan de verleiding niet weerstaan om naar beneden te kijken. Ik wil mijn weerstandsvermogen testen. De ruige, gewelfde bergwand gaat in de diepte over in vlakker rotsterrein. Zou ik een val overleven? Ja, misschien. Met wat geluk. Je hoeft niet helemaal tot aan de voet van de berg naar beneden te tuimelen, zo steil is het niet.

Henrik nadert de rand. Milena staat hem van bovenaf aan te moedigen, ze reikt hem haar hand toe om hem het laatste stuk omhoog te kunnen helpen, maar hij pakt hem niet. Hij heeft een manier gevonden die voor hem werkt en is niet van plan om het laatste stuk iets anders te proberen. Er worden geen risico's genomen.

Hij heeft zijn bovenlijf inmiddels op het plateau gehesen, hij zet af met zijn rechterbeen en dan is hij boven. Milena juicht hem toe.

'Goed gedaan, Henke!'

Ik kom vlak achter hem aan.

Henrik kruipt een stukje op handen en voeten, weg van de rand, en rolt zich dan op zijn rug. Hij haalt lang en diep adem om bij te komen. Milena buigt over hem heen en geeft hem liggend een knuffel.

'Goed gedaan...'

'Het is gewoon gelukt. O mijn god...'

Een stukje verderop staat Jacob met zijn armen over elkaar en een donkere blik toe te kijken. Maar hij zegt niets.

Ik trek mezelf het plateau op en ga staan, en hoewel we tijdens onze Sarek-wandeltocht keer op keer bizarre uitzichten hebben gezien, beneemt het uitzicht me de adem. Ik kan ineens het noorden zien, en het westen, en overal zijn machtige, besneeuwde bergmassieven te zien.

Op school leerde je dat de Zweedse hoogvlakte vroeger is afgevlakt door de ijskap, dat dat de reden is dat de bergen niet zo hoog zijn. Stompe heuvels vergeleken met de Alpen. Maar de ijskap lijkt Sarek te hebben overgeslagen. Als ik om me heen kijk had het de Himalaya wel kunnen zijn. Gekartelde, zwarte bergkammen vormen een reliëf tegen de intens blauwe lucht. Beneden in de diepte glinstert de machtige delta van het Rapadal in de herfstzon. Een gigantische rots staat eenzaam op wacht waar de rivierarm zich vertakt, ik haal de kaart op mijn mobiel tevoorschijn en constateer dat het Tjahkkelij moet zijn. En daarachter uitgestrekte meren en nog meer bergen, die overgaan in heuvels, vervolgens wordt het landschap rustiger en nemen de eindeloze bossen het over. Ik vul mijn longen met de frisse, stevige herfstwind.

Milde euforie. Alweer.

Het is ons gelukt. We zijn boven.

Ik voel vooral opluchting. Ik was echt bang dat we om zouden moeten keren omdat het Henrik niet zou lukken. Weer terug het dal in, een hele dag verspild voor niets. Maar nu zijn we boven en het lijkt erop dat we het ergste achter de rug hebben. Het plateau waar we op staan is namelijk het begin van een bergrug die we naar het noorden moeten volgen, en hij ziet er helemaal niet zo smal uit als ik vreesde. De berg lijkt net een gigantische draak die ligt te slapen. Godzilla die midden in Sarek een dutje doet, met zijn stekelige staart licht gebogen het volgende dal in. Misschien komt het doordat de rotswanden vanaf de bergrug zo goed als loodrecht naar beneden lopen, maar voor zover ik kan zien lijkt het minstens drie, vier meter breed. Dat zou voor geen van ons een probleem moeten zijn. En het uitzicht zal de hele weg fantastisch zijn.

Henrik en Milena liggen dicht tegen elkaar aan op de grond, ze lachen naar elkaar en kletsen met elkaar, Milena legt haar hand op zijn arm.

Het ziet er intiem uit.

Misschien een beetje te intiem.

De gedachte schiet door mijn hoofd, en op hetzelfde moment doet Jacob een paar stappen in hun richting.

'Zullen we verdergaan?' vraagt hij ongeduldig.

Henrik draait langzaam zijn hoofd om en kijkt naar hem op.

'Nog even vijf minuutjes bijkomen.'

Vervolgens richt hij zijn blik weer op Milena, alsof Jacob gewoon maar genoegen moet nemen met die boodschap.

Je speelt met vuur, Henrik.

'We moeten deze berg af zijn voor het donker wordt,' gaat Jacob verder terwijl hij nog een stap in de richting van Henrik en Milena zet. 'Hup, opstaan.'

'Maar vijf minuutjes, Jacob. Serieus?' Henrik kijkt geïrriteerd terug, ondermijnt Jacobs autoriteit, en meteen ben ik op mijn hoede, dit gaat de verkeerde kant op.

Jacob gromt: 'Je doet verdomme niks anders dan uitrusten. Ga staan.'

Hij reikt naar beneden en grijpt Milena's arm vast, het is aan zijn hele lichaam te zien dat hij boos is. Hij trekt haar ruw omhoog, ze jammert een beetje.

'Au... Hé...'

'Wat doe je? Laat haar los!' Henrik verheft zijn stem, op hetzelfde moment dat ik een paar stappen in hun richting zet.

'Hé, rustig aan...' weet ik nog te zeggen voordat Jacob me onderbreekt: 'Sta godverdomme op!' Hij brult naar Henrik, die koppig terugkijkt vanaf de grond.

'Wat is jouw probleem? Ben je soms jaloers?'

Nee. Nee nee nee nee. Godver, Henrik.

Milena ziet er bang uit. 'Kom, Henrik, sta op, we moeten door,' haast ze zich te zeggen terwijl ze Jacobs arm vastpakt.

Ik zeg: 'Ja, het is genoeg geweest, sta op.'

Beiden proberen we Jacob te kalmeren, die op Henrik neerkijkt met haat in zijn blik. Hij ademt zwaar, ik zie aan hem dat hij elk moment de controle kan verliezen.

Ja, Jacob is jaloers. En nu heeft Henrik dat gezegd, het woord uitgesproken, en we weten allemaal dat het waar is. Jacob ook. Hij is voor ons allemaal voor schut gezet, ontmaskerd.

'Jacob,' smeekt Milena terwijl ze over zijn wang strijkt, 'rustig.'

Uiteindelijk schudt Jacob zijn hoofd en zegt met hese stem: 'Fucking idioot.'

Hij draait zich om en loopt weg, Milena gaat erachteraan. Ik blijf staan en staar Henrik aan.

Waar was dat nou weer goed voor, Henrik?

Maar Henrik beantwoordt mijn blik niet.

Ik haal mijn laatste zakje tuttifrutti uit mijn tas tevoorschijn, maak hem open en loop naar Jacob en Milena toe. Ik steek hem naar Jacob uit, als verzoeningsgeschenk.

'Sorry voor daarnet,' zeg ik, 'hij is niet helemaal zichzelf.'

Jacob kijkt me niet aan, maar uiteindelijk gluurt hij naar het snoepzakje en vist er een paar gekleurde stukjes gedroogd fruit uit. Hij stopt ze zonder iets te zeggen in zijn mond.

'Mijn god, wat een uitzicht heb je hier,' zeg ik.

'Echt, hè,' zegt Milena terwijl ook zij een paar snoepjes pakt.

'Ik dacht echt dat het ons niet zou lukken,' ging ik verder, 'maar ik ben blij dat ik het mis had.'

Operatie Jacob-in-een-goed-humeur-krijgen ging verder.

'Hm.'

'Ik kijk uit naar de rest,' zeg ik terwijl ik naar de bergrug wijs. 'Ziet er vet uit.'

Ik lach naar Jacob. Hij lacht terug, en zijn glimlach ziet er een tikkeltje geheimzinnig uit, alsof ik zojuist iets grappigs heb gezegd. Hij wendt vlug zijn blik af.

Waarom vind ik het onheilspellend overkomen?

Jacob keek sluw. Alsof hij iets weet wat ik niet weet.

Je hebt geen idee, bitch. Je hebt echt geen idee.

Ineens was ik er niet meer zo zeker van dat het ergste achter de rug was.

WE LOPEN OVER de rug van de draak.

Ik stel me voor hoe hij wakker wordt en opstaat. Ons als insecten van zich afschudt, op zijn achterpoten gaat staan, zijn kop in zijn nek legt en brult. Het zou wat zijn, zeg.

Het wordt steeds steiler aan de zijkanten, maar dat lijkt niemand te deren, zelfs Henrik niet. Tijdens de klim naar het plateau heeft hij een methode gevonden die voor hem werkt en dat heeft hem zelfvertrouwen gegeven.

De stemming is bedrukt na de ruzie op het plateau. We wandelen in stilte.

De weg loopt naar beneden, wat de tocht minder inspannend maakt, maar het is geen regelmatige helling. We verliezen eerst flink hoogte, daarna loopt het een stuk omhoog. Na opnieuw een piek midden op de bergrug, lager dan die van het plateau, loopt het opnieuw naar beneden in de richting van het dal, maar precies achter de piek zit een deel van de bergrug dat we niet kunnen zien. We doen er ruim een uur over om bij die andere piek te komen. Het is laat in de middag en de zon is niet meer zo warm. Over een paar uur zal het donker worden en dan moeten we wel het dal hebben bereikt. Ook al is de bergrug relatief gezien breed, het zal zeker onaangenaam zijn om er in de schemering overheen te moeten lopen met die afgrond aan beide zijden.

We pauzeren even voor een tussendoortje. We koken fruitsoep en eten knäckebröd met baconkaas. Jacob rommelt met het kookstel, hij is nog steeds zwijgzaam, antwoordt alleen kort als Milena hem aanspreekt.

Ik bestudeer stiekem zijn gezichtsuitdrukking, hou de kleinste verandering in de gaten. Ik vind hem er wat minder nors uitzien, hij komt eerder afwezig over. Alsof hij aan andere dingen denkt.

Misschien beeld ik het me in. Maar mijn onheilspellende voorgevoel is alleen maar sterker geworden.

Waar zit je aan te denken, Jacob?

Ik geef je honderd kronen. Tienduizend.

Milena vraagt of ik een foto wil maken van haar en Jacob samen. Jacob accepteert het met tegenzin, plichtsgetrouw slaat hij een arm om haar heen als ik de foto neem. Op de achtergrond zijn gletsjers en gekartelde bergen te zien. Dan wil Milena een foto maken van mij en Henrik.

'Kus,' zeg ik terwijl ik mijn lippen naar hem tuit. Hij drukt zijn lippen op die van mij, maar zonder enthousiasme. Henrik komt ook afwezig over. Milena maakt de foto.

Goede vrienden op wandelvakantie. Bevroren momenten om thuis in Stockholm tijdens etentjes over te vertellen.

O ja, dat was dat jaar dat jij die vreemde gast mee had, hoe heette hij nou... Jacob? Weet je nog, Milena? Mijn god, zeg...

Zal ik me de onrust die ik voelde nog herinneren, het onbehagen dat boven deze wandeltocht over de bergrug hing? Ik verwacht het niet, want rationeel gezien besef ik dat ik waarschijnlijk beïnvloed word door paranoïde gedachtekronkels, er is geen objectieve reden voor mijn bezorgdheid. Eén geheimzinnig lachje van Jacob en mijn hersenen slaan op hol.

Ik geloof niet in intuïtie, dat is een destructieve combinatie van vooroordelen en fantasie. Onbewust proberen we onze perceptie van de wereld constant te bevestigen.

Ik doe mijn best om in het moment te zijn, in plaats van te speculeren wat er in Jacobs hoofd omgaat. Heel even lukt het me bijna. Als hij het kookstel opruimt en ik mijn mok afwas door hem schoon te likken, bedenk ik dat we morgen rond deze tijd Sarek uit zullen zijn.

We gaan verder met de wandeltocht, het begint weer naar beneden te lopen. Ik probeer de bergrug te zien, maar ik heb Henrik, Milena en

Jacob voor me. Ik blijf staan en ga een stukje opzij, naar de rand toe.

Nee, de bergrug is niet helemaal zichtbaar. Een wat langer deel ligt nog steeds verborgen.

Dat kan alleen maar betekenen dat het daar een flink stuk steiler is.

Henrik heeft het nog niet gezien, of nog niet de juiste conclusies getrokken, hij weet niet wat hem te wachten staat. Maar de helling loopt steeds rechter naar beneden.

Jacob blijft staan, draait zich naar ons toe en zegt: 'Oké, jongens... Er komt een lastig stukje aan.'

Een lastig stukje?

Wij blijven ook staan. De volgende tien meter loopt de bergrug steeds steiler af, om vervolgens... te verdwijnen.

What the fuck?

Jacob doet nog een paar stappen vooruit, draait dan een kwartslag en begint naar beneden te klimmen, stap voor stap verdwijnt hij uit het zicht. Milena loopt een paar meter naar voren, naar de rand, en kreunt.

'Nee... Jacob, serieus...'

Ze loopt weer achteruit, zichtbaar bleek.

'Wat is er, schat?'

Jacobs stem klinkt onschuldig lachend vanuit de afgrond. Maar Milena antwoordt niet, en Henrik kijkt haar ongerust aan, hij kan van haar gezicht aflezen dat er een diepe afgrond achter de rand verborgen zit.

Ik haal mijn backpack van mijn rug en loop naar de rand om het met mijn eigen ogen te zien.

En ook ik krijg een duizeligheidsaanval.

De bergkam loopt niet alleen steil naar beneden af, hij wordt ook steeds smaller en eindigt in een vlijmscherpe richel. Onmogelijk om overheen te lopen. Jacob klimt nu zijwaarts langs de richel, met een vrije val van honderden meters onder zijn voeten. Vijftien tot twintig meter verderop loopt de richel omhoog en wordt hij weer breder. Van daaruit loopt de kam verder.

Een stukje onder Jacob, een paar meter naar de zijkant, zit een klein plankje, een klein uitsteeksel in de rotsen, waar je waarschijnlijk wel op zou kunnen staan. Dwangmatig bedenk ik dat ik van waar Jacob staat naar het uitsteeksel zou moeten zien te springen. Hoe bijna onmogelijk dat zou zijn. Hoe groot de kans is om naar beneden te storten, een zekere dood tegemoet.

Ik voel een fysieke kracht vanuit de diepte, alsof ik elk moment voorover kan vallen. Ik doe instinctief een paar stappen achteruit.

Jacob kijkt met een triomfantelijke grijns naar me op. Dit is wat hij voor ons in petto had, dit was het hele doel van de omleiding.

Jullie dachten dat het ergste achter de rug was. Ik heb me zo in moeten houden om niet te lachen.

Hij was zo blij als een kind, en zo wreed als een kind. Dat het leuk vindt om de poten van een spin eruit te trekken, een voor een, en vervolgens toe te kijken hoe het pootloze lijfje ligt te spartelen om weg te komen.

'We moeten ons zekeren,' zeg ik tegen hem.

'Nee, nee,' antwoordt hij afwijzend, zonder op te kijken. Hij klimt zijwaarts verder langs de richel.

'Maar je hebt toch touw en zekeringen mee?'

Hij geeft geen antwoord.

'Dan kunnen we die toch gebruiken? Dit is echt gestoord!'

'Het is niet moeilijk,' zegt Jacob, en ineens is hij al aan de andere kant, waar de richel omhoogloopt en weer een kam wordt. Hij zet een paar grote stappen naar boven en draait zich dan naar ons om.

'Hou op, hoor!' roep ik naar hem.

'Als we met touwen en zekeringen gaan lopen klooien gaat het uren duren,' roept hij terug. 'Dan is het straks donker. En dan wordt dit pas echt gevaarlijk.'

'Laat dan maar, dan keren we wel om,' zeg ik woedend. Ik loop naar Henrik toe die zijn backpack af heeft gedaan en op de grond is neergezakt.

'Hou nou toch op met die onzin!' roept Jacob dwars over de afgrond.

'Hij is echt gestoord, hoor,' zeg ik tegen Henrik, hard genoeg zodat Milena het ook kan horen. Jacob brult opnieuw: 'Millan! Kom op!'

Bevelend, op een toon die geen tegenspraak duldt. Maar Milena geeft geen antwoord. Ze staat aarzelend stil.

Is dit het moment dat ze van kant gaat wisselen? Is dit het moment dat ze in gaat zien dat er iets mis is met Jacob?

'Serieus, Milena, we kunnen dit niet doen zonder ons te zekeren,' zeg ik gedempt, ik wil niet dat Jacob het hoort. 'Dit is waanzin.'

Alsjeblieft Milena, doorbreek die ban nu toch eens. Alsjeblieft, alsjeblieft.

Jacob begint terug langs de richel te klimmen, en snel ook, hij beseft waarschijnlijk dat hij Milena misschien niet zover krijgt, en dat baart hem zorgen.

'Doe je rugzak af, ik pak hem wel,' roept hij. 'Ik zal precies zeggen waar je je handen en voeten moet zetten. Ik zweer het, het is echt niet moeilijk.'

Maar ze aarzelt nog steeds.

Jacobs hoofd duikt boven de rand op, hij komt met grote, driftige passen op haar af. Hij kookt van woede, zijn gezag wordt opnieuw ondermijnd, de opstand moet in de kiem worden gesmoord.

'Geef me je rugzak,' sist hij met opeengeklemde kaken, en Milena gehoorzaamt automatisch, zodra Jacobs gestalte in haar blikveld opdoemt gedraagt ze zich als een robot. Jacob doet haar backpack op zijn rug en loopt terug naar de rand.

Maar Milena blijft staan.

'Je hoeft niet, hè, Milena,' zegt ik zachtjes.

Jacob draait zich om. Hij kijkt Milena met een wilde blik aan.

'Milena! Kom!'

Uiteindelijk gehoorzaamt ze, en ik voel een steen in mijn maag. Ze loopt achter Jacob aan, die al over de rand is geklommen.

'Draai je om en ga zijwaarts. Hou je goed vast en zet dan je rechtervoet hier. Niet naar beneden kijken.'

Jacob geeft stap voor stap instructies, en Milena is doodsbang, dat zie ik aan haar, maar ze doet toch, stap voor stap, wat hij zegt. Ze durft niet anders. Haar hoofd verdwijnt langzaam achter de rand van de klif.

Ik ben te boos en van streek om stil te blijven staan, ik ijsbeer rond Henrik die nog steeds op de grond zit.

'Dit is echt fucking... Het is verdomme compleet krankzinnig.'

Er gaan een paar minuten voorbij. Milena en Jacob zijn niet meer te zien.

Zijn ze gevallen?

Natuurlijk niet. Dan zou er wel iemand hebben geschreeuwd. We hebben niets gehoord.

Henrik staart ongerust naar de rand.

'Hoe ver is het? Zouden we ze inmiddels niet moeten zien?'

'Jawel.'

Ik loop naar de rand en al snel zie ik hoe Jacob opnieuw aan de andere kant de bergkam opklimt. Hij steekt zijn hand uit naar Milena en helpt haar omhoog.

Het is ze gelukt.

Ze staan allebei op. Jacob drinkt wat water. Milena ziet er opgelucht uit, ze lacht zelfs naar me vanaf de andere kant van de afgrond, en roept: 'Het was serieus niet zo eng!'

Ik lach niet terug.

Bullshit, Milena. Je was fucking bang. Maar Jacob heeft je gedwongen. Ga nu verdomme niet lopen zeggen dat het niet zo eng was.

Ik hoor voetstappen achter me, en dan staat Henrik naast me en ziet hij voor het eerst de afgrond.

Hij kreunt alsof hij ergens pijn heeft, steekt zijn handen naar de grond uit en zakt voorzichtig op zijn knieën, als een oud mannetje dat bang is iets te breken als hij zich te wild beweegt. Van zijn knieën gaat hij op zijn kont zitten, en vervolgens gaat hij languit liggen. Zijn been ligt in een vreemde hoek.

Hij ligt te hyperventileren en is lijkbleek in zijn gezicht. Er verschijnen zweetdruppeltjes op zijn voorhoofd. Hij heeft zijn ogen dicht, maar als hij ze opendoet ziet hij er gejaagd uit, hij kan zijn blik niet stilhouden, zijn ogen draaien alle kanten op. Hij doet zijn ogen weer dicht.

'Ik kan niks zien,' hijgt hij.

'Hè?'

'Ik kan niks zien,' hij klinkt doodsbang. 'Het is helemaal... Ik zie niks.'

'Blijf liggen en haal rustig adem,' zeg ik. 'Hou je ogen dicht.'

Ik help hem zijn been goed te leggen zodat het languit op de grond ligt.

Aan de andere kant van de afgrond staan Milena en Jacob naar ons te kijken. Milena roept bezorgd: 'Wat gebeurt er?'

'Hoogtevrees,' roep ik terug.

Ik voel van alles op het moment, allemaal negatieve gevoelens. Woede, frustratie, angst, vermoeidheid. Ik ben boos op Jacob, omdat hij ons in de val heeft gelokt. Ik ben boos op Milena, omdat ze niet tegen Jacob in durft te gaan. Ik ben boos op Henrik, omdat hij ons in deze fucking hopeloze situatie heeft gebracht.

Ja, de woede die ik 's ochtends voor Henrik voelde komt weer terug. Zijn hoogtevrees heeft ons al een keer opgehouden, en nu gebeurt het weer. Ik weet dat ik zelf de klim boven de afgrond wel zal redden, maar wat Henrik betreft weet ik het zo net nog niet. En wat hebben we dan nog voor optie?

Misschien dat we Jacob over kunnen halen om te helpen met touw en zekeringen. Misschien. Maar dat zal tijd kosten, en voordat we daarmee kunnen beginnen moet Henrik wel bijgekomen zijn.

Ik kijk naar hem, hoe hij naast me op de grond ligt. Hij maakt een soort snurkende geluidjes. Zijn hoofd is opzij gevallen en zijn mond hangt open. Het lijkt alsof hij slaapt. Zijn gezicht is nog steeds lijkbleek en bedekt met een dun laagje zweet.

Ik realiseer me dat hij is flauwgevallen. De hoogtevrees was zo intens dat zijn hersenen kortsluiting hebben gekregen. Misschien maar goed ook, misschien dat hij dan sneller weer bijkomt.

Als we hadden gedaan wat ik vanmorgen van plan was geweest, hadden we misschien over een dag al in Aktse kunnen zijn. Het zou verschrikkelijk zijn geweest om weer zonder gas te zitten, om de nachtkou tot in je botten te voelen, maar we zouden geen tijd hebben verloren en we zouden niet overgeleverd zijn geweest aan Jacob.

'Henrik? Gaat het?' roept Milena vanaf de andere kant van de afgrond.

'Hij is flauwgevallen,' roep ik terug, en op hetzelfde moment doet Henrik langzaam zijn ogen open en tuurt klaarwakker omhoog naar de zon. Hij komt verward over en doet zijn ogen weer dicht.

'Wat is er gebeurd?' vraagt hij zwakjes.

'Je bent flauwgevallen.'

'Was ik lang weg?'

'Nee. Kun je weer wat zien?'

'Ja. Ik kan zien.'

Hij droogt zijn gezicht met de achterkant van zijn hand, vraagt zich af wat dat vreemde plakkerige vocht is dat hij voelt. Hij is nog steeds bleek, maar zijn wangen beginnen weer wat kleur te krijgen.

Henrik is flauwgevallen. Van angst.

En ineens zie ik een beeld voor me uit een kostuumdrama, of misschien was het een roman, waarin een hooggeplaatste jongedame een paard in een weiland ziet staan, en dat dat paard begint te poepen, en dat de keurige jongedame dan van pure ontzetting flauwvalt.

Of 'bezwijmt' zoals dat in die tijd geloof ik heette.

Ik begin te grinniken om het beeld in mijn hoofd, en ik weet dat dat ontzettend ongepast is op dit moment, maar ik kan me niet inhouden. Ik ben al te lang te moe, boos en gefrustreerd geweest, het is alsof mijn geest hunkert naar verandering en deze kans aangrijpt.

Dit is Sarek. Alle emoties zitten constant aan de oppervlakte.

Ik vind het echt enorm komisch dat Henrik van schrik is flauwgevallen. Ik pers mijn lippen op elkaar, vastbesloten het gegrinnik er niet tussendoor te laten komen. Ik probeer mijn gezicht in de plooi te houden en kijk een andere kant op. Maar het ingehouden gegrinnik laat mijn bovenlijf schudden.

'Wat is er?' vraagt Henrik terwijl hij zijn hand op mijn arm legt. Hij ziet dat ik tril en denkt misschien dat ik aan het huilen ben.

Zal ik doen alsof ik huil? Zou ik daarmee weg kunnen komen?

'Hé? Wat is er?'

Ik zie hem voor me in kleren uit de negentiende eeuw, een lange jurk met de taille net onder zijn borstspieren en een klokvormige muts op zijn hoofd, een kapothoedje of hoe het ook heet, netjes vastgeknoopt onder zijn kin. Hij ligt flauwgevallen in een greppel. Met de rug van zijn hand theatraal tegen zijn voorhoofd.

En dan trek ik het niet meer, ik kan het gegrinnik niet langer tegenhouden, het dringt met een snuivend geluid over mijn lippen en gaat over in een geluidloze lach.

'Sorry...' breng ik uit. 'Ik ben gewoon...' Ik sla mijn armen om mijn buik alsof ik pijn heb.

Henrik gaat rechtop zitten, zijn rug ondersteunend met zijn handen. Hij kijkt beduusd en grimmig, maar hij zegt niets. Pakt zijn waterfles en neemt een paar slokken.

Ik hap met een vreemd raspend geluid naar adem, zo klink ik als ik de slappe lach heb.

'Sorry,' weet ik weer uit te brengen voordat ik opzij in het gras val en mijn lachbui voortzet.

Henrik heeft waarschijnlijk wel door dat ik hem uitlach omdat hij flauwviel, maar ik zal hem de details besparen. Dat is het minste wat ik voor hem kan doen.

'Wat... Is het omdat ik flauwviel?'

Ik geef geen antwoord, blijf schuddend van het lachen op mijn rug naar de blauwe lucht kijken. Ik probeer het niet meer tegen te houden, dat lukt toch niet, ik laat het er gewoon uit. Het voelt alsof er geen einde aan komt, dit zou wel uren door kunnen gaan. Het lachen voedt zichzelf, de oorspronkelijke oorzaak al lang vergeten.

Het lichaam neemt het over in Sarek. Henrik moest even flauwvallen. Ik moet even lachen. We hoeven ons nergens voor te schamen.

Op een gegeven moment, ik weet niet na hoelang, staat Henrik op van het gras, en begint mijn lachorkaan te bedaren. Nog een paar laatste stormbuitjes en dan is het klaar. Er lopen tranen over mijn wangen en ik heb last van buikspieren die ik al een tijdje niet heb gebruikt, maar ik voel me bevrijd. Ik heb weer energie gekregen.

Dus ik sta ook op en loop naar Henrik toe, die zijn backpack op zijn rug aan het doen is. Ik leg mijn hand op zijn arm en vraag voorzichtig: 'Wat wil je?'

'Naar de overkant.'

'We hoeven niet, hè.'

'Jawel.'

'Nee. We kunnen ook weer terug naar beneden gaan.'

Hij kijkt me niet aan terwijl hij zijn backpack goed afstelt, de bandjes bij zijn heup en borst vastklikt.

'We kunnen Jacob wel vragen of hij ons toch wil zekeren?'

'Van mij hoeft het niet.'

Henrik praat op een toon die ik nog niet vaak eerder heb gehoord, zijn stem klinkt mat maar stellig. Hij is vastbesloten om naar de overkant gaan. Het is niet onderhandelbaar.

Misschien dat mijn lachaanval hem zo boos heeft gemaakt dat hij zich over zijn hoogtevrees heen heeft weten te zetten. Of misschien dat het flauwvallen zijn hele systeem heeft gereset. Wat hij over zichzelf dacht te weten, dat hij aanleg heeft voor duizeligheid, dat geldt misschien niet meer.

Ik ben verbaasd. En bezorgd. En een beetje onder de indruk.

Hij loopt naar de rand toe, en Milena roept vanaf de andere kant: 'Wat gebeurt er? Ga je het doen?'

Hij geeft geen antwoord. Hij draait zich om en gaat op zijn knieën zitten om aan de afdaling langs de bergwand te beginnen, in de richting van de richel en de afgrond. Ik ga achter hem aan.

'Rustig aan, Henrik!' roept Milena. Ze klinkt ongerust. 'Jacob zal je wel zekeren!'

Henrik lijkt het niet te horen. Hij drukt zich tegen de klif aan en zijn rechtervoet bungelt in de lucht. Dan vindt hij houvast, verplaatst zijn zwaartepunt en laat zijn lichaam naar beneden zakken. Hij verzet zijn linkerhand naar beneden, dan zijn rechterhand, en daarna zijn linkervoet. Naar beneden, nog een stukje verder.

'Henrik! Rus-tig – aan!' Ik benadruk elke klemtoon. Het gaat namelijk te snel. Henrik lijkt helemaal niet constant drie contactpunten met de rotsen te houden, hij verzet zijn voet en hand bijna tegelijkertijd. Oké, het is misschien niet zo'n lastige klim, maar hij is het niet gewend en de gevolgen als je grip verliest zijn definitief. Een vrije val van honderden meters.

Milena lijkt hetzelfde te zien.

'Wacht, Henrik! Stop even! Jacob komt je helpen!' Er klinkt een vleugje paniek in haar stem.

Jacob is alweer onderweg naar de richel, ook hij klimt snel – maar wel lenig.

Henrik luistert noch naar mij, noch naar Milena. Hij gaat door met klimmen, hij is al bij de richel aangekomen. En het valt me op hoe ontspannen hij klimt. Er is niets krampachtigs of angstigs aan hem te zien, hij doet het met hetzelfde gemak alsof hij van een ladder uit een appelboom naar beneden aan het klimmen was. Goeddoordachte, evenwichtige bewegingen.

Jacob komt naar hem toe vanaf de andere kant. Henrik stopt even om op adem te komen. Ik zeg tegen hem: 'Lekker bezig, zeg! Ziet er goed uit!'

Hij kijkt naar me op, onze blikken ontmoeten elkaar en we lachen naar elkaar.

'Maar doe alsjeblieft wel wat rustiger aan, ik krijg hier zowat een hartverzakking.'

Hij ziet er bijna gelukkig uit. Jacob is nog maar een paar meter bij hem vandaan.

'Wacht even, dan help ik je,' zegt hij.

Henrik en ik kijken elkaar nog steeds aan, hij een stukje lager met de afgrond onder zich, ik daarboven.

'Je klimt als een pro, lieverd,' zeg ik lachend. Hij lacht terug, een ietwat verdrietige glimlach, en zo blijven we een paar seconden staan. Ik ben blij dat het weer goed is tussen ons.

Henrik haalt diep adem en maakt zich klaar om verder langs de richel te klimmen. Hij kijkt naar beneden, naar de afgrond onder zijn voeten. Honderden meters lucht.

Hou op, Henrik. Word nou niet overmoedig. Je hoeft jezelf niet uit te dagen.

Hij blijft staan, leunt voorover tegen de klif en sluit zijn ogen. Er gaan een paar seconden voorbij.

Raakt hij nu weer in paniek? Gaat het nu fout?

Jacob doet een stap dichter naar Henrik toe en steekt zijn hand naar hem uit.

'Hier. Pak mijn hand.'

Henrik kijkt naar Jacob, maar ik zie geen paniek in zijn lichaamstaal, niks krampachtigs. Hij verplaatst zijn rechtervoet in Jacobs richting, dan zijn rechterhand, linkervoet, en linkerhand.

Jacob staat nog steeds met zijn hand naar hem uitgestrekt. Hij schenkt hem een uitnodigende, bijna vriendschappelijke glimlach.

Henrik heeft Jacobs hulp niet nodig, maar hij steekt toch zijn hand uit, waarschijnlijk omdat hij het vriendschappelijke gebaar niet onbeantwoord wil laten.

Jacob pakt hem vast.

En er is ineens iets aan Jacobs lichaamshouding wat er totaal verkeerd uitziet, hij spant zijn lichaam aan en lijkt zich met zijn andere hand schrap te zetten tegen de rots, alsof hij van plan is

ik open mijn mond maar heb geen tijd om te roepen

Jacob trekt Henrik met een krachtige ruk naar zich toe

Henrik verliest zijn evenwicht en zwaait met zijn andere hand door de lucht

Jacob laat zijn hand los

Henrik

valt

Uit het getuigenverhoor met Anna Samuelsson, persoonsnummer 880216-3382, 19 september 2019, Gällivareziekenhuis, afgenomen door rechercheur Anders Suhonen.

Stilte. Gesnik.

'Wil je dat we stoppen voor vandaag?'

Stilte. Gesnik.

'Nee. Het gaat wel.'

'Wil je een glas water?'

'Nee.'

Stilte. Diepe zucht.

'Ik wil nu liever doorgaan. Zodat ik niet... Ik wil daar niet weer naar terug hoeven gaan.'

'Mhm. Dat begrijp ik.'

Stilte.

'Het gebeurt niet zo vaak... Dat je iets meemaakt waarvan je weet dat het de rest van je leven zal veranderen.'

'Nee.'

'Dus daarom is het ook moeilijk te geloven. Als het gebeurt. Ik weet natuurlijk wel dat het is gebeurd. Maar het voelt onwerkelijk.'

'Ja.'

'Soms denk ik aan iets anders, heel even maar... Misschien maar een minuut... En als ik het me dan realiseer, dat Henrik dood is, dat Jacob hem heeft vermoord, dan is er een seconde waarin ik nog kan denken wat voor nachtmerrie dat zou zijn, dat Henrik van een berg zou vallen en het niet zou overleven. En dan zijn mijn hersenen weer bij en weet ik het weer... Dat het geen nachtmerrie is. Dat het echt is gebeurd.'

'Ja.'

Stilte.

'Ik wil graag nog wat vragen stellen over het voorval zelf, als je dat goed vindt.'

'Ja.'

'Wat denk je dat Jacob voor motief had hiervoor?'

'Wat voor motief hij had?'

'Ja?'

'Nou... Dat hij beledigd was. En zich geprovoceerd voelde.'

'Door Henrik?'

'Ja. Toen hij vroeg of Jacob jaloers was. Dat bedacht ik meteen, dat dat het moest zijn geweest. Jacob voelde zich buitengesloten toen Henrik en Milena zo lagen te praten.'

'Hm.'

'Als je narcistisch bent, en een psychopaat... Dan kun je zo'n belediging gewoon niet aan.'

'Nee... Maar de stap naar iemand vermoorden is alsnog best groot.'

'Voor normale mensen wel, ja. Dat heb ik eerder gezegd.'

'Ja.'

'Zelfs al zouden jullie zijn lichaam vinden, dan zullen jullie alsnog nooit kunnen bewijzen dat Jacob hem heeft vermoord, of wel?'

'Nee, waarschijnlijk niet. Dat zou dan van jouw getuigenis afhangen.'

'Als Jacob de enige overlevende was geweest, zoals hij bedacht had, dan had hij natuurlijk gezegd dat Henrik was gestruikeld. Dat hadden jullie niet kunnen betwisten.'

'Nee. Maar als we even verdergaan... Jacob liet Henrik van de klif vallen... Wat gebeurde er daarna?'

'Ik was gechoqueerd. Ik gilde. En aan de overkant... Aan de andere kant van dat steile stuk... gilde Milena ook.'

'Oké.'

‘Ik zag Henrik vallen, maar... Toen keek ik weg. Instinctief. Dus ik heb hem de grond niet zien raken.’

‘Nee.’

‘En toen ben ik weggerend.’

‘Aha.’

‘Weg van Jacob. Ik twijfelde er niet langer aan. Nu zou hij gedwongen zijn mij ook te vermoorden.’

‘En toen rende je... waarheen?’

‘Terug waar we vandaan kwamen.’

‘Wat deed Jacob? Rende hij achter je aan?’

‘Ja. En ik raakte in paniek.’

‘Mhm.’

‘Ik denk... Als ik iets rustiger aan had gedaan, dan had ik van hem weg kunnen komen. Maar ik viel en stootte mijn knie. Ik probeerde overeind te komen en verder te rennen, maar toen had Jacob me al ingehaald. En toen werd het zwart.’

IK WORD WAKKER in de tent en weet niet hoe ik hier terecht ben gekomen. Of hoeveel uur er voorbij is sinds Henrik viel en ik weg was gerend.

Het is in elk geval nog niet donker. Ik vermoed dat het schemert buiten, want het tentdoek heeft een bepaalde nuance die ik niet gewend ben.

Ren voor je leven.

Terug bij de afgrond, Henrik is net gevallen en ik gilde, mijn mond is een gapend gat van afschuw en ik kijk naar Jacob en zijn blik zegt me dat ik moet rennen voor mijn leven.

Ik zet een paar stappen achteruit, draai me dan om en begin te rennen, Jacob schreeuwt naar me dat ik moet blijven staan, maar ik luister niet. Mijn backpack laat ik liggen. Het gaat er nu om dat ik in ieder geval de komende tien minuten weet te overleven.

Ren, harder dan je ooit gedaan hebt!

Ik weet niet hoelang ik ren. Blik strak op de grond gericht. Dan de val, en de pijn die vanaf mijn knie als een brandende speer door mijn lichaam schiet. Is mijn knieschijf gebroken? Ik probeer weer overeind te komen, maar ik zak door mijn been en tuimel voorover. Achter me hoor ik Jacobs snelle, zware voetstappen dichterbij komen, ik hoor zijn ademhaling, en dan wordt het zwart voor mijn ogen.

Ik probeer mijn knie aan te raken en kom erachter dat ik in een slaapzak lig. Hoe is dat gegaan? Niet belangrijk op dit moment. Ik trek de rits naar beneden zodat ik erbij kan met mijn hand. Nee, mijn knie lijkt nog heel. Maar hij doet erg veel zeer.

Rewind. Play.

Mijn hersenen zijn als een mediaspeler op een tablet in de handen van een tweejarige. Het kind drukt verwoed op de knoppen en er verschijnen korte fragmenten uit mijn geheugen, ze worden halverwege onderbroken, te snel doorgespoeld en herhaald. Dwars door elkaar.

Fast forward. Play. Rewind. Play.

Jacob steekt zijn hand uit naar Henrik, Henrik pakt hem vast, Jacob trekt Henrik naar zich toe. Henrik verliest zijn grip met zijn andere hand, probeert de klif met een wilde, paniekerige beweging weer vast te grijpen, maar dat lukt hem niet. Een ogenblik later zwaait zijn hand door de lege lucht.

Wat voelt hij op dat moment? Wanneer hij daar staat met een honderden meters diepe afgrond onder zich, zijn evenwicht verliest, naar de klif grijpt, maar zijn vingers er slechts langs schrapen? De gewichtsverschuiving in zijn lichaam is al te groot om zichzelf tegen te kunnen houden met het kleine beetje grip dat hij heeft met zijn vingertoppen.

Ik heb mezelf vaak genoeg maar net tegen kunnen houden terwijl ik bijna mijn evenwicht verloor. Er gaat een schok door je heen en een paar seconden later, wanneer je je realiseert wat er bijna gebeurde, voel je een tinteling in je hoofdhuid. Je voelt je hart bonzen in je slapen, in je borst. Je haalt diep adem. Begint de controle terug te krijgen.

Wat ging er door Henrik heen?

Verbazing, waarschijnlijk. Hij kijkt in Jacobs lachende gezicht en voelt tegelijkertijd de ruk aan zijn hand, die doortrekt naar zijn arm en de rest van zijn lichaam.

Wat doe je?

Vervolgens de schok die door hem heen gaat als hij voelt dat hij op het punt staat zijn evenwicht te verliezen.

Neeneeneenee

Zoals ik zelf vaak genoeg heb meegemaakt.

Dit kan helemaal verkeerd gaan.

Jacob laat zijn hand los en Henrik valt achterover, zwaait instinctief met zijn armen. Nu is zijn hele lichaam in de lucht afgezien van zijn voet die nog steeds contact heeft met de rotswand, en zijn hersenen proberen te registreren dat het onvoorstelbare gebeurt.

Wauw. Ik weet dat het gebeurt, maar gebeurt het écht?

Het is niet meer tegen te houden. Henrik begint te vallen en terwijl hij snelheid krijgt, draait zijn lichaam langzaam naar achteren, met zijn hoofd naar beneden toe.

Heeft hij nog tijd om de grond op zich af te zien komen? En als hij nog een halve slag is gedraaid en zijn hoofd weer boven zit, kan hij dan nog een glimp opvangen van Jacob vijftig of honderd meter boven hem?

De wind. De acceleratie moet extreem zijn bij een vrije val. Na een paar seconden zit je waarschijnlijk al op honderd kilometer per uur of meer. Hoe voelt het als je je hoofd uit het autoraam steekt terwijl je over de snelweg rijdt? Je huid wordt tegen je jukbeenderen gedrukt, alles wat los zit beweegt, je haar vliegt alle kanten op. Een bulderend geruis dat alle andere geluiden overstemt.

Ik heb Henrik een flink stuk zien vallen, volgde hem een paar seconden met mijn blik voordat ik wegkeek, en toen was hij nog lang niet bij de grond. De val zal een seconde of vijf, zes moeten hebben geduurd.

Laat het los, Anna. Laat los, laat los, laat los.

Wat kun je nog denken in zes seconden? Of probeer je alleen instinctief je evenwicht te hervinden, en spartel je de hele weg naar beneden doelloos in de lucht?

De rotswand is niet helemaal loodrecht, hoe dichter je bij de grond komt, hoe wijder hij uitloopt. Waarschijnlijk stoot je er nog één of een paar keer tegenaan voordat je beneden bent. Je lichaam wordt opengereten en barst open als een rijpe watermeloen. Ineens is je been en je halve bovenlijf weg. Dat is binnen een seconde gebeurd. Je laat in een elegante boog een cascade van bloed achter in de lucht. Je darmen en andere ingewanden komen je buik uit, maar ze zitten nog steeds met pezen aan de rest van je lichaam vast, alles wappert in de wind tijdens de laatste seconden voordat je de grond raakt. Je maag schittert als een kleine ballon in de zon.

Er is iemand bij de tent.

Ineens ben ik honderd procent terug in het nu. Mijn hart begint te bonzen. Iemand doet de voortent open. Ik hoor het geluid van de rits, maar het gaat niet krachtig en vastberaden, eerder een beetje voorzichtig. Alsof diegene me niet wakker wil maken.

Ik hoor de persoon op zijn knieën de voortent in kruipen. Geen heftige bewegingen, geen harde geluiden. De persoon is aan het sluipen.

Er is iets aan de geluiden, ik kan er niet de vinger op leggen wat precies, maar het geeft me een duidelijk beeld van wie het is.

Jacob.

De angst maakt me alert, mijn hart pompt adrenaline naar mijn spieren toe, ik span mijn hele lichaam aan, klaar om te vechten of te vluchten.

Vluchten? Hoe dan? Ik lig in een slaapzak, in een tent. Ik zit vast.

Zal ik Milena roepen?

Weet ik wel of Milena nog leeft?

Ik slik en staar naar het tentdoek, ik adem geluidloos met open mond.

Als ik roep verraad ik dat ik wakker ben en ben ik mijn mogelijk enige voordeel kwijt, het verrassingseffect. Voor niks als hij Milena al heeft vermoord.

Waar is mijn multitool?

Ik lig op mijn zij en voel, zo stil mogelijk, of hij in een van mijn broekzakken zit. Nee, geen mes te vinden.

Op dat moment pakt iemand de rits van de binnentent vast, en begint er voorzichtig aan te trekken.

Misschien in de zak van mijn andere broekspijp? Aan de kant waar ik op lig? Ik ga met mijn hand over de buitenkant van mijn broekzak en voel de langwerpige, afgeronde omtrek van het mes.

De ritsloper gaat langzaam over de rijen met tanden.

Nog even en de persoon is in de tent. Dan moet ik helemaal stilliggen. Ik moet het mes voor die tijd uit mijn zak zien te krijgen.

Zo zacht ik kan beweeg ik een beetje opzij zodat ik bij de flap van mijn broekzak kan.

Waarom moeten outdoorkleren en slaapzakken in vredesnaam gemaakt zijn van zulke stomme ritselstofjes?

En uiteraard zit de flap dicht, met een robuuste drukknoop van metaal, zo een waarvoor je vaak beide handen moet gebruiken om hem open te kunnen krijgen.

De loper gaat langzaam verder met zijn stille wandeltocht over de gebogen lijn van de rits. Ik kan bijna tand voor tand horen hoe de opening groter wordt.

Wanhopig duw ik een duimnagel tussen de twee delen van de drukknoop. Ik trek met mijn ene hand aan de flap, terwijl ik de zak met de andere tegenhoud, en er klinkt een

plop

als de drukknoop opengaat. Het klinkt hard in de stille tent en ik lig doodstil en hou mijn adem in, het is totaal ondenkbaar dat Jacob het niet heeft gehoord.

Maar het discrete geluid van de rits gaat onafgebroken verder.

Ik steek snel mijn hand in mijn zak en vis het mes eruit, ga voorzichtig klaarliggen met het mes op mijn buik en mijn handen op het mes. In deze positie kan ik het blad ongemerkt uitklappen. Denk ik.

Ineens is er niets meer te horen, het is helemaal stil. Afgezien van de ademhalingen. De persoon ademt door zijn neus, maar het is geen rustige ademhaling, het klinkt alsof het moeite kost om niet door de mond te ademen. Er gaat veel lucht in en uit. Als bij een verhoogde hartslag.

Het moet Jacob wel zijn. Ik hoor het nu luid en duidelijk.

En het klinkt alsof hij zich net fysiek heeft ingespannen en op adem probeert te komen.

Tenzij... hij opgewonden is.

Mijn gezicht ligt afgewend, naar het tentdoek, maar ik kan voor me zien hoe hij op zijn knieën in de tentopening naar me zit te kijken. Hij vraagt zich af hoe hij het aan zal pakken.

Ik ga met mijn vingers over de multitool. Draai hem rond met mijn andere hand. Waar zit het grootste blad?

Jacob komt de tent in, en nu ruik ik zijn geur ook. Vochtige kleren, lagen van nieuw en ingedroogd zweet, een geur die tegelijkertijd zuur, scherp en bitter is. En nog iets, wat waarschijnlijk zijn eigen unieke lichaamsgeur is.

Beschut achter mijn licht gebogen positie vouw ik een van de bladen van het mes een stukje open, ga er met mijn duim overheen. Ja, het is de goede. Een tien centimeter lang mes. Ik klap het helemaal uit, tot hij niet verder kan.

Het is helemaal stil in de tent. Wat moet betekenen dat Jacob is gestopt met bewegen en zijn adem inhoudt.

Heeft hij iets gezien? Bewoog mijn elleboog toen ik het mes uitklapte?

De angst maakt zich van mij meester en onwillekeurig hou ik ook mijn adem in, tot ik me realiseer dat ik moet ademen als ik zou slapen. Ik hoor zelf hoe onnatuurlijk mijn ademhaling klinkt en ik vervloek mezelf dat ik zo'n fucking amateur ben, ik lig gewoon te wachten tot het moment dat hij zich op me werpt, het mes uit mijn hand trekt en het tegen mijn keel duwt.

Dom kutwijf, dacht je nou echt dat ik niks doorhad?

En ik voel me krachteloos, ik kan dit niet aan. Maar dan begint hij weer te bewegen, en verbaasd besef ik dat het nog niet per se voorbij is. Hij heeft niks gemerkt. Het klinkt alsof hij languit op het matje naast me gaat liggen.

Geluidloos leg ik het mes goed in mijn rechterhand. Hou het stevig vast. Leg mijn linkerhand plat op de grond. Als het zover is wil ik me zo snel mogelijk omhoog kunnen duwen, terwijl ik me snel omdraai om hem met het mes aan te vallen.

In zijn gezicht, dat waarschijnlijk onbedekt is. Steken, steken, steken.

Ik voel Jacobs lichaam tegen me aan stoten, hoor zijn ademhaling steeds dichterbij komen. Zijn adem kietelt tegen mijn oor.

Ik haal diep adem. Nu.

Precies op dat moment klinkt er een stem buiten de tent.

'Jacob?'

Hij verstijft, en houdt zijn adem weer in.
'Jacob?'
Het is Milena.

'JACOB?'

Milena klinkt bang, bijna smekend.

Je leeft nog. Godzijdank.

Jacob is nog een paar seconden stil, dan zucht hij gefrustreerd, komt overeind en kruipt de binnententent uit. Zijn bewegingen zijn niet langer voorzichtig en sluipend, eerder driftig en overdreven luidruchtig. Hij is geïrriteerd.

O, Milena. Godzijdank.

Jacob trekt de rits in één lange, agressieve beweging achter zich dicht.

'Wat is er?' hoor ik hem met opeengeklemde kaken vragen. Het klinkt alsof hij tegelijkertijd fluistert en schreeuwt. Hij wurmt zich ook uit de voortent, staat op en dan is er een gedempt gesprek te horen.

'Ik vroeg me gewoon af waar je...'

Jacob onderbreekt haar agressief.

'Ik zoek de aansteker!'

Je zoekt de aansteker. Ja, hoor.

Ze lopen bij de tent vandaan, waarschijnlijk om mij niet wakker te maken, ik kan niet meer verstaan wat ze zeggen, maar de toon is onmiskenbaar. Jacob kwaad en dominant, Milena defensief en smekend.

Ik slaak een diepe zucht.

Het gevaar is voorlopig geweken. Ik hoef nog niet voor mijn leven te vechten. En Milena leeft nog. Dat vergroot mijn kansen aanzienlijk. Nu moet ik alles op alles zetten om haar naar mijn kant te lokken. We moeten een pact sluiten. En zij moet net zo op haar hoede zijn als ik.

Ik klap het mes dicht en stop hem terug in mijn broekzak, haal hem er vervolgens weer uit om het blad toch uit te klappen. Vanaf nu moet ik het mes altijd gereed hebben. Als ik voor mijn leven moet vechten wil ik er geen kostbare seconden aan hoeven verspillen om het open te klappen. Ik stop het mes terug in de zijzak van mijn broek met het blad uitgeklapt.

Mijn knie doet zeer. Ik knoop mijn broek open, steek mijn hand erin en voel aan mijn knie. Ja, de huid is wel geschaafd, maar het lijkt mee te vallen. Mijn vingertoppen raken vochtig, maar meer ook niet. Het bloedt niet meer.

Ik krabbel de voortent uit en ga rechtop staan. De zijkant van mijn rechterknie steekt, maar ik sta. Ik trek mijn shelljas aan en doe de rits dicht.

Het schemert boven Sarek, over een half uurtje zal het helemaal donker zijn. We bevinden ons vrij hoog op de berg, maar nog onder het ergste steenveld. In de diepte stroomt de Raparivier naar lagergelegen gebieden. In de verte klinkt het geruis van een wild stromende jokk.

Een stukje verderop zitten Jacob en Milena eten te koken. Het blauwe vuurtje van de gasbrander is duidelijk te zien in het halfdonker. Dan krijgt Milena me in de gaten.

'Anna!' Ze staat op en komt naar me toe. 'Hoe gaat het?'

Als ze dichterbij is zie ik hoe bezorgd ze eruitziet, hoe moe en verdrietig, hoe verdwaald. Henriks dood moet natuurlijk ook voor Milena een enorme schok zijn geweest. Daarnaast het besef dat Jacob, haar vriend, een levensgevaarlijke psychopaat is. Dat zowel zij als ik in levensgevaar zijn.

Want dat moet ze inmiddels toch wel doorhebben?

Milena slaat haar armen om me heen, geeft me een knuffel en begint zachtjes te huilen. Ik sla mijn armen ook om haar heen, maar weet even niets te zeggen. Jacob kijkt naar ons met een waakzame blik.

Ik hou jullie in de gaten. Vergeet dat niet.

We houden elkaar zo een tijdje vast, zonder iets te zeggen. Er hoeft ook niets gezegd te worden. Of eigenlijk moet er een heleboel gezegd worden, maar dat gaat nu even niet. Milena huilt.

We eten ons avondeten in het licht van onze hoofdlampjes. Het is inmiddels bijna helemaal donker. Er wordt erg weinig gezegd. Uiteindelijk vraag ik iets wat ik me al een tijdje af heb zitten vragen.

'Hoe ben ik beneden gekomen?'

Jacob en Milena kijken elkaar aan, maar geven geen antwoord. Ze zien er lichtelijk verward uit.

'Ik weet nog dat ik viel toen ik aan het rennen was. Op de bergrug. Maar toen werd het zwart. En toen werd ik wakker in de tent.'

Jacob richt zijn blik op zijn bord, speelt wat met zijn eten, neemt nog een hap, maar zegt niets. Zijn gezicht is gesloten. Milena geeft uiteindelijk antwoord.

'Je begon weer te rennen.'

'Wat bedoel je?'

'Na een tijdje kwam je weer bij, en toen hielpen we je overeind. Maar toen begon je weer te rennen.'

'Ik begon weer te rennen?'

'Ja.'

'Hoe ver?'

'Tot de top. Het plateau. En toen je naar deze kant wilde klimmen viel je nog een keer.'

Milena werpt een blik op Jacob, en ik krijg sterk het gevoel dat er iets niet klopt aan het verhaal. Milena gaat verder: 'Toen viel je weg. We hebben je een stukje gedragen en toen hebben we de tent opgezet.'

Er is iets met de manier waarop ze het vertelt. Haar blikken in Jacobs richting. Alsof ze zijn bevestiging wil.

Zeg ik het goed? Dit is wat we hadden bedacht, toch?

Alsof ze huiswerk opzegt dat ze uit haar hoofd heeft geleerd.

Wat houden ze voor zich? Wat is er echt gebeurd tijdens mijn black-out? Ik eet zwijgend verder en probeer mogelijke scenario's te bedenken.

Misschien probeerde Jacob mij ook te vermoorden, en heeft Milena dat weten te voorkomen. Haar blikken op hem terwijl ze vertelt moeten hem rustig houden, laten onderdanigheid zien. Misschien liegt ze dit verhaal ter plekke bij elkaar. Dat geeft aan dat ze beseft hoe gevaarlijk Jacob is, dat ze begrijpt hoe belangrijk het is om hem zich veilig te doen wanen.

Maar ik heb het gevoel dat er ook aan dit scenario iets niet klopt. Er zijn stukjes informatie die hier niet in passen, maar ik weet niet goed welke. Ze bevinden zich aan de rand van mijn bewustzijn, maar glippen weg als ik ze te pakken probeer te krijgen.

Misschien ben ik gewoon te moe om de puzzel te kunnen leggen.

We hebben een lange tijd zwijgend zitten eten als Jacob zijn keel schraapt. Hij maakt zich klaar om iets te zeggen en ik wacht gespannen af. Na een korte pauze spreekt hij vijf woorden uit: 'Ik probeerde hem te redden.'

De woorden blijven in de lucht hangen, en ik realiseer me dat Jacobs leugen elke seconde dat die niet tegen wordt gesproken lastiger van de waarheid zal kunnen worden onderscheiden. Maar het zou een grote tactische vergissing zijn om te zeggen dat hij liegt, om hem direct uit te dagen, voordat ik met Milena heb gepraat. We moeten een pact sluiten en toeslaan wanneer hij het het minst aan ziet komen.

Dus ik zwijg. Dit is dus wat Jacob als zijn waarheid zal opvoeren.

Ik probeerde hem te redden.

Milena en ik weten allebei wat er is gebeurd, maar als we deze boodschap keer op keer te horen krijgen, *ik probeerde hem te redden*, dan zullen we er uiteindelijk misschien aan beginnen te twijfelen of we het wel goed hadden gezien. Zouden we wat we hebben meegemaakt misschien op een andere manier kunnen interpreteren? De onzekerheid begint toe te slaan.

Het is een van de symbolen van de macht, zoals de rijksappel. Het vermogen om de grens tussen leugen en waarheid te vervagen.

Milena begint te snikken en zet haar hoofdlampje uit. Om een of andere reden zet ik de mijne ook uit. Uit sympathie, waarschijnlijk. Milena huilt zachtjes terwijl de laatste lichtstraal achter de bergen in het westen verdwijnt.

Het is nu bijna helemaal zwart. Alleen de lichtstraal van Jacobs hoofdlampje schijnt nog in het donker. De nachtkou besluipt ons als een hongerige wolf die aan de rand van ons kamp rondsluipt.

'Milena, kun je me even helpen?' vraag ik. 'Ik heb een wond op mijn knie, maar ik kan niet zien hoe die eraan toe is.'

Ik sta tegen een grote steen aan geleund, een stukje bij de plek vandaan waar we rond het kookstel hebben gegeten. Mijn rechterbroekspijp zit omhoog gerold. Er zit een snee op de zijkant van mijn knie en een behoorlijk lelijke schaafwond. Milena zit op haar hurken voor me en knipt in het licht van haar hoofdlampje een pleister van de rol. Ik haal een desinfectiedoekje uit zijn verpakking en maak de wond en de huid eromheen schoon. Het prikt, maar niet heel erg. Milena haalt het plastic van de pleister en meet hem in de lucht. Ik hou mijn been recht en ze drukt de pleister op zijn plek. Terwijl ze met haar duimen over de plakranden wrijft kijk ik in de richting van onze eetplek, naar Jacob. Hij heeft zijn hoofdlampje uitgezet, ik geloof dat ik zijn contouren kan zien, maar ik weet het niet zeker. Misschien is hij stiekem een andere kant op geslopen om ons vanuit het donker in de gaten te kunnen houden.

Milena kijkt naar me op en lacht bleekjes. 'Zo. Klaar.'

'Dank je.'

Ze rolt mijn broekspijp terug naar beneden en staat op. Ik aarzel even, wat nou als Jacob ineens vanuit een onverwachte hoek tevoorschijn komt, zal ik het doen? Ik pak haar handen vast, kijk haar diep in haar ogen en fluister: 'Milena... We moeten bij elkaar blijven. Hij wil ons vermoorden.'

Ze kijkt me aan, haar ogen worden groot. Ze ziet er bang uit. Doodsbang zelfs.

Uit het getuigenverhoor met Anna Samuelsson, persoonsnummer 880216-3382, 19 september 2019, Gällivareziekenhuis, afgenomen door rechercheur Anders Suhonen.

'En wat vond je daarvan? Dat ze er bang uitzag?'

Stilte.

'Nou ja... Ik had natuurlijk gehoopt dat ze me in de ogen zou kijken en zou knikken, om te laten zien dat ze me begreep. Dat ze tot dezelfde conclusie was gekomen. Maar dat was niet zo.'

'Nee.'

'En... Ik wist toen nog niet of dat was omdat ze zo bang was voor Jacob dat ze niet tegen hem in durfde te gaan, ook al was het de enige kans om te overleven, of dat ze nog steeds zo gehersenspoeld was dat ze zijn leugens geloofde... Het had natuurlijk ook zo kunnen zijn, bedenk ik nu, dat ze helemaal niet zo goed heeft gezien wat er gebeurde toen Jacob Henrik van de klif trok.'

'Nee.'

'Ik weet dat ze gilde, maar dat kan ook een seconde later zijn geweest. Toen Henrik al viel.'

'Ja.'

'Maar hoe dan ook was het negatief voor mij, dat had ik wel door. Onze enige kans om te overleven was namelijk dat we ons samen tegen Jacob zouden keren.'

IK LIG WEER in de tent, en Milena ligt naast me. Ze denkt dat ik al bijna slaap en probeert niet te laten merken dat ze huilt. Aan het geluid te horen drukt ze haar gezicht in haar kussen of slaapzak, maar ik hoor alsnog haar gedempte gesnik.

Henrik is dood.

Dat weet ik natuurlijk wel, daarom huilt Milena ook, maar het is nog niet tot me doorgedrongen. Dat Henrik dood is, is gewoon een feit, net zoals het een feit is dat ik Anna heet en dat ik nog leef.

Alle energie die ik nog overheb gaat daarnaartoe. Om te blijven leven en om uit Sarek zien weg te komen. Als ik dat voor elkaar krijg, dan kan ik om Henrik rouwen.

Ik zou echt moeten slapen om weer een beetje op kracht te kunnen komen, maar mijn lichaam is in waakstand gesprongen. Bij het geringste geluid van buiten schiet ik overeind, hou ik mijn adem in en spits ik mijn oren. Komt Jacob eraan? Zal hij het tentdoek aan flarden rijten en ons allebei afslachten?

Eigenlijk weet ik wel dat dat onwaarschijnlijk is. Jacob is niet op die manier gek, hij is niet krankzinnig. Hij heeft ons in zijn macht en wil daar waarschijnlijk zo veel mogelijk uit halen. Bovendien moet zelfs hij moe zijn na deze dag. Hij ligt waarschijnlijk heerlijk te slapen in zijn tentje.

In de tijd dat ik lag te piekeren, is Milena muisstil geworden op haar matje naast me. Ze is in slaap gevallen. Milena is een van die zeldzame mensen die geen geluid maakt als ze slaapt. Haar slaapzak beweegt in een rustig, gelijkmatig ritme op en neer.

Ik weet nog steeds niet goed of ik op haar kan rekenen, maar we liggen in ieder geval in dezelfde tent. Dat ze bij mij is gaan liggen moet toch in ieder geval wel positief zijn. Ik heb mijn boodschap duidelijk gemaakt en hoop dat het tot haar door zal dringen. Zoals die rode pil in *The Matrix*, de waarheidspil.

De rest van de avond waren we nooit meer dan een paar meter bij elkaar vandaan. Dat is nu mijn tactiek, om het voor Jacob moeilijker te maken. We liggen nu lekker naast elkaar in de tent.

Maar er is één probleem, en dat is dat ik voel dat ik moet plassen.

Ik was er zo op gefocust om bij Milena in de buurt te blijven, dat ik met haar meeging toen zij haar tanden ging poetsen en in bed ging liggen. Toen moest ik nog niet plassen, maar er zijn inmiddels een paar uur voorbij. En nu ik er eenmaal over na ben gaan denken, kan ik niet meer stoppen.

Zou ik gewoon kunnen gaan slapen? Nee. Misschien dat ik even in kan dommelen, maar in één keer doorslapen gaat me niet lukken.

Het alternatief is alleen niet bepaald aantrekkelijk. Om in mijn eentje de tent uit te sluipen, de donkere koude nacht in. Misschien is Jacob wel wakker. Die ligt hier misschien juist wel op te wachten.

Zal ik Milena wakker maken en vragen of ze meegaat? Dat zou ik best kunnen doen. Ik kom op mijn elleboog omhoog en kijk naar haar, of eerder in haar richting, het is pikkedonker en ik zie geen fluit. Maar dan bedenk ik dat ze net lag te huilen en niet kon slapen en besef ik dat ze deze nachtrust minstens zo hard nodig heeft als ik. Ze is uitgeput, geestelijk en lichamelijk. Hoe meer tijd ze heeft om te herstellen, hoe groter de kans dat ze de werkelijkheid ziet zoals hij is.

Dat we moeten samenspannen om Sarek te kunnen overleven.

Dacht ik niet zojuist dat Jacob hoogstwaarschijnlijk heerlijk lag te slapen in zijn tentje? Jawel. En ik heb helemaal geen geluid van zijn kant horen komen sinds hij, vlak na ons, zijn tent in is gekropen. Terwijl ik de hele tijd met gespitste oren heb gelegen. Het enige wat de stilte verbreekt is het geruis van de jokk een stukje verderop.

Sinds ik begon te denken dat het een reële mogelijkheid is om naar buiten te gaan om te plassen, is het alsof mijn lichaam zich daarop heeft ingesteld en moet ik nog nodiger. Uiteindelijk heb ik geen keus. Mijn lichaam heeft het voor me besloten.

Uit een tent sluipen zonder gehoord te worden is vooral een kwestie van één ding. Het langzaam te doen. Ik zeg tegen mezelf dat dit een half uur mag duren, of drie kwartier, mocht het nodig zijn. Ik moet geduld hebben.

Heel langzaam maak ik de rits van mijn slaapzak open. Even langzaam haal ik mijn been eruit. Ik draai me als een luiaard om op mijn matje en schuif wat dichter naar de opening van de binnentent. Ik wil mijn arm niet al te ver uit hoeven strekken om bij de rits te kunnen, ik wil geen kramp krijgen. Dit gaat tijd kosten

Ik begin in slow motion te trekken, veel langzamer dan Jacob een paar uur geleden deed. Zo langzaam dat ik zeker weet dat ik Milena niet wakker maak en dat Jacob me niet kan horen vanuit zijn tent. Het kost een aantal minuten. Ik moet van houding veranderen terwijl de ritsloper over het tentdoek beweegt, wat ook tijd kost. Maar uiteindelijk is de binnentent open en komt de nachtkou naar binnen.

Daar had ik niet aan gedacht. Milena zou ook van de kou wakker kunnen worden, van de ijskoude wind. Maar het zij zo in dat geval. Als ze wakker wordt kan ik naar haar gebaren dat ze stil moet zijn, of vragen of ze mee naar buiten wil gaan.

Ik kruip op handen en voeten door de opening, nog steeds als een luiaard, verschuif één hand of voet tegelijk en zet die heel voorzichtig neer. Het doet zeer aan mijn knie, steekt aan de zijkant van mijn knieschijf met elke verplaatsing. Ik tast mijn weg naar mijn bergschoenen in de voortent en ga op de grond zitten terwijl ik ze aantrek.

Het is erg vermoeiend om alles langzaam te doen. Ik ben een beetje buiten adem. En dan ben ik nog niet eens helemaal de tent uit. Voorzichtig ga ik op mijn hurken zitten, kruip verder naar de volgende tentopening en begin de rits op hetzelfde tergend langzame tempo open te trekken. Het is nu nog belangrijker om zachtjes te doen aangezien Jacob deze rits beter zal kunnen horen.

Milena lijkt nog steeds door te slapen in de tent, ondanks de kou die door de opening komt. Ze heeft zich niet bewogen, heeft geen geluid gemaakt. Tijdens de reis van de loper over de boog van de rits heb ik tijd om na te denken of ik de ritsen achter me dicht zal doen. Ik kom al snel tot de conclusie dat die van de binnentent open kan blijven, maar dat ik de buitenste dicht moet doen. Anders bestaat het risico dat hij gaat wapperen en dus lawaai maakt als er een windvlaag komt.

Zal ik nog iets van wc-papier zoeken? Ik weet wel waar mijn backpack ligt in de voortent, maar ik weet niet precies waar ik de rol wc-papier heb gestopt. Er zijn nogal wat gespen en touwtjes die los moeten om hem te kunnen doorzoeken. En als ik dat geluidloos moet doen, gaat dat wel even duren.

Nee. Dan maar zonder wc-papier vandaag.

De nachthemel komt tussen de steeds groter wordende spleet van de rits tevoorschijn. Het is heel helder, zo veel sterren heb ik nog nooit gezien. Het is gewoon lastig om een stuk te vinden dat helemaal zwart is. Overal zijn sterren, dichtbij en ver weg, sterren die zo fel schijnen als een gloeilamp en sterren die bescheiden schitteren. De Melkweg is zichtbaar als een witte strook, als viskuit in de kosmos. Miljarden sterren in miljarden sterrenstelsels.

Het is zo mooi en bijzonder dat ik heel even vergeet dat ik in levensgevaar ben. Ik laat de rits los, kijk op naar de sterren en voel me nederig ten opzichte van deze oneindigheid.

Zo had het moeten zijn in Sarek. Voor dit soort momenten waren we hiernaartoe gegaan. Maar het is anders gelopen.

Ik begin de rits weer verder open te trekken, nog even en de opening is groot genoeg om voorzichtig op handen en voeten de voortent uit te kunnen kruipen. Met hetzelfde grenzeloze geduld doe ik de rits weer dicht, niet helemaal, maar ver genoeg dat hij niet zal gaan klapperen in de wind.

Eindelijk buiten.

Ik kom overeind en strek mijn rug, het geknak van een paar van mijn ruggenwervels is waarschijnlijk het hardste geluid dat ik gemaakt heb sinds ik mijn slaapzak heb verlaten. Maar ik ben opgelucht. Het lastigste stuk is achter de rug.

Met voorzichtige stappen sluip ik bij de tent vandaan. De nacht is niet meer zo pikkedonker, mijn ogen hebben de tijd gehad om te wennen en het licht van de sterren is als een mat nachtlampje. Rechts van me zie ik zwarte contouren opdoemen, kartelige zwarte stukken karton die de nachthemel verbergen. Het zijn Skårki en de andere bergtoppen. De gletsjers lichten zwakjes op, alsof ze fluorescerend zijn.

Ik ga achter een rots staan, maak mijn broek los en ga wijdbeens op mijn hurken zitten. Eindelijk.

Ineens hoor ik verderop een geluid. Een rits wordt opengetrokken. En ik sta meteen op scherp. Mijn hart bonst in mijn keel, mijn nekharen staan overeind.

Ik kom heel voorzichtig overeind, zonder een geluid te maken trek ik mijn onderbroek, wollen broek en outdoorbroek omhoog. Ik knoop mijn outdoorbroek weer dicht. Hou mijn adem in en spits mijn oren. De stilte suist lang door in mijn oren. Er klinkt geen andere rits.

Maar dan toch wel.

Ik heb twee ritsen gehoord, en nu hoor ik voetstappen dichterbij komen. Ik steek mijn hand in mijn broekzak en haal het mes eruit.

De voetstappen stoppen, ik hoor een klikje, en dan zie ik het indirecte schijnsel van een lichtkegel een stukje verderop. Hij heeft zijn hoofdlampje aangezet. Het wordt lichter, en donkerder, en weer lichter. Jacob, want die zal het toch wel moeten zijn, beweegt de lichtstraal heen en weer. Hij kijkt om zich heen, zoekt het terrein af.

'Anna?' Hij fluistert, maar het klinkt hard. Een compromis tussen twee onverenigbare doelen: om door mij gehoord te worden, maar Milena niet wakker te maken.

Ja, hoor, het is Jacob.

Hoe the fuck kan hij mij gehoord hebben toen ik de tent verliet? Ik was muisstil. Het is onmogelijk. Hij moet hebben liggen wachten tot ik uit bed zou komen.

Jacob wil me voor zichzelf hebben. Zonder Milena die ons afleidt. En ik realiseer me dat ik hem de gouden kans heb gegeven. Maar wat moest ik dan?

Misschien had ik nog beter in mijn bed kunnen plassen dan bij Milena weggaan.

De voetstappen komen dichterbij en de lichtstraal schijnt over het grote rotsblok waar ik me achter verschuil. Ik hef het mes op, maak me klaar om toe te slaan, mijn benen trillen van inspanning en angst en ik weet maar net een snik te onderdrukken.

O god, laat hem mij alsjeblieft niet vinden.

Ik ben zo bang nu. Zo verschrikkelijk bang.

Het is weer even stil.

'Anna?' klinkt het dan opnieuw. Een harde fluisterstem, veel dichterbij dit keer. Alsof hij precies aan de andere kant van het rotsblok staat. Ik heb moeite mijn ademhaling onder controle te houden en weet zeker dat hij mijn gehijg hoort.

Ik trek het niet meer.

Ik begin te rennen.

Alweer ren ik volledig in paniek blindelings recht vooruit, zonder eraan te denken zachtjes te doen. Ik struikel over losliggende stenen en mijn plotselinge verschijning overvalt Jacob.

'Verdomme,' hoor ik hem geïrriteerd sissen.

Ik ren zo hard ik kan en durf over grind en stenen, maar mijn knie steekt met elke hinkende stap die ik zet. De pijn vertraagt me. Jacob is inmiddels om het rotsblok heen gekomen en de lichtstraal van zijn hoofdlampje mist me eerst door links naast me te schijnen, dan rechts van me, maar dan heeft hij me in het vizier en voel ik de lichtkegel als een vuurstraal op mijn rug.

Fuuuck!

Zware voetstappen achter me als hij de achtervolging inzet.

'Anna! Blijf nou staan, verdomme!'

Ik probeer zigzaggend te rennen om de lichtstraal te ontwijken. Ik ben als een haas die een vos achter zich aan heeft, alleen dan wel een gewonde haas, die eigenlijk geen schijn van kans heeft.

Jacob is met elke stap een stukje dichterbij.

Het geluid van de jokk is steeds duidelijker te horen, blijkbaar ren ik er recht op af. Ik had het me voorgesteld als een kabbelend beekje vrij dicht bij de tent. Maar wanneer hij maar niet tevoorschijn komt en het geluid wel steeds harder en heftiger lijkt te worden, besef ik dat het om een grotere rivier moet gaan die verder weg ligt.

Veel groter.

Ik geef het op zigzaggend te rennen om aan de lichtstraal te proberen ontsnappen, Jacob is zo dichtbij dat hij mijn contouren waarschijnlijk toch wel kan onderscheiden in het donker, en bovendien heeft hij het geluid om op af te gaan. Ik ren gewoon zo hard ik kan recht vooruit en mijn knie doet nu minder zeer, waarschijnlijk heeft de adrenaline de pijnsignalen uitgeschakeld.

De jokk is een optie. Ik ga daar proberen te komen voordat Jacob me heeft ingehaald. Hoe groter en krachtiger de jokk is, hoe meer hij de kansen tussen Jacob en mij gelijk kan trekken. Misschien weet ik wel aan de andere kant te komen terwijl hij misschien omver wordt gespoeld.

Ik ren met het mes in mijn hand, met elke stap steek ik een nieuw gat in de lucht.

'Blijf staan!' Jacob schreeuwt naar me, hij zal wel denken dat het steeds hardere gebulder van de jokk zijn geroep zal overstemmen, dat Milena hem toch niet meer kan horen bij de tent.

Maar hij is inmiddels erg dichtbij gekomen. Shit, wat is hij dichtbij.

Ik probeer het tempo nog wat te verhogen, de kans dat ik straks struikel en val is groot maar ik moet een risico nemen, anders haalt Jacob me in. Ik hoor nu niet alleen zijn voetstappen achter me, maar ook zijn zware, hijgende ademhaling. De achtervolging kost ook hem energie. Desondanks komt hij steeds dichterbij. Het is slechts nog een kwestie van seconden. Hij lijkt een sprintje te trekken om de laatste paar meter te overbruggen.

De jokk buldert steeds harder, het klinkt meer als een heftige stroomversnelling, ik geloof dat ik een waas vochtigere kou in mijn gezicht voel. En terwijl de grond vóór me naar beneden af begint te lopen, voel ik Jacobs vingers op mijn rug die mijn trui proberen vast te grijpen.

Neeee!

Ik trek mijn rug hol en wurm me los, maar hij struikelt en valt voorover, recht op mijn benen zodat ook ik mijn evenwicht verlies. We tuimelen allebei de helling af, ik vang mezelf met mijn handen op en schraap mijn handpalmen kapot, maar dat merk ik nauwelijks, want op hetzelfde moment heeft Jacob zijn arm om mijn been weten te slaan. Ik probeer mezelf wanhopig los te trekken, maar mijn been zit vast. We vallen niet langer, het is vechten geworden, op leven en dood. Ik besef dat ik mijn mes heb laten vallen toen ik viel.

Kut kut kut.

Jacobs andere arm heeft mijn middel te pakken gekregen, het voelt alsof ik gegrepen word door een octopus of tien boa constrictors, maar in mijn ooghoek zie ik Jacobs hoofd rechts van me en ik trek mijn arm zo ver naar links als ik kan voordat ik hem met wanhopige kracht een elleboogje tegen zijn slaap geef.

Aaahhhhhh!

Ik hoor mezelf kreunen, het voelt alsof mijn arm doormidden is gebroken, er dansen sterretjes voor mijn ogen, en ik voel me direct zwak en misselijk, maar Jacobs greep om mij verslapt even en dat is genoeg voor mij om overeind te kunnen krabbelen en in de richting van de stroomversnelling te strompelen.

Want het is echt een stroomversnelling. Hij is iets van zeven of acht meter breed en buldert oorverdovend, het water kolkt met brute kracht langs de rotsen. Ik kan de diepte niet inschatten in het donker, maar ik begrijp alsnog dat het een zelfmoordpoging zou zijn om erin te springen.

Ik aarzel even. Hoe zou ik dood willen gaan? Verdrinken in de stroomversnelling of doodgeslagen worden door Jacob?

Achter me hoor ik hem overeind komen.

Verdrinken, sowieso. Dus ik ga het water in, de eerste paar stappen beschut achter een paar grote stenen waardoor het water daar niet komt, maar dan stap ik de eigenlijke stroomversnelling in en het kost me al moeite om mijn voet überhaupt op de bodem te krijgen aangezien de stroming zo verschrikkelijk sterk is.

Jacob komt achter me aan gestrompeld.

Ik loop door en het water komt nu over mijn schoenen heen. Het voelt als een ijskoude bankschroef rond zowel mijn linker- als mijn rechtervoet. Het wordt steeds dieper en de stroomversnelling rukt aan mijn benen en mijn instinct schreeuwt dat ik om moet keren, dat het mijn dood wordt, maar de angst voor Jacob is groter. Dus ik dwing mezelf verder, stap voor stap, zonder op mijn evenwicht te letten, ik wankel op toeval vooruit, en uiteraard is het gedoemd te mislukken.

Ik val om.

En ik word meegevoerd met de gewelddadige stroming, net zo gemakkelijk als een dor blaadje dat in een herfststorm van de grond wordt geblazen. De kou schokt mijn lichaam, valt me van alle kanten tegelijk aan en beneemt me de adem. Gedesoriënteerd tuimel ik rond onder water, heb geen idee meer wat boven en onder is. Het water voert me mee, steeds sneller, tot... *Boeem!*

Het geluid van een doffe, zware bons doet mijn trommelvliezen vanuit mijn binnenste trillen. Ik heb mijn rug gestoten tegen een groot rotsblok onder water. Even staat alles stil. Er straalt een gewelddadige pijn vanuit mijn ruggengraat, het voelt alsof er iets is losgekomen.

Ik ben één met mijn pijn. Elleboog, kou, rug. De energie begint uit me weg te stromen.

De stroomversnelling drukt me tegen het rotsblok aan, maar tegelijkertijd probeert ze me los te rukken. Ik word tegen de rots gebeukt en rondgedraaid en plotseling heb ik mijn hoofd boven water en mijn voeten op de bodem.

Ik doe mijn mond open, maar merk geen verschil. Mijn longen schreeuwen nog steeds om lucht. Ik ben in de war. Zo gaat ademhalen toch? Gewoon je mond open doen? Of moest je ook nog iets anders doen, iets wat ik ben vergeten? Dan trekt de shock van de kou weg en eindelijk kan ik mijn longen weer vullen.

Adem in adem uit adem in adem uit adem in adem uit...

Ik schrok de lucht op, slik het door zonder te kauwen. Maar op een gegeven moment begin ik rustiger adem te halen.

Adem in. Adem uit. Adem in. Adem...

In mijn ooghoek zie ik iets aankomen en ik duik weg, maar te laat, Jacob grijpt me met beide handen vast, trekt me bij het rotsblok weg en duwt me onder water.

En ik geef op.

Niemand kan zeggen dat ik niet gevochten heb. Ik heb het hem niet makkelijk gemaakt. Maar ik kon toch niet tegen hem op.

Ik heb de rust verdiend. Ik ontspan mijn lichaam, vecht niet meer tegen de kou en de pijn, en weten jullie wat?

Het is heerlijk. Echt heerlijk.

Jacob houdt me onder water en ik voel me gewichtloos, alsof ik vrij rondzweef. Zijn greep voelt ineens bijna welwillend, als een vader die zijn dochtertje in zijn armen houdt en rondjes draait, als in een draaimolen.

Geen angst, geen haat, geen strijd. Waarom kostte me het zo veel tijd om dit in te zien? Zo kan het leven ook zijn. Je met de stroom mee te laten voeren. Waarom leefde ik mijn leven niet op die manier? Waarom toch dat constante streven naar iets beters, naar presteren, naar het maximale?

Wie weet, misschien was ik zelfs wel gelukkig geworden.

Ik denk aan Henrik, aan Erik, aan mijn vader.

Mijn vader duwt me kopje onder. Hij probeert me eronder te houden, zoals hij mijn hele leven heeft gedaan, en mijn oude woede borrelt weer op. Ik weet dat hij me wil verdrinken.

Ik dacht het niet, klootzak.

Ik tast met mijn hand onder water. Kom een knie tegen. Steek mijn arm tussen mijn vaders benen, sla hem rond zijn onderbeen. Zet een voet tegen het rotsblok. En zet af.

IK WEET MIJN vader omver te krijgen, hij brult als een woedende beer terwijl hij onder water verdwijnt, en het is niet de stem van mijn vader, maar van iemand anders, hoe heet hij ook alweer? Hij verliest zijn grip op mij, wie het ook is, en ik word door de stroming meegevoerd.

Maar dit keer werk ik niet tegen. Daarnet onder water kwam ik erachter dat de rivier het beste met me voorheeft. Een vrij onhandige vriend die me per ongeluk pijn kan doen, maar toch, een vriend. Zoals het monster van Frankenstein.

Jacob. Zo heet hij.

Ik laat de stroomversnelling me meenemen, zwem zelfs een paar slagen om nog harder te gaan. Als Jacob zijn hoofd weer boven water krijgt wil ik zo ver mogelijk weg zijn. Uit het water stekende stenen remmen me af, stoten tegen me aan, proberen me te verwonden. Op een gegeven moment wordt de tocht onderbroken en moet ik een paar stappen naar het diepe midden zetten om weer verder meegevoerd te kunnen worden. Ik heb mijn gezicht opengehaald, misschien bloed ik, maar het kan me niets schelen. Een paar stappen de rivier in en dan ontspan ik me en laat ik de stroming het werk doen.

Het is een spel met de dood dat mijn leven kan redden. En ik voel geen angst meer, helemaal geen angst. Vreemd genoeg voel ik me juist merkwaardig bevrijd. Ik heb geaccepteerd dat ik doodga en nu voelt elke extra minuut die ik leef als een bonus. Je kunt net zo goed van de gelegenheid gebruikmaken om nog wat plezier te beleven voor het voorbij is.

Ik tuimel stroomafwaarts, ik heb geen idee hoelang, maar ik vind het prima, misschien is dit niet langer een *activiteit* maar een *levensstijl*. Dan verdwijnen de grond en het water ineens onder me, ik bedenk nog dat dit een nieuw gevoel is, dat het lijkt alsof ik door de lucht zweef, en dan realiseer ik me dat dat precies is wat ik doe.

Een waterval, ongeveer een meter hoog.

Hoog genoeg om mezelf pijn te doen.

Fucking veel pijn.

Ik kom op mijn schouder terecht, en stoot mijn hoofd, en schaaf de hele zijkant van mijn bovenlijf kapot, en kom dan half uit het water tegen een groot rotsblok tot stilstand.

Ik blijf even liggen om op adem te komen, of misschien is het een kwartier, of een uur. Ik ben het besef van tijd en ruimte kwijt. Ik tuur de duisternis in, probeer te horen of er afwijkende geluiden door het gebulder van de rivier doordringen. Half verwachtend dat Jacob over de rand zal komen vliegen zoals ik zelf heb gedaan, een donkere gedaante tegen de heldere sterrenhemel.

Maar Jacob komt niet.

Ik besef dat ik geluk heb gehad. Ik had gemakkelijk een arm of been kunnen breken met het neerkomen. Buiten bewustzijn kunnen raken met mijn hoofd onder water. Ik ben ijskoud, bont en blauw en ik bloed zo'n beetje overal, maar ik leef nog.

Mijn enige probleem is mijn schouder. Niet omdat die zeer doet, eigenlijk doet niets zeer. Maar ik kan hem niet bewegen, en mijn arm ook niet. Hij lijkt uit de kom te zijn geraakt.

Ik heb voorlopig wel even genoeg van de stroomversnelling, dus ik klim de oever op en krabbel overeind. Als ik naar mezelf kijk, naar de kapotte kleren en de schaafwonden, als ik aan de bloedende hoofdwond voel, warm bloed op mijn gevoelloze vingers, verbaast het me dat ik geen pijn voel. Nog steeds dat opgetogen gevoel. Ik voel me fucking onverslaanbaar. Het is het beste gevoel ooit.

Ik begin stroomopwaarts te lopen. Mijn arm slingert slap langs mijn lichaam, maar ik merk het nauwelijks. Mijn plan is om de rivier te volgen tot ik de plek heb gevonden waar Jacob en ik op de grond waren gevallen, en van daaruit de weg terug naar de tenten te vinden. En daarna? Tja, lastig. Zo ver kan ik even niet vooruitdenken.

Leeft Jacob nog? Ik tuur naar het water tijdens het lopen, hoop een levenloos lichaamsdeel langs de waterkant te zien uitsteken. Jacobs lichaam in een onnatuurlijke houding over een rots, met gebarsten schedel. Maar ik staar ook naar het donker naast het water, de berg op en verder over het terrein. Hij zou het water uit kunnen zijn gekomen, misschien zit hij me wel op te wachten.

Mijn doorweekte kleren beginnen stijf te worden door de kou van deze heldere nacht. Het wordt steeds oncomfortabeler om in te lopen, maar gek genoeg heb ik het helemaal niet koud. Ik heb het zelfs warm, ik zweet bijna.

Ik heb geen idee hoelang ik heb gelopen, maar ik zou nu toch wel bijna bij de plek moeten zijn waar we hebben gevochten. Toch? Het is nog steeds helemaal donker, het enige beetje licht komt van de sterren, en ik besef dat het nog moeilijk kan zijn om de juiste plek te vinden. Ik vind dat het nu toch best wel eens licht mag worden.

Ik kijk naar het oosten. En zie een streepje licht aan de horizon. Nog zo zwak dat er niets van te zien is aan de rest van de hemel, maar toch: een streepje.

Ik wilde dat het licht zou worden, en het begon licht te worden.

Ik ben de schepper van het universum. Heerseres van zon, maan en aarde.

Gij zult geen andere goden voor Mijn aangezicht hebben.

De zwarte hemel begint in het oosten zwartblauw te worden, donkerblauw, diepblauw, kobaltblauw. De morgenstond is de nachtelijke sterren aan het opeten, ze verdwijnen een voor een. Ik loop verder naar boven, wat langzamer dan eerder, met mijn blik op de grond gericht. Was het hier? Was het daar verderop?

Duisternis en sterrenlicht maken plaats voor blauwe schemering. Het landschap begint voor mijn ogen te verschijnen.

Ineens blijf ik staan. Ik herken het. De jokk heeft zich hier wat dieper een weg door het gesteente gebaand, de grond loopt er wat meer naar af. Zou het hier kunnen zijn geweest? Ik loop de helling op, weg van het bulderende water, blijf staan en kijk om me heen.

Ja. Misschien wel. Ik kan het niet met zekerheid zeggen. Deze helling loopt een honderdtal meter de berg op, langs het water. De grond is volledig bedekt met steengruis, dus het gevecht tussen Jacob en mij heeft totaal geen sporen achtergelaten. Hier niet, en ergens anders ook niet.

Ik loop verder, maar dan blijft mijn blik hangen bij iets roods dat opvalt tussen al het zwart en grijs van de stenen, de blauwe ochtendschemering is precies sterk genoeg om het kleurverschil te kunnen zien. Als het ook maar iets donkerder was geweest, zou het rode er ook zwart uit hebben gezien.

Het is het mes. Mijn multitool.

Alles valt op zijn plek. Ik kan het nauwelijks geloven. De verdwijnende sterren staan precies goed op deze heldere en koude ochtend die de laatste van mijn leven zou kunnen zijn. Maar Sarek lijkt me in ieder geval een gelijke kans te willen geven tegen Jacob. Sarek hielp me uit de stroomversnelling, en nu heeft Sarek me het mes getoond.

Misschien wil Sarek gewoon een eerlijk gevecht zien.

Ik loop naar het mes toe en pak het op. Wanneer ik weer overeind kom voel ik me duizelig en slap in mijn knieën. De haastige tocht de berg op langs het water lijkt zijn tol te eisen. Ik zak neer op de grond om even op adem te komen. Mijn arm is nog steeds helemaal gevoelloos, alsof ik er een hele nacht op heb geslapen. Wanneer ik mijn onderarm aanraak met mijn andere hand om hem op mijn schoot te leggen, voelt het als een los stuk vlees. Ik bedenk vaag dat dit niet goed kan zijn, maar mijn arm doet geen zeer, dus ik maak me er niet druk om.

Niemand kan zeggen dat ik niet in het nu leef.

Ik zweet nog steeds terwijl ik op de koude stenen zit. Eigenlijk zou ik mijn kapotte, bloederige broek uit willen trekken. Hij fladdert los rond mijn benen en heeft totaal geen nut meer. Maar dan moet ik mijn bergschoenen eerst uitdoen en daar heb ik geen zin in.

Ik voel een enorme behoefte om achterover te gaan liggen en even uit te rusten. Misschien gewoon even weg te dommelen. Maar ik besef dat ik me daarmee tot een makkelijke prooi maak voor Jacob, dus ik weersta de verleiding en blijf rechtop zitten.

Ik ben al een tijdje van plan om op te staan en verder te lopen naar de tenten, maar mijn lichaam wil niet gehoorzamen. Het lijkt in opstand te komen. Mijn brein is gedegradeerd tot doorsneeorgaan zoals de rest. Ik heb momenteel een volledig platte organisatie. Mijn dijspieren zijn net zozeer de baas als mijn hersenen.

Sta op en loop verder of sterf hier.

IK LOOP IN een rechte hoek weg van de schuimende rivier. Beweeg me slingerend voort op stijve benen, zo lamlendig dat ik nauwelijks mijn voeten op kan tillen. Het is een heftige nacht geweest. Maar dat was het ook voor Jacob. Hij is waarschijnlijk ook niet bepaald in topvorm, als hij überhaupt nog leeft.

Na slechts een paar minuten zie ik een stukje verderop de tenten in het ochtendlicht tegen de bergwand staan. Ze staan erg dicht tegen elkaar aan, bijna alsof ze elkaar beschermen tegen de meedogenloze berg. Milena en Jacob zijn geen van beiden te zien.

Ik loop nog een klein stukje verder, tot ik me achter een groot rotsblok kan verschuilen. Ik blijf even staan om bij te komen, probeer mijn gedachten te ordenen. Ga de verschillende opties langs, zodat ik weet wat ik moet doen, afhankelijk van wat er straks bij de tenten gebeurt. Aarzeling kan me mijn leven kosten.

Oké. Daar gaan we.

Ik sluip naar de tenten toe. Zal ik proberen Milena wakker te maken en haar met me mee te krijgen?

In welke tent ligt ze?

Wat als Jacob wakker wordt?

Ligt Jacob in een van de tenten?

Nu al te veel mogelijkheden. Ik begin opnieuw, probeer nog een keer de mogelijke scenario's uit te denken:

Ik sluip naar de tenten toe. Probeer mijn spullen te vinden. Waar is mijn backpack?

Nu spiek ik langs het rotsblok heen. De backpack is niet te zien vanaf mijn positie. Hebben ze hem in een van de voortenten gezet? Zo ja, in welke van de twee?

Ik kan me vaag voor de geest halen hoe Milena en ik in die ene tent lagen te slapen, dat dat de tent was waar ik uitsloop om te plassen. Maar tegelijkertijd vind ik dat de andere tent eruitziet als die van Henrik en mij.

Dus waar ligt mijn backpack?

En waar ligt Jacob?

Kom op, Anna. Focus.

Ik probeer het nog een keer:

Ik sluip naar de tenten toe.

Ik sluip naar de tenten toe.

Ik sluip naar de tenten toe.

En verder kom ik niet, het is echt onmogelijk, ik ben te moe. Er dansen witte stipjes voor mijn ogen ondanks dat ik tegen het rotsblok geleund sta, en ik begin zachtjes te huilen omdat ik besef dat dit het einde is voor mij. Ik kan gewoon niet meer.

Ik sluip naar de tenten toe. Dat is mijn hele plan. En dat is natuurlijk niet genoeg, Jacob zal zich op me storten en me vermoorden, maar zo is het dan maar. Ik kan niet meer.

Ik haal mijn neus op en veeg de tranen van mijn wangen met de achterkant van de hand die ik nog kan gebruiken. Ik kom erachter dat hij iets vast heeft, en dat dat iets het mes is. Dat was ik vergeten. Het voelt alsof ik het heft niet eens zou kunnen loslaten als ik het zou proberen.

Ik begin in de richting van de tenten te lopen. De angst duwt de lamlendigheid weg, in ieder geval een beetje, in ieder geval tijdelijk. Blijkbaar was er toch nog ergens een druppeltje adrenaline over in mijn lichaam. Ik voel me iets minder slap in de knieën. Meter voor meter nader ik de tenten, met gefixeerde blik, met gespitste oren, alert op de geringste beweging. Maar ik zie noch hoor een enkel teken van leven.

Óf Milena en Jacob slapen, óf ze zijn er niet.

Ik sluip naar de tent waarvan ik denk dat het die van Henrik en mij is. Blijf met opgeheven mes voor de dichtgeritste opening staan. Mijn hart klopt in mijn keel, ik adem zachtjes door mijn mond. Maar vanaf deze kant van de tent kan ik niets zien wat erop duidt dat er iemand in ligt. Er is niets dat van binnenuit tegen het tentdoek aan duwt.

Ik leun voorover en spits mijn oren. Het is doodstil. Zou ik niet op zijn minst ademhalingen moeten horen?

Ik geloof niet dat er iemand is.

Ik sluip rond de tent, aan de achterkant ligt er ook niets tegen het tentdoek aan. Ik buig zo stil ik kan naar het tentdoek toe, het is maar een paar decimeter van mijn oor verwijderd, maar ik hoor nog steeds geen geluid.

Ik loop naar de zijkant, waar de opening van de voortent zit. De rits is nauwkeurig tot aan de grond dichtgetrokken. Ik moet hem openmaken om te kunnen zien of mijn backpack daar is. Het is bijna onmogelijk om dat volledig geluidloos te doen, dat weet ik, maar ik heb geen keus, ik moet het proberen.

Ik heb sterk het gevoel dat de tent leeg is. Maar als ik het mis heb kan ik binnen een halve minuut midden in een gevecht op leven en dood met Jacob verwikkeld zijn.

Ik buk voorover en pak de rits vast met dezelfde hand als waarmee ik het mes vastheb. Op een of andere manier lukt me dat zonder mijn grip op het heft van het mes te verliezen. Ik trek er voorzichtig aan, maar er komt een vouw in het tentdoek, het is niet strak genoeg opgespannen om het met één hand te kunnen openmaken. Ik moet proberen om hem aan de onderkant strak te trekken met mijn andere hand.

Zo zacht en voorzichtig ik kan zak ik neer op mijn knieën, maar alsnog moet ik het laatste stukje neerploffen, en daarbij kom ik precies met mijn rechterknie op een puntige steen terecht.

Aaaaahhh... Kut...

Ik kreun zachtjes, de pijn schiet fel door mijn been en maakt me een beetje duizelig. Ik val bijna om, maar weet te blijven zitten. Als er iemand in de tent ligt, is die sowieso wakker geworden van mijn gekreun, dus nu maakt het toch niets meer uit. Met mijn goede hand leid ik mijn slechte hand naar de onderkant van het tentdoek en pak dat zo goed mogelijk vast met duim en wijsvinger. Ik trek de rits in één lange boogvormige beweging open zonder me er druk om te maken hoe luid het klinkt, en dan is de voortent open.

Hij is leeg. De voortent is leeg.

De binnentent staat ook open, en ik kan zien dat er niemand in ligt.

Mijn backpack, waar alles in zit om in mijn eentje te kunnen overleven, moet in de andere tent liggen.

En op hetzelfde moment hoor ik de rits van die tent opengaan.

Jacob komt je halen.

In paniek probeer ik weer overeind te komen. Ik ben net op tijd om Milena uit de andere tent te zien komen, ze gaat staan en staart me wild en gechoqueerd aan.

O, godzijdank, het is Milena!

Ik loop wankelend naar haar toe.

'Waar is Jacob?' sis ik, maar ze geeft geen antwoord, ze ziet er nog steeds doodsbang uit.

'Hij heeft me vannacht proberen te vermoorden,' ga ik verder, terwijl ik rustig en kalm probeer te klinken, maar dat is lastig aangezien ik buiten adem en opgewonden ben. 'Is hij niet teruggekomen? Weet je of hij dood is?'

Milena staart naar me, en naar het mes in mijn hand, en schudt langzaam haar hoofd.

'Luister naar me,' zeg ik en ik haal diep adem om mezelf te kalmeren en om duidelijker te praten, maar ik geloof niet dat het erg lukt. 'Jacob heeft me vannacht proberen te vermoorden. Jij en ik moeten samenspannen, anders maken we geen schijn van kans, begrijp je dat? We moeten onze krachten bundelen als hij terugkomt, maar eerst moeten we alles verzamelen wat we nodig hebben en maken dat we hier wegkomen, zo snel we maar...'

Ik zwijg.

Want nu klinkt er geluid vanuit de tent.

Een wild zwijn, of een beer misschien, is bezig naar buiten te komen, zo lomp en woest dat de hele tent schudt en bijna in elkaar stort. Het volgende moment komt Jacob voorovergebogen de tent uit, en zijn schouder blijft in de opening haken, hij trekt de hele tent met zich mee terwijl hij opstaat, maar hij schudt hem gewoon van zich af en dan is hij al op volle snelheid op weg naar mij. Dit allemaal in één beweging, binnen een paar seconden.

Met zijn bijna twee meter lang, ongeveer honderd kilo zwaar, komt Jacob op me afgestormd om me te vermoorden.

Ik weet nog net mijn mes op te heffen, en terwijl hij zich op me stort, stoot ik het in de zijkant van zijn borst. Zijn eigen kracht en beweging zorgen ervoor dat het hele blad erin verdwijnt.

We tuimelen achterover en ik krijg heel zijn zware lichaam over me heen, mijn onbruikbare arm zwiert naar achteren en komt onder mijn rug terecht als we de grond raken, en ik hoor een duidelijke

krak

terwijl mijn arm als een dorre tak breekt. Ik lig vastgeklemd onder Jacob en het voelt alsof mijn hele borstkas ingedrukt wordt.

Geen lucht.

Kan niet ademen.

Mijn ribben zijn versplinterd. Ik weet het mes uit Jacobs borst te krijgen en steek hem dit keer in zijn nek, maar ik heb te weinig kracht, of misschien zijn Jacobs nekspieren te taai en sterk, het blad schampt er alleen langs.

Mijn god, geef me lucht.

Lucht.

Milena staat over ons heen gebogen en probeert Jacob van me af te trekken, maar hij is te zwaar en te sterk. Ik doe een nieuwe poging met het mes.

Lukt niet, te zwak...

Het resultaat is net zo magertjes, maar het lijkt in elk geval pijn te hebben gedaan, want hij brengt zijn hand naar zijn nek en wendt zich af, en dan weet ik hem van me af te duwen.

Eindelijk lucht.

Ik rol me om, ga over mijn knieën heen liggen en vul mijn longen, terwijl ik tegelijkertijd hevig moet hoesten. Ik zet mijn voet op de grond om me omhoog te werken.

Moet hier weg.

Maar dan voel ik Jacobs hand om mijn scheenbeen, en het volgende moment geeft hij er een ruk aan. Ik val voorover op de grond terwijl het mes uit mijn hand schiet.

Nee nee nee!

'Help me,' hijg ik terwijl ik naar Milena opkijk. 'Help.'

En dan is Jacob weer boven me, zwaar, sterk en bloederig. Hij grijpt mijn haar stevig vast en beukt mijn hooft tegen de grond, een, twee, drie keer. Mijn hoofd explodeert van de pijn en ik kan niets meer zien, alles is rood en geel en bonzend, maar ik voel dat hij mijn lichaam omdraait zodat ik op mijn rug lig, en dan gaat hij schrijlings op me zitten. Zijn grote handen zoeken mijn hals. Ik krijg mijn zicht terug en zie Milena ondersteboven, ze kijkt naar me, versteend van schrik.

'Help me,' fluister ik nog een keer, en dan knijpt Jacob mijn keel dicht.

En hij zet kracht. Zo hard hij kan.

Het is niet alleen dat ik niet meer kan ademen.

Ik voel het kraken in mijn hals.

Ik denk dat hij iets kapot heeft geknepen.

Hij kijkt op me neer, hij heeft een rood aangelopen gezicht en gezwollen aders op zijn onderarmen. Met mijn goede hand krabbel ik doelloos aan die van hem, probeer in elk geval één vinger te pakken te krijgen om zijn ijzeren greep wat te verslappen, maar tevergeefs. Ik had net zo goed een hangslot met blote handen kunnen proberen los te krijgen.

In Jacobs blik is een moorddadige vastberadenheid zichtbaar. Het is niet eens haat, haat zou menselijk zijn geweest. Nee, dit was iets beestachtigs, dit was oerdrift.

Nu ga je eraan.

WE STROMPELEN DE berg af in de richting van de Raparivier op deze heldere en koude ochtend. Het gaat een mooie dag worden. Mooi en meedogenloos, zoals Sarek zelf.

Ik heb verschrikkelijke hoofdpijn. Waarschijnlijk een hersenschudding. Mijn keel voelt nog steeds dichtgeknepen, als ik probeer te slikken schrijnt het als een open wond. Mijn huid is op honderd verschillende plekken geschaafd, beurs en gebarsten. Mijn schouder is uit de kom en mijn arm gebroken. De botten liggen ongeveer bij mijn elleboog over elkaar heen en de onderste duwt tegen mijn huid.

Maar ik leef nog. Dat had ik nooit verwacht.

Milena strompelt achter me aan. Zij is niet zo erg toegetakeld als ik, maar ze heeft een behoorlijk lelijke snee in de zijkant van haar nek.

Milena had uiteindelijk een kant gekozen. En hoe.

Het werd zwart voor mijn ogen, ik was even weg. Toen ik weer bijkwam voelde ik Jacobs gewicht niet meer op me. Ik ging half rechtop zitten, en zag hem een stukje verderop levenloos op de grond liggen.

Er stak een vreemde stok uit zijn hoofd.

Alles was een beetje wazig, ik had moeite om mijn blik te focussen. Ik kwam moeizaam overeind en deed een paar stappen in de richting van het lichaam.

Wat uit Jacobs hoofd stak was een handvat.

De ijsbijl.

En Milena had niet zomaar één keer geslagen. In feite was de ene helft van zijn hoofd een brij van hersenen, bloed, haar en stukjes bot.

Zijn gezicht was intact en had een bizar vredige uitdrukking. Een façade die de rommel daarachter verborg.

Milena liep een stukje verderop in kleine cirkeltjes te ijsberen, niet in staat om stil te blijven staan. Ze trilde over haar hele lichaam. Ik liep naar Milena toe, probeerde mijn arm om haar heen te leggen, maar ze glipte er telkens onderdoor, alsof haar leven ervan afhing dat ze constant in beweging bleef. Er gutste bloed uit de snee in haar nek en ik wist haar zover te krijgen haar hand ertegenaan te houden tot ik een pleister en wondtape had gehaald. Ze liet me de wond verzorgen, maar was nog steeds ongecontroleerd aan het trillen.

Ik wilde geen minuut langer dan nodig op deze plek blijven. Uiteraard begreep ik dat Jacob dood was. Maar deels, voor een best groot deel, durfde ik zijn lijk nauwelijks met mijn blik los te laten. Ik was, tegen beter weten in, bang dat hij weer op zou staan en zich opnieuw op me zou storten met zijn hersenen druipend over zijn gezicht.

We moesten de spullen die we nodig hadden bij elkaar rapen en hiervandaan zien te komen. Zo snel mogelijk.

En ik had schone kleren nodig. Mijn trui en wollen broek waren kapotgescheurd, net als mijn outdoorbroek. Ik vroeg Milena om hulp, en die concrete opdracht leek haar terug naar de werkelijkheid te brengen. Ze haalde een nieuwe wollen broek tevoorschijn, een nieuwe trui en een nieuwe outdoorbroek, maakte mijn schoenen los en trok die en mijn broek uit.

Ik kon me niet erg nuttig maken bij het aandoen van de nieuwe kleren. Vooral bij mijn bovenlijf was het lastig vanwege de gebroken arm. Maar geconcentreerd en voorzichtig lukte het Milena om mijn armen in zowel mijn wollen shirt als mijn trui te krijgen, en vervolgens in mijn shelljas. Ze hielp me ook om mijn muts op te doen. Ik schonk haar een dankbare glimlach, en ze lachte bleekjes terug.

Mijn hoofd zat nog steeds midden in een explosie die maar niet op leek te houden.

We ruimden de tent op, die van Henrik en mij. Ook nu was ik niet bepaald nuttig. Ik gaf instructies en Milena voerde het uit. Alles wat niet absoluut noodzakelijk was haalde ik uit de backpack, want nu zou ik hem alleen met mijn gezonde schouder kunnen dragen. Milena pakte Jacobs kookstel in en duwde het in haar rugzak.

We liepen heen en weer over onze kampeerplek om onze spullen te verzamelen, en ik wilde niet rechtstreeks naar Jacob kijken, maar ik zag hem constant in mijn ooghoek. Wilde er zeker van zijn dat hij niet bewoog.

Uiteindelijk waren we klaar om te gaan. We lieten een tent, een lijk en een ijsbijl achter.

We strompelen de berg af. We lopen over gras, en er liggen wilgentakken, en af en toe passeren we een knoestige berk met reumatisch gekronkelde takken. De zon schijnt vanuit een wolkvrije hemel, maar zorgt totaal niet voor warmte. Er hangt herfstkou in de lucht.

Ik heb het koud gekregen. En nu komt het. De hoofdpijn en zere keel worden vergezeld door een zeurende pijn vanuit mijn schouder en gebroken arm, een pijn die alleen maar erger zal worden tot in een ondraaglijk crescendo.

We blijven staan en ik graai het plastic zakje met medicijnen uit een zijvakje. Ik vul mijn beker met water uit een kleine jokk en los er twee Treo-pijnstillers in op. Ik neem ook nog een ibuprofen voor de zekerheid. Geen idee of het effect beter of slechter wordt door ze te combineren, of dat ik iets van nierschade riskeer, maar whatever. Die nierschade neem ik wel op de koop toe als de pillen de tsunami van pijn die ik op me af zie komen zouden kunnen verlichten.

Milena en ik hebben allebei geen honger. Ik weet dat we wat zouden moeten eten, en we zouden ook wat warms moeten nemen, vooral ik. Maar we zijn veel te moe om het kookstel helemaal in elkaar te zetten. Dat doen we later vandaag wel.

Ik haal een energiereep uit mijn rugzak en biedt Milena de helft aan, maar ze wil niet, mompelt dat ze misselijk is. En dan buigt ze zich voorover en geeft over in het gras. Er komen alleen taaie, doorzichtige slierten uit. Ze moet haar maag al meerdere keren hebben geleegd terwijl ik het niet zag. Misschien toen ik buitenspel was gezet bij de kampeerplek, toen ze Jacob had doodgeslagen.

Ze ziet er echt slecht uit. Ik dwing haar wat water te drinken, dan gaat ze achterover in het gras liggen en sluit haar ogen. We zouden eigenlijk nog een stukje door moeten lopen voor we een wat langere pauze nemen, maar ik ga ook zitten, het ziet er zo verschrikkelijk fijn uit. Milena lijkt meteen in slaap te zijn gevallen. Ik laat mijn backpack van de enige schouder waar hij aan hangt afglijden, hij valt naast me op de grond.

Ik zou niet moeten gaan liggen, dat weet ik. Het risico is te groot dat ik ook in slaap val. We moeten verder zien te komen. Dus ik ben absoluut niet van plan te gaan liggen.

Misschien dat ik zou kunnen gaan liggen zonder mijn ogen dicht te doen. Dat zou een compromis kunnen zijn. Maar dan mag ik absoluut mijn ogen niet dichtdoen, dat beloof ik mezelf.

Voorzichtig laat ik me achterover zakken, ik worstel me op mijn rug in het gras. Het is één grote kwelling. Elke kleine beweging, elk stootje tegen mijn arm en schouder als ik ga liggen, doet zo veel zeer dat het zwart wordt voor mijn ogen. Als bliksem uit de donderwolk van pijn.

Maar uiteindelijk lig ik en kijk ik omhoog naar de helderblauwe lucht. Ik haal diep adem, maar wel voorzichtig, zodat mijn arm of schouder geen millimeter hoeft te bewegen. Ik wil er nog niet aan denken hoe ik mezelf straks weer overeind krijg. Op dit moment is de pijn wat weggetrokken, mijn hoofdpijn is wat doffer geworden, iets minder stekend. Ik heb het koud, maar ik denk dat dat wel goed is, dan is het risico dat ik in slaap val minder groot. Ik lig doodstil en staar naar de lucht.

Nu moet ik er alleen nog voor zorgen dat ik mijn ogen niet dichtdoe. Dat mag absoluut niet gebeuren.

Wanneer ik weer wakker word is het al middag. De bleke herfstzon staat in een andere richting dan toen ik in slaap viel. Ik heb het zo koud dat ik lig te rillen.

Ik sta vanaf het allereerste moment in verdedigingsmodus, en probeer snel rechtop te gaan zitten, maar mijn gebroken arm protesteert en ik zak met een langgerekte kreun terug op de grond. Ik kan in ieder geval mijn hoofd optillen en om me heen kijken. Milena ligt nog op precies dezelfde plek als toen ze in slaap viel.

Fijn. Mijn hart bedaart een beetje. Misschien is het geen ramp dat we een paar uurtjes hebben geslapen, na de nacht die we allebei hebben gehad. En de dag ervoor...

Henrik is dood.

De afgelopen twaalf uur ben ik er zo volledig op gefocust geweest om zelf te overleven, dat ik die gedachte op afstand heb kunnen houden. Maar nu dringt het met volle kracht tot me door. Henrik, mijn verloofde en beste vriend van de afgelopen tien jaar, is dood.

De herleefde shock is bijna net zo sterk als toen hij van de klif viel.

Henrik, vermoord door Jacob.

Ik begin te huilen omdat ik het zo koud heb en omdat mijn arm verdomd veel zeer doet en omdat Henrik dood is, ik snik luid en ongecontroleerd. Ik voel me volkomen verlaten en onbeschut. Het is me allemaal te veel geworden.

Het heeft geen zin om medelijden met jezelf te hebben, zeg ik altijd, doe er wat aan of accepteer het zoals het is. Maar nu heb ik medelijden met mezelf. En ik vind dat ik dat recht ook wel heb.

Zo lig ik een tijd op mijn rug te huilen en te snikken, tot ik me realiseer dat Milena me misschien hoort. Net zoals eerder met Henrik weet ik dat het op mij aankomt of Milena en ik hier levend uit zullen komen, dus ik beheers mezelf. Ik mag geen zwakte tonen. Ik til mijn hoofd op en werp opnieuw een blik op haar. Ze ligt nog steeds in dezelfde houding, ziet er bijna levenloos uit.

In onze relatie ben ik altijd de sterke geweest, de actieve, de optimistische. En die rol heeft me nog steeds in zijn macht. Het is alsof hij er uit zichzelf vandoor gaat en mij dwingt hem te volgen.

Misschien is het gewoon hoogmoed. Maar in dat geval wel hoogmoed die ons kan helpen dit te overleven. Met enorm veel moeite weet ik mezelf omhoog te krijgen in zittende positie en draai ik me half om.

'Milena?'

Geen reactie.

Nu ben ik ongerust. Ik rol me op mijn knieën en overweeg op handen en voeten naar haar toe te kruipen, maar besef dat mijn gebroken arm dan over de grond zal slepen, en dat dat waarschijnlijk zo veel pijn doet dat ik flauwval. Dus op trillende, wiebelige benen sta ik op en zet ik de paar stappen naar haar toe.

'Milena?'

Ze ziet heel bleek. De grote pleister op de zijkant van haar nek is rood en doorweekt van het bloed en heeft aan één kant losgelaten. Haar hals is ook rood, het gras onder haar hoofd donker en vochtig.

'Milena!'

Ik zak naast haar neer, til de pleister op om te kijken. Ja, de wond is open, maar het bloedt niet meer.

Ik leg mijn hand op haar witte voorhoofd. Ze voelt heel koud aan.

'Milena! Milena!'

Ik duw mijn vingers tegen haar hals, aan de kant zonder wond, op zoek naar een hartslag. Even denk ik een paar zwakke slagen te voelen, en ik begin mond-op-mondbeademing toe te passen, buig me over haar heen alsof ik haar weer tot leven wil kussen, en blaas dan lucht in haar keel.

'Word wakker, Milena! Kom op... Word wakker!'

Geen reactie. Ze ligt daar nog steeds, bleek en koud en onbereikbaar. Ik herhaal de procedure, meerdere keren, zonder dat er iets gebeurt. Probeer opnieuw haar hartslag te voelen in haar hals, maar nu voel ik niets. Ik probeer haar pols, voel en zoek lichtelijk in paniek met mijn vingertoppen naar de kleinste beweging, de geringste vibratie.

Niks.

Ik probeer haar te reanimeren. Zet de hand van mijn gezonde arm op haar borstkas, en duw met behulp van mijn lichaamsgewicht. Maar ik kan geen kracht zetten, mijn gebroken arm zit me in de weg. Het is niet meer dan een stootje dat verschrikkelijk veel pijn doet aan mijn schouder.

Milena, laat me niet in de steek.

Ik probeer het weer met mond-op-mondbeademing. En dan reanimeer ik haar weer.

Het begint te schemeren in Sarek, en ik weet niet hoelang ik bezig ben geweest Milena te proberen te reanimeren, maar wat ik wel weet is dat zolang ik de hoop niet heb opgegeven, ze in principe nog in leven is. Pas als ik opgeef, gaat Milena echt dood. Dan is er geen weg terug, dan zullen we elkaar nooit meer berichtjes kunnen sturen, nooit meer samen lunchen om de wandelvakantie van de komende zomer te plannen, elkaar nooit meer op Stockholm Centraal ontmoeten om de trein op weg naar het avontuur te nemen. Nooit meer een pan minestronesoep met instantmacaroni delen aan de voet van een machtige berg. Nooit meer een blik van verstandhouding en samen lachen om een opmerking van Henrik waaruit blijkt hoe geobsedeerd hij is door gadgets.

Op dat moment wordt Milena, mijn lieve oude vriendin, een deel van mijn verleden. En dat voelt ondraaglijk.

Laat me niet in de steek.

Uiteindelijk kan ik niet meer. Ik heb uren op mijn knieën naast haar gezeten en geprobeerd leven in haar te blazen, nu draai ik me moeizaam om en ga op mijn kont zitten. Ik ben duizelig, sluit mijn ogen en haal diep adem. Ik dacht dat ik flauw zou vallen, maar de duizeligheidsaanval trekt weg.

Als ik mijn ogen weer opendoe kijk ik uit over Sarek. Het Rapadal ligt in de schaduw, maar een paar bergtoppen aan de overkant baden nog in het licht en hun besneeuwde hellingen glinsteren als goud in de avondzon.

Mooi en meedogenloos.

Ik pak Milena's hand vast, hij is ijskoud in de mijne. Maar het is alsnog alsof we dit samen meemaken. Een laatste moment van samenzijn. Ik kijk naar haar. Ze ligt er vredig bij.

'Milena...' begin ik, maar ik krijg een brok in mijn keel. Ik geef een kneepje in haar hand, probeer mijn gesnik tegen te houden. Het duurt even voordat ik verder kan gaan.

'Ik moet je nu achterlaten, want ik ga hulp halen. Maar ik kom terug. Ik beloof je dat ik terugkom. Dus je mag niet doodgaan. Beloof me dat je door blijft vechten.'

Een laatste beetje zelfbedrog om haar achter te kunnen laten. Soms moet de drift tot zelfbehoud vreemde omwegen nemen.

Ineens schiet me iets te binnen. Jacobs tracker, zijn noodtelefoon. Waarom hebben we die niet meegenomen?

Jezus, wat dom.

Ik had hier kunnen blijven en hulp in kunnen schakelen.

We wilden gewoon zo snel mogelijk weg van Jacobs lijk, van zijn tot moes geslagen hoofd. We hebben niet goed genoeg nagedacht. We zijn de tracker vergeten.

Ik overweeg om terug te gaan om hem te halen, maar... Nee. Dan zou ik weer omhoog moeten lopen en ik moet echt zuinig gaan doen met mijn energie. Zou ik de weg überhaupt wel terug kunnen vinden in mijn verdwaasde toestand? Bovendien is er die totaal irrationele angst: *Stel je voor dat hij nog leeft?*

Nee. Ik wil niet.

Het is beter om naar de rivier te lopen, en die naar het oosten te volgen, in de richting van Aktse.

Het kost al ontzettend veel tijd om alleen mijn rugzak nog maar op mijn schouder te krijgen. En wanneer het me eenmaal gelukt is, realiseer ik me dat ik nog meer pijnstillers had moeten nemen. Ik heb zo veel pijn gehad in mijn schouder en arm, en honderd andere plekken, dat ik twijfelde of ze wel werkten. Maar nu het effect begint af te nemen, merk ik pas in hoeverre ze toch de scherpe randjes van de pijn haalden. Mijn hoofd ontploft zowat. Met elk geringste stootje tegen mijn gebroken arm krimp ik in elkaar.

Maar ik kan mijn backpack niet meer afdoen om de pillen te pakken. Dan ben ik nog wel een half uur bezig. Misschien wel voor altijd. Ik moet verder zien te komen.

Een laatste blik op Milena, en dan strompel ik verder in de richting van de Raparivier.

Uit het getuigenverhoor met Anna Samuelsson, persoonsnummer 880216-3382, 19 september 2019, Gällivareziekenhuis, afgenomen door rechercheur Anders Suhonen.

'Hoe ver ben je die dag gekomen?'

'Weet ik niet.'

'Want dit moet de dag zijn geweest voordat je gevonden werd, als ik het goed heb.'

'Ja. Ik geloof dat ik bij de... Ik was bijna bij de rivier.'

'En toen... heb je buiten geslapen?'

'Ja. In mijn slaapzak. Maar ik was er best slecht aan toe.'

'Ja.'

'En ik was het kookstel vergeten toen ik Milena achterliet, dus ik kon geen eten maken. Maar daar had ik toch de energie niet voor gehad. Dus ik at wat noten en brood en dronk water.'

'En je had pijn?'

'Ja. Verschrikkelijk veel. Ik heb niet veel geslapen. Ik was behoorlijk de weg kwijt.'

'Ja.'

'Ik vind het nu ook moeilijk om... Ik geloof dat ik die nacht droomde dat ik verder liep langs de rivier en andere hikers tegenkwam. Dus toen dat de volgende dag echt gebeurde, voelde het als een herhaling.'

'Déjà vu.'

'Ja... Maar toch niet helemaal. Het was als twee versies van dezelfde gebeurtenis. Ze leken op elkaar, maar waren niet precies hetzelfde.'

'Nee.'

'Ik kan het niet uitleggen.'

'Nee, dat is ook niet belangrijk... Maar de volgende dag ga je verder en vlak voor Nammasj kom je een Duits stel tegen, Robert en Steffi Zimmer, die alarm slaan met hun tracker. En ongeveer een uur later word je opgehaald met de traumahelikopter.'

'Ja. Ik kan me die helikopter nog vaag herinneren.'

'Hm... Ik vraag me iets af.'

Stilte.

'Is er iets van wat je hebt verteld waarvan je denkt: dat klopt misschien niet helemaal?'

'Nee.'

'Ik begrijp het. Maar neem even de tijd, denk goed na.'

Stilte.

'Ja... Nee, ik zou niet weten wat dat zou moeten zijn.'

'Nee, ik wilde het gewoon even vragen. We hebben elkaar inmiddels natuurlijk een paar dagen achter elkaar gesproken, en ik heb ook aan je gemerkt dat het steeds beter gaat. Je bent ongelooflijk snel hersteld, moet ik zeggen. Je bent lichamelijk erg sterk.'

'Misschien.'

'En nu vraag ik me af of je misschien in het begin iets hebt gezegd wat later wat duidelijker is geworden, dat je zeg maar... Ja, dat je geheugen terug is gekomen, dat je het je nu misschien anders herinnert... Maar niet dus?'

'Nee.'

'Oké...'

Stilte.

'Zijn we klaar?'

'Nee, nog niet helemaal... Ik zou nog even terug willen gaan naar die ochtend dat Jacob doodging, zodat ik zeker weet dat ik het juist heb begrepen.'

'Ja. Oké.'

'Je zei dat je een black-out had.'

'Ja. Omdat Jacob me aan het wurgen was.'

'Ja. Wat ik me afvraag is... Want je hebt de afgelopen dagen andere situaties beschreven waarbij je niet zeker bent van wat er precies is gebeurd, en in welke volgorde en zo, en je hebt beschreven dat je geheugenverlies hebt gehad.'

'Niet.'

'Jawel... Als ik...'

'De laatste nacht had ik dat.'

'Mhm.'

'Verder niet.'

Stilte.

'Je zei ook dat je niet goed wist hoe je van de berg af was gekomen. Nadat Henrik was gevallen.'

'Ik... Nee, dat is niet hetzelfde.'

'Niet?'

'Nee. Ik viel en stootte mijn knie en viel flauw omdat het zo veel pijn deed. Dat is niet hetzelfde als geheugenverlies.'

'Hm...'

'Dat is toch niet wat je normaal gesproken bedoelt als je het over geheugenverlies hebt? Dat je flauwvalt?'

'Nee... Maar dat is precies wat ik bedoel, Anna, dat... Het zou fijn zijn als we een paar punten nog eens zouden kunnen doornemen, zodat ik zeker weet wat je bedoelt.'

'Dat is goed.'

'Mooi... Zoals ik al zei wil ik even terug naar de ochtend waarop Jacob doodging. Jij had een black-out, of geheugenverlies, of hoe je het ook wilt noemen... Is er nog een andere reeks van gebeurtenissen die kan verklaren wat er is gebeurd? Voor zover je kunt bedenken?'

Stilte.

'Neem alle tijd die je nodig hebt om hierover na te denken.'

Stilte.

'Anna?'

'Nee. Het ging zoals ik het vertelde, dat is wat er is gebeurd.'

'Hm... Maar het belangrijkste voor mij van wat er die ochtend is gebeurd, dat is natuurlijk dat Milena Jacob doodde. En dat is gebeurd terwijl jij een black-out had. Dus jouw verhaal is slechts een hypothese.'

'Maar het kan niet op een andere manier zijn gebeurd.'

Stilte.

'Ik begrijp dat je verder niets toe te voegen hebt?'

'Nee.'

'Dan wil ik je graag vertellen... dat we Milena hebben gevonden. En ze leeft nog.'

Stilte.

'Milena leeft nog?'

'Ja.'

Stilte.

'En haar verhaal verschilt van dat van jou. Op essentiële punten.'

TWEE DAGEN EERDER

Uit het getuigenverhoor met Milena Tankovic, persoonsnummer 871121-0140, 17 september 2019, Gällivareziekenhuis, afgenomen door rechercheur Anders Suhonen.

'Hoi, Milena. Mijn naam is Anders.'

Stilte.

'Ik heb even een paar vragen voor je, daarna mag je uitrusten.'

'Hebben jullie Anna gevonden?'

'Ja. Ze leeft nog.'

Stilte.

'Klopt het dat je samen met Anna Samuelsson, Henrik Ljungman en Jacob Tessin was?'

Gesnik.

'Milena?'

Gesnik.

'Ja.'

'En jij en Anna, jullie kennen elkaar al vrij lang, sinds jullie studententijd, klopt dat?'

'Ja.'

'En je kent Henrik ook al vrij lang?'

Gesnik. Stilte.

'Milena? Je kende Henrik ook al langer?'

Stilte.

'Ik kende Henrik al voordat Anna hem had ontmoet.'

UPPSALA, OKTOBER 2009

HET IS DE eerste echte regenachtige, koude herfstdag sinds ik in augustus in Uppsala aankwam. De warme zomer hield nog een paar dagen in september aan, en daarna was het helder maar steeds frisser weer. Het is vannacht begonnen met regenen en nu in de ochtend houdt het genadeloos aan. De bomen zijn hun eerste gele blaadjes verloren, ze plakken vast aan de natte stoeptegels. De lucht is donkergrijs en het zal wel zo'n dag worden waarop het nooit echt helemaal licht wordt.

Ik ga meestal op de fiets naar hoorcollege op Ekonomikum, de faculteit van Economie en Bedrijfskunde. Dat is best een stuk vanaf Norby, maar ik vond het fijn met het mooie herfstweer. Vandaag neem ik voor de eerste keer de bus. Ik heb mijn knalgele regenjas aan. In de winkel vond ik de kleur geweldig, maar telkens als ik hem aan heb voel ik me toch een beetje ongemakkelijk. Ik vind dat hij nogal veel aandacht trekt. Maar misschien beeld ik me dat maar in.

Het is warm in de bus en de ramen zijn beslagen door de dampende kleding van de passagiers. Ik ruik de geur van vochtige wol en verwarming. Het is best een eindje naar het centrum, en er zijn nog zitplaatsen vrij. Terwijl de bus de halte uit draait ga ik aan het raam zitten en haal ik mijn studieboek over staatsrecht tevoorschijn. Het college van vandaag gaat over het recht op vrijheid van meningsuiting. Ik blader naar de juiste bladzijde en begin de tekst te scannen.

Het college wordt gegeven door een jonge doctor, Henrik Ljungman, over wie ik al had gehoord voordat hij ons zijn eerste hoorcollege had gegeven. Er werd gezegd dat sommige hoorcolleges van bepaalde oude zemelaars zo saai waren dat de klokken stil leken te staan, maar dat je die van Henrik Ljungman niet mocht missen. Hij heeft al eens een college aan ons gegeven, over persvrijheid, en de geruchten werden bevestigd. Hij was echt briljant.

Toen hij naar de lessenaar liep voor de honderden verwachtingsvolle rechtenstudenten die in de steil aflopende collegezaal zaten, was ik een beetje teleurgesteld. Was dit nou die veelbesproken Henrik Ljungman? Er werd gezegd dat hij nog maar zevenentwintig was, maar hij zag er ouder uit. Ik zag hem op zich ook wel van een afstandje, maar ik had hem van middelbare leeftijd kunnen schatten. Hij had een doorsneegezicht en een ietwat verbeten uitdrukking, bijna verveeld, toen hij zijn koffertje opendeed en zijn laptop tevoorschijn haalde. Maar toen hij begon te praten kwamen zijn gelaatstrekken ineens tot leven, zijn enthousiasme voor het onderwerp liet zijn gezicht stralen. Zijn stem was aan de donkere kant, mooi en helder. Hij bewoog zich vrij en zelfverzekerd voor de volle zaal en dan zag hij er juist eerder jonger uit dan hij was. De manier waarop hij praatte, de woorden die hij gebruikte: een levendige en rijke taal, met een bijna kinderlijke formuleringsvreugde. Droge humor en zelfspot die de hele collegezaal in lachen kon doen uitbarsten.

Henrik is een van de schrijvers van het studieboek over staatsrecht dat ik in de bus zit te lezen. Ik kijk uit naar het college van die dag.

De bus stopt bij een halte in Eriksberg, en er stappen nog wat mensen in. Het begint vol te raken, er staan veel mensen in het gangpad, maar de stoel naast mij is nog vrij. Ik ben verdiept in het boek en kijk niet op wanneer er iemand naast me komt zitten. In mijn ooghoek kan ik een donkere broek ontwaren, en ik hoor het geluid van de paraplu waar hij de regendruppels afschudt in het gangpad. De bus draait de weg weer op en rijdt verder in de richting van het centrum. Het lezen, de warmte en de geur van wol hebben me een beetje misselijk gemaakt, en ik kijk op om het wat te laten zakken. Ik spiek snel even naar de persoon naast me.

Hij is het toch? Henrik Ljungman?

Ja, volgens mij wel. Hij zit half van me af gedraaid, dus ik weet het niet helemaal zeker. Ik wil niet te erg staren. Maar ik geloof dat het Henrik is.

Daar zit ik dan met zijn boek opengeslagen op schoot. Waarschijnlijk heeft hij dat wel gezien toen hij ging zitten. Draait hij zich daarom weg? Omdat hij geen zin heeft in een gesprek met een vreemde?

Ik vraag me af of ik het boek dicht zal slaan en in mijn tas zal stoppen, maar dat zou ook een soort bevestiging zijn dat ik hem heb herkend en de situatie ongemakkelijk vind. Dat zou nogal onaardig overkomen. Dus ik blijf besluiteloos met het boek op schoot zitten, en met mijn blik vooruit om niet weer misselijk te worden. De persoon op de stoel naast me gaat verzitten en kijkt ook vooruit. Ik kijk stiekem weer even naar hem. Ja, het is Henrik Ljungman. Hij werpt me een vluchtige blik toe, met een veelbetekenende, ietwat schuldbewuste glimlach. Ik lach terug.

'Het is een goed boek,' zeg ik, na wat wel een minuut lijkt. Zo veel tijd om na te denken, was dit echt het beste waar ik mee kon komen? *Het is een goed boek.* Mijn gezicht gloeit van schaamte. Het duurt zo lang dat ik me afvraag of hij nog wel van plan is te reageren.

'Bedankt,' zegt hij uiteindelijk. Er volgt opnieuw een lange stilte. Henrik lijkt er evenveel moeite mee te hebben om iets scherpzinnigs te zeggen als ik.

Uiteindelijk gaat hij verder: 'Gaan we naar hetzelfde college?'

En dan beginnen we te kletsen, over het verschrikkelijke weer, en over de bus, en over waar we wonen. Henrik is net naar Uppsala verhuisd vanuit Stockholm en heeft een appartement in Eriksberg. Ik vertel dat ik uit Norrköping kom en een kamer huur bij een gepensioneerd stel in Norby. De regen komt nog steeds met bakken uit de hemel terwijl we overstappen bij Slottsbacken, en Henrik biedt aan om onder zijn paraplu te komen lopen. Ik sla het aanbod af aangezien ik mijn regenjas heb, maar ik waardeer het gebaar. Wanneer we ons de faculteit in haasten en voor de collegezaal uiteengaan vertel ik hem dat ik uitkijk naar het college, dat de vorige echt super was. Henrik glimlacht breed en ziet er weer jonger uit dan hij is.

Ik ben helemaal opgewonden als ik in de collegezaal naast mijn nieuwe vriendin Anna ga zitten, in afwachting van het begin van het college. Ik vertel dat ik in de bus zat met Henrik Ljungman en dat we bijna de hele weg naar de faculteit hebben gepraat. Ze lijkt niet erg geïnteresseerd of onder de indruk.

Anna en ik kwamen naast elkaar te zitten tijdens de introductie en sindsdien zijn we bij elkaar gebleven. We zitten in dezelfde basisgroep en bereiden samen de werkcolleges voor. Anna is leuk om mee om te gaan, altijd vrolijk en positief en vol energie. Ze is mijn eerste echte vriendin in Uppsala.

De harde regen houdt meerdere dagen aan en ik neem 's ochtends steeds de bus naar de faculteit. Ik studeer in de grote ruimtes in de kelder.

Ik kom Henrik 's ochtends in de bus meerdere keren tegen. Het voelt alsof we nu al vrienden zijn, ik denk er niet meer bij na dat hij docent is en ik student. Dat we allebei nieuw zijn in Uppsala maakt ons gelijkwaardig en zorgt ervoor dat we veel hebben om over te praten. De constante wind die vanuit de omringende vlakte de stad in waait. Welke studentenvereniging de beste zondagkoffie heeft. Hoe je kunt zoeken in Carolina Rediviva, de befaamde universiteitsbibliotheek.

Ik vertel iets over mijn jeugd in Norrköping, met ouders die de oorlog op de Balkan zijn ontvlucht en er altijd van uit zijn gegaan dat ik zou profiteren van de mogelijkheden voor hoger onderwijs in het nieuwe thuisland.

Henrik vertelt dat hij een afkeer voelt van sommige oudere collega's op de afdeling, die hem zien als een nieuwkomer die in een gespreid bedje binnen is gekomen en doctor is geworden. Ik troost hem door te zeggen dat hij onder de studenten de enige is over wie ze het hebben. Ik zie dat hij blij is dat te horen, ook al probeert hij het te verbergen.

Op een ochtend stap ik niet zoals gewoonlijk over op Slottsbacken en ik leg uit dat ik met mijn basisgroep een werkcollege ga voorbereiden in een lokaal op de nieuwe faculteit Juridicum. Dat is ook wel zo, maar het duurt nog twee uur tot we hebben afgesproken. Ik ben mijn busreizen af gaan stemmen op de mogelijkheid om Henrik tegen te komen.

Op een ochtend hebben we het over bezienswaardigheden in Uppsala die we nog niet gezien hebben. Ik vertel hem dat ik nog niet in de domkerk ben geweest. Henrik wel en dit weekend gaat hij er weer heen, voor een concert, Akademiska Kapellet en Almänna Sången gaan Mozarts *Requiem* uitvoeren. Hij pauzeert even, lijkt te twijfelen. Maar dan vraagt hij of ik mee wil. Ik ben overdonderd, en blij, en ik flap er snel uit dat ik dat wel wil.

Hoe dichterbij de zondag komt, hoe zenuwachtiger ik word. Het contact tussen mij en Henrik in de bus is toevallig begonnen, misschien dat de ongedwongen sfeer tussen ons daarmee te maken heeft? Inmiddels is het geen toeval meer dat we elkaar bijna elke ochtend in de bus zien, misschien geldt dat ook voor Henrik, maar we hebben in elk geval kunnen doen alsof. Nu is het de vraag of we net zo ontspannen met elkaar om kunnen gaan tijdens iets wat op een date lijkt.

Ik had niet ongerust hoeven zijn. De zenuwen zakken weg zodra we door de machtige poorten van de domkerk naar binnen stappen. Ik hou van het hoge gewelfde plafond, van de speciale kerkgeur van oude houten meubels, psalmboeken en kaarsen, van de schemerige verlichting, de plechtige sfeer. Eén blik op Henrik en ik weet dat hij hetzelfde voelt. We hoeven niet veel te zeggen, we vinden het allebei mooi en zijn blij dat we dit moment met iemand kunnen delen.

De kerkbanken beginnen steeds voller te raken, en Henrik en ik proberen ruimte te maken. We zitten dicht tegen elkaar aan. Vooraan bij het altaar nemen de muzikanten en het koor plaats. Ik leun een beetje naar hem toe en wijs naar een studente die ik tussen de sopranen zie staan. Hij herkent haar niet en vraagt fluisterend hoe ze heet. We zitten naar elkaar toe gebogen. Ik ruik zijn subtiele herengeur, kan zijn lichaamswarmte voelen.

Terwijl het geroezemoes van het publiek afneemt en de kerkklokken luiden, moet ik mezelf bedwingen om Henriks hand niet vast te pakken.

Het orkest en het koor beginnen aan het stuk. Het is groots en waardig, verdrietig en mooi. De muziek is net zo tijdloos als de ruimte waar we zitten. Er is iets troostrijks aan het feit dat mensen lang voor ik ben geboren al op deze bankjes hebben gezeten en naar Mozarts *Requiem* hebben geluisterd, en dat zullen blijven doen tot lang na mijn dood.

Na het concert nemen we een biertje en een warm broodje bij studentenvereniging Snerikes, en daarna wandelen we door het donkere park voor de universiteit naar de bus. Ik vertel hem dat ik over een paar weken naar een concert van Melissa Horn ga, in het nieuwe concertgebouw. Ze heeft net een nieuw album uitgebracht en is op tournee. Ik heb non-stop naar het album geluisterd sinds het een maand geleden uit is gebracht.

Henrik kent Melissa Horn niet. Ik vertel dat ze een Zweedse singer-songwriter is. Henrik weet niet wat een singer-songwriter is. Ik vraag hem of hij weet wat een bepaald instrument genaamd 'gitaar' is. Henrik kijkt bedenkelijk, doet alsof hij hard moet nadenken, en zegt dat hij gelooft dat hij daar wel eens van heeft gehoord. Is het dat gebogen ding van koper? Ik moet erom lachen dat hij niet weet wie Melissa Horn is, hij weet sowieso vrij weinig van popmuziek, en Henrik laat zich met plezier uitlachen. Ik ben niet eens zenuwachtig als ik hem vraag of hij mee wil naar het concert. Henrik lacht naar me en zegt dat hij in zijn agenda moet kijken, maar dat het leuk klinkt. We wisselen mobiele nummers uit.

Als hij uit moet stappen geven we elkaar zittend een knuffel.

'Wat leuk dat je mee was,' zegt Henrik met zijn donkere, warme stem.

'Heel leuk dat je me vroeg,' antwoord ik, en ik kijk hem lang en lachend aan terwijl hij opstaat en naar de busdeuren loopt.

Als ik weer terug ben in mijn saaie, naar kelder ruikende kamer trek ik mijn jas uit en mijn muts af en bekijk mezelf in de spiegel. Ik kan niet stoppen met grijnzen. Ik ga naar het concert van Melissa

Horn, en Henrik gaat waarschijnlijk mee, en tijdens het concert durf ik misschien zijn hand wel te pakken, of misschien staat hij achter me in het publiek en slaat hij ineens zijn armen om me heen, en na het concert vraagt hij dan of ik mee wil naar zijn appartement voor een kop thee, en tot slot zitten we dan op de bank in zijn kleine woonkamer te zoenen. Ik zie zelfs voor me hoe zijn bank eruitziet. Een behoorlijk lelijke leren bank.

Ik kan niet stoppen aan Henrik te denken. Ik vind hem zo ontzettend leuk. En ik geloof dat hij mij ook wel leuk vindt.

Uit het getuigenverhoor met Milena Tankovic, persoonsnummer 871121-0140, 17 september 2019, Gällivareziekenhuis, afgenomen door rechercheur Anders Suhonen.

'Dus je kent Henrik even lang als Anna? Langer zelfs?'

'Ja.'

'Ik begrijp het... En Jacob Tessin is je vriend?'

Stilte.

'Ja.'

'Weet je waar Henrik en Jacob nu zijn?'

Stilte. Gesnik.

'Ze zijn dood.'

'Henrik en Jacob zijn dood?'

'Ja.'

'Dat weet je zeker?'

'O, god...'

Gesnik.

'Hij is gesprongen.'

'Wie is gesprongen?'

'Henrik.'

IK STA DAAR met voor me de afgrond en Jacob is al begonnen langs de bijna loodrechte helling naar beneden te klimmen. Vanaf de smalle richel die naar de andere kant loopt is het een vrije val van honderden meters. Ik word er duizelig van en moet een paar stappen achteruit doen, het voelt alsof ik ga vallen.

'Jacob... serieus...' begin ik, maar maak mijn zin niet af. Ik zie hem niet, maar hoor zijn antwoord uit de diepte: 'Wat is er, schat?'

Zijn stem klinkt minzaam, bijna liefdevol. Misschien ben ik de enige die de ironie erin door hoort klinken. Maar ik merk dat er een verwijt in zit.

Jij wilde dit, dus nu moet je de gevolgen ook dragen.

Was Jacob deze passage vergeten? Misschien is het lang geleden dat hij hier is geweest. Of misschien is het gewoon zo dat hij zelf zo gewend is aan hoogtes dat hij zich niet goed in kan denken hoe eng het voor ons is om deze rand over te steken?

Misschien niet voor Anna, maar in ieder geval wel voor Henrik en mij.

Jacob is al aan de andere kant. Hij kijkt recht over de afgrond naar mij, met een blik en beweging die zeggen: 'Appeltje-eitje. Waar wacht je nog op?'

Anna praat gedempt tegen me.

'Hij is echt gestoord, hoor. Serieus, dit is waanzin. We kunnen dit niet doen zonder ons te zekeren.'

'Kom nou!' roept Jacob naar mij. Hij wenkt me met zijn hand.

'We moeten ons zekeren!' roept Anna terug.

'Daar verspillen we veel te veel tijd mee! Ik zweer dat het niet moeilijk is!'

'Hij is echt gestoord,' mompelt ze weer tegen mij. Het is alsof ze me probeert te overtuigen, me aan haar kant probeert te krijgen.

Jacob laat zijn backpack achter en begint terug langs de richel te klimmen.

'We moeten bij het dal zijn voor het donker is,' roept hij. 'Anders wordt dit pas echt gevaarlijk.'

Daar zit wel wat in. Om in het donker over deze bergrug te moeten lopen zou, ook daar waar hij breder is, erg onaangenaam zijn.

Hij is terug aan onze kant van de richel, en trekt zich met één beweging op, krachtig en atletisch.

'Kom op, Millan, laten we gaan,' zegt hij rustig terwijl hij naar me toe loopt. 'Ik zal je stap voor stap helpen.'

Hij lacht en pakt zacht mijn arm vast, en op een of andere manier is zijn rust en zelfverzekerdheid aanstekelijk. Het is bijna alsof het mijn keuze niet meer is, en dat voelt best goed. Misschien vind ik het gewoon makkelijker om tegen mijn hoogtevrees in te gaan dan tegen Jacob.

Hij loopt voor me uit naar de rand, draait zich naar de zijkant en begint naar beneden te klimmen terwijl hij zegt: 'Niet naar beneden kijken. Blijf gewoon naar de rotswand kijken en concentreer je op wat ik zeg. Waar je je voet moet zetten, waar je je hand moet zetten.'

Ik draai me ook om, ga op mijn knieën zitten, en vervolgens languit op mijn buik liggen. Ik druk me tegen de grond aan en probeer met mijn voet houvast te vinden. Jacob begeleidt me en al snel vind ik een uitsteeksel om mijn linkervoet op te zetten. Daarna verplaats ik mijn rechtervoet, linkerhand en rechterhand. Mijn hele lichaam is gespannen en ik grijp krampachtig de holtes in de klif vast.

De bergwand is echter niet zo volledig loodrecht als ik eerst dacht. Het lukt me om mijn zwaartepunt tegen de berg aan te houden, ik heb geen enkele keer het gevoel dat ik bijna achteroverval. Maar mijn knieën zijn als pudding, ik heb zin om zo hard mogelijk in de lucht te schoppen. Ik weet mezelf tegen te houden. Met een rustige stem geeft Jacob aanwijzingen voor elke stap die ik moet zetten.

Concentreren. Eén stap tegelijk. Niet naar beneden kijken.

Ik ga zijwaarts langs de richel, verplaats steeds mijn rechtervoet eerst, dan mijn linkervoet ernaast, dan weer mijn rechtervoet. Als een kruipende rups. Het gaat niet snel, maar wel goed. Het is niet moeilijk om de plekken te vinden waar je stevig kunt staan. Ik merk dat ik begin te ontspannen, hou de klif iets minder krampachtig vast.

Jacob is alweer aan de andere kant gekomen. Hij lacht breed naar me en steekt zijn hand uit, ik pak hem vast en hij trekt me omhoog, en dan ben ik ook aan de overkant. Ik ben opgelucht en trots op mezelf. We geven elkaar een knuffel.

'Dat ging supergoed, meissie.'

Anna staat vanaf de andere kant van de afgrond naar ons te kijken. Haar blik is grimmig en ze heeft haar armen gekruist voor haar borst. Ik merk zelf dat ik schaapachtig sta te lachen terwijl ik naar haar roep: 'Het was serieus niet zo eng!' Ik steek geloof ik zelfs mijn duim omhoog. Bah, wat overdreven enthousiast.

Ik zie Henrik achter Anna van de grond omhoogkomen, naar voren lopen en naast haar gaan staan. Voorzichtig leunt hij voorover, met zijn zwaartepunt nauwkeurig op zijn achterste been, en kijkt de diepte in. Dan wankelt hij achteruit, het lijkt alsof hij op het punt staat zijn evenwicht te verliezen, maar hij steekt zijn handen uit en zakt neer op zijn knie, vervolgens op zijn kont. Hij gaat languit op zijn rug in het gras liggen. Anna gaat op haar hurken naast hem zitten en voelt aan zijn voorhoofd. Henrik zegt iets, Anna zegt iets, maar ik kan niet horen wat.

O mijn god, hij heeft hoogtevrees. Henrik!

Ik voel een sterke neiging om terug langs de richel te klimmen, mijn eigen hoogtevrees is spontaan verdwenen. Ik wil naast hem op de grond gaan zitten, zijn hand vastpakken en hem over zijn voorhoofd aaien en zeggen dat het allemaal goed komt.

Jacob en ik staan zij aan zij naar Anna en Henrik te kijken.

'Wat doet hij?' vraagt Jacob.

Ik geef geen antwoord. Henrik beweegt niet, het ziet eruit alsof hij op de grond ligt te slapen. Ik roep naar de overkant: 'Wat gebeurt er?'

'Hoogtevrees,' roep Anna terug. 'Dit kan wel even duren.'

Jacob haalt gefrustreerd zijn handen door zijn haar, maar zegt niets.

'We kunnen hem maar beter zekeren,' zeg ik.

'Nee, ik ga niet zekeren,' zegt hij geïrriteerd. 'Dat kost fucking veel tijd.'

Nu raak ik ook geïrriteerd.

'Hoelang denk je dat dit gaat duren, dan?'

'Weet je wel wat zekeren betekent? Wat dat inhoudt?'

'Nee, niet helemaal precies, maar...'

'Nee, precies.'

'Maar het betekent toch dat je op een of andere manier aan een touw vastzit? Zodat je zelfs als je valt niet doodgaat? Toch?'

Jacob zwijgt, ik zie de spieren in zijn kaak bewegen. Maar ik ga verder.

'We kunnen zo wel uren blijven wachten. We moeten Henrik aan de overkant zien te krijgen.'

'Het is jou toch ook gewoon gelukt? Waarom zou hem het dan in vredesnaam niet lukken?'

'Omdat hij hoogtevrees heeft. Dat zie je toch wel?'

Henrik ligt nog steeds uitgeteld op de grond aan de overkant, met Anna naast zich.

'Het spijt me, Jacob, en ik snap dat dit niet...'

Jacob onderbreekt me en snauwt naar me.

'Hou alsjeblieft op met zeiken, zeg. Ik doe het al.'

Hij zet een paar snelle, woedende stappen in de richting van zijn backpack, trekt hem naar zich toe, rukt er spullen uit en gooit die demonstratief op de grond om te vinden wat hij nodig heeft om te kunnen zekeren. Als een driftig kind.

Ik zeg niks, laat hem even in zijn sop gaarkoken. Het gaat nu om Henrik.

'Ik baal zo erg van die achterlijke vrienden van je. Ik heb echt spijt dat ik ben meegegaan, zeg. Wat een sukkels, ze hebben geen fuck in Sarek te zoeken.'

Jacob gaat door met zijn nijdige gemopper. Ik bedenk dat het zijn idee was om naar Sarek te gaan, dus dat hij boos zou moeten zijn op zichzelf. Maar dat zeg ik natuurlijk niet. In plaats daarvan kijk ik weer naar Anna en Henrik, en ik zie dat Henrik in beweging is gekomen. Mooi. Hopelijk is hij aan het bijkomen.

Maar wat doet Anna nu? Ze draait zich met een vreemde gezichtsuitdrukking van Henrik af. Huilt ze? Nee, zo ziet het er helemaal niet uit. Het ziet eruit alsof ze...

Maar dat kan toch niet?

En op dat moment dringt het gelach dat Anna probeerde tegen te houden zich over haar lippen naar buiten, zo hard dat het duidelijk hoorbaar is voor ons. Jacob houdt op met het gerommel in zijn rugzak en kijkt ook op naar Anna.

'Wat doet ze? Zit ze nou te lachen?'

Ik geef geen antwoord. Anna moet zo hard lachen dat ze haar ogen dichtknijpt, ze buigt voorover en maakt vreemde raspende geluiden. Het is lang geleden dat ik haar zo ongeremd heb horen lachen, maar ik weet wel dat het dan zo klinkt.

Henrik gaat langzaam rechtop zitten. Hij zegt iets wat ik niet kan verstaan. Anna slaat haar hand voor haar mond, maar blijft lachen. Zonder mijn blik op Jacob te richten weet ik dat hij naar me kijkt.

'Is ze helemaal gek geworden?'

Zijn vraag klinkt oprecht, hij begrijpt echt niet wat er aan de andere kant van de afgrond aan de hand is. Ik schud slechts mijn hoofd.

Anna moet zo hard lachen dat ze amper adem kan krijgen, en ik zie Henriks blik terwijl hij naar haar kijkt, en het breekt mijn hart. Je kunt maar zelden Henriks gevoelens van zijn gezicht aflezen, maar nu ziet hij er compleet weerloos uit. Er is schaamte, verdriet en moedeloosheid te lezen.

Ik geloof echt dat ik Anna haat op dat moment. Ze is sterk en wreed en mist empathie.

Ze legt haar hand op Henriks arm en ik neem aan dat dat gebaar verontschuldigend bedoeld is, maar het is al te laat. Henrik staat op, loopt weg en tilt zijn backpack op. Anna komt achter hem aan, ze zeggen iets tegen elkaar, maar ik kan niet horen wat. Ze is gestopt met lachen, voor zover ik kan zien, en raakt Henrik weer aan. Ze begrijpt dat ze te ver is gegaan en probeert nu haar excuses aan te bieden. Hij kijkt haar niet aan. Hij tilt met vastberaden bewegingen zijn backpack op zijn rug.

Wat is hij van plan? Wil hij in zijn eentje terug naar beneden?

'Henrik!' roep ik. 'Hoe gaat het?'

Maar hij gaat helemaal niet terug, hij loopt juist naar de afgrond toe. En er is iets aan zijn vastberaden stappen wat me doodsbang maakt. Ik ken hem al zo lang en het is duidelijk te zien dat hij niet stabiel is. Hij begint naar beneden te klimmen, naar de richel toe, en het gaat veel te snel, hij heeft geen controle. Hij gaat vallen. Mijn god, hij gaat vallen.

'Jacob, alsjeblieft,' zeg ik, 'ik denk dat hij... Wil je hem helpen?'

Jacob hoort de angst in mijn stem.

'Alsjeblieft?' smeek ik.

Jacob zegt niets, maar loopt naar de rand toe en begint in de richting van de richel te klimmen.

'Wacht even, man! Ik kom je helpen!'

Ik voel me opgelucht, en ben Jacob dankbaar, maar ook nog steeds doodsbang.

Henrik klimt rap langs de klif naar beneden vanaf de ene kant, Jacob is nog sneller bij de richel vanaf de andere kant. Ze bewegen naar elkaar toe terwijl Anna en ik allebei aan onze eigen kant van de afgrond toe staan te kijken.

Henrik pauzeert even en kijkt op naar Anna, ze wisselen wat woorden uit, maar ik kan niet horen wat ze zeggen. Anna lacht naar hem. Ik zie niet of Henrik teruglacht.

Jacob is snel langs de richel naar Henrik toe geklommen. Nu roept hij: 'Wacht even, dan help ik je!'

Henrik blijft staan. Hij kijkt naar beneden.

Waarom kijkt hij naar beneden?

'Henrik!' roep ik, doodsbenauwd en met een slecht voorgevoel.

Jacob steekt zijn hand uit. Henrik lijkt te overwegen om hem vast te pakken, maar Jacobs hand blijft in de lucht hangen. Zo blijven ze staan, een moment dat bevroren lijkt in de tijd.

Dan valt Henrik achterover, recht de leegte in.

Uit het getuigenverhoor met Milena Tankovic, persoonsnummer 871121-0140, 18 september 2019, Gällivareziekenhuis, afgenomen door rechercheur Anders Suhonen.

'Ik wil graag even terug naar wat je gisteren vertelde, dat Henrik was gesprongen.'

'Oké.'

'Weet je het honderd procent zeker? Dat hij sprong?'

'Ja.'

'Jacob heeft Henrik niet aangeraakt?'

'Nee... Of jawel, hij heeft hem wel aangeraakt, maar dat was om hem vast te kunnen grijpen.'

'Dus... Hij probeerde hem op de klif te houden?'

'Ja... Hij wist zijn arm even vast te pakken, geloof ik, maar...'

Stilte.

'Hm... Maar Henrik sprong uit zichzelf, volgens jou?'

'Ja.'

'Een andere mogelijkheid zou natuurlijk kunnen zijn dat hij viel, of struikelde, of zijn grip verloor.'

'Nee. Het was... Nee.'

'Dat is uitgesloten, bedoel je?'

'Zo zag het er absoluut niet uit.'

'Oké.'

'Het was geen ongeluk.'

'Er is natuurlijk ook nog een derde mogelijkheid die ik nog even wil benoemen.'

Stilte.

'Dat Jacob ervoor zorgde dat Henrik viel.'

Stilte.

'Zegt Anna dat?'

'Ik wil even horen hoe jij tegen die mogelijkheid aankijkt.'

'Dat was niet zo. Absoluut niet.'

'Ik wil alleen dat je die mogelijkheid overweegt.'

'Dat was niet zo.'

'Je zei dat Jacob Henrik aanraakte?'

'Ja.'

'En dat kun je niet verkeerd hebben geïnterpreteerd? Dat Jacob Henrik juist trok waardoor hij viel?'

'Nee.'

'Maar je stond er toch een stukje vanaf? En ik kan me voorstellen dat Henrik in ieder geval deels door Jacob aan het zicht werd onttrokken?'

Stilte.

Onhoorbaar.

'Wat zei je, Milena?'

Stilte.

'Kun je dat herhalen? Iets harder?'

'Waarom zou Jacob Henrik willen vermoorden?'

'Tja.'

Stilte.

'Ben je moe? Zullen we stoppen?'

'Ik denk dat Anna zag wat ze wilde zien.'

'Ja... Maar volgens jou is Henrik uit zichzelf gesprongen? Heeft hij zelfmoord gepleegd?'

'Ja.'

'En... Ik begrijp het niet zo goed. Het klinkt bijna alsof Henrik zelfmoord heeft gepleegd omdat Anna hem uitlachte. Min of meer.'

'Nee...'

'Als ik het even mag vereenvoudigen. Ik bedoel, ik begrijp dat hij uitgeput was en zo, maar... normaal gesproken plegen mensen niet zomaar zelfmoord.'

Stilte.

'Het kwam niet daardoor.'

'Dat hij zelfmoord pleegde? Bedoel je dat?'

'Henrik was depressief.'

‘SOMS PROBEER IK te bedenken waar ik zin in heb. Wat ik graag zou willen doen. Waar ik naar uitkijk. En dan kan ik helemaal nergens op komen. Er is niets waar ik zin in heb. Er staat niks in mijn agenda waarbij ik denk van: daar kijk ik nou echt naar uit.’

Het was de tweede dag van de wandeling. De zon scheen vanuit een wolkeloze hemel, de lucht was helder. We waren onderweg van Alggavagge naar Sarvesvagge, de helling was behoorlijk steil en Anna en Jacob waren ver voor ons uit gelopen. We zagen hen nog als kleine stipjes een paar honderd meter hoger op de berg, maar nog even en het zou weer vlakker voor hen worden en dan zouden ze uit het zicht verdwijnen.

Henrik en ik liepen in ons eigen tempo. Hij vertelde en ik luisterde. In het voorjaar had hij definitief te horen gekregen dat hij nooit hoogleraar zou worden, of in ieder geval niet in Uppsala. Ondanks dat hij al jaren docent was, en nog veel langer lector, had hij nog altijd geen PhD-studenten mogen begeleiden, wat een voorwaarde was om in aanmerking te komen voor een hoogleraarschap. Toen hij de decaan had gevraagd waar dat aan lag, kreeg hij te horen dat het met zijn relatie met Anna te maken had. Niet de relatie op zich, maar het feit dat hij een relatie was aangegaan met een van zijn studenten en dat jarenlang had proberen achter te houden. Dat maakte hem ongeschikt als begeleider van promovendi. En dan zou hij nooit hoogleraar kunnen worden.

Ik was geschokt.

‘Mijn god,’ zei ik, ‘ze weten toch wel dat je niet iemand bent die constant studenten loopt te versieren? Ze kennen je toch? Zo ben jij helemaal niet!'

Henrik lachte bitter.

'Er zijn er een paar die het wel erg makkelijk voor me vonden gaan toen ik net was begonnen. Maar ze hebben er wel gelijk in dat ik de regels heb overtreden. En dat ik dat heb proberen achter te houden.'

Hij werd jarenlang geplaagd door zelftwijfel, maar wist daar redelijk weerstand tegen te bieden. Als hij uiteindelijk eenmaal hoogleraar was, dacht hij, zou dat bewijzen dat die twijfel slechts zijn inbeelding was. Toen het duidelijk werd dat dat nooit zou gebeuren, werd hij meegezogen in een spiraal van negatieve gedachten en zelfverachting. Hij kwelde zichzelf door zich voor te stellen hoe ze achter zijn rug om zouden praten. 'Er is niet veel gekomen van dat wonderkind, hè?' 'Hij is helemaal niet meer zo goed in hoorcolleges geven, de studenten vinden hem saai.' 'Henrik! Die zo populair was! Begrijp jij het?'

Om alleen al naar werk te gaan, door de gangen van de faculteit te lopen en te riskeren een collega tegen te komen voordat hij zijn eigen veilige kantoortje had bereikt, kostte hem al enorm veel energie. Hij voelde zich net een luiaard, alles ging traag en kostte veel tijd. De wereld werd grauw en grijs ondanks dat het voorjaar overging in zomer. Hij was constant moe en wilde alleen maar slapen.

'Zo is het de hele zomer geweest,' zei Henrik. 'Ik had nergens energie voor. Het is als... lopen door drijfzand.'

Ik was bedroefd door wat hij me vertelde, ik had zo'n medelijden met hem.

'Henrik... Dat klinkt echt verschrikkelijk.'

Ik pakte voorzichtig zijn arm vast en stelde voor om even te pauzeren en wat koffie te drinken. Even later zaten we allebei op een eigen steen met een mok in onze handen van het uitzicht te genieten. Alggavagge strekte zich in de verte uit tot aan het centrum van Sarek. De loodrechte klif Härrabakte keek majestueus uit over de bodem van het dal dat laaide in herfstkleuren. De zon verwarmde ons vanuit een strakblauwe lucht.

'Ik wist helemaal niet dat het zo erg was,' zei ik terwijl ik in de hete koffie blies. 'Je moet daar weg. Je bent de slimste persoon die ik ken, Henrik. De slimste persoon die ik ooit heb ontmoet. Je kunt hoogleraar worden waar je maar wilt.'

Eerst gaf hij geen antwoord, staarde slechts somber naar het machtige landschap voor ons en nipte van zijn koffie. Hij zuchtte.

'Ik weet het niet. Het is een kleine wereld. Er wordt geroddeld.'

'In het buitenland dan?'

'Misschien. Maar dat is lastig met staatsrecht.'

Het was even stil. Zo ging dat bij Henrik en mij, we voelden ons geen van beiden bezwaard als het even stil was als we met zijn tweeën waren. Ik kon het zelfs wel waarderen. Voor mij was die ongedwongen stilte een teken van de vertrouwdheid tussen ons, en ik geloof dat Henrik er hetzelfde over dacht.

'Wat vindt Anna ervan?' vroeg ik uiteindelijk.

Henrik stelde het antwoord uit. Hij keek weg.

'Nou...' begon hij langzaam, maar toen zweeg hij weer.

Ik zei niets. Ik had wel een vermoeden hoe het zat, maar ik begreep dat het pijnlijk was om te vertellen, dus ik gaf hem de tijd.

'Ik heb het haar niet verteld,' zei Henrik uiteindelijk, met een doffe en schorre stem.

'Maar...' begon ik, 'denk je niet dat het beter zou zijn als ze wist waarom je zo down bent?'

'Eerlijk gezegd... Ik wil niet nog erger overkomen als een mislukkeling dan ik in haar ogen al doe.'

'Henrik, hou op,' zeg ik. 'Je bent helemaal geen mislukkeling.'

'Jawel,' hield hij vol, en hij verhief zijn stem een beetje, 'dat ben ik wel, Milena. Het... Je hoeft me niet te troosten.'

'Alsjeblieft...' probeerde ik, maar hij onderbrak me.

'Als we tien jaar terug in de tijd gaan, naar toen we elkaar hadden ontmoet, hoe ik de toekomst voor me zag, hoe Anna de toekomst voor zich zag... Wat Anna zich voorstelde, waar ze van droomde, dat heeft ze allemaal bereikt. Maar voor mij is niets daarvan uitgekomen.'

'Heb je hier met een professional over gepraat?' vroeg ik. 'Over hoe je je voelt?'

Henrik leek mijn vraag niet gehoord te hebben, hij praatte verder.

'We zijn al ik weet niet hoelang verloofd, maar ik ben gestopt met vragen wanneer we nu eindelijk gaan trouwen, ik weet toch dat ik geen antwoord krijg... En kinderen, daar kan ik al helemaal niet over beginnen, dan wordt ze bijna boos.' Hij haalde diep adem. 'Ze wil bij me weg. Dat gevoel heb ik al best een tijdje.'

'Nee, Henrik,' zei ik, 'daar geloof ik niks van.'

Wat weet ik er eigenlijk van?

'Jawel.'

'Maar hoe weet je dat dan? Als jullie het er niet over hebben? Misschien moeten jullie samen met iemand gaan praten? Relatietherapie, of...' Ik zweeg.

'Er is één keer in al die jaren geweest dat ik écht het gevoel had dat ze me nodig had. En dat is toen dat ene met Erik negen jaar geleden gebeurde. En ik denk dat ik toen... Ik vond haar al leuk, ik was verliefd op haar, maar dat ze me toen echt nodig had, dat... Toen was het pas echt raak. Maar dat was een uitzonderlijke situatie. Sindsdien heb ik nooit meer het gevoel gehad dat ze me echt nodig had.'

'Hé,' zei ik zacht.

'Het punt is denk ik dat... Anna dacht dat ze een winnaar had uitgekozen. Maar ze had op het verkeerde paard gewed. Ik... Ik ben echt geen winnaar.'

Henriks stem trilde, hij beet op zijn onderlip om niet te gaan huilen, maar zijn gezicht verraadde hem en er gleed zachtjes een traan over zijn wang naar beneden. Hij wendde zijn gezicht af zodat ik het niet zou zien, maar het was al te laat, ik huilde ook. Ik liep naar hem toe en sloeg mijn armen om hem heen. Henrik huilde zacht, leunde tegen me aan, en sloeg uiteindelijk ook zijn armen om mij heen.

Zo hielden we elkaar een aardig tijdje vast, ik staand en Henrik zittend, met Sarek aan onze voeten. Het viel me op dat we op dezelfde manier huilden. Zonder te overdrijven. We sniften tegelijk, maar zachtjes.

Ik streelde hem over zijn haar, en hij hield me niet tegen.

'Sorry,' zei hij uiteindelijk en hij haalde diep adem. Hij liet me los.

Ik ging op de steen naast hem zitten.

'Schuif eens op.'

Henrik lachte en ging een stukje opzij zodat ik genoeg plaats had. Hij veegde een traan bij zijn oog weg.

'Sorry. Nu heb ik twee uur lang alleen maar over mezelf lopen praten.'

'Je had het nodig.'

'Weet je... Ik zei net dat ik helemaal niks kon bedenken waar ik zin in had. Waar ik naar uitkeek. Maar... Hier heb ik naar uitgekeken. Om door de bergen te lopen en met jou te praten.'

Mijn hart maakte een sprongetje. Diep vanbinnen wist ik dat ik deze wandelvakanties niet elk jaar deed om de vriendschap met Anna in stand te houden. Ik deed het voor Henrik. Uren op ons eigen tempo wandelen door een groots landschap met Anna ver voor ons uit. Een gesprek dat zich als een rendierpaadje door de heide slingerde. Of een stilte die gemakkelijk en vertrouwd aanvoelde.

Maar ik zei niet dat ik hetzelfde voelde, dat ik ook uit had gekeken naar de momenten met hem alleen. Het lag op het puntje van mijn tong, maar ik zei niets. Ik had Jacob dit jaar meegenomen. Ik wilde niet afvallig overkomen.

Alsof Henrik op me neer zou kijken als ik hem zou vertellen wat de momenten met hem voor mij betekenden. Het is zo belachelijk dat het bijna lachwekkend is.

Ik zei niets, ik lachte alleen maar, en na een tijdje stond hij op en was het moment voorbij.

'Zullen we verdergaan?'

'Mhm.'

We ruimden het kookstel op en wandelden verder omhoog. Al snel werd de ondergrond vlakker en op een gegeven moment kwamen we bij een sneeuwveld. We wisten dat we in de buurt kwamen van het hoogste punt van de bergpas.

Ik vertelde over mijn werk, dat hetzelfde was als de laatste keer dat we elkaar zagen, en over mijn huis, dat hetzelfde was als de laatste keer dat we elkaar zagen, en over mijn vrienden, die grotendeels hetzelfde waren als de laatste keer dat we elkaar zagen. Ik was met badminton begonnen met mijn vriendin Jennie, één keer in de week op zaterdagochtend. Ik gaf Henrik tips over een paar nieuwe popbands om naar te luisteren. Het was een soort grapje tussen ons geworden: ik gaf hem tips over verschillende obscure popbands en dan zou hij daarmee proberen indruk te maken op zijn studenten, zonder er eerst naar te luisteren. Vaak sprak hij de bandnamen verkeerd uit.

Er was niets bijzonders gebeurd in mijn leven. Afgezien van Jacob.

Ons gesprek zou hoe dan ook wel op Jacob zijn gekomen. Maar ik twijfelde, het voelde ongemakkelijk. Dus uiteindelijk begon Henrik erover.

'Hé, ik wilde nog even mijn excuses aanbieden voor hoe ik me in de trein gedroeg.'

'Hm.'

'Ik schaam me echt verschrikkelijk. Ik weet niet wat me bezielde.'

'Geeft niks,' mompelde ik. Ik was blij dat de inspanning van het door de sneeuw ploeteren me al rood had doen aanlopen. Henrik kon niet zien dat mijn wangen begonnen te gloeien.

'Hij zal me wel een idioot vinden.'

'Hij is nooit lang boos.'

'Hoe hebben jullie elkaar ontmoet?'

'Online.' Ik zweeg. Het was aan mij om het gesprek voort te zetten, om het verder uit te leggen en meer te vertellen, maar ik deed het niet. Uiteindelijk zei Henrik: 'Oké. Nou ja, dan weet ik genoeg.'

'Ja, maar wat moet ik zeggen dan? Het is mijn vriend.'

'Ja, dat vermoeden had ik al wel een beetje.'

Zo waren we een tijdje op luchtige toon bezig, Henrik stelde een vraag en ik gaf ontwijkend antwoord.

Want wat moest ik vertellen? Alles? Dat ik een paar jaar actief bezig was geweest met online dating, niet omdat ik dacht dat ik op die manier de ware tegen zou komen, maar omdat ik weer eens wat mee wilde maken? Dat ik, toen ik Jacob voor het eerst zag tijdens onze eerste date, hem zo knap vond dat ik dacht dat het een misverstand moest zijn, dat hij met iemand anders had afgesproken. Dat hij er onweerstaanbaar uitzag met zijn strakke chino en witte overhemd, netjes gestreken en een stukje open zodat zijn zongebruinde borst zichtbaar was.

Dat we zo makkelijk met elkaar konden praten. Dat hij geïnteresseerd, attent en zorgzaam overkwam, maar dat ik op die eerste date al een klein beetje het gevoel had dat hij toneelspeelde. Dat hij niet de echte Jacob liet zien. Het had te maken met de manier waarop zijn ogen glinsterden.

Die avond ging zijn mobiel meerdere keren af. Hij zei verontschuldigend dat het zijn werk was, dat hij helaas moest opnemen. Na de derde keer zette hij zijn geluid uit en beloofde dat ik de rest van de avond zijn volledige aandacht zou hebben. Ik vroeg waar hij werkte.

'Ik ben consultant bij BCG,' zei hij. 'De klanten gaan ervan uit dat ik vierentwintig uur per dag bereikbaar ben.'

Ik weet honderd procent zeker dat hij BCG zei. Honderd procent.

Jacob ging die avond met me mee naar huis, en we hadden seks. Hij was goed in bed, volgzaam en invoelend, wild en krachtig als ik dat toeliet, als ik dat verlangde. Hij bleef niet slapen, en het duurde tot halverwege de week daarop voordat we elkaar weer zagen. De dagen daartussen deed ik niet veel anders dan over hem fantaseren.

Jacob kwam erachter dat ik binnenkort naar de hoogvlakte zou gaan om met twee oude vrienden te gaan wandelen. Hij raakte enorm enthousiast, vertelde dat hij zelf ook van de hoogvlakte hield, dat hij daar veel tijd doorbracht, zowel in de winter als in de zomer. Hij stelde voor om mee te gaan. Ik beloofde dat ik het mijn vrienden zou vragen, maar heb weken gewacht om het er met Anna over te hebben. Iets hield me tegen.

Op een avond zaten we in een gezellige kroeg in Gamla Stan. Tijdens het voorgerecht ging Jacobs mobiel af, en hij verontschuldigde zich: 'Werk. Ik moet even opnemen, ben zo terug.'

Hij liep naar buiten. Ik stond op om naar de wc te gaan. Die was bij de ingang, maar de deur naar buiten was niet helemaal dichtgegaan, dus ik kon zijn gesprek horen.

'Nee, ik kan niet vanavond, ik moet overwerken.'

Ik bleef abrupt staan, hield mijn adem in, wilde de rest horen.

'Haha... Hé, maar is het anders goed als ik laat kom?'

Ik sloot me op in de wc, probeerde mijn gedachten te ordenen, tranen in mijn ogen van teleurstelling. Ik had het natuurlijk wel verwacht, maar toch. Ik haalde diep adem. Ik moest deze avond nog even door zien te komen.

Ik ging weer terug naar Jacob, die beloofde dat hij zijn mobiel nu echt uit had gezet. Ik knikte en glimlachte. Hij had niets door.

Die avond gebruikte hij het excuus dat hij moe was en de volgende ochtend om zeven uur op werk moest zijn, dus of het goed was dat hij dit keer niet met me mee naar huis zou gaan? We gaven elkaar een kus voor het restaurant. Het was een donkere zomeravond, de hitte van die dag walmde nog steeds van de muren van de nauwe steegjes, de lucht was een diepblauw spoor boven ons, en terwijl ik naar de metro liep besloot ik dat ik Jacob nooit meer wilde zien.

Maar er gingen een paar dagen voorbij. En ik bedacht dat ik wist dat ik mijn droomprins niet online zou vinden, dus waarom was ik eigenlijk teleurgesteld? We hadden het toch naar ons zin als we bij elkaar waren? Ja. En gaf hij me niet de beste seks die ik ooit had gehad? Jawel. Zouden we dit spelletje dan niet nog even vol kunnen houden? Jawel. Natuurlijk wel.

Jacob zat er vol bovenop wat de hoogvlakte betreft: wat zeiden mijn vrienden ervan dat hij mee wilde? Ik gaf ontwijkend antwoord. Maar toen begon ik te denken dat het misschien wel goed zou zijn als hij mee zou gaan. Dat ik mezelf moest uitdagen met mijn angst voor sociaal ongemakkelijke situaties. Dat ik moest oefenen om me er niet voor te schamen wat andere mensen deden, ook al stonden ze dicht bij me. Dat mijn relatie met Anna in een vast patroon was blijven hangen, waarin zij altijd de leidende Pippi was en ik de onderdanige Annika. Het zou goed zijn voor onze relatie als het wat door elkaar geschud zou worden, misschien zou ze me met nieuwe ogen kunnen gaan zien.

Dat Henrik door elkaar geschud zou worden. Dat hij me met nieuwe ogen zou gaan zien. Niet alleen als een oude vriendin die altijd single is geweest.

Dus een week voor we zouden vertrekken vertelde ik Anna dat ik een vriend had, en dat ik me afvroeg of hij mee zou mogen naar de hoogvlakte. Ik hoopte bijna dat ze nee zou zeggen. Maar dat deed ze niet. En toen was het aan mij, zou ik tegen Jacob zeggen dat Anna het goed vond, of zou ik liegen?

Ik dacht er een dagje over na, maar toen vertelde ik het Jacob. Hij begon meteen te plannen om naar Sarek te gaan, en stom genoeg liet ik vallen dat Anna er al een tijdje over droomde om daar eens heen te gaan, wat hem alleen maar enthousiaster maakte. Uiteraard.

Jacobs ogen die naar Anna glinsterden, vanaf het eerste moment dat ze elkaar op Stockholm Centraal zagen, de hele treinreis lang, tot in de restauratiewagon. Anna met haar directe, onbevangen gedrag dat zo ongelooflijk onweerstaanbaar schijnt te zijn voor bijna alle mannen. De jaloezie, die ik niet wilde voelen maar die er toch was. Ik had het eerder meegemaakt. Was dit nu echt nodig?

En dan die scène in de treinrestauratie, zo ongemakkelijk en vervelend. Het visitekaartje met 'BCV' erop, Jacobs strakke blik op mij. 'Waarom loop jij tegen mensen te verkondigen dat ik bij BCG werk?'

Hij had tegen mij gezegd, en waarschijnlijk tegen een heleboel andere mensen, dat hij bij BCG werkte, een van de meest vooraanstaande adviesbureaus van de wereld. Maar hij was zo slim geweest in te calculeren dat iemand die leugen zou kunnen achterhalen. Dus hij had visitekaartjes laten maken met 'BCV' erop, om zich in te dekken.

Ik wist al wel langer dat hij onbetrouwbaar was, maar dat doortrapte, die leugen en dat smoesje, dat sloeg echt alles.

Henrik ontmaskerde Jacob, hij wist het alleen zelf niet. En ik heb hem ook niet geholpen. Maar diezelfde avond, toen ik in de slaapcoupé lag, besloot ik dat ik het uit zou maken met Jacob zodra we terug waren in Stockholm.

Zou ik Henrik dit allemaal vertellen? Zou ik de kaarten op tafel leggen, mezelf blootgeven, honderd procent eerlijk zijn over wat ik eigenlijk vond en wilde?

Nee. Dat durfde ik niet. Ik dacht dat er nog wel genoeg tijd was.

Dus in plaats daarvan vroeg ik: 'Wat vind je van hem?'

'Van Jacob?'

'Ja.'

Hij was even stil. We hadden door de bergpas gelopen, met hoge bergen aan beide kanten van ons, en nu begon het sneeuwveld licht naar beneden te lopen. We konden Sarvesvagge in de diepte zien liggen.

'Hij is wel aardig. Hij weet veel over de bergen.'

'Hij weet veel over de bergen? Is dat het enige wat je over Jacob weet te zeggen?'

Henrik lachte gegeneerd, en was weer even stil.

'Ik kan begrijpen waarom je hem aantrekkelijk vindt.'

'O, ja? Waarom dan?'

'Nou ja, hij is natuurlijk knap, denk ik, en charmant. Een echte vent, zeg maar...'

'Een echte vent? Denk je dat ik daar naar op zoek ben? Een echte vent?'

Henrik lachte weemoedig.

'Geen idee waar je naar op zoek bent,' mompelde hij.

Toen zag ik het einde van het sneeuwveld, en een stukje van de rand af stonden Anna en Jacob op ons te wachten. Het zag eruit alsof ze ergens over aan het praten waren. Ik ging langzamer lopen.

Alweer een gelegenheid om Henrik te vertellen hoe ik over Jacob dacht, en over al die andere dingen. De laatste gelegenheid voorlopig, aangezien we straks weer alle vier bij elkaar zouden zijn.

'Het is nog vrij nieuw, natuurlijk,' zei ik, waarmee ik het vaag hield. 'We zullen wel zien hoe het loopt.'

'Weet je,' zei Henrik terwijl hij stil bleef staan. Zijn stem klonk een beetje schor en gebroken, alsof hij een brok in zijn keel had. 'Ik heb veel naar Melissa Horn geluisterd van de zomer. Ik heb er spijt van dat ik niet naar haar concert in Uppsala ben geweest toen ik de kans had. Misschien was alles dan anders geweest.'

Hij wierp me een snelle blik toe voor hij de helling afliep in de richting van Anna en Jacob. Ik bleef heel even staan terwijl de tranen in mijn ogen sprongen.

Uit het getuigenverhoor met Anna Samuelsson, persoonsnummer 880216-3382, 20 september 2019, Gällivareziekenhuis, afgenomen door rechercheur Anders Suhonen.

'Zo, Anna. Dan gaan we nu verder waar we gisteren zijn gebleven.'

Stilte.

'Er zijn een paar momenten in je verhaal waar ik even naar terug wil om te zien of ik je goed heb begrepen.'

'Ik heb eerst een paar vragen voor jou.'

'Oké...'

'Je hebt tegen me gelogen.'

'Nee. Dat is niet waar.'

'Je hebt me laten geloven dat Milena dood was.'

'Nee. Jij zei tegen mij dat ze dood was.'

'Maar jij hebt dat niet tegengesproken.'

'Nee, maar het punt is...'

'Dus je hebt de waarheid achtergehouden. Wat in principe hetzelfde is als liegen.'

'Nee, dat is...'

'Ik weet niet meer precies welke regels er gelden bij een politieverhoor. Maar dat ga ik nog uitzoeken. En ik weet bijna zeker dat wat een getuige onder valse voorwendselen vertelt, onbruikbaar is.'

'Anna, het zit zo...'

'Dus dat betekent dat je een zeer incompetente verhoorder bent.'

'Ten eerste heb ik je verhoord als getuige. Niet als verdachte van een misdaad.'

Stilte.

'En ten tweede... De eerste keer dat we elkaar spraken hadden wij Milena nog niet gevonden. Dus toen nam ik het tijdelijk als waarheid aan dat ze dood was. Zoals jij zei.'

'Wanneer hebben jullie haar gevonden?'

'Ehh... We hebben haar... Laat me even denken, zodat ik het niet verkeerd zeg... We hebben haar de 17e levend gevonden.'

Stilte.

'En toen je het me gisteren vertelde was het de 19e.'

'Ja.'

'Dus je hebt er twee dagen mee gewacht om me te vertellen dat een van mijn beste vrienden nog leeft?'

'Ja.'

'Schaam je je niet? Hè? Schaam je je niet?'

Gesnik.

'Ik begrijp, Anna, dat... Ik begrijp je gevoelens hierover.'

Gesnik.

'Het punt is dat... Ik besefte al vrij snel dat jij en Milena verschillende versies van de gebeurtenissen hebben. En we onderzoeken een potentiële moord. Een zeer ernstig misdrijf. En toen leek het ons gerechtvaardigd om je jouw versie tot het einde te laten vertellen.'

Stilte.

'Ik ken een aantal zeer bekwame strafrechtadvocaten in Stockholm. Ik ga met hen bespreken hoe dit is afgehandeld.'

'Doe dat.'

'Dit kan echt niet zomaar.'

'Ik heb met de politieleiding in Luleå besproken hoe ik dit aan zou pakken en zij hebben de procedure goedgekeurd. Maar je mag uiteraard hulp inschakelen als je wilt onderzoeken of er fouten zijn begaan.'

'Dat ga ik zeker doen.'

'Het is natuurlijk wel zo dat wat je me hebt verteld, het waarheidsgehalte ervan, niet wordt beïnvloed door het feit of Milena leeft of niet.'

Stilte.

'Toch, Anna? Afgezien van het laatste deel, toen je ervan uitging dat Milena dood was. En in dat gedeelte is er geen verdenking van misdaad, dus dat is verder oninteressant.'

Stilte.

'Dus dat je dingen zou hebben verteld onder valse voorwendselen, dat klopt niet. Maar hoe dan ook wil ik je nu de kans geven om je getuigenis aan te passen of aan te vullen. Ik heb er zoals gezegd, gezien de traumatische gebeurtenissen die je hebt meegemaakt, alle begrip voor dat je herinneringen achteraf kunnen zijn veranderd of duidelijker zijn geworden.'

Stilte.

'Ik wil het weer even hebben over het moment dat Jacob doodging.'

'Ik heb daar niets meer over te zeggen. Ik heb het precies verteld zoals het was.'

'Maar er zijn nog wat onduidelijkheden.'

'Wat zegt Milena hierover?'

'We concentreren ons nu even op jouw verhaal.'

Stilte.

'Hm... Dan wil ik nog even een keer zeggen, zoals ik eerder al heb gedaan, dat Milena extreem beïnvloed was door Jacob.'

'Ja.'

'Ze zag de wereld zeg maar door zijn ogen.'

'Hm.'

'Dus wat ze je vertelt, dat is Jacobs versie van wat er is gebeurd. En dat is van begin tot eind gelogen.'

Uit het getuigenverhoor met Milena Tankovic, persoonsnummer 871121-0140, 19 september 2019, Gällivareziekenhuis, afgenomen door rechercheur Anders Suhonen.

'Even zien of ik de chronologie goed heb begrepen, Milena... Waar we het gisteren over hadden, toen jij en Henrik met zijn tweeën liepen, dat was 9 september.'

'Weet ik niet.'

'Jawel... En de dag erna, 10 september, gingen jullie uit elkaar?'

'Ja.'

'Jij en Jacob gingen verder Sarek in, terwijl Anna en Henrik teruggingen?'

'Ja.'

'Waarom was dat?'

Stilte.

'Er was een nare sfeer ontstaan. De avond ervoor. We gingen een spelletje doen en toen kregen we ruzie.'

'Deed iedereen mee?'

'Nee, Anna was al naar bed gegaan.'

'Waar kregen jullie ruzie over?'

Stilte.

'Het... Jacob werd boos. Hij kan niet goed tegen zijn verlies.'

'Ik begrijp het.'

'Hij verhief zijn stem en zo, en Anna werd wakker en kwam de tent uit, en toen werd het alleen maar erger.'

'Werd Jacob fysiek?'

'Hoe bedoel je "fysiek"?'

'Duwde hij Henrik omver, bijvoorbeeld?'

'Nee. Zei Anna dat?'

'Hoe ervaarde jij de situatie?'

'Jacob was ontzettend kwaad. Maar hij heeft Henrik niet aangeraakt.'

'Dat weet je zeker?'

'Ja. En die avond bood hij zijn excuses aan.'

'Ik begrijp het.'

'Dus ik dacht dat we het hadden opgelost.'

'Hm... Dus jullie hadden die heftige ruzie, en de volgende morgen besloten Anna en Henrik om hun eigen weg te gaan?'

'Ja. Ze waren van plan terug te gaan naar Staloluokta.'

'Hebben Anna en jij elkaar nog gesproken die ochtend?'

'Ja.'

Stilte.

'Ehh... En we kregen ruzie.'

Stilte.

'Waar kregen jullie ruzie over?'

Stilte.

'Anna zei onder andere dat... Jacob haar had proberen te versieren. De dag ervoor toen ze met zijn tweeën liepen.'

'En wat vond je daarvan?'

'Ik werd boos, en verdrietig.'

'Omdat je dacht dat Anna erover loog?'

'Nee.'

Stilte.

'Ik wist dat het kon kloppen.'

Stilte.

'Ik was er al achter dat Jacob een... een onbetrouwbare kant had.'

'Hm... Ik heb er ook een aantekening van dat... Dat Jacob zich die nacht aan je heeft vergrepen.'

'Wat?'

'Ja, dat... Hij tegen je wil seks met je had.'

'Nee, dat is helemaal niet waar.'

'Anna geeft aan dat ze je hoorde huilen.'

'Huilen?'

'Ja. En ze zegt ook dat ze de volgende morgen zag dat je wurgplekken in je hals had.'

Stilte.

'Serieus?'

'Wat zou je daarop willen zeggen?'

'Het is echt niet waar. Dat is alles wat ik erover kan zeggen.'

'Is dat zo?'

'Ja. Jacob en ik hadden seks. Dat klopt. Maar het was helemaal... Het was met volledige instemming.'

'Hm.'

'Anna heeft geen idee hoe ik klink als ik seks heb.'

'Nee.'

Stilte.

'En dat ik wurgplekken zou hebben... Ik heb geen idee hoe ze daar bij komt. Echt geen idee. Misschien was mijn hals rood omdat ik een nieuw poloshirt aanhad en de dag ervoor de hele dag had gezweet. Ik weet het niet.'

'Nee... Maar het is belangrijk dat je op deze informatie kunt reageren.'

'Dat begrijp ik. Maar zoals gezegd is het echt niet waar.'

Stilte.

'In ieder geval... Die ochtend gingen jullie uit elkaar.'

'Ja.'

'En jij en Jacob gingen verder Sarek in.'

'Ja. We hebben twee dagen onder aan een berg gekampeerd. Jacob wilde de top van die berg beklimmen en ik bleef bij de tent om uit te rusten. De volgende dag gingen we verder naar Rovdjurstorget.'

'En jullie zijn de rivier overgegaan?'

'Ja. Jacob is lang bezig geweest om een goede plek te vinden. En toen we al een eindje waren gekomen aan de andere kant zag ik Anna bij het water. Aan de andere kant van de rivier.'

'Dus ze waren terug omgekeerd.'

'Ja. Ze waren er allebei behoorlijk slecht aan toe. Vooral Henrik. Hij was helemaal gesloopt. Jacob en Anna moesten hem gaan zoeken. Dus ik had het gevoel dat... we daar zo snel mogelijk weg moesten zien te komen.'

'Ja... Wat vond Jacob daarvan?'

'Hij werd superboos. Hij vond dat, aangezien zij ervoor hadden gekozen om uit elkaar te gaan, ze zich ook maar zelf moesten zien te redden. Maar ik hield voet bij stuk.'

'En toen heeft hij de route aangepast?'

'Toen heeft hij de route aangepast. En toen raakten ze daar ook nog over in discussie. Anna was ontzettend negatief. En toen begon ik ook te beseffen dat...'

Stilte.

'Sorry, even wat water drinken...'

'Ja, hoor, geen probleem. We kunnen wel even pauzeren als je wilt.'

Stilte.

'Ik had nog niet door hoe uitgeput Anna was. Psychisch. Ze leek bijna paranoïde toen we het erover hadden. En het was... Ze beschuldigde Jacob ervan een gasfles te hebben gestolen... Ik had ook het gevoel dat ze er niet helemaal bij was... Ze zat helemaal in haar eigen wereld of zo.'

'Dus je merkte toen al dat Anna niet helemaal zichzelf was?'

'Ja. En ik moest denken aan iets wat lang geleden is gebeurd, toen we in Uppsala studeerden. Ik had dit eerder gezien.'

UPPSALA, JUNI 2010

HET IS EEN van de eerste dagen in juni, de bladeren aan de bomen zijn nog lentegroen, maar er trekken al een aantal dagen koude regenbuien over de stad. Er vloeien waterstroompjes van Carolinabacken naar beneden. De straatputten stromen over. Vanochtend was het acht graden. De zomer laat op zich wachten.

Niet dat het mij wat kan schelen. Over drie dagen hebben we het laatste grote tentamen voor de zomervakantie, dus ik zit van 's ochtends vroeg tot 's avonds laat in de grote studiezalen van de universiteitsbibliotheek te studeren. Je moet er op tijd zijn om er zeker van te zijn een plek te kunnen bemachtigen. Tegen negenen begint het echt druk te worden, rond half tien is er geen plek meer vrij. Maar ik ben een ochtendmens en heb normaal gesproken rond half negen al een plekje. Meestal ben ik er eerder dan Anna, dan hou ik de plek naast me voor haar bezet, hoewel dat eigenlijk niet mag. Ze komt meestal rond negen uur opdagen.

Maar vandaag loopt het niet zoals gewoonlijk. Het is al bijna kwart voor tien en Anna is er nog steeds niet. Ik raak ervan in de stress, want de plek die ik voor haar bezet hou door mijn trui erop te leggen is inmiddels de enige in de hele zaal waar niemand zit, en er zijn al meerdere keren studenten komen vragen of hij vrij is. 'Nee, sorry,' fluister ik dan als antwoord. De laatste keer dat het gebeurde draaide een meisje dat schuin voor me zit zich om en wierp me een afkeurende blik toe. Ze zei niets, maar ik weet wat ze dacht. Zoiets doe je niet, zeker niet in de tentamenperiode. Geef die plek toch eens op.

Ik schaam me en kan me niet op het leren concentreren. Waar blijft Anna nou?

Ik pak mijn mobiel om haar een berichtje te sturen of ik de plek kan weggeven, maar precies op dat moment hoor ik iemand haastig door de studiezaal dichterbij komen, en ik weet meteen dat zij het is. Ik draai me om en lach opgelucht naar haar.

'Hoi! Alles oké?' fluister ik om mijn tafelgenoten niet te storen terwijl ik mijn trui van de stoel haal.

'Ehh... Ja,' antwoordt Anna hard en zonder me aan te kijken. Haar haren en gezicht zijn zeiknat, blijkbaar is ze hierheen komen lopen zonder paraplu. Haar trui ziet er nog droog uit, waarschijnlijk was die bedekt onder een jas, buitenkleding en tassen mogen niet mee worden genomen de studiezaal in. Maar haar broek is donker van het vocht. Ze legt haar boeken en etui op tafel, er vallen druppels van haar handen. Anna gaat niet zitten, ze blijft maar heen en weer lopen alsof ze niet goed weet wat ze zal doen.

Dit is zo niets voor haar. Helemaal lopend naar de bibliotheek, door de regen, zonder paraplu?

'Is er iets gebeurd?' fluister ik.

'Nee, hoor, nee,' antwoordt ze haastig, nogmaals harder dan wat normaal is in deze stille studiezaal. Het meisje dat schuin voor me zit draait zich weer om. Ze ziet er dit keer nog geïrriteerder uit terwijl ze fluistert: 'Kunnen jullie alsjeblieft eens wat zachter doen?'

'Sorry,' fluister ik terug. Ik ben bijna opgelucht dat ze er wat van zegt, dat geeft mij de gelegenheid om te laten merken dat ik het ook niet oké vind.

Anna zegt niets, ze trekt de stoel achteruit zodat de poten hard over de vloer schrapen, ploft erop neer en laat boeken en losse bladen op tafel vallen. Het gaat allemaal nogal lomp en onrustig. Het komt vrij onverschillig over, zelfs een beetje provocerend aangezien ze er net op is aangesproken. Ze had het makkelijk allemaal wat zachter kunnen doen. Maar ik geloof niet dat ze wil laten zien dat het haar niets kan schelen wat dat meisje vindt, zo is ze niet.

Ze is er gewoon niet helemaal bij, dat gevoel krijg ik in elk geval.

Echt niets voor Anna.

Ik richt me op het boek voor me op tafel, probeer me te concentreren op mijn eigen leerwerk, maar ik kan er maar moeilijk in komen.

Ik kijk vanuit mijn ooghoek naar Anna die naast me zit. Ze heeft inmiddels een opengeslagen boek voor zich en het lijkt alsof ze leest, maar ze bladert veel te snel, niemand kan zo snel lezen. Ze zit met een rechte rug en ik hoor haar ademen, korte ademhalingen, alsof ze opgejaagd is.

Ineens staat ze haastig op, de poten schrapen weer luidruchtig over de vloer, ze raapt haar boeken en papieren bij elkaar. Ik kijk haar vragend aan.

'Ga je weg?'

'Yes, ik ga even een rondje lopen,' antwoordt ze luid.

'Anna, wat is er?' fluister ik, maar ze is al onderweg naar de uitgang. Ze heeft natte plekken achtergelaten op tafel.

Er is echt iets vreemds aan de hand. Ik twijfel een beetje: zou ik achter haar aan moeten gaan? Maar ik heb meerdere keren gevraagd of er iets is gebeurd, niets duidt erop dat ze antwoord zal geven als ik het nog een keer zou vragen. En ik heb al een uur van mijn kostbare studietijd verspild door haar. Ik ben gestrest voor het komende tentamen. Dus ik blijf zitten.

Het duurt niet lang voor een andere student, een jongen die ik herken van de hoorcolleges maar nooit heb gesproken, naast me komt zitten. Hij loopt even naar de wc's om papieren handdoekjes te halen, droogt de tafel af en gaat zitten. Dan is het stil en begint de studierust neer te dalen. Ik kan me eindelijk concentreren.

Het duurt misschien tien minuten. Dan hoor ik de haastige stappen weer door de studiezaal. Anna komt terug.

Hou alsjeblieft op, ik moet leren!

Ze marcheert recht tot aan de plaats naast me en verkondigt luid en duidelijk tegen de jongen die daar zit: 'Dat is mijn plek.'

De jongen kijkt op naar Anna met haar slierterige haar en natte kleren, hij ziet er oprecht verbaasd uit.

Het meisje dat schuin voor me zit is het zat. Ze draait zich om en kijkt Anna strak aan. Zij praat dit keer ook met luide stem.

'Nu moet je echt ophouden. Waar heb je last van?'

Ik sta op en neem Anna bij de arm.

'Kom, we gaan,' zeg ik snel.

'Maar dat is mijn plek. Ik zat daar toch net.'

'Ja, maar toen ging je weer weg. Kom, we gaan naar buiten.'

Tot mijn opluchting gaat ze er verder niet tegen in, ze gaat mee zonder te protesteren. We lopen naar de entree.

'Ik merk heus wel dat het niet goed gaat,' zeg ik. 'Is er iets gebeurd? Of voel je je niet lekker?'

'Dat kun je wel zeggen, ja. Dat kun je zeker wel zeggen,' antwoordt Anna op haar gejaagde, bijna koortsachtige toon. Ik leg mijn hand op haar voorhoofd. Die is koud en nat, geen teken van koorts.

'Maar wat is er dan gebeurd?'

'Erik is dood.'

'Erik? Je...'

'Ja, mijn broer Erik. Hij is dood, ja. En ik was degene die de fiets had gepakt, maar dat zei ik niet, en dat is natuurlijk superkut, maar nu is hij dood en daar is verder niets meer aan te doen. Ik moet leren. Ik moet leren.'

Ik krijg haar zover om op een bankje te gaan zitten, en dan bel ik Henrik. Gelukkig heeft hij op het moment geen hoor- of werkcollege en neemt hij meteen op.

Henrik en Anna zijn ongeveer een half jaar samen en dat doet nog steeds zeer, maar daar denk ik nu even niet aan.

'Ik denk dat je beter hierheen kunt komen,' zeg ik, 'Anna gedraagt zich supervreemd... Ze zegt dat haar broer Erik dood is.'

'Wat?' zegt Henrik.

'Ja. Het gaat niet goed met haar.'

'Ik kom.'

Binnen tien minuten is hij er, en hij ziet er bezorgd uit, en gefocust, hij begrijpt dat het menens is. Maar zijn stem klinkt zacht en rustig en veilig. Hij gaat dicht tegen Anna aan zitten en slaat zijn arm om haar heen.

'Hé, wat is er gebeurd?'

'Erik is dood.'

Henrik zegt een tijdlang niets. Hij neemt Anna's hand in de zijne, knijpt zachtjes. Uiteindelijk vraagt hij: 'Wanneer is het gebeurd?'

'Vannacht. Mama belde.'

Opnieuw een lange stilte. Henriks aanwezigheid heeft Anna al wat tot rust gebracht, ze ademt niet meer zo gejaagd, ze zit ineengezakt op de bank en lijkt niet van plan om weg te lopen.

Nooit eerder heeft ze er zo erg uitgezien als een klein meisje als nu, met haar natte haren en haar natte broek en haar wat verwarde uitstraling. Henrik met zijn arm om haar heen, en haar hand in de zijne. Anna heeft zijn nabijheid nodig, en hij geeft het haar.

Hij streelt haar over haar wang.

'Zullen we anders naar mijn huis gaan?' vraagt hij kalm.

'Ik moet leren. We hebben donderdag tentamen.'

'Je kunt bij mij thuis ook leren. Daar zit je wat rustiger.'

Anna is even stil, maar knikt dan.

'Ja, dat is misschien wel goed.'

Henrik werpt me een blik toe en ik beantwoord hem veelbetekenend.

Anna gaat voorlopig niet kunnen studeren, daar ben ik vrij zeker van, maar het gaat er nu even om dat we haar meekrijgen naar Henriks appartement. Dat ik meega spreekt voor zich.

Henrik heeft een tweekamerappartement in Eriksberg, in een gebouw van drie verdiepingen uit de jaren vijftig. Een kleine keuken met de nog oorspronkelijke kastdeurtjes, vissengraatparket in de woonkamer. Een klein balkon. Het appartement is nog steeds sober ingericht, terwijl hij er inmiddels toch al bijna een jaar woont. Hij heeft een bank en een tafel gekocht, en een tv en een boekenkast waar niet al zijn boeken in passen. Ze liggen in stapeltjes op de grond. Op de vensterbank staan een paar geraniums met gezonde blaadjes en veel bloemen, die lijkt hij goed te verzorgen.

Als Anna naar de wc gaat, zegt hij gedempt tegen me: 'Ik ga de huisarts bellen.'

'Is goed.'

Ik loop naar de keuken, ga op zoek naar koffie en koffiefilters en zet een pot. Wanneer ik de wc-deur open hoor gaan roep ik naar Anna dat ik koffie aan het zetten ben. Ze komt naar me toe, kijkt me vragend aan.

'Waar is Henrik?' Hem alleen nog maar uit het oog verliezen maakt haar blijkbaar al onrustig.

'Hij moest even een telefoontje plegen, hij komt er zo aan.'

Henrik is de slaapkamer ingegaan en heeft de deur achter zich dichtgetrokken, zijn stem is gedempt door de muren heen te horen.

Het koffiezetapparaat pruttelt en sist. Anna gaat aan de keukentafel zitten. Ik vind een paar mokken in een kast en haal een pak melk uit de koelkast. Ik ga ook zitten.

'Hoe is het gebeurd? Wil je het vertellen?' vraag ik voorzichtig.

'Wat?'

'Met Erik. Maar we hoeven het er niet over te hebben als je dat niet wilt.'

Anna geeft geen antwoord, ze staart nietsziend door het raam naar buiten. Lang. Het koffiezetapparaat is zelfs al klaar. Het sist even, of misschien is het een zucht? Dan is het stil. Het enige wat te horen is, is de koude regen die zachtjes tegen het raam tikt.

Dan zegt ze toonloos: 'Hij is tegen een bergwand aan gereden. Met papa's Ferrari.'

We drinken koffie en al snel komt Henrik de keuken in. Hij pakt een stoel en gaat dicht tegen Anna aan zitten, vraagt hoe ze zich voelt.

'Niet super. Ik voel me vreemd.'

'Weet je, ik denk dat je even een dutje moet doen.'

'Ik moet leren.'

'Ja, maar misschien moet je eerst even gaan liggen.'

'Ja.'

Henrik staat op en vraagt of ik even meekom.

'Waar ga je naartoe?' vraagt Anna.

'Ik ga alleen even met Milena praten, ik ben in de woonkamer. Wil je nog een beetje koffie? Zal ik nog wat inschenken?'

We lopen de woonkamer in en gaan bij de balkondeur staan, zo ver mogelijk bij de keuken vandaan.

'Ik heb de doktersassistente gesproken,' zegt Henrik gedempt. 'Ze dacht niet dat ze opgenomen hoeft te worden of zo, maar Anna mag niet alleen worden gelaten.'

'Nee.'

'En toen heb ik een vriend gebeld die arts is, en die heeft een recept uitgeschreven voor een rustgevend middel, dus dat kan opgehaald worden.'

'Zal ik dat doen?'

Henrik kijkt me diep in de ogen en zucht.

'Zou je daar tijd voor hebben?'

'Natuurlijk,' zeg ik. 'Natuurlijk heb ik daar tijd voor.'

Hij kijkt me dankbaar aan en strijkt zacht over mijn arm.

Hij is er voor Anna en ik ben er voor hem.

Ik krijg Anna's rijbewijs mee en haast me naar de apotheek op Västertorg. Het regent nog steeds, het voelt eerder als begin april dan juni. Ik haal het medicijn op, een kalmerend en angstdempend middel, en hol terug naar Henriks appartement. Als ik door de voordeur kom, hoor ik Anna's stem vanuit de slaapkamer. Ze huilt hard, klagend, een geluid dat een bijna griezelige indruk op me maakt. Haar welbekende stem, maar dan met een onbekende klank. Henrik is bij haar, ik hoor zijn donkere stem die haar troost en kalmeert.

Ik zie voor me hoe hij haar vasthoudt, haar zachtjes heen en weer wiegt, dicht tegen haar oor aan fluistert.

Ik wil ze niet storen, en ik verwacht dat Henrik de voordeur wel heeft gehoord, hij weet dat ik terug ben. Dus ik loop naar de keuken en neem de keukentafel af met een doekje om iets te doen te hebben, voor niets eigenlijk, er zijn helemaal geen vlekken of kruimels te zien.

Ik schaam me voor mijn gevoel.

Zou een normaal iemand niet overlopen van empathie voor een goede vriendin die net een geliefde broer is verloren?

Jawel. En dat is op zich ook wel zo, ik ben voornamelijk verdrietig voor Anna, haar pijn is de mijne.

Maar voor een heel klein deel vind ik dat ik eigenlijk degene zou moeten zijn daar op het bed met Henriks armen om me heen.

Jaloezie. Zelfs op dit moment.

Je moest je schamen.

Ik blijf in de keuken zitten, en na ongeveer een uur komt Henrik de slaapkamer uit. Hij vult een glas water onder de kraan, neemt een paar van de pilletjes die ik heb opgehaald en loopt terug naar Anna. Na een paar minuten komt hij terug. Hij ademt diep in, en vervolgens zuchtend uit.

'Zo. Ik denk dat ze nu wel een tijdje zal slapen.'

Hij zakt neer op een stoel, hij ziet er ineens doodmoe uit.

Ik vraag of ik pizza zal halen voor de lunch, maar Henrik kijkt in de vriezer en vindt een pak vissticks, dus we warmen die op in de oven en koken wat aardappels voor erbij. Hij haalt voor ons allebei een biertje uit de voorraadkast.

Ik vertel dat Anna zei dat Erik tegen een bergwand aan was gereden. Henrik knikt langzaam.

'Ze weet zeker dat hij zelfmoord heeft gepleegd. Er was een heftige ruzie geweest tussen Erik en hun vader zondag tijdens het avondeten.'

'O mijn god...'

'Hun vader was ervan overtuigd dat Erik zijn fiets had kwijtgemaakt.'

'Daar zei ze in de bibliotheek ook iets over. Over een fiets.'

'Ik begreep eerst niet waar Anna het over had, het was zo'n onsamenhangend verhaal... Maar ik geloof dat ik het nu snap. Erik had de fiets vrijdag geleend, en hem teruggezet in de garage. Maar toen had Anna hem zaterdag gebruikt, zonder dat iemand dat had gemerkt, en was ze hem vergeten terug te zetten. En toen was hij weg. Waarschijnlijk heeft iemand hem gestolen.'

'Nee...'

'En Anna durfde niet te vertellen dat het haar schuld was.'

Henrik zucht en schudt zijn hoofd.

'Haar vader is... Hij is echt niet helemaal goed. Anna is zichzelf niet als ze bij haar familie is. Het is net alsof ze dan weer een klein meisje is.'

'Mijn god...'

'Dus hun vader gaf Erik de schuld. En nu is hij dood.'

Anna's schuldgevoelens.

Ik kan me de omvang daarvan nauwelijks voorstellen.

We nemen een kop koffie na het eten, en Henrik biedt me een stuk chocola aan, maar dan staat hij erop dat ik wegga. Ik heb al meer gedaan dan je van iemand kunt verlangen, en hij wil me niet langer ophouden. Hij is van plan de faculteit te bellen om zich ziek te melden. Dat Anna en hij een stel zijn is nog steeds een goed bewaard geheim.

Bij de deur krijg ik een lange knuffel, ik voel zijn warmte en ruik zijn geur.

'Je bent de beste vriendin die je maar kunt hebben,' zegt hij.

Ik vind het fijn om te horen, maar het maakt me ook verdrietig.

Buiten op straat, in de koude regen, verlang ik terug naar zijn appartement, naar de warmte en saamhorigheid die ontstond te midden van de chaos. De gedempte stemmen, de zachte blikken, de aanrakingen. En ik heb het sterke gevoel dat dit ons drieën nog dichter bij elkaar zal brengen. Anna en Henrik, Henrik en mij, mij en Anna. Dat dat misschien al is gebeurd.

Tegen alle verwachtingen in vind ik een plek in de universiteitsbibliotheek. Ik blijf daar zitten studeren tot sluitingstijd. Op weg naar huis bel ik Henrik, die vertelt dat Anna de hele middag heeft geslapen en dat hij haar nu gaat proberen wakker te maken om te kijken of ze iets wil eten.

De volgende dag ben ik al bij Carolina Rediviva als ze opengaan. Ik ben de hele dag geconcentreerd aan het leren, ook al dwalen mijn gedachten vaak genoeg af naar Henriks appartement, hoe het met Anna gaat, en met hem. Ik bel 's ochtends een keer en praat lang met hem. Het gaat nog hetzelfde. Anna slaapt vooral, maar ze is in ieder geval uit bed geweest om wat te eten. Haar broer Gustaf had gebeld, maar ze wilde niet met hem praten. Ik vraag of Henrik ergens hulp bij nodig heeft, heeft hij nog eten bijvoorbeeld? Moet ik boodschappen voor hem doen? Nee, hij heeft alles wat hij nodig heeft, maar toch bedankt.

Die avond stuurt hij een update. Anna neemt de pilletjes en slaapt veel, maar ze heeft ook even met een psychiater gebeld. Henrik heeft het gevoel dat de meest acute fase voorbij is.

De volgende ochtend belt hij me. Het is half acht en ik zit nog aan het ontbijt. Ik hoor meteen dat hij opgejaagd is.

'Weet je waar Anna is? Is ze bij jou?'

'Wat? Nee?'

'Ze is ervandoor.'

Uit het getuigenverhoor met Milena Tankovic, persoonsnummer 871121-0140, 19 september 2019, Gällivareziekenhuis, afgenomen door rechercheur Anders Suhonen.

'Ze is er die nacht vandoor gegaan, toen Henrik sliep.'

'Ja.'

'En toen is ze naar het huis van haar ouders in Stocksund gegaan, in Stockholm, en heeft ze haar vader met een mes bedreigd. Dus toen belden ze... Ja, ik weet niet wie ze gebeld hebben. De politie of de geestelijke gezondheidszorg.'

'Hm.'

'Maar ze is toen in elk geval opgenomen.'

'Anna heeft haar vader met een mes bedreigd?'

'Ja. Dat zei haar moeder tegen Henrik.'

'Is er aangifte gedaan?'

'Dat denk ik niet. Het ging immers om hun dochter.'

'Ja.'

'Anna is een paar weken opgenomen geweest in een psychiatrische inrichting. En toen ze weer naar huis mocht heeft ze een tijdje bij Henrik gewoond. Hij heeft voor haar gezorgd.'

'Ja.'

'Maar ze liep natuurlijk ook bij een psycholoog. En ze heeft waarschijnlijk nog wel een tijdje medicatie gekregen.'

'Ik begrijp het.'

'Rond de herfst was ze ongeveer weer zichzelf.'

'En wat je toen in haar gedrag zag, toen ze ziek werd... Dat dacht je dit keer weer te zien?'

'Ja, dat je niet echt contact met haar kon maken.'

'Ik begrijp het... Als we weer even vooruitgaan in de tijd, naar het moment nadat Henrik was gevallen... Je zei dat jullie weer terug over de richel gingen.'

'Ja. Anna rende weg. En Jacob ging erachteraan.'

'Waarom deed hij dat?'

'Waarom?'

'Ja?'

'Omdat Anna zich pijn kon doen. We waren nog steeds op die bergkam. Het was levensgevaarlijk.'

'Ja.'

Stilte.

'En ik ging ook terug over de richel. Ik weet eigenlijk niet goed hoe.'

'Oké.'

'Anna rende weg en toen viel ze, dus wij haalden haar in, maar ze trok zich los en begon weer te rennen... Ze was echt helemaal...'

Stilte.

'Maar we kregen haar uiteindelijk te pakken. En toen gingen we een stukje naar beneden en hebben we de tent opgezet. En... Ze mocht in onze tent, omdat die het droogst was.'

'Ja.'

'Anna heeft toen een paar uur geslapen, maar die avond waren we even met zijn tweeën. Ik zou haar helpen om een wond te verzorgen. En toen zei ze tegen me dat we bij elkaar moesten blijven, omdat Jacob ons wilde vermoorden.'

'Hm... En wat dacht je toen?'

'Ik werd bang. Ik merkte dat ze psychotisch was.'

'Ja.'

'En die nacht maakte Jacob me wakker, hij lag in de andere tent...'

Stilte.

'Jij lag in dezelfde tent als Anna?'

'Ja... Maar ze was er niet meer. En Jacob was helemaal doorweekt. En superkwaad.'

'O ja?'

'Hij was 's nachts wakker geworden omdat iemand onze tent uit ging, en toen ging hij er ook uit om te kijken wie het was. Maar toen zag hij dat ik nog lag te slapen, dus wist hij dat het Anna moest zijn die buiten was.'

'Dit vertelde Jacob je?'

'Toen hij terugkwam. Later.'

'Oké.'

'En... Hij maakte zich zorgen. Hij was bang dat ze zichzelf pijn zou doen. Of ons.'

'Hm'

'Dus hij riep haar, maar toen rende ze weg, in de richting van een snelstromende rivier. En recht het water is. Dus ze verdronk bijna en toen ging Jacob erin om te proberen haar eruit te trekken, maar Anna stribbelde tegen en wist Jacob omver te duwen. Hij verdronk ook bijna.'

'Ik begrijp het.'

'Dus hij zei tegen mij van: "Ik ben helemaal klaar met haar, als ze vannacht doodgaat is het niet mijn schuld." Iets in die richting.'

'Ja.'

'En toen ging ik naar de rivier toe om Anna te zoeken. Maar ik kon haar niet vinden. Het was natuurlijk pikkedonker en ik had wel een zaklamp, maar ik kon alleen precies zien wat die met zijn straal verlichtte. Ik volgde het water stroomafwaarts, best een eindje, maar... Ik zag haar niet.'

'Nee.'

'Dus uiteindelijk ging ik weer terug naar de tent. En toen had Jacob droge kleren aangetrokken en was hij in onze tent gaan liggen. En ik ging ook weer naar bed. Ik was helemaal uitgeput. Dus ik viel in slaap.'

'Ja.'

'En toen kwam Anna terug.'

IK WEET EERST even niet of ik wakker ben of nog droom. Maar ik hoor het geluid van een rits, en iemand die bij de andere tent zit te rommelen.

Jacob ligt met zijn arm om me heen, ik duw die van me af en probeer hem wakker te krijgen.

'Jacob! Jacob!' sis ik terwijl ik hem door elkaar schud, maar hij reageert nergens op. Blijkbaar is hij nog meer uitgeput dan ik na gisteren en vannacht.

Het moet Anna wel zijn die terug is gekomen.

Ik wurm me uit mijn slaapzak, kruip de binnententent uit en vervolgens de frisse buitenlucht in. Het is nog behoorlijk donker.

Ik zie haar in het schemerige ochtendlicht en krijg bijna een hartverzakking.

Haar kleren zijn kapotgescheurd. Ze heeft schaafwonden en blauwe plekken over haar hele lichaam en in haar gezicht. Haar haar zit samengeklit door gestold bloed en aangekoekte modder. Haar arm hangt merkwaardig slap langs haar zij. Ze houdt een mes opgeheven in haar hand.

Ze kijkt naar me met een lastig te beschrijven blik. Doodsbang en agressief tegelijkertijd. Als een wild dier dat klaar is om te vechten voor zijn leven. Ze begint naar me toe te lopen, nog steeds met het mes opgeheven in de lucht, en ik sta aan de grond genageld, verstijfd, ik kan me niet bewegen.

'Waar is Jacob?' vraagt ze terwijl ze om zich heen kijkt. 'Is hij teruggekomen? Leeft hij nog?'

Langzaam schud ik mijn hoofd.

'Hij heeft me vannacht proberen te vermoorden,' gaat Anna verder met een stem die niet als haar eigen stem klinkt, maar donker en hees. 'We moeten... We moeten hier weg, Milena, we moeten alles verzamelen wat we nodig hebben en ervandoor gaan voordat hij...'

Op dat moment klinkt er geluid uit de tent achter me, misschien heb ik hem toch uit zijn roes weten te schudden, want inmiddels is hij onderweg naar buiten, en ik wil naar hem roepen dat hij zich rustig moet houden, maar ik ben verstijfd van schrik en er komen geen woorden over mijn lippen. Het is als een boze droom. Jacob breekt zowat de hele tent af terwijl hij zijn grote lijf door de kleine openingen probeert te krijgen, maar al snel komt hij er op handen en voeten uit gekropen en staart hij Anna en mij aan. Ze staat voor me, nog steeds met opgeheven mes, Jacob komt met een brul overeind en stormt op ons af.

'Weg bij haar!' schreeuwt hij, en ik weet niet of hij het tegen Anna heeft of tegen mij, maar het komt op hetzelfde neer, hij denkt dat Anna me met het mes bedreigt. Doet ze dat? Ben ik degene die de situatie verkeerd heeft ingeschat? Ik doe een paar snelle stappen achteruit en dan stort Jacob zich op Anna.

Ze vallen samen achterover, er klinkt een akelig geluid wanneer Anna op de grond terechtkomt met Jacob over zich heen. Hij schreeuwt van de pijn, en ik zie het mes in zijn zij zitten, hoog in zijn borstkas, het blad is er helemaal in geschoten. Anna krijgt het mes weer te pakken en probeert het eruit te trekken, maar het zit stevig vast. Tegelijkertijd beweegt Jacob zich wild heen en weer, het mes blijft zitten waar hij zit.

Ik staar naar ze terwijl ze daar op de grond liggen, met open mond van ontzetting, nog altijd verstijfd.

Anna heeft een gezichtsuitdrukking die ik nog nooit eerder heb gezien, ze ziet er moordlustig en vastberaden uit. Na een paar keer hard trekken is het mes eruit. Jacob probeert zich te verdedigen terwijl hij op haar ligt, tast met één hand in de lucht naar het mes, maar tevergeefs. Zijn andere hand heeft zijn weg naar haar keel gevonden.

Het is een wanhopig gevecht, heftig en zonder woorden. Anna zou natuurlijk geen schijn van kans moeten hebben, maar ze heeft Jacob al een diepe wond met het mes toegebracht. Nu probeert ze hem in zijn nek te steken.

En eindelijk ontwaak ik uit mijn geschokte toestand.

Ik werp me naar voren en grijp Anna's arm vast, precies voordat ze nog een keer kan steken. Het remt de beweging af en ze weet hem alleen oppervlakkig te verwonden. Ze probeert haar arm uit mijn greep los te wrikken, haar krankzinnige blik is nu op mij gericht en ze doet een uitval naar mijn nek waar ik niet op berekend ben. Instinctief beweeg ik mijn hoofd opzij en dat is maar goed ook, want het mes schampt de zijkant van mijn hals. Vijf centimeter meer naar rechts en het had me mijn leven kunnen kosten. Ik verlies mijn evenwicht en val achterover, op mijn kont. Anna probeert Jacob weer in zijn hals te steken, en om het mes te ontwijken rolt hij op zijn zij.

Ik voel aan mijn nek en mijn vingers worden rood, blijkbaar bloed ik, maar de wond lijkt niet diep.

Anna en Jacobs gevecht op leven en dood gaat verder, Anna wil van hem wegkruipen, maar hij krijgt haar been te pakken en trekt haar weer omver. Ze raakt haar mes kwijt tijdens de val. Hij klimt boven op haar, grijpt haar haren vast en beukt haar hoofd meerdere keren tegen de grond. Ik roep: 'Jacob! Hou op!'

Maar het is alsof hij me niet hoort, Anna probeert hem te vermoorden en hij is zowel doodsbang als razend. Hij draait haar om en grijpt haar keel vast. Ik kom overeind.

'HOU OP, JACOB!'

Ik duw hem van Anna af, of misschien dat ik eerder tegen hem aan val waardoor hij omvervalt, hoe dan ook laat hij Anna's keel los en dan liggen we over elkaar heen op de grond in een hoestend, kreunend en bloederig hoopje.

'Je mag niet... Je mag haar niet...' zeg ik, maar ik kan mijn zin niet afmaken. Ik ben buiten adem en moet huilen. Jacob ligt op zijn rug en voelt aan de zijkant van zijn borstkas, waar het mes heeft gezeten. Hij moet ook bijna huilen, zijn onderlip trilt terwijl hij zegt: 'Maar ze probeert me te vermoorden. What the fuck... Ze probeert me te vermoorden...'

Het bloed loopt over zijn vingers en hij ziet de wond in zijn zij, ik zie hem ook. Het bloed vloeit rijkelijk, met elke hartslag wordt er een nieuwe scheut uit zijn lichaam gepompt.

'Hou je hand ertegen,' zeg ik, 'zet er druk op.'

Ik begrijp dat er haast achter zit, we moeten het bloeden zien te stelpen. Ik kom omhoog en loop wankelend naar Anna's backpack. Ik trek er spullen uit tot ik gaasjes heb gevonden, en dezelfde tape die ik heb gebruikt toen ik Anna's knie verzorgde.

Jacob komt hinkend achter me aan, met wit weggetrokken gezicht en paniek in zijn ogen. Hij duwt beide handen tegen de wond.

'Fuck, het bloedt echt heel erg...'

'Je moet ook niet zo veel bewegen, Jacob. Ga op de grond liggen.'

'Ik wil niet dood.'

'Ga liggen.'

'Ik wil niet dood.'

'Je gaat ook niet dood. Ga liggen. Op je zij.'

Hij doet wat ik zeg, hij gaat op zijn zij op de grond liggen en trekt zijn trui omhoog, legt zijn hand weer op de wond. Er komt bloed tussen zijn vingers door. Ik trek zijn hand weg en duw een kompres tegen de wond, vervolgens leg ik zijn hand daar weer op. Ik trek een stuk wondtape los en scheur het met mijn tanden af, haal Jacobs hand weg en druk het stuk tape dwars over het kompres. Dan nog een stuk tape. Het kompres zit nu vast, maar het is meteen doorweekt van het bloed, doet dit überhaupt wel iets?

'Je moet druk zetten met je hand, Jacob,' zeg ik half huilend. Het kompres lijkt het bloeden niet te kunnen stelpen, maar ik heb geen beter idee, dus ik duw er nog een tegenaan, onder Jacobs hand. Ik trek nog meer tape van de rol en op hetzelfde moment dat ik mijn tanden erop zet, hoor ik haastige voetstappen achter me. Ik draai me om en daar staat Anna met de ijsbijl hoog opgeheven, en dan slaat ze toe.

Een gil van schrik, die van mij, en ik wankel bij Jacob vandaan. Ik zag niet of Anna raak sloeg, maar ik hoorde het geluid. Mijn god, dat geluid.

Uit het getuigenverhoor met Milena Tankovic, persoonsnummer 871121-0140, 19 september 2019, Gällivareziekenhuis, afgenomen door rechercheur Anders Suhonen.

Gesnik.

'Kun je nog een paar vragen aan?'

Gesnik. Stilte.

'Milena?'

'Ja.'

'Dus Anna heeft Jacob vermoord?'

'Ja.'

'En wat gebeurde er daarna?'

Stilte.

'We zijn daar weggegaan.'

'Anna en jij?'

'Een stukje. Ik durfde niet...'

'Bedreigde ze je?'

Stilte.

'Niet echt. Maar ze had... Ik was nogal in shock dat ze Jacob had vermoord.'

'Mhm.'

'En ze had me verwond met dat mes.'

'Ja.'

'Dus ik was bang. Ontzettend bang. Ze was psychotisch.'

'Maar... Toen zijn jullie uit elkaar gegaan. Blijkbaar. Want Anna is de 15e gevonden, in de buurt van Nammasj. En jou hebben we twee dagen later gevonden. Bijna tien kilometer daarvandaan. In de tent.'

'We namen na een tijdje een pauze. En toen was ik in slaap gevallen. En toen ik wakker werd was Anna eerste hulp aan het toepassen... Met, hoe heet dat ook alweer...'

'Mond-op-mondbeademing.'

'Ja.'

Stilte.

'Ik begreep dat ze dacht dat ik dood was. Ze probeerde mijn hartslag te voelen. En toen deed ik alsof ik dood was.'

'En ze kon je hartslag niet voelen?'

'Nee.'

'Hm.'

'Uiteindelijk gaf ze op en ging ze weg.'

'Ik begrijp het. En jij bleef daar?'

'Ja. Ik was te moe om te... Ik had geen idee waar ik was, of waar ik heen moest. Dus ik heb daar de tent opgezet, en toen ben ik gaan slapen.'

'Ja... En toen hebben we je twee dagen later gevonden... Maar weet je, ik zou graag nog even terug willen gaan en het willen hebben over dat Henrik van de klif zou zijn gesprongen.'

'Ja.'

'Volgens jou heeft hij zelfmoord gepleegd.'

'Ja.'

'Want het zit zo, Milena. Ik geloof dat ik hier een patroon in zie.'

Stilte.

'Oké...'

'Je zegt dat Jacob Anna die nacht niet heeft proberen te verdrinken. Dat hij haar juist probeerde te redden.'

'Dat kan ik natuurlijk niet zeker weten, want ik was er toen niet bij.'

'Nee. Maar je gelooft wel dat Jacob de waarheid sprak.'

'Ja.'

'En Jacob heeft er niet voor gezorgd dat Henrik van de klif viel.'

'Nee.'

'Maar je stond er wel een stukje vandaan. En je geeft toe dat Jacob Henrik aanraakte, maar toch weet je zeker dat het niet het geval was.'

'Ja.'

'Waar ik op doel is dat je in al deze situaties Jacobs kant hebt gekozen, en zijn informatie hebt geloofd. En ik vraag me af of het zo kan zijn dat je nogal door hem beïnvloed was. In zowel jouw als Anna's verhaal komt Jacob als een behoorlijk dominant en intens persoon naar voren.'

'Nee.'

'Het zou niet vreemd zijn geweest. Je bevond je in een zeer kwetsbare situatie in Sarek, in principe overgeleverd aan zijn wil. Je zou het kunnen vergelijken met een gijzelingssituatie. Je was van iemand afhankelijk om te overleven. En dan is het heel normaal, psychologisch gezien, dat je je dan aanpast aan de manier waarop die persoon dingen waarneemt en beschrijft. Dat hoeft niet bewust te gaan. Dat is iets wat je zeg maar intuïtief doet, om te overleven.'

'Nee.'

'Dus ik zou je willen vragen om nog eens goed na te denken over de situaties die we hebben besproken. Zou het mogelijk zijn om de gebeurtenissen anders te interpreteren?'

'Natuurlijk is dat mogelijk. Anna heeft vast een andere versie.'

'Maar hoe sta jij daartegenover?'

'Ik denk... Dat Anna heeft gezien wat ze wilde zien, om verder te kunnen leven.'

'Hoe bedoel je dat?'

Stilte.

'Ze had niet door dat Henrik depressief was.'

'Nee.'

'En als hij zelfmoord zou plegen, zou dat de tweede persoon in haar leven zijn die dat doet.'

'Ja.'

'Ik weet dat ze zich schuldig voelde toen haar broer zelfmoord pleegde. Heel schuldig.'

'Mhm.'

'Dus dat bij elkaar zou gewoon te veel zijn geweest. Dat zou waarschijnlijk voor iedereen te veel zijn.'

'Ja.'

'Ze heeft iemand nodig om de schuld te kunnen geven, en Jacob past perfect in het plaatje. Ze neemt een paar van zijn slechte eigenschappen en overdrijft die zo erg ze kan... En dan voegt ze daar dingen aan toe die ze compleet zelf heeft bedacht, of die misschien eigenlijk bij haar vader horen. En dan is Jacob de psychopaat. Hij heeft Henrik vermoord, en Anna vecht voor haar leven.'

Uit het getuigenverhoor met Anna Samuelsson, persoonsnummer 880216-3382, 20 september 2019, Gällivareziekenhuis, afgenomen door rechercheur Anders Suhonen.

'Ik wil je laten weten dat we inmiddels een paar dingen hebben uitgezocht.'

Stilte.

'Om te beginnen hebben we Stefan Jakob Johansson in het Justitieel Documentatie Systeem opgezocht. En hij heeft geen strafblad. Komt er überhaupt niet in voor.'

Stilte.

'Ook niet als verdachte?'

'Nee.'

Stilte.

'En Jacob Tessin?'

'Er bestaat niemand met die naam. Dus zo noemt hij zichzelf gewoon. Komt niet voor in de registers.'

Stilte.

'Hoelang blijf je als verdachte in het systeem staan?'

'Dat ligt aan de mate van verdenking.'

'Misschien is het zo lang geleden dat hij er al uit is gehaald.'

'Maar de zaak waar jij Jacob van dacht te herkennen is in de rechtbank behandeld en die dader was volgens jou veroordeeld.'

'Nee, ik vertelde toch dat ik me had vergist? Het was niet de zaak die ik dacht. Dus ik weet niet precies van welke zaak ik hem herkende.'

'Nee.'

'Het kan... Het is natuurlijk een aantal jaar geleden, het kan zo zijn dat ik hem herken van een zaak waarin er geen veroordeling was.'

'Ja.'

'Dus het bewijst niets, maar weerlegt ook niets.'

'Nee... We hebben ook voor een deel zijn leven in kaart kunnen brengen. Waar hij heeft gewerkt, bijvoorbeeld. En daaruit blijkt dat hij een tijdje, ik geloof een maand of vier, bij een klimwand heeft gewerkt. Voornamelijk aan de balie. Vijf jaar geleden. Klätterverket heet het daar en het zit bij Telefonplan in Stockholm.'

Stilte.

'Ken je Klätterverket in Stockholm?'

'Ja.'

'Ja. En dat wekte mijn interesse, omdat ik natuurlijk wist dat jij ook aan wandklimmen doet. Dus ik heb nagevraagd of ze wisten wie jij was, en dat was zo. Je bent daar blijkbaar al best wat jaren lid.'

Stilte.

'Dus... Het is natuurlijk mogelijk dat je Jacob daarvan herkent. Van de balie bij Klätterverket. En niet van uit de rechtszaal.'

Stilte.

'Wat denk je daarvan?'

'Ik heb er niets op te zeggen. Misschien klopt dat, misschien ook niet.'

'Oké.'

'Het is eigenlijk ook een totaal onbelangrijk detail. Ik dacht dat ik Jacob herkende van toen ik bij de rechtbank werkte, maar misschien had ik het mis. Dat heeft verder totaal geen invloed op de rest van mijn getuigenis.'

'Nee.'

'En ik ben nogal verbaasd dat je zo veel energie steekt in zo'n irrelevant detail.'

'Ik vond het gewoon wel interessant.'

'Ja, blijkbaar.'

'En je vond laatst zelf dat ik het uit moest zoeken.'

'Of hij een strafblad heeft, ja. Niet of ik lid ben van Klätteverket of niet.'

'Misschien kan ik je ermee geruststellen dat het vrij weinig tijd heeft gekost om die informatie te controleren.'

Stilte.

'We hebben ook gezien dat je in juni 2010, van 3 tot 11 juni, opgenomen bent geweest in het Sankt Görans ziekenhuis in Stockholm, op de psychiatrische afdeling.'

Stilte.

'Volgens de aantekeningen die zijn gemaakt toen je werd opgenomen, had je nogal verward gedrag vertoond bij je ouders, en onder andere je vader met een keukenmes bedreigd.'

Stilte.

'Er staat ook het volgende: "De patiënt kan zich niets van het voorval herinneren." Heb je daar iets op te zeggen?'

'Nee, daar heb ik niets op te zeggen.'

'Nee.'

'En ik begrijp niet waarom dat überhaupt interessant is op dit moment. Dat is negen jaar geleden.'

Stilte.

'Verder hebben we de vingerafdrukken onderzocht op de ijsbijl die gebruikt is om Jacob te doden. En daarop zijn alleen jouw en Jacobs eigen vingerafdrukken te vinden.'

Stilte.

'Dit betekent dat we je op basis van ernstige verdenking aanhouden voor moord, eventueel doodslag, op Stefan Jakob Johansson. Begrijp je waarvan je wordt beschuldigd?'

Stilte.

'Wil je reageren op het feit dat je vingerafdrukken zijn gevonden op de ijsbijl die gebruikt is om Stefan Jakob Johansson te doden?'

Stilte.

'Anna? Wat heb je hierop te zeggen?'

'Ik wil een advocaat.'

'Dan gaan we dat regelen.'

‘En ik wil graag een telefoontje plegen. Met Jan Samuelsson.’
‘Dat gaat helaas niet. Maar je krijgt uiteraard een advocaat.’
Stilte. Gesnik.
‘Ik wil mijn vader spreken.’

UPPSALA, NOVEMBER 2009

NA HET CONCERT in de domkerk duurt het tot de week daarop voor ik Henrik weer zie. Maar ik denk bijna non-stop aan hem. Ik fantaseer over het concert van Melissa Horn waar we als het goed is samen naartoe gaan, wat er dan gaat gebeuren. Uppsala is koud en donker en regenachtig, elke dag lijkt korter dan de dag ervoor. Maar ik ervaar alles door een roze bril.

Dan komt eindelijk de dag waarop Henrik weer een hoorcollege gaat geven op Ekonomikum. Terwijl we wachten tot het gaat beginnen vertel ik Anna dat ik met Henrik naar een concert in de domkerk ben geweest. Ik heb erover getwijfeld of ik het zou vertellen, ik wil niet overkomen alsof ik denk dat we een stel zijn, alsof ik ermee op wil scheppen. Maar Anna is mijn beste vriendin in Uppsala, het voelt raar om er niks over te zeggen aangezien ze ook weet wie Henrik is. En bovendien wil ik echt met iemand over Henrik praten. Ik wil de hele tijd over hem praten.

'Wat leuk,' zegt Anna met een verstrooide glimlach. Haar gebrek aan enthousiasme stelt me eigenlijk een beetje teleur.

'Ik was trouwens van plan om hem te vragen of hij donderdagspreker wil zijn, misschien wil je mee?'

Na het hoorcollege baant ze zich een weg door de stroom studenten die de zaal verlaten naar de lessenaar toe, en ik loop achter haar aan. Henrik is bezig zijn papieren en laptop op te ruimen en ziet er een beetje verward uit als Anna hem aanspreekt.

‘Dat was echt een goed hoorcollege! Ik vroeg me af of je bij Stockholms Nation een lezing zou willen geven. Op een donderdagavond. Hoi, trouwens. Anna.’

Ze steekt haar hand uit en Henrik schudt hem, nog steeds met een lichtelijk verwarde gezichtsuitdrukking. Dan krijgt hij mij in de gaten achter Anna, en er verschijnt een glimlach op zijn gezicht.

‘Tja... Ehh...’ zegt hij een beetje besluiteloos. Je moet nooit besluiteloos zijn bij Anna in de buurt.

‘Zullen we anders samen lunchen? Dan kan ik er meer over vertellen. Milena, jij gaat ook wel mee, toch?’

Ik schaam me voor Anna’s vrijpostigheid, als ik Henrik een beetje ken zal hij het ongemakkelijk vinden om de lunch af te slaan als hij niets anders gepland heeft staan. En inderdaad, hij stemt mompelend in.

We lopen naar de rumoerige mensa van Ekonomikum, halen alle drie een dienblad met eten en gaan rond een tafel zitten. Anna begint haar betoog over de enorme eer die het is om donderdagspreker te zijn bij Stockholms Nation. Henrik eet zijn lunch, humt af en toe, en werpt soms stiekem een blik op mij. Hij weet zijn gezicht goed in de plooi te houden, maar soms meen ik een glimp van geamuseerdheid op te vangen als hij naar me kijkt, alsof hij wil laten merken dat hij Anna’s praatje niet erg serieus neemt. We hebben een onderonsje. Ik word helemaal warm vanbinnen.

Als de lunch voorbij is heeft Anna zo goed als een belofte weten te krijgen dat Henrik over twee weken donderdagspreker zal zijn bij Stockholms Nation. Ze schudden elkaar de hand als ze uit elkaar gaan. Henrik en ik eindigen nogal ongemakkelijk in iets wat tussen een handdruk en een knuffel in zit. Het laatste wat hij zegt voordat we allebei een andere kant op gaan, is dat hij nog niet in zijn agenda heeft kunnen kijken wat Melissa Horn betreft, maar dat hij dat nog gaat doen.

‘We spreken elkaar,’ zegt hij met een glimlach. Ik glimlach terug.

Ik probeer mijn fantasie in bedwang te houden, maar ik kijk echt heel erg uit naar het concert. Ik denk dat het dan gaat gebeuren. Mijn hele lichaam verlangt naar Henrik. Mijn vingertoppen verlangen naar zijn haren, mijn hals naar zijn lippen, mijn benen willen zich om de zijne slaan.

De feestzaal van Stockholms Nation is tot de nok toe vol op de donderdag waarop Henrik zijn lezing zal geven. Het is een mooie, maar versleten oude zaal, met een hoog plafond en kroonluchters, en portretten van de oude inspecteurs van de vereniging aan de muren. De eiken parketvloer is afgeleefd door vele decennia van studentenfeesten. Om me heen zijn allemaal jongens en meiden van Stockholms, ze zijn stuk voor stuk knap en slank en gekleed alsof ze op Harvard zitten, of misschien eerder volgens een Zweeds idee hoe je eruitziet als je op Harvard zit. Ze lachen en geven elkaar zoenen op de wang en knuffels. Aan het accent te horen komen ze allemaal uit Lidingö of Djursholm. Ik voel me hier totaal niet op mijn gemak, maar Anna ging ervan uit dat ik bij Henriks lezing zou willen zijn, en daar had ze natuurlijk ook gelijk in. Ik ga op een stoel in een van de achterste rijen zitten en staar naar het schermpje van mijn mobiel tot het gaat beginnen.

Anna loopt het podium op en geeft Henrik een degelijke introductie. Onder daverend applaus en gejuich betreedt hij het podium. De lezing duurt een klein uurtje en gaat over de oorsprong van de wet op de persvrijheid in Zweden in de achttiende eeuw. Henrik heeft dit eerder al eens kort benoemd tijdens een hoorcollege op Ekonomikum, maar nu gaat hij meer de diepte in en geeft onder andere een aantal vermakelijke voorbeelden over hoe satire er in Stockholm uit kon zien in de tijd van Bellman. Na de lezing zelf volgt een lang vragenuurtje. Henrik is interessant, grappig en ontspannen, zoals gewoonlijk eet het publiek uit zijn hand.

Als alles voorbij is zal er punch en erwtensoep worden geserveerd in een aangrenzende, kleinere zaal. Ik hoop de mogelijkheid te krijgen om Henrik even te spreken en hem te bedanken voor de geweldige lezing, maar hij en Anna lijken maar niet te komen. In de tussentijd sta ik in mijn eentje te wachten, onrustig met mijn telefoon spelend. Zo lang duurt het eigenlijk helemaal niet, maar het voelt als een eeuwigheid. Meerdere knappe Stockholms-meiden kijken me scheef aan en lijken zich af te vragen wat ik daar te zoeken heb.

Uiteindelijk duikt Henrik op met Anna aan zijn zij, en iedereen gaat aan een lange tafel zitten die gedekt is voor een stuk of vijftien personen. Henrik en Anna zitten naast elkaar aan het midden van de tafel. Ik ga ook ergens zitten, en tegen die tijd voel ik me zo ongemakkelijk dat ik niet doorheb dat er bij elk wijnglas een klein naamkaartje ligt. Mijn buurman, een jongen met een wit overhemd en colbert en zijn haar in een perfecte scheiding, kijkt me een beetje vragend aan, waarna hij een haastige blik werpt op het kaartje bij mijn glas. Nu ontdek ik het ook. Er staat 'Sofia D' op. Met knalrode wangen verontschuldig ik me, de jongen pakt me lichtjes bij de arm en zegt beleefd dat het niets uitmaakt. Ik loop een rondje rond de tafel en ga op zoek naar een kaartje met mijn naam erop, maar dat kan ik niet vinden. Anna en Henrik zijn met elkaar in gesprek als ik langs ze loop. Henrik kijkt me even snel aan, maar wendt zich dan weer tot Anna.

Uiteindelijk begrijp ik dat de tafel waaraan ze zitten de eretafel is, bedoeld voor de spreker van de avond, het bestuur van de vereniging, ereleden en dergelijke. Natuurlijk is daar geen plek voor mij. Er zijn drie andere lange tafels gedekt voor overige gasten die willen eten.

Jezus, wat ben ik toch een sukkel.

Ik zou wel door de grond willen zakken, of in ieder geval zo snel mogelijk naar huis willen gaan. Maar dan zou het lijken alsof ik beledigd ben dat ik geen plaats aan de eretafel heb gekregen. En ik heb de hoop nog niet helemaal opgegeven om nog even met Henrik te kunnen praten. Dus ik vind een plaats op de hoek van een van de andere tafels. Ik eet mijn erwtensoep en drink mijn punch, en de Stockholmers om me heen wenden zich beleefd tot mij om een paar woorden te wisselen, waarna ze weer verdwijnen in hun gedeelde wereld van kennissen en roddels.

Ik werp een blik op de eretafel. Anna en Henrik zijn nog steeds diep in gesprek. Anna raakt zacht zijn arm aan. Henrik glimlacht breed, en ziet er weer zo jongensachtig uit. Ik voel een intense steek van jaloezie.

Even later knijp ik ertussenuit, zonder doei te zeggen tegen Henrik en Anna. Ik voel me niet goed en ben bang dat Anna me anders gaat proberen over te halen om te blijven.

Ik kan die nacht niet slapen. Alles is helemaal fout gegaan, zo anders dan ik had gehoopt. Ik schaam me voor mijn jaloezie. Ik heb helemaal niks over Henrik te zeggen. Toch is het er. Ik probeer mezelf wijs te maken dat Henrik en Anna's lange gesprekken van die avond helemaal niets hoeven te betekenen. Hij was de gastspreker, zij de gastvrouw, dat ze naast elkaar waren gezet en veel met elkaar praatten was de normaalste zaak van de wereld.

Dat zegt mijn verstand. Mijn hart zegt iets anders.

De volgende dag stuur ik een berichtje naar Henrik: 'Je was echt goed gisteren! Zoals gewoonlijk.' Het duurt een paar uur voor ik een lachende emoji als antwoord krijg.

Wanneer ik kaartjes ga kopen voor het concert van Melissa Horn vertelt de kassière dat de tickets hard gaan en dat ze ervan uitgaan dat het concert zal worden uitverkocht. Ik heb nog niets van Henrik gehoord, maar voor de zekerheid koop ik er twee.

Ik zie Anna de week erop pas weer. We hebben het vluchtig over donderdag bij Stockholms Nation, maar het lijkt al ver in haar geheugen te zijn weggezakt. Ze vraagt helemaal niet waarom ik al zo vroeg weg was zonder iets te zeggen. Ik had graag meer over de avond willen weten, maar dan komen de andere twee studenten van onze basisgroep, en gaan we aan het werk.

Op een ochtend neem ik de bus naar Ekonomikum. Het heeft die nacht gevroren en de plassen op straat zijn in ijsspiegels veranderd. De kou bijt in mijn wangen, als een voorbode van de winter, en er komen wolkjes uit mijn mond. De lucht is lichtroze en blauw. Het gaat een mooie en koude dag worden.

In de bus is het echter warm. Ik neem dezelfde plek als die ochtend toen ik Henrik voor het eerst heb ontmoet. In de hoop dat het geluk brengt. En het werkt, want bij de halte in Eriksberg stapt hij in. Hij kijkt de bus in en ik geloof dat hij mij met zijn blik zoekt. Ik lach en zwaai, zijn gezicht licht op. Hij komt snel naast me zitten.

We kletsen over van alles en nog wat. Hoe mijn eerste tentamen is gegaan, dat Henrik elke ochtend om zeven uur gewekt wordt door werklui die bezig zijn met een renovatie in zijn gebouw, een nieuwe film die ik in de bios heb gezien. De warmte en vertrouwdheid is weer terug tussen ons, alles voelt weer zoals voor die ene avond bij Stockholms Nation.

Ik ben verliefd op je, Henrik. Weet je dat? Ik denk dat ik van je hou.

Ik vertel dat ik twee kaartjes heb voor Melissa Horn, als hij nog steeds geïnteresseerd is.

Henriks uitdrukking verstijft, en hij zwijgt. Hij kijkt recht voor zich uit de bus in terwijl hij naar woorden zoekt. Hij ziet er erg ongemakkelijk uit.

'Nou... Eh... Ik ben uitgenodigd voor het Luciafeest op Stockholms Nation... Ik denk omdat ik daar toen ook die lezing heb gegeven.'

'Ah, oké.'

'Dus... En het is precies op dezelfde datum, helaas.'

'Oké, ik begrijp het. Ik snap dat je daarheen wilt.'

'Maar... Misschien kunnen we ergens anders heen. In de lente of zo.'

'Is goed, hoor.'

Het is even stil. Maar dan stel ik de vraag. Ik moet het gewoon weten.

'Heeft Anna je uitgenodigd?'

'Ehh... Ja.'

Ik knik, en we zijn weer even stil, waarna we plichtmatig weer verder kletsen. Henrik heeft denk ik wel door hoe ik me voel, en hij helpt me mijn façade op te houden. Lief bedoeld, maar het maakt het alleen maar erger.

We gaan bij Slottsbacken uit elkaar. Ik was van plan geweest naar Ekonomikum te gaan, maar ik wil niet langer dan nodig met Henrik samen zijn. Ik weet niet hoelang ik me in kan houden. Wanneer hij opstaat pakt hij mijn arm vast en kijkt me aan met een blik vol warmte en medeleven.

Ik stap de bus uit en ga te voet helemaal terug naar mijn kamer in Norby, het is een half uur lopen en ik kan niet stoppen met huilen. De tranen zijn warm op mijn koude gezicht.

De volgende dag valt de eerste sneeuw.

NAWOORD

IK WIL MIJN vrienden Mattias Konnebäck en Johan Norberg bedanken, die met me mee zijn gegaan naar Sarek om research te doen voor dit boek. Bedankt voor jullie geduld met mijn overoptimistische planning en mijn ondermaatse tent. We hebben geconstateerd dat we Sarek in gingen als vijftigjarigen en er een paar dagen later uit kwamen als zeventigjarigen.

Nu we het toch over Sarek hebben: voor een deel heb ik de topografie aangepast aan de dramatische eisen van het verhaal. Delen van de route die de personages in het boek nemen, bestaan dus niet in het echt.

Over het algemeen zou ik het afraden om naar Sarek te gaan als je niet extreem veel bergervaring hebt. Mijn vrienden en ik gaan al twintig jaar lang elk jaar wandelen, maar waren alsnog verrast over het verschil tussen het wandelen op aangegeven paden en wandelen op open terrein (oké, ík was verrast, ik zal voor mezelf spreken).

Het is lastig om bij Sarek te komen. Hou er rekening mee dat je een paar dagen extra van je vakantie kwijt bent aan de reis ernaartoe en weer terug. Om je wandeltocht redelijk comfortabel en veilig te houden moet je ook wat spullen aanschaffen die je eerder misschien nog niet had, zoals een tracker bijvoorbeeld.

Wat geeft deze tijds- en geldinvestering je nu eigenlijk? Nou, het privilege om drie keer per dag achter een steen te mogen poepen. Als je dat als het goede leven ziet, dan is Sarek de juiste bestemming voor jou (als bonus kun je gerust verwachten dat je dat een paar keer in de stromende regen en rond het vriespunt zal mogen doen). Zo niet:

dan raad ik eerder Abisko aan, of Jotunheimen in Noorwegen. Er zijn veel plekken in de bergen waar je uitzichten hebt die net zo dramatisch zijn als in Sarek en die je (daarmee vergeleken) bijna op een presenteerblaadje krijgt aangeboden.

Ik wil Anders de la Motte, Sofia Schmidt, Janis Gotsis en Torbjörn Andersson bedanken voor alle informatie die het boek beter heeft gemaakt.

Ook dank aan Federico Ambrosini, mijn agent bij Salomonsson Agency, voor je begeleiding de literaire wereld in en je waardevolle feedback op het manuscript. En voor de vele gezellige ontbijtjes bij Delselius in Enskede.

Hartelijk dank aan mijn uitgever Helene Atterling en mijn redacteur Katarina Ehnmark Lundquist van Albert Bonniers. Jullie enthousiasme, jullie wijze opmerkingen over grote en kleine dingen en jullie nauwkeurigheid hebben het manuscript naar een hoger niveau getild.

En ook dank aan iedereen van Albert Bonniers die ervoor zorgt dat dit boek bij de lezers terechtkomt. Ik geloof niet dat het in betere handen had kunnen zijn.

Tot slot: bedankt Pia, mijn geliefde vrouw, mijn eerste en belangrijkste lezer, voor je steun en je liefde.

Ulf Kvensler